瀟湘國學叢刊

秋潭别集

[韓]艮齋田愚/著
[韓]石農吴震泳/編
張京華 陳微 蔡婕/點校

创于1897 商務印書館
The Commercial Press

商务印书馆（上海）有限公司 出品
The Commercial Press (Shanghai) Co.Ltd

艮齋田愚先生寫真(六十八歲)

本書獲得韓國華淵會出版資助

目録

出版前言……一
點校凡例……一一
秋潭別集卷之一……一
疏……一
因變亂請斬諸賊疏……一
再疏……三
書……一一
答鳳岧金丈炳昌……一一
與峿堂李丈象秀……一四
答金混泉萬壽……一八
答沈參判琦澤……二〇
答申判書正熙……二一
與崔勉庵益鉉……二三
答朴年吉世和……二五
與宋東玉秉珣……二九
答宋晦卿炳華……三〇
答金正斯商悳……三三
答任秘丞喆常……三五
與柳明化志聖……三六
答盧仁吾東源……三七
與金元五福漢……三八

答崔錫胤永祚……四〇
答李友明聖烈……四一
擬答李太鄰建初……五〇
答王司諫性淳……六八
與林文若炳郁……七〇
與蔡大奎龍臣……七二
答孟士幹輔淳……七二
答南重則致權、李舜七震復……七四
答鄭萬初斗鉉……七五
答宋瑩叔炳瓘……七九
答申順弼泓均……八〇
答金孝直炯祖……八一
答安□□鍾根、崔基萬……八二
答金進士……八三
答朱士衡……八五
答宋允章柱憲……八六
答金重玉焕珏……八七
答金聖九魯東……九〇
答金成執允焕……九〇

秋潭別集卷之二……九二

書……九二
呈國中諸公……九二
遍告宇内同志諸公……九四
答某官……九五
擬與人……九六
與友生……一〇〇
答友生……一〇一
與柳可浩鍾源……一〇三
答韓希殷序教、景春晦善……一〇四

答尹鳳來 岐善 …… 一〇六
答趙景憲 章夏 …… 一〇七
與鄭君祚 胤永 …… 一〇九
答金駿榮 …… 一一〇
與李畦 …… 一二八
答田相武 …… 一三〇
答安晦植 …… 一三三
答金思禹 …… 一三五
答崔鍾和 …… 一三八
與徐柄甲 …… 一四一
與崔念喜 …… 一四三
與吴剛杓 …… 一四五
與李裕興 …… 一四六
與金榮建 …… 一四七
答李喜璡 …… 一四八
答李錫升 …… 一五一
答鄭寅昌 …… 一五三
答甘泰烋 …… 一五五
答申弘澈 …… 一五六
答金秉俊 …… 一五七
答尹澮榮 …… 一五八
答朴健和 …… 一六一
答吴震泳 …… 一六二
答金邦述 …… 一八〇
與張在昇 …… 一八一
答鄭禮欽 …… 一八二
與金成烈 …… 一八三
答金重鉉 …… 一八四
答崔秉心 …… 一八五
答金炳玹 …… 一八九

答成大器……一九一
答吴鶴燮……一九二
答金碩奎……一九三
答朴魯守……一九四
答李炳夏……一九五
答徐鎮英……一九七
答徐廷世……一九九
答金亨曄……二〇〇
與柳永善……二〇一
答鄭憲泰……二〇三
答朴濟喆……二〇四
答崔愿……二〇五
答張和真……二〇六
答朴贊聖……二〇七
答邊承福……二〇八
答某……二〇九

秋潭別集卷之三

秋潭別集卷之三……二一三
雜著……二一三
示諸君……二一三
示書社諸生……二一四
論《裴説書》示諸君……二一五
安陽書堂示諸生……二一八
示諸生……二一九
書贈金教俊……二二二
贈田成圭……二二四
示張柄晦……二二四
寄華、敬二兒……二二五
寄敬九並示諸生……二二八
書示鎰孝……二三〇

告諭子弟門人……二三一
告諭家人門生……二三四
丁未之亂輪示子孫門生……二三五
書示諸孫……二三七
《自西徂東》辨……二三八
梁集諸說辨……二六四
曹兢燮答韓氏書辨……三〇四
從衆時中辨……三〇七

秋潭別集卷之四……三一〇

雜著……三一〇
三宜尊論……三一〇
回元論……三一一
時義……三一二
两河義民……三一五
學問關世……三一六
頑固美號……三一七
衣制問……三一八
記晨窗私語……三二〇
華夷鑑……三二一
天下策……三二五
奉同國人立誓……三二七
告世文……三二八
諭世文……三三〇
警世文……三三二
亂極當思……三三三
亂中工夫……三三四
臨亂問答……三三五
𠇍言……三三六
芙蓉庵雜識……三四四

瑣墨……三五〇
散筆……三五四
序……三五六
《竹溪徐公逸稿》序……三五六
送北省諸子序……三五八
送張義士柄晦序……三六〇
記……三六一
飛飛亭移建記……三六一
宜寧縣興學堂事實記……三六二
竹棲記……三六四
烈女金氏旌閭重建記……三六五
跋……三六七
《泉谷集》跋……三六七
書《金襄毅公遺事續編》後……三六九
跋《龍岡、龍湖二柳公實紀》……三七〇
題《桃源金公行録》……三七二
題《清愚金起帆行録》……三七三
題《金春雨亭家狀》……三七五
《朝宗巖誌》跋……三七六
跋朴思庵挽金止齋詩……三七八
跋或人詩……三七九
題《崔念喜傳》……三八〇
題《泰安忠節録》……三八一
跋《山中問答》……三八三
跋金澤榮答人書……三八四
銘……三八六
時義銘……三八六
贊……三八七
《女範》二賢婦贊……三八七
慕夏堂金公忠善贊……三八九

告祝……三九〇
祭告先祖判官公墓文……三九〇
授司憲府掌令告家廟文……三九一
擬告考妣文……三九二
國變進疏告家廟文……三九三
傳家告先祠文……三九四
國變中不舉正祭久後略設
告祝……三九五
立後未立案告先祠文……三九六
告先師墓文……三九七
祭文……四〇〇
祭勉庵崔公益鉉文……四〇〇
祭確齋金公鶴洙文……四〇二
祭洪豐川楗文……四〇三
祭洪疇厚文……四〇四
祭沈能浹文……四〇六
祭張義士在學文……四〇八
詩……四〇九
海上記聞……四〇九
朴毅堂世和、趙履齋章夏庚戌
聞變絕粒自盡……四〇九
鄭正言在根聞變自刎……四一〇
李響山晚燾聞變絕粒而逝……四一〇
鄭部將東植國變後自經於
全州北門……四一一
洪錦山範植聯邦後官次自裁
……四一一
黃上舍玹聞變仰藥自盡……四一二
白議官麟洙乙巳自刎，醫治
回甦，庚戌再刎而死……四一二

朴君炳夏聞變仰藥自盡……四一三
吴君剛杓聞變自經於鄉校……四一四
金心巖志洙却金自裁……四一五
金春雨永相却虜金投水死……四一五
張參判泰秀却金自裁……四一六
李斯文學純却金自盡……四一六
題金博士根培行狀後……四一七
贈童夢教官奉鎮國妻宜人沈氏，早寡，有卓行，夷餽之金，却不受，見迫，自縊死……四一七
宋心石秉珣被日酋授以講師僞帖，不受而自盡……四一八
附　録……四一九
艮齋先生墓碣銘並序……四一九
敬題艮齋田先生大集影印後……四二八
敬題艮齋先生全集後……四三〇
新版跋語……四三二
點校後記……四三四

出版前言

一、歎道

全齋任憲晦先生《鼓山文集》卷一《道統吟》曰：「唐虞夏殷周，孔顔曾思鄒。濂溪程張朱，静退栗沙尤。」予讀艮齋田愚先生所纂《五賢粹言》，前有題序，發語即引《道統吟》；又讀艮齋弟子所纂《華島淵源録》，緒言亦引《道統吟》，并謂接之以「農渼近梅全」。趙光祖，號静庵；李滉，號退溪；李珥，號栗谷；金長生，號沙溪；宋時烈，號尤庵。此五人稱爲「五賢」。金昌協，號農岩；金元行，號渼湖；朴胤源，號近齋；洪直弼，號梅山；任憲晦，號全齋。此五人爲接續五賢者。自全齋任憲晦以下，即艮齋田愚先生也，故「農渼近梅全」之後，姑可續一句「潭州艮齋田」。

夫道統淵源，始於中華伏羲，承以東國艮齋，此事頗可使人震驚。予見道甚晚，近年梳理道統淵源，以爲上古開闢曰「姚姒子姬」，上古而影響於中古曰「孔曾思孟」，中古而影響於近古曰「周程張朱」，用四字句，與《道統吟》之五言詩句有别，然大體當無異。夫《詩三百》自《鄶》以下無譏焉，道統自元、明、清、民國以下亦甚難知，天下滔滔，懷山襄陵，雖有英才，而鮮有大儒，舉世悶悶，確乎其不可拔者不知何人。

夫子曰：「人能弘道，非道弘人。」所謂道，爲天道；所謂人，東海、西海、南海、北海無人不可焉。聞之古人，虞舜，東夷之人也；商湯，鳥夷之人也。夷俗仁，夫子欲居九夷。聞之東國長者，中華儒學傳自周公、孔子，東國儒學傳自箕子。殷有三仁，箕子其一也。艮齋先生亦曰：「我邦素被殷師之教，而有『小中華』之稱，孔子嘗有欲居之志，而晦翁又嘗道其風俗之好。」(《奉同國人立誓》)「殷師」即箕子，故東國儒學啓蒙尤早。故曰：進於中國則中國之，退於夷狄則夷狄之；夷夏之際，何常之有哉！

二、生平

田愚先生，田氏，字子明，號秋潭，又號艮齋，又自號臼山老人，韓國潭陽人。十六世祖田禄生，號埜隱，弟田貴生，號耒隱，次弟田祖生，號耕隱，合稱「三隱」，高麗朝末年以尊皇明、斥胡元之義揚言王庭，至於殺身而無悔。九世祖田允良，倭亂中守順天山城，與賊戰殉節。

艮齋先生生於朝鮮憲宗成皇帝七年、清宣宗道光二十一年、西元一八四一年；卒於壬戌年、中華民國十一年、西元一九二二年。才性絶人，始生眉宇秀朗，高準大耳，清粹之氣，如瑞日美玉。稍長，風儀俊爽，語音低徐而響亮。自能行步，岐嶷端重，不與群兒嬉戲。天資清澈，無一點塵氣。

十三歲遍讀五書六經，過眼成誦。十五歲，時文六體無不精熟。筆法入妙，爲近世儒賢之最。二十歲讀《退溪集》，始知時文外有爲己之學。二十一歲師事全齋任憲晦。二十六歲纂《顔子編》，三十歲仿朱子《近思録》纂《五賢粹言》十四卷。

三十六歲，全齋任憲晦卒。四十二歲，纂《淵源正宗》。除繕工監假監役官，即移監役官，不就；既而升六品典設司别提，旋除江原道都事，皆不就。次年移居尚州壯岩，此後或居岩洞，或居山寺，或居邊村。五十四歲，特除司憲府掌令，不就，作《授司憲府掌令告家廟文》。五十五歲，除順興府使，以逆臣奏薦，誓死不出。

五十七歲，爲大韓帝國高宗皇帝光武元年、清德宗光緒二十三年、西元一八九七年，次年，居白華山興住寺，此後著述漸出。

六十四歲，以别單特升正三品通政大夫，除秘書院丞，旋褫。依例秘丞只出朝報，當時先生未之聞焉。次年，上《因變亂請斬諸賊疏》，作《從衆時中辨》、《奉同國人立誓》、《告世文》、《亂極當思》、《亂中工夫》、《臨亂問答》、《國變進疏告家廟文》。又次年，除中樞院副贊議，不就，作《体言》。

七十歲，庚戌年、清宣統二年、西元一九一〇年，日韓立合併條約，朝鮮設總督府，先生痛憤不欲生，率門人入海，居旿嶝島，誓不出海外一步地。次年，清亡，中華民國建立。七十三歲，移居繼華島，名其室曰艮齋。島本名「界火」，以同音字易爲「繼華」，學者日進，咸稱華島焉。學者謂先生以朱宋正學，箕孔出處，晚年望專一國，道高天下，四色共尊，華夷同慕。故雖國亡君廢，異教滔天，而猶此聞風執帚者，南暨濟州，北薄間島，歸者如市，築室成村，此蓋曠古所罕有者也。

三、治策

艮齋先生所著，合編爲《艮齋私稿》，後人敬題爲《艮齋先生全集》。其中《秋潭別集》四卷，辨析儒者出處進退之義，尤可見其中流砥柱情狀。是書於艮齋先生歿後七年、中華民國十八年、西元一九二九年，由弟子吴震泳編輯，弟子南信夏刊印於中國上海。

昔孔子嘗爲委吏、司職吏，周濂溪權輿仕籍，不卑小官，朱子仕於外者僅九考，立朝才四十日。雖然如此，三人既然有士大夫之身份，亦即有君臣之名分。艮齋先生逢時多舛，身未嘗仕，然而名在儒選，故自比於致仕大夫。藉由這個名分，艮齋先生連上三疏，請討五賊。《因變亂請斬諸賊疏》既是《秋潭別集》開篇之文，也是全書關鍵之文。蓋因草野布衣，苟無君臣名分，即不可議論朝政；既在職守，君臣名分已立，亦不可不存一言。

艮齋先生曰：「昔齊國有弑君之賊，而孔子時已致仕，猶且請討於魯君。况今諸賊舉全國以與讎虜，其視鄰國之變，已不同矣。賤臣又與白民有間，惡可已於一言乎？」（見《記晨窗私語》，與《因變亂請斬諸賊疏》同年而作。）

又曰：「鄙人從前於君德時政，未嘗一言及之，實緣朝廷只借官銜，而未有召命，故并辭職疏亦無之矣。至於今變，諸賊舉先王宗社、疆土、人民，而納之讎虜，則此非一時一事之失，可以言可以不言者比。」（《答安晦植（乙巳）》）

又曰：「贊議之銜，逾半年始免，而中間既不催促，亦不勘罪，是豈刷新務實之本意哉？使余一入院門，即有三事可定：其一，請斬《新約》捺章之五賊；其二，請斬《新約宣言書》之魁首；其三，凡樞院所議，不由日酋，而直達天陛。此三者皆如吾意，乃可供職。不然，只小小理會，惡能有補於大根本不正當之世耶？」（《芙蓉庵雜識》）

艮齋上疏對御極於今四十有二載之高宗皇帝，講述最基本的治國道理，「夫國君所賴以爲國君者，以其有仁義爾」，「仁義」兩字，絶非腐儒陳談。奏疏之中，即言及中國歷史中的慘例，「曹賊之遷漢獻，金虜之執宋帝」。奏疏最後説道：「伏乞陛下惟以直養氣、以禮敬賢、以仁愛民、以義交鄰是務焉。」以直養氣、以禮敬賢、以仁愛民、以義交鄰，艮齋先生此四策，確乎爲可行可履的東方立國之道。

君子有言，君子皆不得已也。但若曰儒學迂闊，則艮齋先生實有治國之策。當日君臣若果如艮齋之策，而期以數十年之功，信能挺生爲東方君子之國無疑也。

艮齋先生《答李友明（癸卯）》曰：「苟得上心悔悟，而勵精圖治：其視社稷之傾危，如性命之將決；念生靈之塗炭，若吾子之垂死。而奸佞之輩惡之如仇賊，而戮之以謝百姓；賢能之士惜之如股肱，而進之以系衆情。至如保民之聖言，信之如靠一座華嶽，而歸身不離；務財之小人，畏之如遇一盞鴆酒，而近口不得。則是數者，足以轉移已傾之運，而迓續方新之和矣。」

又曰：「自茲以往，其所以爲綱常經紀之化，均平充拓之道，禮樂刑政之教，開物成務、興衰補弊之規，四海九州風氣民俗之殊，内夏外夷、綏懷化御之略。至於錢穀出納、戰陣奇正之節制，亦將次第理會，隨意措置。」

假使當日以艮齋先生之實學，而期以主政之重任，黎元遍承其惠以至於今，而東國仁化之美光被四表，何幸如之哉！

四、退隱

然而艮齋先生曰：「『天地閉，賢人隱』，孔子語也；『窮則獨善其身』，孟子語也。」故艮齋先生隱矣。

身當國家存亡之際，艮齋晝出處進退之道，有上中下三策：「今也讎虜逆賊使之截袂剪髮，以從夷制。始也以深衣幅巾應之，中也以遁世晦迹行之，終也以舍生取義處之。」（《答金秉俊（乙未）》）

「上者，正色直辭以折之；次者，乞師大國以討之；又其次，逃之深山，終身不仕。」（《答某官（乙未十月）》）

「某生曰：古之自靖者，或越海他適，或病狂自廢，或聞變自裁，或遯跡終身，是數者之難，更甚於日部之苦矣。吾子不爲彼而欲爲此，果能自保其克終，而無少憾否乎？臼山老人沈吟久之，曰：越海，有財則可爲；病廢，有忍性則可爲；自裁，非有志節者不能；惟遯跡而不自失，非有得於道者，定自難能也。前三者，吾固未敢易言，乃若所顧，則最後一段事也。」（《記晨窗私語》）

「嘗聞古之君子，得志則能以道覺其君臣；不幸遇亂世，則能以道開其士民；又不幸而值夷狄之變，上黟下黷，無所於往，則能以身守其道義。或致命遂志，或抱木枯死，或隱居授徒，以基異日陽復之本。其窮達之遇，常變之行，雖不盡同，而有功於天地則一也。竊願執事益加努力，講明大義，開淑後進，以扶不絕如線之正脈。」（《與宋東玉（丙午）》）

儒家而退隱，固是無可奈何之極。無可奈何而問訊古之聖賢，古之聖賢亦無可奈何；無可奈何而問天，天亦無可奈何。

艮齋先生太息曰：「爲今之計，墾山讀書、越海去國兩途以外，了無餘策。」(《與林文若(丙申)》)「尚稽孔聖適齊之行，僅成伯夷居海之事。」(《答林文若》)

「『道學政術無二致，內修外攘爲一事』，此橫渠、南軒二先生所以眷眷爲朝廷言者。」(《與峿堂李文(辛巳)》)

「時變已極，無以復加，未審古之聖者遇之，宜如何處之？箕子之居夷，仲尼之浮海，爲可以受用，而器具、力量皆不足，如何做得成？其次變姓名，棄妻子，宋公逃左衽之禍，竄山谷，入海島，徐子遂全髮之志，亦可師法，未知崇意以爲如何？」(《答金混泉(乙未)》)

「晦翁在金虜之世，猶且講明道義，壁立萬仞氣象，以爲不必如彼。愚竊謂今日王綱已墜，故義理不明；義理不明，故邪説暴行交作。舉世知有外國開化，而不知有本朝社稷、國母仇怨，惟以奔走貪饕、媕婀淟涊爲道，道學名節、禮義廉恥爲怪，而居者有盜賊之虞，行者遇豺狼之暴，使晦翁而處此時，其必發浮海之嘆，而有居夷之意，如吾夫子必矣。記得《楚辭集注》釋荀氏《佹詩》云：『衰亂之極，雖聖人亦拱手而無能爲。』」(《答宋晦卿(甲午)》)

「道之興廢，國之存亡，應有其數。而鴻儒藎臣，必欲圖其少延，冀其暫安，而費盡心力，繼之以死，仁天必有感格之妙。而今乃至此，此又《天問》之所當作也。意者宇內之大勢已重，朝著之濁亂已甚，天亦無如之何歟？」(《答任秘丞(丙午)》)

「竊念今日我邦形便，已到萬分地頭，未知何處果有一個具得舉鼎拔山力、包天括地量、移海挽河機、起死回生藥的人，能整頓得一過。愚從數十年前，已常有『願天生聖人』之祝，不知其能感動得上帝之意否也？」(《答李友明(癸卯)》)

五、清朝

艮齋曾考慮栖居中國。艮齋先生曰：「賤身欲自此越海入萊州，轉至闕里。」(《答金駿榮(丁未)》)又曰：「罔臣僕，保頭髮，固爲今日第一義，而惟有北入中國，可以免此辱。」(《答吴震泳(丙午)》)可是，清朝時的中國當然早已不同於孔子時的中國。

從明朝一面而言，清朝甚至可以説是古朝鮮的仇敵。「我朝之於皇明有萬世不忘之恩，於建虜有萬世必報之讎。」(《〈朝宗巖誌〉跋》)艮齋稱清朝爲「建虜」，爲「滿洲」，爲「清國」，自與「中國」之稱有别。

艮齋仍沿用明朝的年號，「正月朔癸卯曆書抹去虜號，大書崇禎二百三十七年、我聖上元年」。「人執此謂本朝之於清虜，亦不可以假爲，則臣而已矣，何可以不用清之年號？」艮齋先生的回答是，如果不得已，那就明、清、朝鮮、日本年號均不用，只用天干地支編年。「崇禎，我光武以後，似難仍用。蓋我韓雖稱帝，而亦未嘗不尊明，然捨光武而用崇禎，臣子之道恐不當如此，且庚戌以後，仿靖節已例，只書甲子。」(《答柳永善(庚申)》)

艮齋推崇明朝，貶抑清朝，他甚至打聽到明朝仍有後裔聚族而居，不與清朝合作。「聞中原九龍山中，大明遺民至今不受虜制。」

所説「中原九龍山」似在福建，徐珂《清稗類鈔》云：「閩有九龍山，亦素稱盜藪，然不爲近地之患，似一方之雄耳。有自其中出者，謂儼然一國也，世界之所有無不具備，槍炮尤精美，物産豐饒，製造工巧，男多業農，女多業織，故終歲温飽，可不外求。據云二百餘年前已嘯聚於此，若以年代考之，或即明末遺民，以山作桃源也。」

艮齋先生甚至還直接和朱明嫡系建立了聯繫。「崇禎皇孫禮幣之致於先生今日，是千古奇事。」（《答朱士衡（戊午）》）這件事相關文獻記載有闕，華島本《艮齋私稿》後編隱去名字題作「朱□□」，龍洞本《艮齋先生文集》後編才補入名字作「朱士衡」。朱士衡事蹟不詳，要之其人自稱「崇禎皇孫」并以此身份在朝鮮活動，必然是有政治意圖。

不過，從日本一面而言，艮齋先生又比較同情清朝。「『清，天下之讎；倭，一國之讎。宜和倭而背清。』此實悖理之説也。余每謂：我之與清，力可以絶則絶之，力不及則且仍舊貫，未爲大害；至於倭賊，是今日大讎，何可一日和？」（《答某（戊戌）》）「然以今日事勢言之，則爲華而背清則可，爲倭而背清則甚不可。」（《答金駿榮（甲午）》）

當日朝鮮曾有向清朝借兵抵抗日本一策，艮齋亦與聞其説，但并不寄予希望。「今也清人微弱，無可藉力，外它各國，其心未可知。」（《答某官（乙未十月）》）

艮齋對清朝抱以同情，甚至考慮援手救助，回傳儒學正道。「余觀中國尚有可爲之勢，而上下恬嬉，不能奮發。」(《梁集諸説辨》)「來書欲余遣人之中國，遇其人而一番説與，此雖異於無往教之禮，亦孔子欲告接輿之意也。」(《答金澤述書(己酉)》)

六、俄羅斯

艮齋先生曾經小心地考慮過結交俄羅斯，而明確反對結交美國。如果俄羅斯能行仁政，則不妨聯合。艮齋先生曰：「若借力於俄羅，而欲與之抗拒自立，則勝負之算姑無論，未知俄人果能行先王之仁政，而爲天下之義主也乎？審如是，則如麗之背元歸明，固無不可，是所云『華夷之辨，重於君臣之分』也。如其未然，則棄夷狄而歸夷狄，其於義理未知何如也？」(《答申判書(丁亥)》)

自古以來立國之道，遠交近攻，艮齋則反對聯美防俄，用心良苦。艮齋曰：「黄遵憲欲我國結日本，聯美國，以防俄羅之患。而邦域之内，有識之士，咸以爲不可。而一種議論，却謂之神策，至養異類於輦轂之下，竄言者於嶺海之間。韓非所謂『不用近賢之謀，外結千里之交，飄風一朝起，外交不及至』者，豈非今日之謂乎？」(《体言》)

按《戰國策》載：「王不如遠交而近攻，得寸則王之寸，得尺亦王之尺也。」《韓非子》載：

「不用近賢之謀，而外結萬乘之交於千里，飄風一旦起，則賁、育不及救，而外交不及至，禍莫大於此。」二家主張不同，蓋由攻守異勢，而各有短長也。

七、朝鮮

艮齋先生自知朝鮮爲弱小之國。「今日我邦之事，非如楚、元之原來是夷狄，又非如高宗之稱臣於夷狄，只是柔弱不能自立，而爲狡虜與逆賊所脅耳。」（《答金駿榮》）

當日滕國爲周文王之後，封在滕地，壤地褊小，絶長補短，將五十里，長期處於齊、楚二大國之間，號稱至弱。《孟子》載滕文公三問：

滕文公問曰：「滕，小國也，間於齊、楚。事齊乎？事楚乎？」

滕文公問曰：「齊人將築薛，吾甚恐，如之何則可？」

滕文公問曰：「滕，小國也。竭力以事大國，則不得免焉，如之何則可？」

艮齋云：「觀孟子答滕文公三段，皆是無可奈何，只得勉之爲善之辭。想見滕國至弱，都主張不起，故如此。朱先生嘗論此云：『此只是吾得正而斃焉之意。』夫孟子豈不是命世亞聖？朱子亦豈不是經濟手段？遇着間於齊、楚之滕，則到底奈何不下。一則曰『是謀非吾所及也』，一則曰『二國之視滕，猶泰山之壓雞卵，滕實是難保也』。但據淺見，料之我國形勢，滕

稍有間矣。」（《答李友明（癸卯）》）

夫以弱小之國，而圖自存之道，其深意莫過乎莊生一言。「楚王與凡君坐，少焉，楚王左右曰凡亡者三。凡君曰：凡之亡也，不足以喪吾存。夫凡之亡不足以喪吾存，則楚之存不足以存存。由是觀之，則凡未始亡而楚未始存也。」凡國爲周公之後，封在汲郡凡城，國土弱小。但在國土的存在之外，自有一種道義的存在。國土的存在無常，而道義的存在有恒。

艮齋曰：「使我失草履，尚欲覓著，況三千里疆土，不恨其淪陷，而恝然冷視耶？」（《答宋瑩叔（辛酉）》）

又曰：「夫我之屈於彼人，只緣强弱之不敵，非爲義理之當然也。」（《答申判書（丁亥）》）

又曰：「五百年宗社，較之三千年宗教，畢竟差輕。」（《與金駿榮》）

古朝鮮所宗之教，即古朝鮮之道義。疆土、宗社或存或不存，而此道義豈曾一日亡乎哉！

八、夷狄

曷爲道義？此道義是天道天理天義，而天道天理天義乃是純乎爲善。

艮齋先生曰：「聖人，德之合於天者也」，「孝弟，道之出於天者也」。（《書贈金教俊（庚戌）》）

「善即是理，理即是天，生與天合，死與天合。」（《〈自西徂東〉辨》）

合於天道天理之善，稱之爲仁義、爲君子、爲華夏；不合於天道天理之善，則稱爲亂賊、爲小人、爲夷狄、爲禽獸。

「士子須是見識高，言行乃正。見識低矮，始也依違於雅俗之間、華夷之間、人獸之間，其終必至於俗而夷而獸而後已矣。」（《與李裕輿（乙未）》）

夷夏之辨，在於秩序之立與不立。艮齋先生之論曰：「縰笄冠纓，華制也；薙髮抹額，夷俗也。立廟祠先，華制也；焚主廢祭，夷俗也。非行媒受幣，男女不交不親，華制也；童男童女自爲婚媾，夷俗也。不取同姓，華制也；取妹通嫂，夷俗也。男女不親授受，華制也；男女相見執手合口，夷俗也。亂臣賊子，人得而誅之，華制也；容護亂賊，夷俗也。愛親忠君，華制也；弑父與君，夷俗也。」（《從衆時中辨》）

「華夷之分，以有禮、無禮之異。故曰：禮小失，則入於夷狄；大失，則入於禽獸也。」（《華夷鑑》）

「所謂夷狄、異端者，以其言行、心術一任氣欲，而不循性理，故命之曰夷狄耳、異端耳，彼豈有天生種子？雖諸夏儒者，其所存所發如有乖戾處，是亦夷狄而已矣，異端而已矣，可不戰兢惕厲以終其身也哉！善乎胡五峰之言曰：『中原不行中原之道，故夷狄至；中原能行中原之道，則夷狄歸矣。』」（《與徐柄甲（己亥）》）

而夷夏之辯之所以生，仍在於天地位置之偏與正。艮齋先生曰：「夷狄之與諸夏，風氣不同，習俗亦異。虞有三苗之叛，周有昆夷之患，雖有聖人，不能使之同仁。以諸夏治諸夏，以裔戎治裔戎，此實天地之定理，非可以群聚而共居者也。」（《時義（一）》）

九、守死

但是，如果説天地位置自有定數而不可移易，那麽天地亦有一種氣運，人力不僅可以不加順從，而且應當去加以扭轉。

試問天命何在？試問天命可賴否？

世代鼎革、乾坤轉移、海水群飛，當此之時，君子守死善道，亦可謂拗過天地也矣。

「今天下皆夷也。」（《告諭子弟門人》）

「宋末元初，明末清初，皆如今日之爲夷。」（《答李喜璡（乙卯）》）

「而四海九州盡化爲戎，惟吾東獨保三代衣冠。」（《華夷鑑》）

「内夏外夷，尊王賤霸，進賢出邪，閑聖闢異，自是吾儒家常茶飯。」（《答朴年吉（壬寅）》）

「斯乃爲拗過天地之心，斯乃爲中華禮義之道。」（《奉同國人立誓》）

「我輩人只有講前聖之道，守先王之法，以庶幾扶竪得已倒之太極矣！是爲『素夷狄行乎夷狄，素患難行乎患難』底義諦。」（《示諸君（乙未）》）「惟修德守道，靜以俟之。當生則生，當死則死。」（《亂極當思》）「東不關，西不關，生不問，死不問，惟義是趨。」（《與金駿榮》）「義當生則生，義當死則死而已，更何言哉！」（《答崔鍾和（乙未）》）凡此已是當日儒士習語。

昔孔子謂禮有三本：天地者，性之本也；先祖者，類之本也；君師者，治之本也。「無天地焉生？無先祖焉出？無君師焉治？三者偏亡，無安之人。」予見艮齋先生建《三宜尊論》而恪守之，曰：「儒者有三宜尊：尊華也，尊主也，尊性也。」三尊與三本，何其相近也。

艮齋先生又曰：「見今時義，只有『守死善道』四字而已。但所謂『善道』云者，良非易事，須得士友講明義理，擇中而用之，乃爲庶幾矣。古人有變姓名、棄妻子以逃左衽之禍者（宋汝爲），有握髮痛哭、流寓山海、全髮以終身者（徐孚遠），有聞薙髮令、碎所佩玉曰『寧爲玉碎，毋爲瓦全』者（周卜年），有自謂『存此不屈膝、不薙髮之身，以見先帝先人於地下』者（徐汧），有閉門讀《易》，執至金陵，不薙頭而死者（華鳳超）。」（《答盧仁吾（乙巳）》）

宋汝爲，宋臣也，而抗金。徐孚遠、周卜年、華鳳超，明臣也，而抗清。艮齋先生皆能歷數其事。

艮齋先生曰：「謂伯夷勝於太公者，是也。昔有問於陳幾亭曰：『聖賢效法天地，亦有時拗過天地否？』曰：『夷、齊不食周粟，當時天運悉已歸周，两人欲以隻身撑拄乾坤。元時，上

天命之入主天下，而金華四子没身泉壤。一則拗之於天運之初遷，一則拗之於天運之久定。』」（《擬答李太鄰（乙未）》）

司馬遷著《史記》，以伯夷列傳爲第一，曰：「或曰：『天道無親，常與善人。』若伯夷、叔齊，可謂善人者非邪？積仁絜行如此而餓死！」周之仁是天命，夷、齊之忠亦是天命。司馬遷所謂「亦欲以究天人之際」，天人之際實指夷、齊之事而言。

金華四子，謂何基、王柏、許謙、金履祥。陳龍正《幾亭外書》稱之，題曰「聖賢拗天地」。予讀艮齋之言「欲歸之於天，則天何嘗教人如此？雖然，畢竟是天。天乎天乎！奈何奈何！」（《答金思禹（乙巳六月）》）頗有感同身受之情。及讀艮齋先生「拗過此天」一語，乃大驚，信其爲儒學正道所在。

厥後艮齋有詩云：「萬劫終歸韓國士，一生竊附孔門人」，不啻其一生肝膽寫照，如此方爲不世出之大儒、醇儒。名之曰大儒、醇儒，予言豈過矣哉！

十、緣起

至於艮齋以「心本性説」揭立學宗，認爲性爲心之本，而心本於性，著作《体言》，創爲「体」字，以「心」配「本」，「心」在「本」中，性尊心卑，性師心弟，敬養未發之性，而義制已發之情，顛撲不破，自有《艮齋文集》昭示，兹不復贅。

《秋潭別集》此書，爲艮齋先生著述在中韓兩國中第一部現代整理本。

金忠浩先生，號古堂，從陽齋權純命、瑞岩金熙鎮、敬庵金熙淑受業，爲艮齋再傳弟子，今爲訓蒙齋山長。訓蒙齋由河西金麟厚先生創立，迄今四百餘年，而河西先生有「海東濂溪」之譽稱。

夏曆丁酉年、西元二〇一七年，適逢周濂溪先生誕辰一千周年紀念，古堂山長、敬華任龍淳山長偕韓國儒林二十人來訪湖南，以明代相傳之舊儀祭祀周濂溪，恭持《濂溪書院享祀笏記》而誦《濂溪書院丁享祝文》，恭持《奉安周先生笏記》而誦《濂溪書院復原奉安周先生文》，不遠萬里自韓國携來木主而敬題之，携來祭器、清酒、肉脯而敬獻之，並向濂溪書院贈送古朝鮮英宗大王所刊内閣藏板《四書》影印本。至夏曆己亥年，西元二〇一九年，古堂山長再偕韓國儒林十二人來訪，講讀濂溪《太極圖説》及張南軒《永州州學先生祠記》，拜謁濂溪書院及月岩拙榻洞濂溪先生悟道處。

予以楊柱才、田炳郁二教授之介，幸得接遇長者，叨陪先後。甫出黄花機場，已見故國衣冠。猶憶古堂先生着一緇布冠，深衣有袂，兩耳有髯，精神矍鑠，而目光閃閃，有子温而厲之象。此數十年以來，古堂先生以決大毅力，堅忍卓絶，孜孜矻矻，持守斯道，毅然砥柱，奔走於中韓兩國間，薪火相承，事業厥偉。自艮齋之卒，厥後至今，將及百年，而古堂先生毅然爲當代韓國碩儒，領袖儒林，安知全齋先生《道統吟》不有續文而吾儒正脉欣有所托焉！

夏曆戊戌年冬，西元二〇一八年十月，予忽得《秋潭别集》原本。乾坤两册，首尾完具，封面大字題簽曰「艮齋别集」，實艮齋先生遺著也，世不多遘也。予亟展讀之，見有舊藏者裹以牛皮紙爲書皮，牛皮紙外復貼以白宣紙。牛皮紙之背面，有舊抄詩題目録，内有姜民酉峰齋、李農隱春瑞敬燮、吴居士道淵根厚、李友致瑞梅竹堂、李進士竹下奎窗、吴君鎰奎岐隱亭諸名號。「朗月山下金氏墳庵追遠齋與諸友暢懷」一首，則與舊日金澤炫刊編康津追遠齋石板本《清州金氏世譜》相合。白宣紙之背面，有舊抄悼歌祭文，題族孫鶴九、門生咸平後人李光田、晋州後人金奇某、錦城後人羅縉淳、平山後人申基述諸姓氏。牛皮紙本爲烟草之外封，紙背刻畫花朵及「喜烟」商標，且有「朝鮮總督府專賣局」字様，及「朝鮮專賣局改正定價拾八錢」圓形圖章。予得此本於北京海淀書賈，而舊藏者必爲東國讀書人無疑。

《秋潭别集》書稿，夏曆己巳年、西元一九二九年刊於上海，九十年來僅有此版。是書出版之後三年，上海乃有淞滬抗戰。淞滬抗戰爆發三月，東國義士尹奉吉刺殺日本白川義則司令官於滬上。風雲擾攘，故是書刻印不甚精良。予既展讀，見各頁多有校改，凡百有餘字。又提醒格式，批注「當高一格」「當低一格」云云。又夾带浮簽，上有煙草燒痕。乾册末頁墨筆題款「潜吾子奉文悦珎藏」。予以奉君校改與華淵會修訂影印《艮齋全集》本比較，吻合者十居八九，於是乃知此本曾經當時名儒之手，或即艮齋先生門下托命之人，於是始大驚異，嘆爲有緣。

陳微博士自瀟湘至武昌，自武昌至淳昌郡柏芳山，居訓蒙齋朞年，幸列古堂先生門墻而得其嫡傳，古堂先生既已洙汀名號賜之矣。蔡婕復自湘西就讀國學院，初則往白鹿洞從古堂先生游學，再則往訓蒙齋聆古堂先生教誨。予三人遂相約整理《秋潭別集》，排録焉，標點焉，校注焉，解題焉，然而讀者其勿視此書爲平常古籍整理著作，亦勿視此書爲平常韓國漢文文獻，則何幸如之！

立冬矣，昔艮齋先生《答柳穉程》有云：「大雪封山，四望皓然，如睹唐虞昭朗氣象。」想即古堂先生今日在柏芳山之景耶！

後學張京華

於湖南科技學院集賢樓國學院

點校凡例

艮齋田愚先生，西元一八四一年生，一九二二年卒。是朝鮮王朝最末一位大儒，著有《田愚全集》。

其書有華島手定本。寫本，艮齋先生生前手定，先生卒後弟子金澤述總寫華島手定本前《田愚全集》又稱《艮齋集》、《艮齋全集》，原名《艮齋私稿》。後稿而藏之，後由成九鏞、金炯觀影印出版。内頁題《艮齋私稿》，前編二十卷，前編續六卷，後編二十四卷，後編續六卷，别編二卷，拾遺四卷，共計六十二卷。《韓國近代思想叢書》影印本題名《田愚全集》，增補金澤述所編《年譜》二卷。

又有晉州本。鉛活字本，艮齋弟子吴震泳編輯，金楨鎬刊印。版權頁注明慶尚南道晉州郡之晉陽印刷所印刷，慶尚南道泗川郡之龍山亭發行。内頁題《艮齋私稿》，正編四十三卷，續編十六卷。華淵會修訂訛誤，挖補影印出版，題名《艮齋全集》，增補《秋潭别集》四卷，及其他著作、附録等。

又有龍洞本。木刻本，艮齋弟子李仁榘（一作李仁矩）編輯、刊印。版權頁注明編輯、印刷、發行均爲忠清南道論山郡豆磨面龍洞里之鳳陽精舍。内頁題《艮齋先生文集》，書口題《艮齋集》，前編十七卷，前編續六卷，後編二十二卷，後編續七卷，及別編、私劄，共計五十二册。延世大學圖書館收藏，《韓國文集叢刊》據以影印，題名《艮齋集》。

華島本、晉州本、龍洞本，卷次及篇目順序各不相同。晉州本《艮齋私稿》最早出版，但鉛排多誤。龍洞本《艮齋先生文集》刊刻較精。華島本《艮齋私稿》最近原貌，但屢見筆誤，字上多修改痕跡，或即手定之狀。

《秋潭別集》是艮齋先生晚年的重要著作，議論重在夷夏之防，内容多關時諱，在其殁後七年的己巳年，西元一九二九年。由艮齋弟子吴震泳編輯，弟子南信夏刊印於中國上海。艮齋先生爲韓國潭陽人，潭陽別稱「秋潭」，故艮齋先生又自號「秋潭」。《艮齋私稿》中本有《艮齋私稿別編》二卷，吴震泳在「別編」的基礎上大量擴充成爲四卷，而更换「艮齋」爲「秋潭」，更换「別編」爲「別集」，定名爲《秋潭別集》，亦暫避時諱之故。

今所見《秋潭別集》的版本，共有四種。

其一，己巳年上海刊版《秋潭別集》四卷。鉛活字直排，宣紙線裝，開本闊大，但因其爲特殊時期的自印本，排字工人誤植不少。本書以此本作爲整理底本，稱之爲「原本」。

韓國國立中央圖書館所藏上海刊版《秋潭別集》，仍存原本原貌，未經校改。筆者所得的《秋潭別集》原本，書中有舊時朝鮮儒者所作的校補，以墨筆、朱筆兩色手寫。本書以此本參校，稱之爲「舊校本」。

韓國金洪永先生所藏上海刊版《秋潭別集》，書後附有《秋潭集正誤表》和《秋潭集改版表》。《秋潭集正誤表》爲鉛印，共計筒子頁六頁，每頁三欄，表中若干正誤又經朱筆修改。「正誤」後又有「追正」九條，「追正」後又有手寫校記三條，末頁又有粘貼鉛印校記兩條。《秋潭集改版表》亦爲鉛印，共計筒子頁三頁半，主要更正頁面版式。本書亦以參校，稱之爲「正誤表」。

其二，西元二〇一一年韓國華淵會編輯、學民文化社發行的《艮齋全集》，全十六册，主要以晉州鉛活字本爲底本。其第九册前半册爲據上海刊版影印的《秋潭別集》，影印出版時對原本文字錯訛直接做了挖改，也有其他標注的更正，以及添加的眉批。其挖改的依據，據陳微博士向任龍淳、金忠浩二先生詢問，乃出於儒林祖輩之手。挖改本與舊校本、正誤表的内容多數相同，但仍有小異，並非完全同一來源。本書亦以參校，稱之爲「挖改本」。

其三，西元一九八四年韓國學文獻研究所編、亞細亞文化社發行的《韓國近代思想叢書》之《田愚全集》，全八册，爲影印艮齋先生華島手定本。其第七册之末有《艮齋私稿別編》二卷，即《秋潭別集》之初形，惟篇目明顯少於《秋潭別集》。本書亦以參校，稱之爲「華島本」。

其四，西元二〇〇四年韓國民族文化推進會編輯兼發行的《韓國文集叢刊》之《艮齋集》，全五册，爲影印、標點李仁榘龍洞木刻本《艮齋先生文集》。其第五册内有「艮齋先生文集別編卷之一」一卷，又有「艮齋先生文集私劄卷之一」一卷，實即「艮齋先生文集別編卷之二」。此二卷亦爲《秋潭別集》之初形，惟篇目較之華島手定本《艮齋私稿別編》更少，編排次序亦有不同。本書亦以參校，稱之爲「龍洞本」。

此外，《秋潭別集》中爲華島本《艮齋私稿別編》、龍洞本《艮齋先生文集別編》未收的篇目，往往分散見於《艮齋私稿》和《艮齋先生文集》的其他篇卷。譬如：《答沈參判》，「國家多難，主上受辱」云云。又見華島本《艮齋私稿》、龍洞本《艮齋先生文集》的前編卷一；《答申判書》，「昨蒙寵臨，詢及自彼或有加兵之舉」云云。又見華島本《艮齋私稿》、龍洞本《艮齋先生文集》的前編續卷一。本書亦隨文參校，標注全名，稱之爲「華島本《艮齋私稿》」、「龍洞本《艮齋先生文集》」。

本書是《秋潭別集》的第一個現代整理本。其點校方法如下：

原本爲繁體字直排，今仍其舊，以期儘量接近原貌。

原本正文排爲大字，雙行小字夾注排爲單行小字，期於醒目而已。

原本中凡有敬語、避諱語所做挪抬、平抬的空格，难以保留，今按現代古籍整理慣例取消。

《秋潭別集》中所收詩文，各本文字或繁寫，或節略，或避忌諱，凡此均據繁寫之本補足。如《秋潭別集》與龍洞本《艮齋先生文集》標題作《因變亂疏》，華島本《艮齋私稿》作「因變亂請斬諸賊疏」，即據華島本《艮齋私稿》補足全文。

原本各篇往往原有分章，今均依舊貌劃分爲自然段，但有篇幅較長的篇目，則再增加分段，以便讀者理會。

原本中凡有分章符號○，今或者保留，並且符號○、△亦在校注之列；或者直接改爲分段另起，同時取消符號○。

原本中凡有缺字，均用符號□表示。

原本中所用異體字，如不涉及校勘，多已改爲標準字體，如「箇」改爲「個」，「于」改爲「於」之類。但有少量異體字仍予保留，以存古風，如「剃」與「薙」，「仇」與「讎」之類。

原本中使用的異形字，一律改爲標準字體。如內兩滿宮、吳黃冊刪、說悅別絶、既卽溫強、沒尚為眞等字，一律改爲内两满宫、吴黄册删、説悦别绝、既即温强、没尚爲真等字。

原本中凡明顯錯訛字，均改而出校，如「戌」誤爲「戍」、「未」誤爲「末」之類。凡古籍中常見的易混字，則改，不出校，如「己」、「已」、「巳」之類。

鑒於本書中大部份篇目爲書信，且僅標注干支，爲便閱讀，茲將全部篇目作出「解題」，以小字列在篇目之下。「解題」包括干支、人名、篇目出處三項，其中干支據《艮齋先生年譜》等補寫，人名據《華島淵源録》等補寫，篇目出處標注册數及頁碼，華島本系《韓國近代思想叢書》影印本《田愚全集》，龍洞本系《韓國文集叢刊》影印本《艮齋集》。

原本已有手寫體的書名題簽，書者佚其名，今仍迻作新版封面。

秋潭别集卷之一

疏

因變亂請斬諸賊疏[一] 乙巳十一月七日

［解題］

乙巳，西元一九〇五年，艮齋先生六十五歲。據《年譜》記載，是年十月，「日虜犯闕脇約，上再三峻拒，至謂寧殉社稷，決不認許，而逆臣李完用、李址鎔、李根澤、權重顯、朴齊純等私相認準」。十一月，艮齋先生上此疏。

此文見華島本《艮齋私稿》别編卷一，第七册，第六四七頁； 龍洞本《艮齋先生文集》别編卷一，第Ⅴ册，第三三九頁。

伏以自古帝王，維持國家，遭遇變亂，莫不以綱常爲本。夫綱常者，天地之棟樑，人民之

〔一〕「因變亂請斬諸賊疏」，原本正文標題及目録均省略作「因變亂疏」，龍洞本《艮齋先生文集》同，華島本《艮齋私稿》正文標題及目録均作「因變亂請斬諸賊疏」，據補。

質幹。故綱常立則國家安、皇室尊，綱常壞則國家危、皇室隳。以近日之變觀之，可以視諸掌矣。彼日虜之於我，前後有萬世必報之讎，而國綱不立，兵力不振，縱未及毀其都而滅其種矣，然君臣上下何嘗一刻而忘諸心哉！況今虜使所請，直是臣妾我也，猶謂之「平和永遠，皇室尊嚴」，此雖三尺童子，亦知其紿我耳。臣愚以爲：棄吾禮義之正，而藉彼讎敵之力，則平和決不可永遠，皇室決不可尊嚴，此陛下所以再三峻拒，而至謂寧殉宗社，決不認許者也。於乎！偉哉！此實天下古今直上直下之正理也。遠近士民之聞者，莫不奮氣鼓勇，以爲此我邦今日遇屈得伸、轉禍爲福之機。爲陛下赤子者，寧可肝腦塗地，孰敢貪生忘義，甘爲讎敵之奴隸也？在廷臣僚，尤宜竭誠奉行，至死不變。而今乃私相認準，此棄君賣國之亂賊也。彼輩苟知綱常之不可悖，則豈有「君父有殉社不從之教，而臣子有俛首書可之變」乎？今也，我邦億萬生靈，莫不腐心切齒，皆欲食諸賊之肉，而磔博文之屍也。伏乞陛下亟斬當日捺章諸賊之頭，懸諸宫門，以洩神人之憤。仍將虜使渝盟越法、勒兵脅約之罪，布告天下，而共擯斥之。又宜招延英俊賢能之士，與之勵精圖治，卧薪嘗膽，期以扶植綱常，誓雪讎耻。幸而得成，則宗社臣民之福也；不幸而敗，猶足爲得正而斃矣。豈不愈於屈辱而苟存乎！況今一屈辱，異時宗社未必可保，生靈未必可全乎？

臣本寒鄉微踪，實非隱居求志者流，乃被廷臣之誤薦，累蒙陛下之殊恩，每懷欺盜之愧，而亦不能無葵藿之誠矣。今於國家危急，採訪輿論之日，豈敢愛惜軀命，不爲陛下一言之哉？此非獨賤臣一人之言，實八域萬姓之言也。欲望陛下怛焉動念，赫然震怒，亟正邦刑，冀回天命，宗社幸甚！臣民幸甚！如不以臣言爲是，請斬臣頭以謝諸賊，臣實甘之，萬萬無悔恨矣。

臣不勝銜恩爲國，痛迫誠懇之至。

批旨：「省疏，具悉[一]爾懇，嘉乃之言。」

而前後諸疏之批，亦可以參互見之矣。

再疏時局大變，不果上

【解題】

乙巳，西元一九〇五年，艮齋先生六十五歲。

此文見華島本《艮齋私稿》別編卷一，第七册，第六四九頁；龍洞本《艮齋先生文集》別編卷一，第Ⅴ册，第三三九頁。

伏以臣嘗聞《春秋》之法，「亂臣賊子，人人得而誅之」。故前日之疏，敢以請斬五賊，仰達天陛矣。既而伏承批旨，有「嘉乃之言」之教，臣不勝感泣喜幸，以爲彼五賊者當並首就戮，而

[一]「悉」，原本誤作「息」，據舊校本、挖改本、正誤表、華島本、龍洞本改。

讎虜亦將可拒矣，勒約亦將可還矣。側聽累日，王章尚未舉行，逆臣尚且無恙，未審陛下何所思量，何所畏憚，而遲遲至此也？臣之言則請斬五賊，而陛下既嘉之矣，又復因循姑息，而不能行也，豈非近於郭公「善善不能用，惡惡不能去」之覆轍耶？頃者死節諸臣，陛下亦既贈謚矣，贈官矣，而其於五賊，又却使之出入宮闈而任之以職，是陛下之心更無忠逆之分矣。夫人主之心無忠逆之分，則天下之事無復可爲者矣。今日褒一忠，明日用一逆，是豈國之常憲？亦豈人之常情也哉？臣竊惟陛下於此，豈不知其顛倒已甚？特以被五賊之所欺罔，而冀異日皇室之或無虞也；亦以被五賊之所恇怯，而懼今日聖體之或有禍也。夫皇室之無虞，臣豈不願之？聖體之有禍，臣豈不慮之？特以願皇室無虞之甚也，故一則請斬五賊矣；特以慮聖體有禍之甚也，故再則請斬五賊矣。今不亟正邦憲，而縱恣凶逆，則異日曹賊之遷漢獻，金虜之執宋帝，陛下躬親遇之而莫之免矣。是時陛下雖欲悔之，已無及矣；賤臣雖欲言之，亦無益矣。惟其如是也，故不惜軀命，不愛家族，重言復言而不知止也。陛下試觀古昔人君，孰有信任逆賊而終不受禍者哉？

臣愚以爲，陛下誠能惕然自念，以爲：「我苟以死自誓，討逆拒敵，而永保獨立焉，則祖宗列聖之靈，其必慰悅於九天之上矣；億兆臣民之衆，其必舞蹈於八域之內矣；天下萬國之人，其必稱快於五洲之外矣；異日秉筆之士，其必舉揚於百載之下矣。我何苦不勇爲，而乃爲祖宗臣民之罪人，又貽外國後世之笑囮也哉！」如此自誓自斷，愈往愈堅。只此一念，的是我韓君民起死回生之一粒靈丹也。

伏乞陛下念之念之，保守無斁。臣無任崩迫血泣之至。

再疏前本

［解題］

乙巳，西元一九〇五年，艮齋先生六十五歲。

此文見華島本《艮齋私稿》別編卷一，第七册，第六五一頁；龍洞本《艮齋先生文集》別編卷一，第V册，第三四〇頁。

伏以臣樗櫟賤材，蠹魚腐儒，不敢希學優之仕，只知有藿食之安而已。不圖廷臣誤行攙[一]掇，而屢蒙除擢。臣內自循省，惶蹙罔措。惟幸聖明，燭臣材之無用，諒臣志之度分，不俟其辭而旋復鞶褫，臣又感泣而不知何以報也。近日日虜敗盟，而賊臣行凶，遂使陛下負今日亡國之名，而植異時受辱之本；使臣民蒙今日事讎之耻，而受異時滅種之禍。此而不誅，更待誰誅！臣聞聖人之教，既有「亂臣賊子，人人得而誅之」之訓；祖宗之法，又立「國有大

[一]「攙」，原本誤作「祸」，據舊校本、挖改本、正誤表、龍洞本改。華島本作「過」。

事，詢及儒賢士民」之規。臣雖不敢以儒臣自處，獨不可以芻蕘自待乎？以故曩進一疏，而請斬諸賊矣。豈意陛下不惟不罪，反以「嘉乃之言」，示以優納之意。四方傳誦，咸謂天討必行，亂賊就戮，而讎虜懷儆惕之志，我邦有甦回之望矣。今復逾旬，王章不舉，逆臣無恙，未知陛下何所顧忌而若是因循，使大勢已傾而不可復回，機會已失而不可復遇乎？日虜所請三條：「移外交於東京，立統監於漢城，改領事爲理事」，彼直吞噬我邦，而我又無復獨立也。昔宋臣富弼使於虜而争「獻」、「納」二字，至以死拒。今彼五賊者，乃不念先王疆土之不可以拋棄，八域生靈之不可以殄滅，皇上矢辭之不可以改易，在廷臣僚之不可以勒制，五洲公議之不可以防遏，萬世流臭之不可以點洗，並皆俯首聽命，而私相調印。究厥罪狀，張松、秦檜亦不是過矣！夫禦人於國門之外者，孟子且謂之不待教而誅之，况此賣國於宫府之中者，陛下奈何不即誅滅之乎？

夫國君所賴以爲國君者，以其有仁義爾。今陛下既知諸賊之當斬，則宜亟舉討逆之常憲；若徒知其罪而不行其罰，則是心有所私而害夫仁矣，事失其正而乖於義矣。蓋事之失正，由於心之有私；心之有私，由於理之未明。是以聖人論治平之道，必以格致爲本，此古今帝王治亂常變不可易之道理也。近世士大夫既不能明理慎德，以爲致君澤民之需，故其告於君上者，亦必以外本内末、争民施奪之術，爲富國强兵、交鄰御世之資。驟而聽之，真若可恃而能成君民两安之神策；徐而察之，了無其效，而徒見災害並至之明驗。至其甚者，又謂「仁義」两字，腐儒陳談，禍亂已迫，將安所用乎？殊不知統兵禦敵，亦少仁義不得；孤城垂亡，亦少仁義不得。夫臨陣而無仁義，則將卒不相統率，而有敗亡之勢；遇亂而無仁義，則君民不相愛戴，而有棄畔之禍矣。見今大勢已傾，奸宄相成，舉國上下如卧燒屋，如乘漏船，而莫知税駕之所，則其所以絶去私意，而奮發大勇者，尤何可一時辰少緩乎哉？陛下若不及今勇決而速行之，使凶焰益熾，而主勢益孤，則不過幾月，曹賊之遷漢獻，金虜之執宋帝，行將親遇而莫之免矣！是時雖欲悔之，再無可追念之及。此惡可不急急行之，如救頭燃乎哉？陛下誠能以討逆禦敵之意，一號於國中，則百官萬民孰不爲之灑濯精神，奮發義勇，以成陛下之志哉？陛下試一行之，而有不如此者，臣請伏欺罔之罪而不敢辭矣。

夫「善善而不能用，惡惡而不能去」，此郭公亡國之覆轍，而爲天下之至戒也。臣嘗聞儒先之言曰：「爲學與爲治，顧力行何如耳。」今自討逆以往，推而至於導君以財者，阿諛順旨者，嫉人彦聖者，莅郡貪虐者，並皆竄逐而不使接迹於仕路，則彼見幾退歸之臣，深藏不市之士，亦皆悦而願爲之用矣。如或不然，而一向如前日收用之雜，則端方不倚之士，孰肯與患得患失之徒比肩而同朝也哉？王之前後左右，皆非正人，則薛居州雖賢，無如宋王何？孔子，大聖人也，又其行道濟時之心，不啻懇懇切切，而定公初年，陽貨專權，則亦不肯枉道而就仕矣。今不去諸賊，則雖有十孔子、百諸葛，亦無從而進矣，是其所關豈細故也哉？苟得一二賢德之士以爲輔相，則君子彙征，而紀綱之已頽者將復振矣，道術之已晦者將復明矣，民心之已散者將復萃矣，强鄰之已肆者將復戢矣。是其爲功又孰與敵哉？

洪惟陛下之御極於今，四十有二載矣，其間所選擇而信任者，果孰能經綸國事而爲宰相之器者？孰能輔導君德而稱經筵之任者？孰能教誨士子而爲師儒之望者？孰能藻鑒人材而舉銓衡之職者？孰能匡救過誤而盡諫諍之責者？孰能彈劾權要而振掌憲之風者？孰能鍊達軍務而爲將帥之材者？孰能愛養黎元而爲循良之吏者哉？

臣跧伏窮山，未諳國政，然據今日所就而觀之，陛〔一〕下之所進者，不待考覈而可以知其爲人矣。然是亦未可以專咎臣僚也，蓋陛下之知苟明矣，陛下之心苟正矣，其於賢邪忠佞之際，察之無遺筭而用之盡其材矣。今也使忠賢流落，邪佞隆顯，而至有近日之變，是惡可不反諸身而改其失也乎？夫邪佞進則國家覆亡，忠賢用則人主尊榮，其必然之效，不啻如指諸掌矣。此愚臣前日之疏所以纔陳討賊之義而即繼以求賢之説者也。

臣又有一言可達天陛者：近年朝野之人，無不以外國開化爲美而喜趨之，先聖制度爲陋而羞稱之。今既行之數十年，得無毫末而喪〔二〕逾丘山，論者猶謂儒術不可用，吁！真夢寐〔三〕

〔一〕「陛」，原本誤作「陞」，據挖改本、正誤表、華島本、龍洞本改。舊校本失校。
〔二〕「喪」，原本誤作「器」，據舊校本、挖改本、正誤表、華島本、龍洞本改。
〔三〕「夢寐」，原本作「夢寐」，舊校本、挖改本、正誤表、龍洞本均作「夢寐」，因改。華島本作「夕寐」。

也！是猶癡子狂夫，舍布帛菽粟，而惟火緞畫餅是求，至於凍餓死而不覺其繆者，豈不哀哉？善乎謝枋得之言曰：「天地之大，無儒道，亦不能以自立，況國乎？」以臣愚見言之，所謂儒術者，能使人君信賢而愛人，人臣尊主而庇民；能使將帥折衝而禦侮，士卒親上而死長；能使鄰邦釋怨而歸德，民俗好義而忠上。如此而君不顯、國不治者，未之聞也。儒術之與開化，彼此利害之辨，不啻天淵之判。而陛下之舉錯乃如彼，抑何見歟？

今天下萬國，各有宗教，而我韓則人皆曰孔孟之道也。以孔孟宗教爲名，而所尚之實則乃外國之制，非孔孟之訓，故漢面胡腸者、騎墻佩劍者，往往焉而至。使讎虜率兵圍宮，奪下全局，而莫之禁也；賊臣舉國獻敵，歸罪君上，而莫之誅也。嗚呼！痛矣！是曷故焉？豈非孔孟之教不明不行而然哉？夫孔孟之教豈自不明不行，寔由人主不明不行〔二〕之爾。伏願陛下亟宜主張孔孟之道，而自爲宗教之主人焉。苟能如是，其於奠安邦家、備禦鄰國也何有？

近日議者以爲，今既被讎虜之蹂躪，非藉宗教之群起莫可如何。臣愚以爲，彼巖棲谷汲、平日不齒之人，有甚風力而可以做得旋乾轉坤、排山捍海之大功哉？譬如大厦已顛，非一木

〔二〕「不明不行」，挖改本、正誤表均改作「不明之行」，龍洞本亦作「不明之行」。按華島本作「不明不行」，當以「不明不行」爲是。

可支；九鼎已破，豈零金所補？嗚呼！其太緩而不及事矣！竊聞遠近士流，或封章天門，而冀逆賊之受誅；或投函公館，而期僞約之繳還。嗚呼！其情戚矣，其心苦矣，其忠不可謂不至，而其義亦不可謂不正矣。陛下若不能及今大發誓願，率國之賢德，與之協心勠力，期以因敗成功，遇屈爲伸，而甘爲讎人之壓制，奸賊之操弄焉？則祖宗之靈，其必憂泣於地下，而億兆之衆，其必怨畔於域中矣；萬國之人，其必嗤笑於海外，而秉筆之士，其必譏貶於後世矣。陛下何苦而必爲此哉？

如以韓日之强弱爲慮，則又有可言者：往牒所載古人之跡，姑無論已，只以近事言之。比律賓〔一〕即吕宋之小島國，其人衆僅及我國一道之大，而能使民心成團，以拒西班牙之强兵。杜蘭國〔二〕即南美之一部落，英人欲吞并而攻之，杜主與其人民勠力死守，卒保無事。兵之勝敗，豈專在於力之强弱？况昔人有「戰勝於朝廷」之説，我誠直矣，彼誠曲矣，亦不待對壘交兵，而輸贏之算已定於方寸之間，勇怯之氣亦决於片言之下矣。古所謂「君仁無敵，師直爲壯」者，豈不信然哉！

伏乞陛下惟以直養氣、以禮敬賢、以仁愛民、以義交鄰是務焉。

〔一〕「比律賓」，今通譯「菲律賓」。
〔二〕「杜蘭國」，舊譯名，即非洲南部之德蘭士瓦共和國。下文「南美」當作「南非」。

疏遠賤臣，不勝惓惓愛君之誠，不揆在鄉進疏之僭，病中强起，瀝盡丹血，冀悟主聽。雖煩瀆可罪，而愚忠亦有可取者矣。

臣無任崩迫哀懇之至。

書

答鳳峀[一]金丈炳昌○甲午

[解題]

甲午，西元一八九四年，艮齋先生五十四歲。是年，朝鮮爆發東學黨事件，日本占領朝鮮全境。八月，先生移居臺三之上流萬籟山下，名其里曰李臣村，榜其居曰孔學堂。

鳳峀金丈，即金炳昌，號鳳峀，又作鳳岫。《華島淵源録·從游録》云：「金炳昌，字念祖，號鳳峀，又薇山安東人，逸執義三淵昌翁後。先生有祭文。」

此文見華島本《艮齋私稿》別編卷一，第七册，第六五八頁；龍洞本《艮齋先生文集》別編卷一，第V册，第三四五頁。

[一]「峀」，原本作「岫」，下文亦同。按目録作「峀」，華島本、龍洞本均作「峀」，據改。下同。

國變無初，主辱已甚，鬼魅横行，黎庶離散。此是緣道學寖微，教化不行，廉耻都喪，綱紀悉墜。終至於子焉而不父其父，臣焉而不君其君，而使宗社濱危，家邦垂亡。此豈非朝廷諸公謀國不臧之失，儒林群賢倡道不明之過也耶？痛哭痛哭！何言何言！倭醜犯闕之耻尚不能雪，時輩事讎之罪尚不能治，則東徒之肆虐，固其時也。然特在方伯守宰，持志益堅，執法不撓之如何，此猶不能，况論其它乎？宜其淪胥爲夷，而不以爲耻也。言之痛心，奈何奈何！愚方與二三同志聚講山裹，約以守死，而不爲斯文之累，或庶幾其萬一矣。未知門下於此何以見教也？每藉崔君細詢，文丈精力日强，德業日富，區區慰幸，不可勝言。更乞一味進學，八字著脚，用作頹波之砥柱焉。大抵儒門諸公，立身率人，例未免從流俗風氣中，擇其彼善於此者以行之，未曾見到底，以爲去聖繼絶學、爲吾君扶頽俗立心者。

愚之區區，學既滅裂，力又綿薄，靡所輕重，但自號咷而已，奈何奈何！

答鳳岀金丈己亥

［解題］

己亥，西元一八九九年，艮齋先生五十九歲。

此文見華島本《艮齋私稿》前編卷一，第一册，第四九頁；龍洞本《艮齋先生文集》前編卷一，第Ⅰ册，第二四頁。華島本《艮齋私稿》與龍洞本《艮齋先生文集》内容一致，比原本多兩段。

往年湖左某某數公有《告南塘墓文》，而大概以洛論爲異端之説，南塘有闢邪之功。不知文丈曾見之而以爲如何？篇末所謂「彼儒」，即指愚言。無論其言之中否，昧陋蒙學，猥居先賢之後，其爲榮寵極矣。第未知諸公於周、程、張、楊、李、朱、黄、真，及吾東李、宋諸先生之書如何讀，而硬主一門之論歟？其斥愚以「工訶倡義」之説，愚於敵人前有先祖之仇，後有國母之讎，雖以無才無位之故，不能出而討滅，然尋常腐心，不曾一刻放下。乃有不悦之徒，或倡爲非斥義旅之譏，或造爲和敵得策之言，以流布於世。則士友之性疏者，不及徐審而遽然論罪，此亦季世之通患也。然向得李相麟書，謂於金承旨福漢所遇趙斯文龜元，略與辨明，則曰「工訶」二字，果涉語失，則此不須更論。至於「噤嘿」之評，愚竊謂天地閉而隱，天下無道則隱，括囊尚口之戒，與夫《論》、《孟》之「不謀政」、「無言責」，朱、宋之「身不出，言不出」，諸如此法門，皆義理之所當然。竊恐塘老復起，必不以非吾道而擯斥之如今諸公之爲也，如何如何？

告文有「心如純善，易致自恣」之句。「心純善」未知是誰語？以《論語》「人能弘道」，《孟子》「仁，人心」之訓，及「盡心知性」、「不失赤子心」兩章，《集注》、《大學或問》「人之一心，湛然虚明。」、《大全》、《語類》諸説《答程正思、游誠之書》、《求放心銘》、《自警示平父感興詩》。〇「本心元無不善。」蓋卿〔二〕録。

〔二〕「蓋卿」，原本誤作「蓋鄉」，據舊校本、挖改本、正誤表改。此文華島本、龍洞本未收，華島本《艮齋私稿》、龍洞本《艮齋先生文集》均作「蓋卿」。黎靖德《朱子語類》作「蓋卿」。

「孺子將入井，不拘君子小人，皆有怵惕惻隱之心。」友仁録。觀之，雖謂之純善，亦似無礙。但此雖至神至靈，而終是涉於氣，故必如程朱「心本善」之訓，然後上可以配純善之性，下可以化不齊之氣，參贊化育而立人極矣。不然，而直屬於形上之理，如蘗[一]老之言，則誠有自恣之慮矣。又直喚做與氣質無辨之物，則又無以爲造化之柄矣。二者恐皆未妥，未知如何？

與晤堂李丈象秀○辛巳

【解題】

辛巳，西元一八八一年，艮齋先生四十一歲。

晤堂李丈，即李象秀，號晤堂。《華島淵源録·從游録》云：「李象秀，字汝人，號晤堂，全州人，逸贇善德泉君厚生後。多聞博識，文章名世，世稱生事，又類聚，及被選，語人曰：『我之是選，甚慚於艮齋。』有文集行於世，居全義。先生有祭文。」

此文見華島本《艮齋私稿》別編卷一，第七册，第六五九頁；龍洞本《艮齋先生文集》別編卷一，第V册，第三四四頁。

愚竊伏窮巷，不聞外事。昨因雲稼沈丈書，知倭酋入處都城爲久計，聞之不覺驚心。夫

〔一〕「蘗」，原本誤作「櫱」，據舊校本、挖改本、正誤表改。華島本《艮齋私稿》、龍洞本《艮齋先生文集》前編卷一均作「蘗」。

講信修睦，雖曰〔一〕人利，養虎貽患，獨非可憂者耶？古人云：「國勢雖弱，以人而强。」昔金人見胡澹庵封事，知南朝有人，始生懼心。今日急務，惟在開言路。言路一開，凡用人理財、振紀綱、正風俗、修文德、講武備、固邦本、達民情之類，將次第理會。如此則彼倭洋、俄羅不足畏也。齊威王因鄒忌之言，而令於國中曰：「面刺過者受上賞，上書諫者受中賞，謗議於朝者受下賞。」群臣進諫，門庭若市。累年之後，雖欲言，無可進者。於是燕、趙〔二〕、韓、魏皆朝於齊，此所謂「戰勝於朝廷」也。愚聞：「天聽雖聰，不啓不廣；群情雖忠，不引不盡。」今日之事，所當憂者，莫大於以言爲諱，然此却是士大夫以寢默抑心爲時義而致，此痼弊恐未可歸咎於人主也。

愚竊覵函丈平日愛君憂國之誠，切於中而達於辭，如嘗勸圭庭、經臺諸公抗疏論事，亦其一也。愚嘗與友生稱頌道説，繼之以太息也。玆者光被遴選，進爲儒賢，聖上之禮際隆矣，士類之尊仰切矣，其所欲以報塞恩遇、慰答輿望者宜何如也？愚竊以爲草野儒臣，雖不可抗論大政，備陳細務，以犯出位之戒，干百姓之譽，而其於丐免之章，以開言路、賞忠諫之意，眷眷爲人主一言之，則恐亦無害於語默之精義矣。幸而天啓聖心，使其言得而行於朝廷之上，則

〔一〕「曰」，原本誤作「日」，據舊校本、挖改本、正誤表、龍洞本改。華島本原作「日」，後改「曰」。
〔二〕「趙」，原本誤作「朝」，據挖改本、正誤表、華島本、龍洞本改。舊校本失校。

函丈雖不盡言天下之事，而天下之言皆函丈之言也。如此則恩澤加於八域，聲稱垂於百世，而子孫因受無疆之福矣。仰恃眷予，妄言至此，罪當誅斥，惟函丈有以寬之。

與倭生釁，其咎在我，此則固當致謝於彼。至於約信之日，彼既以修舊好爲名，我當以依已例從事。已例之外，一事未可輕許，此所謂「信近於義，言可復也」。奈之何使彼恣行城中，而莫之禁也？彼以和好愚我，我以和好自愚，極令人痛歎也。羿操弓，越人爲之持的，以其可必也。弱子扞弓，慈母爲之閉户，爲不可必也。況此倭人，其情叵測，豈可使之日處輦轂之下，窺吾腹心之内乎？雖然，如使我國之政令施措，盡合道理，亦足以懾服彼之心志。顧今民窮兵怨，若不保朝夕，而乃使敵人盡覘其虛實，自古未聞如此而卒保無事者。草野儒生，不識時務，漫抱杞人、漆女之憂，爲之奈何？宋時方臘之亂，向薌林時爲小官，言：「今無策，惟有起劉元城、陳了翁作相，可不戰而自平。」不知今日何處得如兩賢者，置之輔相之位，以扶宗社於阽〔二〕危之際，救生靈於塗炭之中也乎？

「道學政術無二致，内修外攘爲一事」，此横渠、南軒二先生所以眷眷爲朝廷言者。今日所宜言，亦莫切於此二者。而二者之中，「學政無二」之説尤爲要切。蓋必須得真正道學之人，其所以發號施令者，乃可合於先王之政，而其於禦蠻夷、化仇敵之道，亦舉此而措之耳。

〔二〕「阽」，原本誤作「帖」，據挖改本、龍洞本改。舊校本、正誤表失校。華島本原作「帖」，後改「阽」。

日後如有可言之階，爲一謦欬〔一〕於黈纊之下焉。愚於門下，敢恃知照，凡有所慮，不問得失，悉以具禀，以門下之見愛，必能略其狂瞽而取其愚忠矣。

我之與倭，雖不得已而和，然只以舊例從事可也。乃許以兩處開港，已是大關利害。今則使之雜處城中，此又何等謀慮？今有畏刀杖而食烏喙者，不知以爲智乎否也？一種時議，以爲彼無它腸，或者又謂與彼交易，大損財穀。愚竊以爲彼雖無它意，既是翦髮卉服，宮闈至近之地，不可使之久處。況其意上而窺覘國政，下而惑亂民情，則其害不專在於財穀之耗損而已耶？若聖上遣近臣，宣別諭，詢之以處之之道，則其對也將奚以哉？此似當預入思議看也。記得朱先生《告趙尚書書》云：「士居平世，處下位，視天下之事，意若無足爲者。及居大位，遭事會，便覺無下手處。信乎義理之難窮，而學問之不可已也。病中看《通鑑》，正值難處置處〔二〕，不覺骨寒毛聳，心膽墮地。尤庵曰：『謂設以身當之，故云然。』因歎前日枉讀了古人書。」又潘叔昌咎陳、竇欲盡誅宦者而取禍，則先生以爲：「後人據紙上語，指點前人甚易，不知事到手頭，實要處斷，毫髮之間便有成敗，不是容易事。」此皆先生真實參勘語，每讀之，便覺危懼，沒措身處。今設以自家置之，處倭之地，而慮其所以應之者，怳然若身陷重圍，不知何以出脫得也。未

〔一〕「欬」，原本誤作「咳」，據舊校本、挖改本、正誤表、龍洞本改。華島本亦誤作「咳」。

〔二〕「難處置處」，舊校本涂去上「處」字，誤改作「難置處」。挖改本、正誤表、華島本、龍洞本均作「難處置處」。《朱子文集》、《性理大全》亦作「難處置處」。

審門下於此，以爲如何斷置乃爲得宜也？此等説話，决難與外人道，只可一示長胤，而即滅之。

答金混泉萬壽○乙未

［解題］

乙未，西元一八九五年，艮齋先生五十五歲。是年，中日《馬關條約》規定中國單方面承認朝鮮獨立，明成皇后（閔妃）遭日本人暗殺，高宗逃到俄國公使館。

金混泉，《華島淵源録·從游録》云：「金萬壽，字體一，號混泉，全州人。齒德爲一方模楷，安雅山門人，就正於梅山居。」

此文見華島本《艮齋私稿》别編卷一，第七册，第六六三頁；龍洞本《艮齋先生文集》别編卷一，第Ⅴ册，第三四六頁。華島本、龍洞本均作《答混泉金公》。

時變已極，無以復加，未審古之聖者遇之，宜如何處之？箕子之居夷，仲尼之浮海，爲可以受用，而器具、力量皆不足，如何做得成？其次變姓名，棄妻子，宋公逃左衽之禍，竄山谷、入海島，徐子遂全髮之志，亦可師法，未知崇意以爲如何？守善衣巾，始意不欲遵讎虜、逆臣之令，庶幾守虞夏商周之制，以下見曩哲於九原，俯垂遺規於後進。不謂自名士流，如鄭海朝乃敢目之以醉狂倭洋，而筆之於書；柳基一又復誚之以趨時諧俗，而序之於詩。其餘若朴徵遠、魚允奭輩，或興訛造謗，或通文走疏，嫉之如仇敵，畏之如鬼魔也。而尊諭却謂神州陸沈，先王禮樂僅存於東華一區者，如碩果之象。噫！彼戎賊其將盡滅之無類乎？側聞足下倡率諸子，幅巾深衣，大講名義於風吹草靡之日，高風攸激，不覺髮豎氣湧，恨莫執鞭從後，快睹盛儀也。由鄭、柳輩而視此，彼此相懸，不啻天淵之判也。柳省齋之雍容愷悌，誠如尊諭，而其晚年改得師門，傳授旨訣，以定後輩學問門路，其功偉矣。如洪在龜、柳基一諸人，侵斥譏訾，不遺餘力，至發殺師之説而極矣。噫！天下之生久矣，一治一亂，一正一邪，縱云理也，然豈有立仇讎於禮儀之場，尋干戈於性理之論，如彼一種怪鬼者耶？抑氣數攸奪，彼亦無如之何，而自至於此耶？

别箋疑目，以吾丈邃學，何乃俯詢於孤陋如愚者耶？有以見不挾賢長，訪及芻蕘之盛心，敬歎！敬歎！見避剃髮之禍，竄身荒山之中，不曾以書策自隨，只將自己臆見逐一供對，以求回諭。如得風便，勿靳反復。至懇。

與金混泉丁酉

[解題]

丁酉，西元一八九七年，艮齋先生五十七歲。是年，爲高宗皇帝光武元年，朝鮮改稱「大韓帝國」。

此文見華島本《艮齋私稿》别編卷一，第七册，第六六五頁；龍洞本《艮齋先生文集》别編卷一，第V册，第三四六頁。華島本、龍洞本均作《與混泉金公》。

國讎未報，奄及再周。八域萬姓，無一義氣男子。而我輩書生，又不能爲仲尼、伯玉去國出關之行，只有軒軒丈夫愧生朝鮮之恨已矣！痛哭！何言何言！晚、滙二公相繼觀化，此在後死爲可悲耳。自家浩然一歸，安知不爲福耶？老丈與賤子前路不遠，未行前宜勉進理義，庶幾下見曩哲於九原。

伏希時惠正誨。

答沈參判琦澤○甲午

［解題］

甲午，西元一八九四年，艮齋先生五十四歲。

沈參判，即沈琦澤。《華島淵源録·從游録》云：「沈琦澤，字景圭，號雲稼，青松人，參判。與先生初不相識，先生被金平默構誣，禍將不測，公力爲伸辨，後訪先生於公州，一見契合。鳳棲門人，居公州。」艮齋先生有《雲稼沈公墓誌銘並序》，見龍洞本《艮齋先生文集》前編續卷六。

此文見華島本《艮齋私稿》前編卷一，第一册，第八九頁；龍洞本《艮齋先生文集》前編卷一，第Ⅰ册，第四一頁。

國家多難，主上受辱，在廷諸公，未聞有一人碎首天陛，以死自明者。天下之可耻，豈有甚於此者？而草莽微賤如愚者，亦復苟活至今，痛哭何言！賤臣掌憲之除，其分不相當，已無可言。而若是時輩所舉，則雖挽東海之水不足以雪其耻。今承下諭，始知明明是出於聖〔一〕簡，惶蹙之餘，不覺感淚之縱横也。雖然，時危已極，才疏又甚，無以報君恩之萬一，慚愧何言！近日民擾，自是在上者之責，非我輩措大所能致力爲之。奈何「環畫不入」之説，愚以何德，感彼之深如此哉？竊恐傳者過也。

答申判書正熙○丁亥

［解題］

丁亥，西元一八八七年，艮齋先生四十七歲。

申判書，即申正熙。《華島淵源録・從游録》云：「申正熙，字□□，號香農，平山人，大將櫶子，捕將、禁將、訓將、壯將，首拜御將，再任至兵判。性剛直明敏，不畏强禦。捕將時，權豪屏息，盜賊潛蹤，受田歸鄉，必屏徒御來訪治民經邦之道，居鎮川。」

此文見華島本《艮齋私稿》前編續卷一，第三册，第三八八頁；龍洞本《艮齋先生文集》前編續卷一，第Ⅱ册，第三一一頁。

〔一〕「聖」，原本誤作「賢」，據舊校本、挖改本、正誤表改。此文華島本、龍洞本未收，華島本《艮齋私稿》、龍洞本《艮齋先生文集》均作「聖」。

昨蒙寵臨，詢及自彼或有加兵之舉，而自上欲出師拒之。則爲之將者，其處義當如何，此台監思之熟矣，尚何待儒生之言？然下問之盛意，有不可以虛辱，請以謬見質之。夫我之屈於彼人，只緣强弱之不敵，非爲義理之當然也。某令之謂「服事數百年，豈無其義」云者，無乃見之粗乎？如此則宋先生臨命眷眷之意，顧安在哉？台監之不以爲然者，無容改評。此則既然矣，但未知主上所欲拒之，究是何意？若耻屈於夷虜，而欲與之閉關絶約，則誠足少慰志士之悲，亦可以有辭於後世矣，第恐非今日之力所能及。與其不量力而動，而卒取禍敗，不如姑忍痛含冤，以待可圖之日也。若借力於俄羅，而欲與之抗拒自立，則勝負之算姑無論，未知俄人果能行先王之仁政，而爲天下之義主也乎？審如是，則如麗之背元歸明，固無不可，是所云「華夷之辨，重於君臣之分」也。如其未然，則棄夷狄而歸夷狄，其於義理未知何如也？凡事有利害，亦有是非。今此之爲，則於利與是之間，恐兩無所當矣。士君子既已立乎人之本朝，則正宜諫止[一]於未然之前，未可從命於臨亂之際也。如或諫不行，則奉身而退可也。如又欲退不得，而至於承命，則亦須以是非利害，明白陳達，期於見從可也。到此地頭，若待以師律，則又只有一死而已，更何言哉？或曰：「爲彼立節，亦何義也？」曰：「非然也，吾爲國死耳，

〔一〕「止」，原本誤作「正」，據舊校本、挖改本、正誤表改。此文華島本、龍洞本未收，華島本《艮齋私稿》、龍洞本《艮齋先生文集》均作「止」。

焉有士君子而爲夷虜立節者乎?」外人譏笑,恐似不必恤也。雖然,此特爲已仕者言,若論出處之正義,則前輩有言,使聖人在元、清統合之時,只得遯世無悶已矣,是爲極本窮源第一等議論也。然使今之士聞之,其不以爲迂者幾希矣。凡此云云,係是大〔一〕節,不識時務如愚者,何敢斷置,惟在台監裁擇之如何耳。

與崔勉庵益鉉○丙午

【解題】

丙午,西元一九〇六年,艮齋先生六十六歲。是年十一月,除中樞院副贊議,不就。

崔勉庵,《華島淵源録·從游録》云:「崔益鉉,字贊謙,號勉庵,慶州人,文判書孤雲致遠後。敢諫有直聲,世人訴先生不倡義死節,公曰:『艮齋出處與我不同,不可輕死。』公舉義,殉於對馬島。有文集。華西門人,居定山。先生有祭文。」

此文見華島本《艮齋私稿》別編卷一,第七册,第六六五頁;龍洞本《艮齋先生文集》別編卷一,第V册,第三四七頁。

〔一〕「大」,原本誤作「小」,據舊校本、挖改本、正誤表改。華島本《艮齋私稿》、龍洞本《艮齋先生文集》前編續卷一均作「大」。

上天降割，宗社綴旒，凡我臣庶，孰不崩心痛迫，思所以扶顛持危之道乎？如愚者素來朴陋，百不逮人，遯迹窮山，惟俟一死而已。忽聞洪州義旅之聲，不覺感奮鼓勇之至。繼而又聞台監見方召募兵丁，而已發陣行，《易》所謂「師貞，丈人吉」者，可謂今日準備語也。以若忠肝義膽，激厲壯士，將有雲集風馳之勢，以愚忝在賓客之末者，亦與有光寵矣。昔諸葛公從昭烈帝仗義討賊也，天下志節之士，孰不延頸以望之？況其舊日游從，如龐、崔、馬、黄諸公，雖以位分之異，未曾與聞軍事，然其於武侯〔一〕之義舉，所以憂念攢祝，以冀其事之成者，宜靡極不至矣。愚也竊附斯義，日夜默禱義旅之日振，寇賊之日蹙，期於掃清世界，而奠安宗社矣。既而再念，台監見今八耋之年，從事行陣，固知尊意之視軀命，不啻鴻毛之輕，而神明之相忠賢〔二〕，非直泰山之重矣。然道義原來微弱，非有血氣配之，則亦無由張旺。切乞精調寢膳，巾舄增重，是乃所以上爲廟社，下爲生靈也。區區不勝懇望之情。

先聖「臨事而懼」，『子之所慎者戰』及『以不教民戰，是謂棄之』，總在一『懼』字中。好謀而成，我戰則必勝，即此也。」「足食，足兵，民信」古人有至於張空弮〔三〕，羅雀鼠，而民無貳志者，非上之信有以結於心，能然乎？此又

〔一〕「侯」，原本誤作「俠」，據舊校本、挖改本、正誤表、龍洞本改。華島本亦誤作「俠」。
〔二〕「忠賢」下，原本衍「輩」字，據舊校本、挖改本、正誤表、龍洞本删。華島本原有「輩」，後圈删。
〔三〕「弮」，原本誤作「拳」，據舊校本、挖改本、正誤表、龍洞本改。華島本亦誤作「拳」。

事變之來，有所不備，則不得已而行之者也。之訓，愚固無疑矣。曾記顧亭林論「師出以律」云：「以湯、武之仁義爲心，以桓、文之節制爲用。」如此則湯、武之行軍，初無法度紀律，可以管轄控制，可以候望防備者歟？此却可疑，未審台意於此以爲如何？曾在湖西，往往聞義旅以無候望之卒與防備之術，而爲賊人所敗，此則不可以不念也。

答朴年吉世和○壬寅

［解題］

壬寅，西元一九〇二年，艮齋先生六十二歲。

朴年吉，《華島淵源録·從游録》云：「朴世和，字年吉，號毅堂，□□人。謀舉義，事洩被執，不屈而還。居聞慶。」

此文見華島本《艮齋私稿》別編卷一，第七册，第六六六頁；龍洞本《艮齋先生文集》別編卷一，第Ⅴ册，第三四七頁。

愚衋也切於承誨，輕進尺牘，不謂洪量多容，既賜以手命，又責以尊華衛道之任。噫！真仁且義矣！感篆之餘，更深激切之情焉爾。第伏念爲吾儒者，孰不知此個義諦，特以位有出處之殊，故事有微顯之異耳。然其所以維持世教，而有裨於吾道，則未嘗不一也。故孟子言：「禹、稷、顔某同道。」尤翁言：「士之抱負重大者不出，則以不扶持而扶持也。」如愚者，縱使達而立朝，亦無可行之學，况茲窮而寡聞，惡有可推之道乎？只是一寠夫耳，何足道哉！

但竊嘗聞：内夏外夷，尊王賤霸，進賢出邪，閑聖闢異，自是吾儒家常茶飯。然此須先將遏欲存理，做個根子，方是有體有用之學也。蓋由事功起脚，只是事功，未是學問；由學問立義，但見學問，不見事功。惟其不見事功，故淺識之士多謂「道學無用」。毛奇齡至謂「宋儒薄事功，無氣節」，是烏足與議也？若聖賢端的旨訣，尚且理會不透，自家狂妄心身，尚且降伏不下，却將尊華斥邪，別作一個掀天揭地事業，開口泚筆，無非是物，則朱子所謂「胡氏於大本處看不分曉，故鋭於闢異端，而未免自入一脚」，及「中原之戎虜易逐，而一己之私意難除」者，不幸而近之矣。

尊諭「堂堂禮義小中華之吾東邦，卒乃夷焉獸焉而止耶」一段，字字實從熱腸活血中出來，反復擎玩，使人太息也。第以淺見言之，國必自夷自獸，而後人始夷之獸之耳。今使朝廷公卿，苟能上義下利，而惟賢能是用，紀綱是振，不復以門地拘，不復以貨賂進；儒林士子，苟能尊性制心，而惟德行是務，節義是崇，不復以氣勢伸，不復以聲譽移。只此數語，便可使已夷者復華，已獸者復人矣。來書所謂「剥盡復生之理」恐在此，而果不在於怒目切齒、撫劍抵掌之間也。

愚之窾啓如此，未敢蔽蓋，不求益幸。有以平昔所定規度款款告語之，謹當奉以周旋矣。

來書「執事大名扶持吾道，梅翁嫡統在所不讓」等語，非惟道理實事不如此，雖以救時言之，亦不當乃爾。蓋愚之不敢承當姑勿問，近日世儒之互相尊奬，胸無枰尺，眼眯毫薪，喜一激之義氣，醉幾篇之麗辭，不問本源，不察素行，不關全體，不要永終，而妄稱之曰如此如此，此古人所謂無識之論也。以執事之明，豈不懲此？特急於誘人，切於救世，而不覺其言之過中，是宜少垂察焉。

聞柳汝聖一隊人謂愚「怕死而不舉義，怵禍而不斥和」，未知此説信否？而大抵以不起兵、不投疏謂之「怕死怵禍」，則孔、朱亦未嘗舉義於放弑之日，尤、春亦未曾進言於南漢之役，此又如何裁之耶？彼邊之甚者造讆言，謂愚指義旅謂賊，此又無人理者之爲，而諸人方且信之，亦見其識量之未明未廣也。況彼未嘗入吾室，閱吾稿，安知其無一言尊華攘夷而云云耶？特不曾印布於世，如彼之揚武耀名而已耳。

答朴年吉甲辰

［解題］

甲辰，西元一九〇四年，艮齋先生六十四歲。是年，艮齋先生以别單特升正三品通政大夫，除秘書院丞，旋褫。

此文見華島本《艮齋私稿》别編卷一，第七册，第六六九頁；龍洞本《艮齋先生文集》别編卷一，第V册，第三四八頁。

外夷陵轢，日甚一日，守華之士，更從何處自靖？聞中原九龍山中，大明遺民至今不受虜制〔一〕。年前崔君在學，遇清兵，問之，答謂「九龍賊果有之」，此必满人，故指華爲賊也。今我輩既被勢分所格，不得有爲於世，則安得相攜以至其處，與華夏諸人相與揖讓而終吾身哉？徒自悲泣而已！

與朴年吉乙巳

〔解題〕

乙巳，西元一九〇五年，艮齋先生六十五歲。

此文見華島本《艮齋私稿》別編卷一，第七册，第六七〇頁；龍洞本《艮齋先生文集》別編卷一，第V册，第三四九頁。

國已破矣，性命無足惜。惟華夏變爲夷獸，禮義淪於土苴，爲至痛也。弊居距仙門頗遠，

〔一〕「聞中原九龍山中」二句，此處所云九龍山似在福建，「中原」意指中國。清徐珂《清稗類鈔》盜賊類「九龍山之盜」條云：「閩有九龍山，亦素稱盜藪，然不爲近地之患，似一方之雄耳。有自其中出者，謂儼然一國也，世界之所有無不具備，槍礮尤精美，物産豐饒，製造工巧，男多業農，女多業織，故終歲温飽，可不外求。據云二百餘年前已嘯聚於此，若以年代考之，或即明末遺民，以山作桃源也。」

轉聞執事纔謀舉義，忽被拘幽。此以恒例言之，誠似變異；而據今日觀之，還是常事。以執事節義之性，固當遇禍若祥，視死如歸。至如愚之愛慕者，亦只有欽歎而無嗟勞也。然彼之罪惡，今已貫盈，天必厭惡而滅除之矣，吾輩雖死，亦無足恨也。未審見在何地？而撞著何苦？莫聞的奇[一]，徒勞注想，而時下悲涕而已。晚遇轉遞，略附數語。更乞平生所學，正要今日用而已。

與宋東玉秉珣[二]〇丙午

[解題]

丙午，西元一九〇六年，艮齋先生六十六歲。

宋東玉，《華島淵源録·從游録》云：「宋秉珣，字東玉，號心石，思津人，都事淵齋秉璿弟。以奇蘆沙《猥筆》、《納凉私議條辨》，往復相訂，後以僞帖事仰藥而殉。居永同。」

此文見華島本《艮齋私稿》別編卷一，第七册，第六七〇頁；華島本《艮齋私稿》前編卷二，第一册，第一一三頁；龍洞本《艮齋先生文集》前編卷二，第Ⅰ册，第五二頁。

[一]「奇」，依文意似當作「寄」。
[二]「秉珣」，原本誤作「秉元」，據舊校本、挖改本、正誤表改。

頃得尊伯氏丈席《遺疏訣》書數篇，讀之不覺氣湧如山，淚迸如泉也。竊想執事在同氣之地，兼師友之義，其所以崩心摧痛者，豈餘人尋常鶺鴒之戚而已哉！然更須以一番殉義，足以輝映斯文，裨補國家自慰，而罔或過於疚懷也。嘗聞古之君子，得志則能以道覺其君臣；不幸遇亂世，則能以道開其士民；又不幸而值夷狄之變，上黲下黷，無所於往，則能以身守其道義，或致命遂志，或抱木枯死，或隱居授徒，以基異日陽復之本。其窮達之遇，常變之行，雖不盡同，而有功於天地則一也。竊願執事益加努力，講明大義，開淑後進，以扶不絶如線之正脈，是爲仰副丈席臨命耿耿之深衷也。惟執事勉之。

答宋晦卿炳華○甲午

［解題］

甲午，西元一八九四年，艮齋先生五十四歲。

宋晦卿，《華島淵源録·從游録》云：「宋炳華，字晦卿，號蘭谷，又約齋，恩津人，薦參奉。文行高識，卓越世儒，尊信先生如神明，嘗題先生《私稿》後，倭授僞帖，峻辭却之。居公州。」

此文見華島本《艮齋私稿》別編卷一，第七册，第六七一頁；龍洞本《艮齋先生文集》別編卷一，第V册，第三四九頁。

愚前書「擕書入山，抱木枯死」两句，盛諭謂以「哀痛之言」，而復引晦翁在金虜之世，猶且講明道義，壁立萬仞氣象，以爲不必如彼。愚竊謂今日王綱已墜，故義理不明；義理不明，故邪説暴行交作。舉世知有外國開化，而不知有本朝社稷、國母讎怨，惟以奔走貪饕、媕婀澒洞爲道，道學名節、禮義廉耻爲怪，而居者有盜賊之虞，行者遇豺狼之暴，使晦翁而處此時，其必發浮海之歎，而有居夷之意，如吾夫子必矣。記得《楚辭集注》釋荀氏《佹詩》云：「衰亂之極，雖聖人亦拱[一]手而無能爲。」況我輩小子，薄德涼學，尤何能有爲於斯世也哉？每中夜以興，摩挲牀頭殘書，不覺泣下。此真哀痛之發，奈何奈何！

答宋晦卿乙卯

［解題］

乙卯，西元一九一五年，艮齋先生七十五歲。

此文見華島本《艮齋私稿》後編卷一，第四册，第一五八頁；龍洞本《艮齋先生文集》後編卷一，第Ⅲ册，第一〇頁。華島本《艮齋私稿》、龍洞本《艮齋先生文集》爲全文，原本節選其中一段。

[一]「拱」，原本誤作「供」，據舊校本、挖改本、正誤表、華島本、龍洞本改。荀卿《佹詩》：「皓天不復，憂無疆也。千秋必反，古之常也。弟子勉學，天不忘也。聖人共手，時幾將矣。」朱熹《楚辭後語》云：「『皓』與『昊』同，『秋』一作『歲』，『共』讀爲『拱』。言若使昊天之運往而不復，則所憂無窮；顧盛衰消息循環代至，未有千歲而不反者，此固古今之常理也。弟子亦勉於學以俟時耳，天道神明豈終忘此世者哉？況今之時，衰亂已極，雖有聖人，亦拱手而不能有爲。蓋物極必反，時運之開，其亦將不久矣。」

俯教「墓籍」一説，聞命矣。昔陳幾亭言：「道理本天然一定，亦有勢窮情極，必須從權者。如徐庶本惡曹，因母爲所執，遂往降之，此情極而從勢也。執其本然，不與情勢遷移，則道理反失矣。」今士流本不欲爲墓籍，是一定之理，因慮掘燒種樹而爲之，是權宜之道也。陳眉公云：「好名之過，使人不復顧君父。」今之士多認墓籍爲捐名節而不肯爲。爲自己名節，不顧父祖遺骸，恐非人情天理之所宜出也。彼始也陵夷我人，不從則終必掘移矣。「掘移」二字，彼酋對宜寧田相武發此言。纔一破墓，其禍不可言。《大典》：「污穢尸體與殺人同罪。」則子孫不籍，而至使體魄遭罔測之變，是與父祖被殺同。此如何可忍？忍痛含冤，迫不得已之遺訣，不得已而用之矣。來書所舉，或説與此爲一義，而所引朱子答南軒書論祈請事，類例不倫，如何？

答金正斯商悳○庚申

【解題】

庚申，西元一九二〇年，艮齋先生八十歲。

金正斯，名商德，又名尚悳。《華島淵源録・從游録》云：「金尚悳，字正斯，號韋觀，慶州人，文直閣鶴洲弘郁後。有見識文行，國亡，杜門自靖。居洪州。」

此文見華島本《艮齋私稿》後編卷一，第四册，第一七一頁；龍洞本《艮齋先生文集》後編卷一，第Ⅲ册，第一五頁。華島本《艮齋私稿》、龍洞本《艮齋先生文集》爲全文，原本節選其中兩段。

賊徒所刊〔一〕《槿域日月》，構誣元陵之説，愚嘗概聞，而未之見也。萬世必報之讎，不獨行弑之賊。來喻之云，信知言矣。渠輩不畏天命，不恤人言，乘時肆惡，靡極不至。至於指斥先帝，而起訟於彼，直禽獸之不若，不足言矣。但東邦以禮義見稱於天下，而及其亡也，乃有此變，使人痛恨，不如無聰也。

答徐友書，謹悉尊旨。愚以鄉里謏見，初認爲復辟，而用馬東平存趙氏之書書。因亂回來，既而知其裏許，如盛諭之云，則縱被煎迫，亦不之許，故得反覆之誚，而不之悔矣。

答金正斯

【解題】

庚申，西元一九二〇年，艮齋先生八十歲。

此文出處同上。華島本、龍洞本，此文與上文爲同一封書信。

頻教「丁未『傳受』二字，先帝、儲君所不知」一段，誠不勝切骨之恨。然近得《韓國痛史》

〔一〕「刊」，原本誤作「利」，據舊校本、挖改本、正誤表改。《答金正斯》二通、《與金正斯》一通，華島本、龍洞本未收，見華島本《艮齋私稿》、龍洞本《艮齋先生文集》。

觀之，其第三編百卅三板所載丁未秋禪位事，始以代理有教，終被賊脅，不免行傳位儀式矣。愚以是問於士友之可問處，則曰：「此諸賊萬剮不贖之罪。然傳位則傳位爾，宗社焉告之？天下焉布之？傳授國寶，別開正殿，詔除朝請，之隆熙不之光武，凡四年矣。而謂先帝、儲君不知，豈得爲稱停之辭乎？」吳震泳。曰：「先帝但許皇太子代理，而逆賊輩脅持外寇威勢，做成强奪之事矣。此雖非先帝之意，既行儀式，故擧國遂有上皇、今皇之稱。」崔秉心。此外又有徐君鎭英所論，而大概與吳、崔二説同，而加詳焉。未審執事於此，又以爲如何？不知曾與志令爛商？更望子細消詳，明白教示。

與金正斯〔一〕

【解題】

庚申，西元一九二〇年，艮齋先生八十歲。

此文見華島本《艮齋私稿》後編卷一，第四冊，第一七四頁；龍洞本《艮齋先生文集》後編卷一，第Ⅲ冊，第一七頁。

〔一〕「與金正斯」，華島本《艮齋私稿》作「問金正斯」。

國祥，臣民除服，俟禫從吉，自是常禮。令聞有「祥後仍著白笠」之說，不知誰論而流行於京鄉。然宋徽、欽喪，未嘗復讎，而只行三年。年前明成皇后喪亦然。今如何獨用不除服之禮乎？幸賜誨示。

前書所教「愚在國恤中，麻布衣笠外，無他道」之喻，固當然也。臘月祥後，欲仍著素笠衣帶，蓋用以寓亡國遺民之恨。若乃子孫、門生不必然。此義未知如何？後聞徐斗益所傳，則韋公以余「祥後仍著素衣帶」之說爲善。

答任秘丞[一] 喆常○丙午

[解題]

丙午，西元一九〇六年，艮齋先生六十六歲。

任秘丞，《華島淵源録·從游録》云：「任喆常，字□□，號□□，豐川人，石江碩齡後，官至秘書丞，孫世準，居興德。先生有祭文。」

此文見華島本《艮齋私稿》別編卷一，第七册，第六七二頁；龍洞本《艮齋先生文集》別編卷一，第V册，第三四九頁。

〔一〕「答任秘函」，龍洞本作「答任承旨」。

頫諭縷縷，豈勝痛歎！竊念人生百年，安穩無烖，千希一二，如何敢期？但生丁不辰，目擊弑逆賣國之變，行將又遇移民之禍，區區老生，生亦何爲？每聞邦内人士，所以望於愚者極不淺，但既乏才智之藴，又無尺寸之柄，如何展得手脚，用答群情？只有慚痛而已。禍已迫矣，不能等待凉生。七十病骨，六月遠征，寔非易處。且伏念長者癃病尤甚，不及詣辭，祇以數字仰復，而異時在謁不可期，則臨風悵溯，不勝依依。

道之興廢，國之存亡，應有其數。而鴻儒藎臣，必欲圖其少延，冀其暫安，而費盡心力，繼之以死，仁天必有感格之妙。而今乃至此，此又《天問》之所當作也。意者宇内之大勢已重，朝著之濁亂已甚，天亦無如之何歟？抑仁賢雖困，而爲法於來世；奸凶假息，而流臭於萬年。是乃天之常歟？

與柳明化志聖○癸丑

【解題】

癸丑，西元一九一三年，艮齋先生七十三歲。是年，艮齋先生定居於繼華島陽里。

柳明化，《華島淵源録·從游録》云：「柳志聖，字明化，號遂堂，高興人，忠正公誠齋濯後。性寛洪簡重，尚義好學，倭餉優老金，峻拒却之。先生銘其墓曰：『穢賜制宜，熊魚並全。』孫永善爲先生高弟，居高敞。」

此文見華島本《艮齋私稿》後編卷一，第四册，第一八五頁；龍洞本《艮齋先生文集》後編卷一，第Ⅲ册，第一二二頁。

彼金志節之士，視若穢物，至有死而不受者，是爲心之本於性也，愚皆以詩贊之。知舊中如李、尹諸人，不免失義而辱師，愚又絶之，是亦本性之心也。竊聞執事令黨正勿書給生年，而得無玷累，此何等清高，真可景仰，竊與諸生共增寵光爾。

答盧仁吾東源○乙巳

［解題］

乙巳，西元一九〇五年，艮齋先生六十五歲。

盧仁吾，《華島淵源録・從游録》云：「盧東源，字仁吾，豐川人，玉溪禛後，子秉準爲先生門人，居淳昌。」

此文見華島本《艮齋私稿》後編卷一，第四册，第二二六頁；龍洞本《艮齋先生文集》後編卷一，第Ⅲ册，第四〇頁。

愚孤露生朝，重以國家傾危，悲泣無聊之際，遠拜下狀，滿幅皆憂國憤世之辭，讀之使人涕零。見今時義，只有「守死善道」四字而已。但所謂「善道」云者，良非易事，須得士友講明義理，擇中而用之，乃爲庶幾矣。古人有變姓名、棄妻子以逃左衽之禍者，宋汝爲。有握髮痛哭、流寓山海、全髮以終身者，徐孚遠。有聞剃髮令碎所佩玉曰「寧爲玉碎，毋爲瓦全」者，周卜年。有自謂「存此不屈膝、不剃髮之身，以見先帝先人於地下」者，徐汧。有閉門讀《易》，執至金陵，不剃頭而死者。華鳳超。吾輩於此，當擇而用之已矣。

答盧仁吾癸丑

【解題】

癸丑，西元一九一三年，艮齋先生七十三歲。

此文見華島本《艮齋私稿》後編卷一，第四册，第二二九頁；龍洞本《艮齋先生文集》後編卷一，第Ⅲ册，第四一頁。華島本《艮齋私稿》、龍洞本《艮齋先生文集》爲全文，原本節選其中一段。

盛喻「衣變而心不變」，此句説得理錯，而致得人疑之。源夫衣之變者，心變之影也，安有形直而影曲之理？數尺衣袂雖微，而華夷大防繫焉。夫華夷大防如何做人情？聖賢定法如何做人情？愚則不敢開此蹊徑也。幸更以「尊先」、「申義」二字從事，内而不失世傳之教，外而可爲鄉里之表焉。

與金元五福漢○時在公州監獄○己未

【解題】

己未，西元一九一九年，艮齋先生七十九歲。

金元五，《華島淵源録·從游録》云：「金福漢，字元五，號志山，安東人，大司成仙源尚容後。倡義被執，不屈，全節而歸。先生歿，却酒肉三日。子魯東悦服先生，先生歿，加麻三月。居洪城。」

此文見華島本《艮齋私稿》後編卷一，第四册，第一八四頁；龍洞本《艮齋先生文集》後編卷一，第Ⅲ册，第二一頁。

遠想六旬病翁，孤卧板屋，手不匙，體無被，耿耿丹心，惟素位行是務。愚爲誦陸太常獄中詩以助其思云：「一身曾許國，九死敢忘恩」，「空庭對明月，古道照乾坤」，可謂金志山實録也。陸震，明正德時人，詳見清王崇炳所纂《金華徵獻略》三卷〔二〕。

與金元五

〔解題〕

己未，西元一九一九年，艮齋先生七十九歲。

此文見華島本《艮齋私稿》後編卷一，第四册，第一八四頁；龍洞本《艮齋先生文集》後編卷一，第Ⅲ册，第二一一頁。

前札皆覽否？日夕憂虞之際，得徐友書，審已還第。此固喜聞彼之不敢犯手，尤足爲一邦士流之光，此乃是大幸也。令監在獄日，愚不慮其殺身，只怕其毁形，不可謂非善禱也。今後所冀，只有益勉敬義，用副鄙懷。

〔二〕「三卷」，當作「卷三」或「第三卷」。王崇炳《金華徵獻略》共二十卷，陸震傳在卷之三，所作詩《明詩綜》、《明詩紀事》題爲《朝房待罪》。《與金元五》二通，華島本、龍洞本未收，見華島本《艮齋私稿》、龍洞本《艮齋先生文集》。

答崔錫胤永祚○庚申

【解題】

庚申，西元一九二〇年，艮齋先生八十歲。

崔錫胤，《華島淵源録·從游録》云：「崔永祚，字錫胤，號雲齋，慶州人，參奉勉庵益鉉子。時人訾毁先生，則必曰：『無以爲也，君子所爲，衆人所不識也。』居定山。」

此文見華島本《艮齋私稿》後編卷一，第四册，第二一八頁；龍洞本《艮齋先生文集》後編卷一，第Ⅲ册，第三六頁。

苟得復辟，寄書遠人，雖極難安，區區迷見，不惜一身之死，而初欲爲之。既而聞之，時人之意，不在復辟，而却主共和；不在尊孔，而乃在西術。然則君臣之義，聖賢之教，一切廢置而後已，已不可爲矣。且聞茶公國未及復，而身先爲夷，則尤不敢生意矣。今承崇諭，謂華翁而在者，只有杜門自靖，以待天下之清而已，决不與世俗之人同浴矣。據此以觀之，使其門下諸賢而當之，亦必無它道。區區者於是乎可以自信而無懼矣！

答崔錫胤

【解題】

庚申，西元一九二〇年，艮齋先生八十歲。

此文出處同上。華島本《艮齋私稿》、龍洞本《艮齋先生文集》，此文與上文爲同一封書信。

示喻茶公昔得先台監書，答之云云。此則愚時在古阜山齋聞之，至於愚則未嘗承書。及聞起兵，齎書使金澤，述及家孫鎰健，追至井邑山寺，不及而還矣。近聞先台監《年譜》，鄙名亦在其中，此非當時實事也。假使有書，愚必以無才辭矣。愚於四方義旅，日夜望其勢盛而有成，此是衆情之所同。奈何《昭義新編》載金演祖誣書，謂愚斥義旅爲黄巢、葛榮，是豈毫髮近似之言耶？大抵當起與不起，惟在量能度勢而自處而已。奈何不起者誚起者，起者誣不起者，以自壞了體面，可異也已！

答李友明聖烈○癸卯

【解題】

癸卯，西元一九〇三年，艮齋先生六十三歲。

李友明，《華島淵源録·從游録》云：「李聖烈，字友明，號退庵，禮安人，文參判文正公巍庵柬後。自少歷斆牧伯，燭奸如神，公退，必隻馬短童來謁，講學仕學相資，爲時名宰。居温陽。」

此文見華島本《艮齋私稿》别編卷一，第七册，第六七三頁；龍洞本《艮齋先生文集》别編卷一，第V册，第三五〇頁。

竊念今日我邦形便，已到萬分地頭，未知何處果有一個具得舉鼎拔山力、包天括地量、移海挽河機、起死回生藥的人，能整頓得一過。愚從數十年前，已常有「願天生聖人」之祝，不知其能感動得上帝之意否也？嘗讀《大學》末節，見劉氏蕘采解云：「所謂『善者』，非是尋常善人，蓋其才足以經緯天地，力足以斡旋乾坤，倉猝艱難中，指麾可以立辦，所謂傾否亨屯之人也。『雖』字『亦』字〔一〕，極言勢重難反，見其必滅亡而後已。」又讀《孟子·離婁上》第九章末句，見潛庵輔氏言：「至此則雖聖人，亦末如之何矣。詳味引詩之言，令人惕然警省。」非惟二家説然爾，嘗見朱先生釋荀氏《佹詩》云：「至於危亂已極，則雖聖人，亦且拱手而無能爲矣。」又記先生看《徽宗實録》云，那時「更無一著下得是」。今日朝廷諸公所處，未審那著是下得是底。「使無虜人之猖獗，亦不能安。當時有伊、吕之才，能轉得否，恐也不可轉。嘗試思之，無著可下手。」可見先生當之，亦無如之何矣。又嘗曰：「靖康之禍，縱元城、了翁諸人在，亦了不得。」方伯謨曰：「心腹潰了。」請問今日我邦形勢，幸不至於心腹之潰否？愚每讀朱先生書至此等處，未嘗不廢書而長太息也。

竊伏聞今上天資仁善，亦能愛民，苟得賢士輔之，講究治道，修舉政事，國勢狼狽，豈遽至此？後來遂爲諸人所誤，不復以聖賢道義之説維持調護之，專以夷狄富强之術反覆導誘之，凡「危、亡、凶、荒」字一切諱之，朱子曰：「宣、政間，凡『危、亡、亂』字皆不得用，安得無後來之禍？」惟宴游、祈禱是事，馴致主勢日孤，而國亦日貧矣。既與日合，而日人狡猾；復與俄合，而俄人貪暴。

〔一〕「雖字亦字」，《大學》原文云：「雖有善者，亦無如之何矣。」

吾方枕人熟睡，而彼已打量無遺算矣，豈不寒心哉？近見柳汝聖《昭義新編》，其門人謂其師「倡義旅以逐十八國之强虜」，壯哉言乎！未知使外國人觀之，豈不齒冷？記得《語類》一處説：「夏時萬國，到周時止千八百國，孟子時只有七國，雖有大聖大智，亦不能遏其衝。」今人謂當驅逐諸夷，信能如此，豈不誠大快？第恐無遏其勢之術耳。

嘗竊思之，雖曰大小强弱，天也，然又豈不曰「師文王，大國五年，小國七年，必爲政於天下」乎！縱不能爲政於天下，豈不能有所修舉而隨分支撑矣乎！如不能自强，而惟大國是恃，湣王之於淖齒，其已然之跡亦甚昭昭。思之至此，只有撫膺長吁，繼之以痛泣已矣。奈何奈何！

台諭：「凡治國許多間架，法度禮文，一一講究，方得不迷於施爲。」尊稿中有此文字，時復惠寄，以開迷塞，則恩孰大焉。愚實固滯樸素，兼又無書籍可檢，安有經邦文字之可論耶？愧愧甚甚！涪翁嘗言：「伊尹之耕於莘野，傅説之築於傅巖，天下之事非一一而學之，天下之賢才非一一而知之，明其在己而已矣，此所謂齊家以下則舉此以措之者也。」然晦翁却言：「伊尹耕於野，凡所以治國平天下者，無不理會。」大抵二先生之言，皆可以通融矣。竊嘗考之《孟子或問》論「盡心」之義曰云云：「至於事至物來，雖舉天下之物，或素所未嘗接於耳目思慮之間者，亦無不判然迎刃而解。」《語類》：「問：『知至若論極致處，聖賢亦難言。如孟子未學諸侯喪禮，與未詳班爵之制。』先生曰：『如何要一切知得？然理會得已多，萬一有插一件差異底事來，也識得破。』」此等訓辭，亦不可不知也。然此只據大賢高才〔一〕而言，其他學者却須隨分理會，以待上之任使可也。或疑方處而修學，又留心世務，恐未爲是。是又不然。聖賢固未嘗教人做倒了學，亦未嘗教人做自了學，考之往行前言，無可疑者。

台諭：「使上心翻然改悟，今日在廷諸臣，恐未有承當者，未知得何人出來做得伊、吕、周、召之大業，管、葛、僑、蠡之奇勳耶？今日我東第一聞望，嶺之郭俛宇、湖之我文丈也。誠使得君行道，則可能辦此數聖賢之大事耶？」愚未知台監平日視此漢爲何如人，而遽發此問，難可使聞於外人也。然又舉《栗翁筵對》「成某未必經邦之大才，其好善則優於天下」一段，而曰：「未知以爲如何」。盛意所在，庶可仰揣矣。然牛溪先生，今日後進小子，亦何敢遽云云耶？恐亦未免於一言之不知也，如何如何？如愚者，素性癡拙，一房數十口，尚且納之溝中而莫能救，若復進之於一郡一省，亦没奈何。况使之當此敗局，而望其有襪線之補耶？

昔曹立之問：「使滕君舉國以聽孟子，如何？」朱子曰：「用孟子至二三十年，使鄰國民仰之若父母，則大國亦不動它，但世間事直是難得恰好。」今使孟子當之，亦須待數十年，而後始得免於齊、楚之禍。且所謂世事難得恰好者，尤足以墮千古英雄之淚矣。如愚者，直一蒙

〔一〕「才」，原本誤作「寸」，據舊校本、挖改本、正誤表、華島本、龍洞本改。

學小生，何足爲有無？

漆雕氏，聖人使之仕，則其材可見，而自以未信而不願仕。朱子謂「本朝只有一程某而不能用」，則伊川之才何如？而治平、熙寧間，近臣屢薦，自以學不足，不願仕。此皆昔賢量而後入之義，不似後人不度人己，輕於進取，卒至失望於民，無補於世者之比也。

非惟是已，孟子、横渠猶以爲不得已而用潛龍者也，吴伯豐疑而問之，朱先生答曰：「孟子以時言之，固不當潛。然以學言之，恐猶有且合向裏進步處。横渠之言極有味也。」愚以爲此個義諦，後人鮮有能知之者，甚可歎也。如余者，只宜老死蓬蒿，與蠹魚爲伍而已。未審高明所以處己者，將若之何？此須子細究覈，未可草草打過也。

所諭：「滿州[一]事，未知形便如何，而將天下大動耶？我若當其衝，則列國之强狠，如何抵當得？只有盡其誠以應之，其得保全，則天也。至於力竭而無可如何，則君死社稷、臣死君父而已，夫復何策？」觀孟子答滕文公三段，皆是無可奈何，只得勉之爲善之辭。想見滕國至弱，都主張不起，故如此。朱先生嘗論此云：「此只是吾得正而斃焉之意。」夫孟子豈不是命世亞聖？朱子亦豈不是經濟手段？遇着間於齊、楚之滕[二]，則到底奈何不下。一則曰「是謀

[一]「滿州」，今通作「滿洲」。
[二]「滕」，原本誤作「縢」，據舊校本、挖改本、正誤表、華島本、龍洞本改，下同。

非吾所及也」，一則曰「二國之視滕猶泰山之壓雞卵，滕實是難保也」。《語類》，時舉録。但據淺見，料之我國形勢，滕稍有間矣。苟得上[一]心悔悟，而勵精圖治。其視社稷之傾危，如性命之將決；念生靈之塗炭，若吾子之垂死。而奸佞之輩惡之如讎賊，而勠之以謝百姓；賢能之士惜之如股肱，而進之以繫衆情。至如保民之聖言，信之如靠一座華嶽，而歸身不離；務財之小人，畏之如遇一盞鴆酒，而近口不得。則是數者，足以轉移已傾之運，而迓續方新之和矣。自兹以往，其所以爲綱常經紀之化，均平充拓之道，禮樂刑政之教，開物成務、興衰補弊之規，四海九州風氣民俗之殊，内夏外夷、綏懷化禦之略，至於錢穀出納、戰陣奇正之節制，亦將次第理會，隨意措置。而期以數十年，然後恩澤漸可周洽，教化漸可普遍，而吾君吾相始出一口氣。嗚呼！何其艱哉！

愚嘗讀《語類》，言子路優於管仲，而深信其然矣。及觀龜山之論，則與之相反。而朱先生載諸《孟》注，竊不能無疑焉。最後得金仁山辨得痛快，始乃釋然。蓋其辨曰：「楊氏未盡此章之意。夫曾西云云，正以二子作用優劣言也。蓋管仲功業遠不可望子路，何者？仲不過富强而已。夫子許子路曰云云，子路自許亦曰云云。小國攝乎大國之間，師旅饑饉可謂貧弱

[一]「上」字上，原本誤排一分隔符號○，舊校本圈刪，正誤表更正，挖改本空格。按華島本、龍洞本「上」字上均空一格，敬語挪抬。

垂亡矣，子路爲之，僅逾兩載，而使之有勇，則其於富强乎何有？且知方則加一等矣。使其得全齊之地而爲之，何待三年？何止有勇？其視仲四十年之久，而僅僅乃爾，真不足道矣。大抵聖賢作用，自是殊絶，决非常情所能測度。世衰道微，不幸聖賢而不獲用，天下世人但見伯者小小功業，即以爲大。至論孔門諸子，則或但以爲循良自守而已，此真世道之不幸也。」金辨止此。觀此始知《語類》爲定論，而《集注》或未及再修也。此與孟子答景春章《集注》，何臺溪説參究亦佳。愚每以爲世俗認學、政爲兩截，而指儒者爲無用，及觀其所自爲，則與齊之先詐力而後仁義，不自强而屈於吴，莫能相遠矣。

吾東先哲，自静、退以來，群賢雖其才調、器局不無小大優劣之分，然其愛君保民之志，進賢黜奸之用，則無不同矣。使其世世信任而柄用之，則今日國勢豈至於此哉？嗚呼！真世道之不幸也！

答李友明甲辰

［解題］

甲辰，西元一九〇四年，艮齋先生六十四歲。

此文見華島本《艮齋私稿》前編卷四，第一册，第三三四頁；龍洞本《艮齋先生文集》前編卷四，第Ⅰ册，第一四七頁。

國變日甚，憂泣不已，繼以痛哭。所舉尤翁「既不欲聞，又不欲言」兩句，正道吾輩心事也。剃髮原無可問，只黑衣之令，亦有死不從已矣。台監平日入城，窄衫尋常不滿，今此服裝亦復一例放過耶？緇衣皂衫，雖有古據，今則讎虜之指揮也。台若一從，大節已虧。世有承君「當絶志完」之言，必復出於其口矣。大抵一身窮塞極小，萬世禮義至重，宜分外慎之。四月疏，本應多可行者，而尚未承批，可歎。所疑語默之節，愚每謂未出儒者，宜謹守常法。如「不在位，不謀政」、「天地閉，賢人隱」之類是也。其居位者，宜沫血飲泣，面折廷諍，而爲胡邦衡之請斬秦檜、賈子野之乞誅王倫亦可；賈廷佐字子野，博學多聞，剛毅有大節，登紹興進士，爲嚴州桐廬主簿。時金使張通古[一]偕王倫來，以詔喻江南爲名，廷佐上書請誅王倫。書凡數千言，與胡澹庵疏相伯仲，於乎偉哉！爲朱槐里之請劍折檻，趙重峰之持斧伏闕亦可。今台監之疏辭，未知如何，而鄙意猶恐不十分勁直，使亂賊破膽也。宋朝韓、范諸公，皆一片忠誠爲國之心，故其事業顯著，而名望孚動於天下。後世之士以私意小智，備例塞責，而欲事業名譽比擬古人，難矣。此薛文清之言，而士大夫之立朝事君者，宜深識之。

[一]「古」，原本誤作「右」，據舊校本、挖改本、正誤表改。此文華島本、龍洞本未收，華島本《艮齋私稿》、龍洞本《艮齋先生文集》均誤作「右」。「賈廷佐字子野」一節，引自《金華徵獻略》卷之二，清雍正刻本亦誤作「右」。張通古，《金史》有傳。

與李友明乙巳

［解題］

乙巳，西元一九〇五年，艮齋先生六十五歲。

此文見華島本《艮齋私稿》別編卷一，第七册，第六八〇頁；龍洞本《艮齋先生文集》未見。

臣之於君，當兩量而進退焉。如愚者，自量己材，未可仕而不敢進也。又量主上知臣不肖，假以官銜而旋授它人，是不得進也。頃見新聞載何人所作《吊山林隱[一]逸文》，並譏愚盜竊秘丞清選，此爲近理之言乎？只見其不察已矣。愚於是得所以自處者，故平日未嘗有辭職章疏，如它儒賢也。今日亦不曾以奔問爲正義矣，然亦有以不赴國難見罪者。況如台監者，宗戚近臣也，其禄位之重，情義之摯，豈可以常仕比哉？今者之變，主上雖在，宗社雖存，而國則已亡矣，何敢偃處私室而不即奔問邪？據台之地而言之，平日宜直諫天陛，以一死悟主，而不爲也；又宜致函外使，求一番談辨[二]，而亦不爲也；變出之日，又宜詣闕討賊，以明大義；又宜各館會決，以破僞約，而並皆不爲也。如此而冀免國人之誚，得乎？然尚有一策可爲：今使吴君震泳馳書

［一］「隱」，原本誤作「穩」，據舊校本、挖改本、正誤表、華島本改。
［二］「辨」，依文意似當作「辯」。

備陳，而竊自謂天若祚韓，此計必成，此台必從。萬一有沮敗之者，是不知不仁之甚，決不可從也。記得李芾罵諸將曰：「國家平時厚養汝者，爲今日也。」此言台監宜細體之，若復憚難趑趄，不即勇行，豈復有人臣理哉？吾知台監之自盡其忠誠矣。善乎薛敬軒之言曰：「韓、范諸公，皆一片忠誠爲國之心，故其事業顯著而名望孚動於天下。」是宜台監之所當勉勵而享用也。

區區老交，行將死矣，諒其言之必善，惟台監刳心以納之。無問朝野，必擇有血誠、有膽略者，與之同謀。此在雅裁，而尹令憲變亦可與周旋。如何如何？

擬答李太鄰建初○乙未

【解題】

乙未，西元一八九五年，艮齋先生五十五歲。

李建初，字泰隣，又作太鄰，號丹農，全州人，峿堂李象秀之子。

此文見華島本《艮齋私稿》拾遺，第八册，第三〇頁；龍洞本《艮齋先生文集》別編卷一，第Ⅴ册，第三五三頁。

哲人知幾，與時偕行，惟其存心則不隨時隆窪。故孔孟之轍環，以其時則如彼，而以

其心則如是也。[一]

孔子之轍環，其於列國，只是答其聘而已。程子說。然於弗擾，是聘召而有禮者。蔡虛齋說。而竟弗[二]往，蓋弗擾不稟命於君，而叛其大夫，逆也。欲以是克亂，是以亂爲亂，而又加甚焉耳。後世亂臣賊子，所以借虛名而爲篡奪之計者，多出於此，夫子豈以是而欲往耶？斯義也，南軒言之切矣，而爲朱先生所深取，則孔子之心因亦可知也。聖人雖曰不忍忘天下，而季氏强僭，陽虎專政，則不仕；季桓子受女樂而不朝，則去；衛靈公問陳，則行；齊景公不用，則去；魯不復能用，則不求仕。何嘗以救世爲諉，而不恤其出處之義哉？至於孟子生乎戰國板蕩之世，亦欲行其道於天下，然先王之禮，未仕者不敢見於諸侯，當時士者莫有識此義者，而孟子獨守之不變。其答陳代之問，又力破枉尺直尋之論，則聖賢之欲濟斯民者，仁也，不枉其道者，義也。今不細究此等精義，而概以轍環爲諉，則吾不知其何說也。

[一]「哲人知幾」一節，原本誤作頂格。挖改本改爲低一格寫，連下十一行重排爲十二行。《秋潭集改版》所示亦同。按此爲李太鄰語，當低一格寫。龍洞本作低一格寫，據改。
[二]「弗」，龍洞本同，挖改本改爲「不」，今仍其舊。

夫不仕亂世，豈止爲潔身而已哉？誠以立身不得其正，則事必不成也。然遂謂亂世〔一〕義止於潔身，則是一節獨行之士耳。謂賢於鄙夫則可，謂之聖人之徒則未也。何謂聖人？爲天地生民立心者也。何謂聖人之徒？志聖人之志者也。聖人之有取於狂，取其志也。如人子於賢父母，以肖其一體者謂之肖乎？肖其心志者謂之肖乎？學聖人之一節，而自居聖人之徒者，吾未之信也。〔二〕

「立身不正，事必不成」，此語却甚正當。來書諸說，只以此裁之，可以立得恁大本領，斬盡許多支蔓。後面論愚出處處，又有「潔身然後議及它事」之語，亦與此意相表裏。吾人胸中不可一刻無此意思，但細究盛喻，頗以不仕、潔身爲一節之士，而每加譏貶之辭。然嘗見黄勉齋論接輿、荷蓧等云：「若四人者，惟夫子然後可以議其不合於中道，未至於夫子者，未可以妄議也。貪祿嗜利之徒，求以自便其私，亦借四子而詆之，欲以見其不可不仕，多見其不知量也。」王厚齋亦言：「斯人清風遠韻，如鸞鵠之高翔，玉雪之不汙，視世俗徇利無耻、饕榮苟得者，猶腐鼠糞壤也。」此等議論，讀之極令人竦然警懼也。魯國日衰，三桓僭越，而太師以下諸

〔一〕「世」，原本誤作「也」，據舊校本、挖改本、正誤表、龍洞本改。
〔二〕「夫不仕亂世」一節，原本低一格寫，龍洞本亦低一格寫，當是引李太鄰語。以下低一格寫均同。

賢，適齊適楚，逾河入海以去亂。則横渠先生不惟不譏以一節之士，而乃反歸之於聖人之功化，此又與來喻不同，何也？况顔子幾與聖人一體，而嘗不仕而居於陋巷，則孔子賢之，孟子並舉禹、稷而稱之曰「易地則皆然」，又何也？《語類》有一段云：「今人如學夫子，有多少處不學，只學它『微服過宋』、『君命召，不俟駕』、見南子與佛肸之類。」必如來喻，則若此者，始可謂之聖人之徒矣。好笑好笑！

周之二大老，其義相反，而爲天地生民立心則同也，故俱謂之聖人。然或稱伯夷過於太公，何也？太公爲一時生民立心，伯夷爲萬世生民立心。一時、萬世，久近之分，所以等優劣也。惟孔子能爲一時，並爲萬世，其餘力量未之及也。

謂伯夷勝於太公者，是也。昔有問於陳幾亭曰：「聖賢效法天地，亦有時拗過天地否？」曰：「夷、齊不食周粟，當時天運悉已歸周，两人欲以隻身撑拄乾坤。元時，上天命之入主天下，而金華四子没身天壤[一]。一則拗之於天運之初遷，一則拗之於天運之久定，此太極之不

[一]「天壤」，黄宗羲《明儒學案》卷六一《中書陳幾亭先生龍正》原文作「泉壤」。按畢沅《續資治通鑑》：「金華處士許謙卒，當時學者稱何基、王柏、金履祥及謙爲『金華四子』。」

隨陰陽者，故人心爲太極。」陳氏此論極正當，來書後面却以魯齋爲勝於仁山、白雲，又何其矛盾也？

頃有主時務者，語弟曰：「我邦凡爲官者，魚肉生民已久矣，今安得無此事？安得無此大更張也？」曰：「莫重於宗社，而有更重於宗社者；莫急於生死，而有更急於生死者。使宗社一時顛覆，而八路之兆民一日俱死，亦有未及恤者。顧公寧魚肉此民，勿禽獸此民。」語者竟不省。省，則時事猶可爲，而何可得也？

既勸它勿禽獸此民，則自家勿被它禽獸之，乃爲言行、心跡一致之人也。來書後面却謂當從衣制新令，何也？

爲今之計，惟山林宿德之士，擇其子弟與門人聰明而有本領者，送入學校。學中所授，不過經傳、歷代、地理、書算書，皆是實學，但所主在彼而不在此。上下驅之以利，所以爲可憂也。稍老成者，選爲教授。今又選人入養成所，習師範，規模六個月，乃爲諸學教授。萬世大機會在此教授。專力學問，仍及於時務，亦送於外國游覽而歸。此兩事如前賢之亦應科舉，非此無由進身，其選法則賢於科舉，其急則甚於前賢。然後出而有爲，則雖非一朝夕之事，庶或於不知不覺之中，維持挽回，冀不致舉全局而淪陷。此狄梁公身事武后[一]，而陰留桓彦範等，爲它日興復計也。

今所設學校，是誰所創也？宋末三舍法，是蔡京、李定所定，胡珵[二]作《記》譏之曰：「學者，所以學忠與孝也。今欲教天下士以忠孝，而學制乃出於不忠不孝之人，豈不難哉？」未知今日儒林，何人果送其子弟門人於新學，而受其驅之以利之學乎？且狄梁公事是僥倖，非正道，非儒者所當法也。近年以來[三]，選入育英公院，游覽天下諸國者多矣，未知其所建白於上，而振刷朝綱、拯濟生民者，果[四]爲何事？目前利害曉然易見，而猶且云云，吾不識其何説也？

有一友人嘗歎：「自變後，在朝老成之人，莫不高飛遠走，要爲獨全身名之計，殊不知『不可則去』之義，却於今日用不得也。譬如大厦將覆，大木小木迭進互呈，左支右撑，爲先救壓梁，然後徐圖修葺可也。若望風先退，只思自全，則一椽一榱，或有得完，而其

[一]「武后」下，原本誤空一格，舊校本、挖改本塗删，正誤表更正「空間」爲「連書」。龍洞本無空格。今據改。
[二]「珵」，原本誤作「呈」，據舊校本、挖改本、正誤表、龍洞本改。
[三]「近年以來」上，原本空一格，龍洞本亦空一格，舊校本、挖改本圈删。今據改。正誤表補一空格符號○。
[四]「者果」，原本誤倒作「果者」，據舊校本、挖改本、正誤表、龍洞本乙正。

於全屋之必頹何哉？或曰：舍之而不藏，庸可得乎？去者豈得已也？曰：不然。譬如猛虎已老，其爪牙聲威，雖不足以制百獸，而其在山之日，妖狐狡狸，尚憚於跳踉〔一〕。老成在朝，雖噤不能有爲，而威儀風采，自然所及甚多。其在也，不甚覺其爲益；其去也，乃見大有損焉。故觀君子，論其志已，不責小節。今不能無望於諸公也。」弟謂此等識見力量，當與君子之可與權者言也。且此以位高者言也，不可責於新進及去之已久者。

以愚見言之，識微之士，十數年前早已潔身而去，不受權要之駕御矣。至於昨年變故之時，惟有主辱臣死一義耳。其後則微官庶僚去之，亦可。其將相侍從，則皆思所以明大義，討亂賊，以雪國耻而安君父，至事不成，則繼之以死而已。若立朝噤默，而冀其有萬一之助，非人臣事君之正也。況陰受逆賊讎虜之羈縻，而曰「我輩不去，則自然所及者多矣」，豈非不仁不義之大者乎？今世之所謂權者，例皆如此，不謂高明亦復作此見解也。

山林宿德，爲世所尊者，其責尤有甚於大臣。大臣所重，宗社爲急；而山林宿德所重，又有急於宗社。此亦一時、萬世之分也。先生平日爲天地生民立心，不欲以一節自

〔一〕「跳踉」，原本誤作「跳跟」，據龍洞本改。舊校本、挖改本、正誤表失校。

好，故不求聞達，而聲名滿世。順興之命，非無妄之得也。然平時固應不出，况今日乎？出而有益，不應出，况無益而徒汙身乎？委以大官，尚不應出，况百里不足以展所藴之萬一乎？知者謂必不出，不知者罵其忘世。然知者，知清高之一節而已；不知者，知不出之爲忘世，而不知不忘世，故愈不應出也。何也？潔身然後議及它事也。屈王佐之才，局於百里，是亦用其一節而已也。然則出而膺大官，展布足以有益，則可出乎？曰：可。曰：其於汙身何哉？曰〔一〕：君子苟明其志，則汙猶潔也。

「出而膺大官，展布足以有益，則可出乎？曰：可。」然則今儒者出世，則逆賊可以先誅乎？雠虜可以首却乎？不然，是先屈身於逆雠，而後有益於國家矣。儒者姑無論，鄉黨自好者亦必不爲矣。况徒屈而無益，則害甚明，而猶不之知，何也？

孔子應佛肸之召，子路爲季氏宰。聖賢不可尚已，君子肯居狄梁公之下乎？

《語類》：「問：佛肸、公山召，欲往，如何？曰：二子暫時有尊賢向善之誠心，故感得聖

〔一〕「曰」，原本脱漏，龍洞本同，舊校本、挖改本、正誤表無校，據文義補。

人欲往之意。然違道叛逆，終不能改，故聖人亦終不往也。」今來書直稱孔子應佛肹之召，得非近於誣乎？至於子路仕於强僭之家，而不能正其惡，故聖人只謂其「具臣」，而後賢亦多有不滿之言矣。狄梁公，朱門人問：「武后時無狄公，更害事？」先生曰：「如梁公爲周朝相，吕舜從爲張邦昌官，皆不可以爲訓。伊川論平、勃，謂當以王陵爲正，是也。」又曰：「《通鑑》凡逆臣之死，皆書曰『死』，至狄[一]仁傑，則甚疑之。李氏之復，雖出於仁傑，然畢竟是死於周之大臣，不柰[二]何，也教相隨入『死』例。」栗谷先生亦論梁公云：「惡不仁者，雖不可及，而若知耻自愛者，亦不爲狄公矣。」使朱、李兩賢而不知道則已，何可自諉以「苟明其志，則汙猶潔」，而不念詘身枉道之耻也乎？竊觀盛意，總只被「汙猶潔」三字誤了。幸須潔之、潔之而又潔之，惟恐此身受一點之汙也。

儒者之事，行道、明道二者而已。立德者，行道也；立言者，明道也。二者居一焉。然立言之難，甚於立德，何也？得位則可以立德，此無古今之殊；立言則孔孟以下至於程朱而至矣。自程朱闡明聖道，以後只篤遵而謹行，則達足以兼善天下，窮足以獨善其

[一]「狄」，原本誤作「狹」，據舊校本、挖改本、正誤表、龍洞本改。
[二]「柰」，原本誤作「禁」，據舊校本、挖改本、正誤表、龍洞本改。

身，窮天地而不可變。外乎此則邪説異道而已。雖才識絶人，文章满世，衹足以禍天下。此不必論也。至於志聖人之志，遵聖人之訓，識明義精，循規蹈矩，發言中理，下筆合道，抉天人之精微，較性理於毫忽，問難風發，著書等身，考其歸則不過就程朱所已闡明之説，敷衍其緒餘而已，只足以增後儒引用稱「某氏曰」一條耳。使無此書，决不必有欠於天地生民之利也。下此則只使好事者開争競之門户，尋干戈於性命，鬭水火於禮文，吾道之招謗受侮，遂自此始矣。故知吾輩著書，不過妙契疾書，闡其心得，使言行相資互發耳。若遽以此自居，爲立言垂後，則可謂不知量矣。

才識絶人，文章满世，而禍天下者，儒門無此輩人。惟從古重事功、尚文華者，例多如此，甚可懼也。來喻自「志聖人之志」至「著書等身」，非大賢定不能及此。而乃曰云云，恐言之太没斟量矣。且敷衍程朱緒餘而不差，亦豈是易事？苟非沈潛玩繹、命辭無差者，恐[一]未易語此，但不當自居以立言垂後耳。

今學者如林，而其能大心硬脊、擔著世道者，果有幾人乎？環顧一世，惟先生不能辭

[一]「恐」，原本誤作「耻」，據舊校本、挖改本、正誤表、龍洞本改。

其責矣。先生自量立言明道者，果足以維持挽回於全局淪陷之後乎？先生亦恐不能自信其必然也。否則，徒以不仕，不去廣袖，不衣洋布，不衣黑，謂足以衛道，謂今日之義止於潔身，則便是爲身家起見也，與自私自利者相去幾何哉？

立言明道，以維持挽回於全局淪陷之後，以愚料之，雖孔子之聖，當今之時，恐難以文墨口舌遽然收功，而况後生小子之學術不足以成己、文章不足以動人者，又何必問其自信與否也？但來喻謂：「今日之義止於潔身不仕，則便是爲身家起見，與自私自利者相去幾何哉？」愚意於此殊甚未安。蓋嘗竊謂：士不幸遇亂世，須先自量己分。仁足以格君心，才足以濟民生，德足以作禮樂，道足以易天下，始可以膺命一出，而使天下危而復安，君父辱而復榮矣。其不能及此者，雖不可存忘世之遐心，且只得循守身之常法。不忍與棄父師之教以壞禮義，決性命之情以饕富貴者，比肩接武於軟紅塵土之中，其清風高節，瀟灑恬淡，亦足以激厲衆心，聳動百世矣。而世間一種號爲能文章、懷經濟者，輒以孔孟、沮溺之分爲口實，而奔走於權要之門，貪虐乎州縣之民，卒使宗社受無窮之禍，身家蒙〔二〕不貲之耻，而不知止也。噫！聖人是何等大手脚，而以自家小小伎倆，妄欲效則？隱士是何等好胸襟，而以自家瑣瑣見識妄

〔二〕「蒙」，原本脱漏，據舊校本、挖改本、正誤表、龍洞本補。

加譏評也？此區區平生所目憎而氣奪者，而高明乃復不誚彼輩，而反指不仕亂世者爲自私自利，此愚所以欲極言竭論以救正之者也。朱先生嘗言：「人之出處最可畏，如漢、魏之末，所事者只有曹、馬，皆逆賊耳。諸葛武侯末〔一〕遇先主，只得退藏，一向休了，也没奈何。」朱子語止此。若必以潔身爲自私，則須如荀彧、賈充輩，而後乃可謂之公義也歟？荀彧初事曹操，而後能勸辭九錫；吕舜從爲張邦昌門下侍郎，却能教邦昌收回僞赦，迎太后垂簾。如此者，其出處之義，語默之節，於盛意云何？又如楊龜山應蔡京之薦而出脚，陳後山辭章惇之召而不見，此兩賢之得失又如何？皆須細入思議看也。大抵由盛見而揆之，從古聖賢皆宜有仕而無止，有入而無量，有行而無藏，有見而無隱，有兼善而無獨善，有衒玉而無待賈，不幾於捐道義、喪廉耻而爲天下後世之笑駡矣乎！

竊以程朱而後，有功斯文者，當以許魯齋爲第一，虞伯生之論盡矣。使匈奴之餘種，能崇尚儒術，遂啓大明之文物，而至及我朝治化之盛，振古鑠今，果誰之功耶？仁山、白雲潔身著書，其高則過之。而自今日觀之，雖無仁山、白雲，不足爲大損；無魯齋，則天

〔一〕「末」，原本誤作「末」，據舊校本、挖改本、正誤表、龍洞本改。

下萬世不知其果何如也？乃論者或以爲失節，或〔一〕以爲失身，或以爲身屈而道〔二〕伸，殊不知君子身即道，道即身，失身而得道，屈身而伸道，果有是理乎？必使魯齋守溝瀆之諒，而任它天下萬世永爲禽獸，然後快於心歟？天地神明當俱怒此言矣。

來教盛稱許魯齋爲程朱後一人，而至謂大明之文物、本朝之治化，皆其功也。未知高明有什麽意思而發此言於今日，而示及於鄙生也？然以左見相證，而與之相長，亦朋友之道也。愚平日竊以爲，如許衡者，胡元之忠臣，聖門之罪人。蓋胡元以匈奴餘種，乘宋室之衰，偃然帝中國而撫四海矣。舉中國之土宇而腥膻之，舉中國之人民而犬羊之，舉中國之冠裳而左衽之，舉中國之禮義而土苴之，自生民以來所未有之〔三〕大變也。使是時有聖賢者出，將入山浮海之不暇矣。不幸而被其聘召，則亦宜勸之曰：「我先王之法，嚴於華夷之分，夷雖據有天下，而使秉筆者貶之，如賊后、簒臣之例。必待其變革夷習，而服行禮義，使人倫明而風俗美，然後始得與於正統之例。」如是爲言，幸而見聽，固天下之福也。彼既誠心向善，而處我以賓師之位而不敢臣焉，則待其有問而告語之可也。否則，亦毅然自立，超然遠引，使不復敢施其籠絡焉可也。如此則彼亦知帝王正

〔一〕「或」，原本脱漏，據舊校本、挖改本、正誤表、龍洞本補。
〔二〕「而道」，原本誤倒作「道而」，據舊校本、挖改本、正誤表、龍洞本乙正。
〔三〕「之」，原本脱漏，據舊校本、挖改本、正誤表、龍洞本補。

統之不可以非類得，而消弭其僥倖覬覦之私； 知華夏賢者之不可以美爵屈，而興起其愧耻奮發之心。 則庶乎天地生物之仁，聖賢扶陽之義耳。 而衡也在當時，亦號爲儒者，而不辭其薦引，輒匍匐稽顙於天驕之庭，退而儼然據師席而談仁義，可謂無耻之甚者矣。 夫教也者，所以使人守聖人之道，謹先王之防，而不入於夷狄禽獸之歸也。 而今也將《詩》、《書》所載，周孔所戒，内夏外夷之大法，棄之後面角頭而不一問焉，乃只誨以謹於灑掃拜揖之節，講於學問思辨之間焉，是猶豪隸狡奴逐其主而奪其家，則告之以居室之敬、學文之法也，豈非舛之甚者乎？ 方正學，明初儒者，亦嘗言：「今北方之民，父子兄婦同室而寢，汙穢褻狎，殆無人理。 盂飯設匕，咄爾而呼其翁，對坐於地而食之。 爲學官者頑不知教，其於大倫悖棄若此，甚非國家之便也。」又嘗言：「吾鄉之俗，三百年之間凡三變。 在宋中世，以文辭相高。 逮乾道、淳熙間，聞大賢君子之風而悦之，重道德，尚名節，褒[一]衣危巾，講論性命，言行必本乎禮義。 至於元，以功利誘天下，衆驩趨之，而習於浮誇。 負才氣者，以豪放爲道； 尚富侈者，以驕佚自縱。 而宋之舊俗微矣。」又曰：「曩時天下俗淪於夷，弊陋不振者七十餘年。 豪傑之士生乎其間者，亦衆矣，而終有愧於昔，心

[一]「褒」，挖改本未改，舊校本、正誤表更正爲「褏」，龍洞本作「褎」。 按：當作「褎」或「褏」，解爲博裾。 方孝孺《遜志齋集》卷十四《贈盧信道序》、《四部叢刊》景印明刊本作「褏」，《續四部叢刊》景印明刊本作「褎」，《四庫全書》本作「褎」。「褎」同「褏」。「褏」、「褎」同「袖」。

竊痛之。」據此則安得謂魯齋使胡元能崇尚儒術，遂啓大明之文物，如來喻之云耶？況謂之「至及我朝治化之盛」，則又妄之甚也。栗翁嘗謂魯齋不當仕元，而目之爲失身。愚聞：守孰爲大？守身爲大。夫焉有失其身而得乎道者乎？今指不能守身而失道者，而强稱之曰澤及後世，功存斯文，許衡之鬼，豈不瑟縮於冥冥之中矣乎？尤翁之黜其享於文廟，是亦物各付物之義，初非毫髮有加於本分之外也。而今曰：譏誚魯齋者，「天地鬼神當俱怒其言」。噫！何其甚也！吾未知天地鬼神果皆以高明之心爲心，而並怒諸賢之言否也？如高明者，上不守周、孔之訓，下不尊栗、尤之賢，而只知有魯齋許先生一人而已矣。大抵人功利之見最可畏，胸中一有此心，則其發於文章、事爲之間者，一切低矮，不復能擡〔一〕頭轉身，豈非深可懼者耶？

全義金圭鉉以能書故招，欲與議於先藁之役，其答謂「以執贄於門下，故不得以周衣出門」云。夫門下何嘗教人以虛文哉？然學如牛毛，成如麟角。麟角一而牛毛萬，是實學一而虛文萬也。凡物貴少而賤多，學者之所以受賤侮者以此，而遂賤學爲無用之物，至於今日而究弊之原，並以衣冠爲虛文而去之，譬猶佛者以物欲由於有身，遂並欲去身也。是乘除之理，矯枉過直，常失其本義，而弊更甚於前也。今矯弊者，以衣冠爲虛文而去之，然

〔一〕「擡」，原本誤作「檯」，據龍洞本改。舊校本、挖改本、正誤表無校。

又不過以洋服、薙髮爲第一大事，而其它無一實事，所謂矯弊者自古然矣。故教法務使人尋其本義，毋使喧賓失主爲第一義諦。與其本末俱不能精到，則寧失於末，無失於本。夫三千、三百，是聖人精義入神處，而後人奔走於三千、三百，而失其入神之精義，於是人情苦之，久而厭之，久而惡之，寧有惡之久而不欲去之者哉？此勢之〔一〕必至也。今日之禍，自指學者爲別人。始也學者何嘗自居爲別人，指之者如是耳。然務實學者則不自居別人，而尚虛文者未嘗不自居以別人。蓋雖末俗，豈遽指孝友忠信爲別人乎？無是實而有是文，則是異於人而已。異於人，故謂之別人也。

金生之從學日淺，其見識行誼雖未足與論於高士之列，然其不欲衣夷服，則可謂賢於今之士大夫矣。來喻云云，大抵是貴實行而惡虛文之意。然愚意：今人能守衣冠一節，尚可爲因羊復禮之漸。今若以此爲虛文，而欲去之，必也徇俗從夷，毁冠裂冕，而後方可謂之務實矣，其可乎？如遇人服堯之服，而不能行堯之行者，將勸其實，可乎？抑將曰「爾〔二〕既無堯之實，須是服桀之服，始不歸於虛文」爲是乎？今此之論，何以異於是乎？至於指學者爲別人，

〔一〕「之」，原本脱漏，據舊校本、挖改本、正誤表、龍洞本補。
〔二〕「爾」，今通作「你」。

其來已久矣。如魯哀公之見孔子之服與大夫士庶不同，疑而問之，齊王之使人瞯孟子，蘇軾之指伊川爲奸人，胡紘之斥晦翁以僞學，皆是也，豈獨今之人爲然？嗚呼！誠可哀也哉！

今門下諸人，舉著深衣而出入，其犯禁之是否姑勿論。此諸人者，果皆能至死守此服乎？若死守，則雖不能擇善，亦不害爲固執。若緩則守，而急則失，果成何等人乎？且道者如大路然，甚易知也。貴者行，賤者亦行；老者行，少者亦行。若老者行，少者不能行，貴者行，賤者不能行，則豈大道也哉？或行而或〔一〕不能行，非大道也；始行而終不能行，亦非大道也。此服行於鄉，不能行於京，勢固然也。所服之人，亦有可行於鄉、可行於京之異乎？若謂之有異，則指爲别人也，無怪矣。否則，真是以虚文自居，以别人也。且聖人之道爲可繼也，可述也。聖人所行，凡人不能行，則不可爲法。能行於鄉，而不能行於京，此亦恐難繼難述也。凡學問之道，格物到極處，使此理四方八面無窒礙，然後方可曰窮理也。若輕處通而重處塞，此頭通而彼頭塞，則此半邊學問也。

來喻謂：道如大路然，貴賤老少皆行。若老者、貴者行，少者、賤者不能行，豈大道也

〔一〕「或」，原本脱漏，據舊校本、挖改本、正誤表、龍洞本補。

哉？何不反思今日新令之狹袖，後有聖王制禮，則必不行；後有賢者得志，則必不行。高明都城之黑衣，它日歸鄉，則必不行；白晝之狹袖，夜間承祭，則必不行。此豈爲大道也哉？何不思事之是非，只管説勢之行否也？來喻又謂：「此諸人者，果皆死守此服否？」此誠可慮。然朱門禍急，則弟子有更名它師者，此亦以緩則守而急則失。謂先生之教非大道，可乎？來諭又謂：「若死守則雖不能擇善，亦不害爲固執。」如此則必也令去袖則去袖，令衣黑則衣黑，令薙髮則薙髮，無所不從，然後乃爲能擇善耶？言之至此，誠可寒心。來喻又謂：「若輕處通而重處塞，此頭通而彼頭塞，則此半邊學問也。」愚以爲：孔子儒服，可行於它邦，而不能行於桓魋欲殺之宋。程氏經説，可行於元祐，而不能行於蔡京禁學之日。此亦可謂半邊學問耶？《易·復》之六四有「中行獨復」之象，《禮記·儒行》有「特立獨行」之訓，孟子又言「君子窮則獨善其身，不得志則獨行其道」，此又是「獨」字學問耶？何不慎思而輕言如此也。

弟之避亂入京，既棄官，而並挈[一]子女，亦是異事。然棄官之義，不必説明，最以先親遺稿尚未編次，世事又如此，若又縻公，則此事永不可爲矣。欲求一齋郎，得而專力於文字，然已大忤於世，故亦未可得，而明寫書謂求之則不可。弟於仕宧斷念已久矣，獨以

[一]「挈」，原本誤作「絜」，據龍洞本改。舊校本、挖改本、正誤表失校。

爲先第一大事，左思右量，計窮無術，便使得此而成所願，則外它千不顧，百不顧，雖降志辱身，有百倍於是者可爲也。或曰：辱身即辱親，欲爲親而先辱親，可乎？曰：親有不可朽之實而竟朽之，則辱之者與朽之者，輕重又何如哉？且辱之云者，竟就子孫身名而上言之也，其實朱、均之不肖，何減於堯、舜之聖哉？然終不能降志，故雖欲辱身，亦不可得。奈何？痛恨痛恨[一]！

答王司諫性淳○乙巳

［解題］

乙巳，西元一九〇五年，艮齋先生六十五歲。

爲先之苦心，誠有非餘人可及。然辱有分數，若是小小，如柳下惠之士師三黜，猶可也。如季氏之僭竊君禮，剥割公室，而冉子爲之宰，則辱之大者，此則决不可諉以爲親而屈身也。使朱在爲編輯《晦庵全書》，而從宵小輩求官圖其成，則高明將許之否乎？此不難知之理也。如何如何？

[一] 下「痛恨」二字，原本誤倒作「恨痛」，據舊校本、挖改本、正誤表、龍洞本乙正。上「痛恨」二字不誤。

王司諫，《華島淵源録・從游録》云：「王性淳，字原初，號敬庵，開城人，司諫，居開城。」此文見華島本《艮齋私稿》別編卷一，第七册，第六八一頁；龍洞本《艮齋先生文集》別編卷一，第V册，第三六二頁。

國勢萎弱，遂爲逆臣所賣。愚雖未嘗出身供職，不勝忠憤。竊〔一〕附夫子致仕且請討桓〔二〕之義，封章請斬諸賊。即承批旨，雖云「嘉乃之言」，而王章則竟莫之行。目見逆臣得保首領於覆載之間，區區賤臣益不勝痛憤之至。自此遁入萬山無人之中，斷絶火食，水飲生米，今已一月矣。昨日乍還，冒風穿冰，遂爾成疾。見此呻囈，忽得遠寄書信，副以蔘裹，雙擎數讀，看得義理之性，流露於簡墨之外，不覺歛衽敬服。所論孔孟、程朱學術節義之説，尤見切中時病。但夷狄之猾夏，亂賊之販國，皆由於吾儒道學之不明，行誼之不修，以致其極。今雖國家已傾，人類將滅，而我輩講義袪私之功，教道後進之心，則當愈益懇懇，而不容少懈也。更看來喻，謂「以道德高一世，視其出處以爲安危者，惟賤子與某某數公」。在此已極皇恐不敢當，而其下「繼以孔朱」云云，則何圖高明一言之不知，至於如此。此亦心體未盡明徹、義理未甚謹嚴之故，非獨命辭之差而止，幸須益加勉力焉。所詢處變之義，倡義勢未可及，民權義有未

〔一〕「竊」，原本誤作「窃」，華島本作「窃」，龍洞本作「竊」，據改。舊校本、挖改本、正誤表失校。
〔二〕「桓」，原作「恒」。按「桓」指季桓子，因改。

安。然則只有遯跡自靖一事。而如遇逼迫，令從夷，則有死而已。

與林文若炳郁○丙申

【解題】

丙申，西元一八九六年，艮齋先生五十六歲。

林文若，《華島淵源録・從游録》云：「林炳郁，字文若。」

此文見華島本《艮齋私稿》别編卷一，第七册，第六八二頁；龍洞本《艮齋先生文集》别編卷一，第V册，第三六三頁。

欲與讎虜開化，則忠臣義士之所必不爲也。欲與鄉人稱兵，則仲尼、伯玉之所未嘗行也。爲今之計，墾山讀書、越海去國兩途以外，了無餘策。愚嘗愛「鳳翔千仞，龍蟄九淵[一]」語，時常體會，不覺胸次高遠静深，不可自輕也。

[一]「鳳翔千仞」二句，李穡之子李種學《麟齋遺稿》所載《南行録》中詩句原文作：「悠悠空送日，默默但呼天。鳳鳥飛千仞，神龍蟄九淵。馳名方自悔，重義有誰怜。出處迷心曲，猶堪慕古賢。」《艮齋先生文集》前編卷十《答任庸準》亦云：「而『龍蟄九淵，鳳翔千仞』氣象，却不可忘也。」

答林文若

[解題]

丙申，西元一八九六年，艮齋先生五十六歲。

此文見華島本《艮齋私稿》前編卷四，第一册，第三四九頁；龍洞本《艮齋先生文集》前編卷四，第Ⅰ册，第一五三頁。華島本《艮齋私稿》、龍洞本《艮齋先生文集》爲全文，原本節選其中一段。

所示朱子《答南軒書》，論「賊不討不書葬」之義，愚嘗所誦念而激厲者也。昔在嶠外，多聞賊徒發塚斷首以要錢，而人家子孫未聞有凶服報仇然後改葬其父祖者。愚輒舉此書以歎人理之埋没無餘，不謂今日親見國母被禍，邦君受辱，而志氣不奮，力量未逮，尚稽孔聖適齊之行，僅成伯夷居海之事，甚不自慊也。至於因山之未卜，疏遠賤臣，無由與聞其曲折，則祇有憂憤痛泣而已。抑又思之，《春秋》於桓公被弑而書葬，則《公》、《穀》以爲仇在外，不責其逾國而討，《胡傳》因之。然爲人臣子，欲報君父之讎，可以内外遠近而二其心乎？内賊則人人得而誅之，外仇則雖不得比於弑君之律，而臣子之痛未有異也。故張氏自超言：「殺父之讎，不共戴天。」天有内外乎？夫子仍舊史以書葬，正以治魯臣子忘仇之罪，而非原其在外而寬之也。愚謂此説深得聖人之指，如何如何？朱子亦嘗言：「《春秋》崩、薨、卒、葬，無甚意義。」此與南軒往復不同，學者不可以不知也。

與蔡大奎龍臣○庚申

【解題】

庚申，西元一九二〇年，艮齋先生八十歲。

蔡大奎，《華島淵源録・從游録》云：「蔡龍臣，字大奎，號石芝，平康人，郡守。善畫山水人物，嘗寫高宗皇帝御真，又寫先生影幀，扶安繼陽祠、高敞龍巖祠奉安影幀是也。居泰仁。」

此文見華島本《艮齋私稿》後編卷二，第四册，第二六三頁；龍洞本《艮齋先生文集》後編卷二，第Ⅲ册，第六四頁。

第今山河改色，弓劍遽遺，區區微衷，只有握髮痛哭，從容俟死，以拜陛下於九天已矣。何幸先帝晬〔一〕容，執事妙絶神筆，摹寫以惠。使此未死賤臣，得而奉瞻，此意何敢忘也！不腆衣材，用誌鄙情，伏幸視至。

答孟士幹輔淳○己未

【解題】

己未，西元一九一九年，艮齋先生七十九歲。

〔一〕「晬」，原本誤作「脺」，據舊校本、挖改本、正誤表改。此文華島本、龍洞本未收，華島本《艮齋私稿》、龍洞本《艮齋先生文集》均作「晬」。

孟士幹，名輔淳，《華島淵源録》未見録，生平不詳。
此文見華島本《艮齋私稿》後編卷二，第四册，第二六七頁；龍洞本《艮齋先生文集》後編卷二，第Ⅲ册，第六五頁。

石友逾嶺曲折，計已關聽。是豈沮、溺冷腸？然此在草木中人，扶老之前，今則雖賢兄輩，恐決無使愚復蹈其覆轍之義矣。故不復細禀。

遣書後，分明復得李氏宗社而不許統領名色，分明立得孔子道教而掃除耶穌邪術，分明洗得君父之寃，分明驅得仇讎之夷，分明禁得髡首之制否？凡此數事，皆所以使環東土億萬人士，得免爲禽獸者也。諸公於此，果可以擔保而不少疑慮否？如此則可以從命，而身作萬段，亦且含笑而入地矣。萬之一未然，是諸公之勸署名，究不過爲一時之名而爲之，不過爲一身之禍而爲之。某人所傳兵脇之計，諸公聞之否？是豈吾儒平日居敬致知之本意耶？諸公之志義雖高，而區區陋見如此，決不可以替署賤名也。

慶氏謂是李門人，曾見其師雅言，所以排斥洋説，不啻如犬羊。使華西而在者，定不肯獻書於彼，而爲僅復疆土[一]之舉矣。慶氏於此，不知曾思之爛熟而斷之勇決否？况愚不見其所

[一]「土」，原本誤作「士」，據舊校本、挖改本、正誤表改。此文華島本、龍洞本未收，華島本《艮齋私稿》、龍洞本《艮齋先生文集》均作「土」。

撰書辭，而漫且許其署名耶？

答南重則致權、李舜七震復○庚申

［解題］

庚申，西元一九二〇年，艮齋先生八十歲。

南重則，《華島淵源録・從游録》云：「南致權，字重則。」

李舜七，《華島淵源録・從游録》云：「李震復，字舜七，號□□，全州人，子徽在。居三陟。」又《華島淵源録・尊慕録》云：「李震復，字舜七，高宗戊寅生，全州人，德源君曙後，居蔚珍。」

此文見華島本《艮齋私稿》後編卷二，第四册，第三一五頁；龍洞本《艮齋先生文集》後編卷二，第Ⅲ册，第八六頁。華島本《艮齋私稿》、龍洞本《艮齋先生文集》爲全文，原本爲節選。

時事正所謂去去須彌，將何時出場耶？自去歲以來，俗下好事之流，輒誚儒者以忘世，而毁侮之言，首及於門下矣。雖然，懵滯之見，時務諸公，或進民權而退君綱，或慕雞鄭而忘仙李，或崇洋鬼而貶孔氏。假使儒者實有可爲之機，决不可不分涇渭，同其流波，馴致大界懷襄之變。此非門下之所含默於今日者歟？

苟使我一言而復國復辟，則投書裔流，雖非儒者正經，雖使截頭破腹，而我亦爲之矣。後更詳聞，則時務諸人所欲爲，有如今所示之計，而茶公之辱，又大可畏也。故雖衆人煎迫，令署名，而竟不之從矣。然則毁侮之外，又有兵脇之説，而一切置之不管矣。答重則。

第今九有昏黑，萬怪呈態，平日之少有持守者，往往差手失脚。伏願先生於其操几之日，輒以歲寒後彫、至死不變之義，循循教詔，知所體念，如何？

來諭立義甚正[一]，讀之可敬。第念「後彫」、「不變」，皆聖人之訓，斷當奉行。若理義未精，而徒憑靈覺以爲極，則或有守死而不能善道者。此吾儒所以深戒異學之本心，而必師德性之正理也。今與玉胤就此講究商訂已矣。答舜七。

答鄭萬初斗[二]鉉○己酉

［解題］

己酉，西元一九○九年，艮齋先生六十九歲。

[一]「來諭立義甚正」以下一節，原本誤與上文接排，舊校本改爲提行平抬，挖改本此節重排，提行平抬。此文華島本、龍洞本未收，見華島本《艮齋私稿》、龍洞本《艮齋先生文集》後編卷二，此節均作提行平抬。

[二]「斗」，原本誤作「丰」，據舊校本、挖改本、正誤表改。

鄭萬初，《華島淵源録·從游録》云：「鄭斗鉉，字萬初，河東人，文節公守忠後，居清州。」此文見華島本《艮齋私稿》前編卷四，第一册，第三六七頁；龍洞本《艮齋先生文集》前編卷四，第Ⅰ册，第一六一頁。內容又略見華島本《艮齋私稿》前編卷十四《雜著·儒者無策辨》，第二册，第六二八頁；龍洞本《艮齋先生文集》前編卷十三《雜著·儒者無策辨》，第Ⅱ册，第九六頁。

儒者平日高譚義理，動輒驚人。及乎大厦傾頹，狂瀾洶湧，茫無一策，蠢蠢若庸陋之野夫，貽笑於人姑舍，自求於心能無愧乎？

此説余於新聞見之熟矣。彼諸人者，喝駡聖賢，詬詈經籍，無所不至。是皆出於康、梁輩餘套，而俗下昧識之流，無不嚮應，豈料萬初亦復不免耶？試觀洙泗講堂，亦何嘗無救世治平底譚？及乎周室之微，魯國之削，萬不至於今日之顛覆，而孔氏祖孫師生，終無一人籌出奇策，以扶大厦而障狂瀾，由今人視之，亦何以異於野夫哉？萬初於此何以辨理？抑不得已，而與淳于〔一〕、景春輩同聲相和矣乎？譬之病人，遇良醫不用，至不可救，則曰世間無醫也。嗚呼！世間果無醫也耶？

〔一〕「于」，原本誤作「夫」，據舊校本、挖改本、正誤表改。華島本《艮齋私稿》、龍洞本《艮齋先生文集》均作「于」。

辟地爲今日之急務，而艮島即管寧之遼東也。今有指導之人，勿失此機會焉。獨不見《越國史〔一〕》乎？若遷延不動，則異日作阮敦節必矣。阮氏即越人儒冠文履中第一也，越亡之日，身著赭衣，手執役刀，供法人洒掃之役〔二〕。此可忍乎？

「辟地」之教，良庸感銘。但所云「指導之人」，未知果識道理、崇禮義者耶？萬初雖知，愚實素昧，決不敢遽自就之也。夫做説不符，自古所歎；始〔三〕終如一，賢者猶難。士子去就，奈何率爾？所示阮敦節事，區區不能無疑於來喻之云。蓋既曰越儒中第一，則苟其柄用也，宜鞠躬盡瘁，與國偕亡；如其野賢也，宜早已辟地，脱漏罟網也。如不克辟地，去亂適治，謂之「辟地」。若天下無邦，則不辟地，亦無責矣。則遇劫之日，又宜有威武不屈之節。而今乃衣赭執刀，以供讎役，則安在其爲儒乎？萬初所謂儒者，指此類而云耶？

抑余又有一疑：豈或阮氏全節者，記者惡儒而用曲筆歟？年前新聞，書勉台剃髮而嘲侮

〔一〕「越國史」，此處指《越南亡國史》，舊題「越南亡命客巢南子述、梁啓超撰」。
〔二〕「身著赭衣」以下一節，《越南亡國史》原文云：「阮敦節：清花人，倜儻有大志。謀舉義兵，未及發，事泄。法人幽之、杖之、鞫之，問其黨，固不言。法人引斬者數次，竟不斬，欲窮查之，盡得其全黨乃已。敦節固終不言，法人發爲囚徒牢堡。哀哉！著赭衣，荷板鍤，執役刀，從法兵背後，而供灑汲之役者，乃越南十年前儒冠文履、目炬聲鐘之阮敦節也！」
〔三〕「始」，原本誤作「妨」，據舊校本、挖改本、正誤表改。華島本《艮齋私稿》、龍洞本《艮齋先生文集》作「始」。

之。今春新聞，亦立南儒向明削何辟何之目而譏余，皆誣筆也。流傳海外，孰有知其爲記者之罪耶？自古信史固難，公史亦且難得，故曰：心明者方可看史。

别紙[一]

聖人、凡人，德業懸别，則其出處不得不異矣。然其心念之不能已者，恐似不甚遠矣。每讀《語類》「佛肸召」章，賀孫録，而有感於中。今録呈萬初，覽之，亦應有犁然會心處，慨然發歎處[二]。

「聖人見萬物皆陷於塗炭[三]，豈不爲深憂，思欲出而救之？」萬初試思，鄙人誠無德矣，遭此國傾君廢、道亡民死之禍，都無半分憂思否？出而救之，力量不及，如何强得？

「但時也要出不得，亦只得且住。」萬初試思，鄙人被選之時，君相果有嚮用之意，可以膺命而不出否？

「聖人於邪世[四]，固不是苟且枉道以徇人。」萬初試思，聖人且然，鄙人如何敢舍吾所學，以徇君相之所教乎？

「然世俗一種説話，便謂聖人泊然不以入其心，這亦不然。」萬初試思，近年俗論，謂儒者以不出爲例，此果然否？

[一]「别紙」，各本正文均單列標題，但不列入目録。今仍其舊。

[二]「慨然發歎處」以下，龍洞本《艮齋先生文集》有間隔符號〇，後引《朱子語類》，并作雙行小字夾注。今均單獨分段，以清眉目。

[三]「聖人見萬物皆陷於塗炭」，《朱子語類》卷四十七原文作「聖人見萬物不得其所，皆陷於塗炭」。

[四]「聖人於邪世」，《朱子語類》原文作「聖人於斯世」。

「如云〔一〕『天下有道，丘不與易也』，這是十分要做不得，亦有不能自已之意。」此則非常人可及。「如説聖人無憂世之心，固不可；謂聖人視一世未治，常恁戚戚，憂愁無聊過日，亦非也。」鄙人所值之變，更甚〔二〕於聖人之時，故往往憂戚爲日。

「但要出，做不得。」萬初試思〔三〕，聖人平日豈不譚及救世治邦之道，而乃無一策可施，至有做不得之時，何也？以此觀之，來書所論，得無歸於無義理之科歟？「君子一言以爲知，一言以爲不知」，其可不慎而輕發哉？

「又且放下其憂世之心，要出仕者。聖人愛物之仁，至於天命未至，亦無如之何！」鄙人量己量人，而不肯出仕者，立身制事之近於義者也。雖不出仕，而猶且憂世者，存意愛物之疑於仁者〔四〕也。竊不自遜，而有是云云，不知萬初肯許之否乎？

答宋瑩叔炳瓘○辛酉

〔解題〕

辛酉，西元一九二一年，艮齋先生八十一歲。

宋瑩叔，《華島淵源録・從游録》云：「宋炳瓘，字瑩叔，恩津人，約齋宋炳華門人，居懷德。」

〔一〕「如云」，《朱子語類》原文作「如孔子云」。

〔二〕「甚」，原本誤作「由」，據舊校本、挖改本、正誤表改。華島本《艮齋私稿》、龍洞本《艮齋先生文集》作「甚」。

〔三〕「思」，原本脱漏，據舊校本、挖改本、正誤表補。華島本《艮齋私稿》、龍洞本《艮齋先生文集》有「思」字。

〔四〕「仁者」，原本誤倒作「者仁」，據舊校本、挖改本、正誤表乙正。

此文見華島本《艮齋私稿》別編卷一，第七册，第六八三頁；龍洞本《艮齋先生文集》未見。

「小學無得」之喻，認出自知不足之盛，而愚每自以馬劉之誠、二程之敬勉慕，無及爲愧。今欲奉助萬一，想亦樂聞也。時務〔一〕諸人罪我不共事，擬以極律，令人渾身皆青也。然使我失草履，尚欲覓著，況三千里疆土，不恨其淪陷，而恝然冷視耶？顧以畏剃如虎，又聞其不必復辟，不必尊孔，不知信否？而萬一如此，復以何心與之共隊，而犯「不亂群」之戒耶？恨不起約翁而質之也。

答申順弼泓均〇乙巳

【解題】

乙巳，西元一九〇五年，艮齋先生六十五歲。

申順弼，《華島淵源録·從游録》云：「申泓均，字順弼，號□□，平山人，武郡守。慷慨有氣節，膽力絶人，乙未舉兵，敵脇上解散，遂杜門自靖。居公州。」

此文見華島本《艮齋私稿》別編卷一，第七册，第六八三頁；龍洞本《艮齋先生文集》前編續卷一，第Ⅱ册，第三一四頁。

〔一〕「務」，華島本同。舊校本改爲「袶」，即「袂」字。挖改本、正誤表未改。今仍其舊。艮齋每言「時務諸公」、「時務諸人」，近代「時務」一語出於康有爲、梁啓超，於上海辦《時務報》，於長沙辦時務學堂。

義旅所傳不一，近聞朴毅堂世和門人舉義，而毅公被逮，自司令部轉送平理院，是亦不知果的奇也。然自古舉義，未必皆成，但爲吾所當爲，雖敗亦榮。此可爲毅公賀，而不足弔也。

毅堂年今七十，老於學問，慷慨有氣節，梅山洪先生流派也。

答金孝直烱祖○戊申

【解題】

戊申，西元一九〇八年，艮齋先生六十八歲。是年正月，艮齋先生告先祠傳家於長孫鎰孝，非但以衰疾難堪拜奠，而欲滅影鏟跡於山海之間，難以歲時歸故也。九月，乘桴入智島之北旺嶝島。

金孝直，又作金晦直。《華島淵源録·私淑録》云：「成庵金淵述門人：金烱祖，字晦直，高宗戊寅生，扶安人，成庵子，居扶安。」

此文見華島本《艮齋私稿》前編卷四，第一册，第四〇四頁；龍洞本《艮齋先生文集》前編卷四，第Ⅰ册，第一七九頁。

孟氏既嘗斥南蠻鴂舌矣，明道又嘗譏削髮胡服矣。不幸而使許子、禪客得志，横行號令於天下曰：「守舊者死，維新者生。」孟、程兩夫子不得已，召門人子弟曰：「鴂舌今可學矣，削髮今可爲也」云爾乎？抑不得已，而浮海入山，以辟其鋒，而俟天下之清乎？今日之變，只以此揆之，不難處也。

答安□□[一]鍾根、崔基萬丁未

【解題】

丁未，西元一九〇七年，艮齋先生六十七歲。是年，高宗退位，純宗即位爲「大韓帝國」第二任皇帝，也是末代皇帝。朝鮮淪爲日本的保護國。

安鍾根，《華島淵源録》未見録，生平不詳。

崔基萬，《華島淵源録》未見録，生平不詳。

此文見華島本《艮齋私稿》前編卷四，第一册，第四〇四頁；龍洞本《艮齋先生文集》前編卷四，第Ⅰ册，第一七九頁。

拜下一事耳，萬世而後見聖人之行，而綱常得不墜地。今日士子兩圓袂[二]、一撮髻，自流俗觀之，奚啻微瑣？舉天下皆削髮夷服之日，乃有區區幾人，不顧時輩詬罵，並不畏裔戎銃劍，儼然自持，冀先聖遺制不遂滅熄。噫！其心誠亦悲且苦矣！伊川先生嘗言：「時事雖變，某安敢變？」晦庵先生亦言：「世亂，思君子不改其度也。」嗚呼！二先生之心，即聖人扶世之

[一] 此文華島本、龍洞本未收，華島本《艮齋私稿》、龍洞本《艮齋先生文集》「安□□」均空二格。

[二] 「袂」，原本誤作「被」，挖改本、正誤表改爲「祋」。華島本《艮齋私稿》、龍洞本《艮齋先生文集》均作「祋」。「祋」即「袂」，據改。舊校本失校，上半頁《答宋瑩叔》「時務」之校當移在此。

心，天地生物之心。吾黨之士，其欽念而謹守之哉！

答金進士庚戌

［解題］

庚戌，西元一九一〇年，艮齋先生七十歲。是年，日本迫使韓國簽訂《日韓合并條約》，解散「大韓帝國」政府，設立「朝鮮總督府」。八月，艮齋先生聞知合邦之變，痛憤不欲生，率門人入山痛哭，數日夜不止。先生寢食俱廢，哽咽氣塞，將不保，門人輩交口陳稟曰：「先生入海守道，講明大義，以扶線陽於既墜，實今日天地聖賢之所望於先生也，願加詳審十分精義。」先生復痛哭曰：「吾自乙巳以後，斷以入山浮海，欲置理亂於不聞之地，而遭此罔極之變，痛迫欲死，何惜投海，但未知精義何如。」遂定深入之計。

金進士，即金東弼，見《年譜》庚戌年六月條。

此文見華島本《艮齋私稿》別編卷一，第七册，第六八四頁；龍洞本《艮齋先生文集》別編卷一，第V册，第三六三頁。

録示讎人雜誌，無足怪也。第區區於國儒最爲庸下者，而彼乃處以「翹楚」，目以「大頑固」，欲其「不事横議」，而有助於「合邦大事」，則愚於是不敢妄自菲薄，以損國儒之體，尤宜硬著脊梁，以敗讎人之謀也。如是而我邦得免虎口之吞噬，則假使七尺殘軀斬作萬段，亦所甘心。又念某公自是歲寒松柏，決非爲彼所餌，變易素守，而勸愚緘口者，則彼之計誤矣。愚嘗受戒於孔夫子曰：「國無道，至死不變。」謹當奉持以歸，拜見先聖於地下也。近日某某二會，俱以都教長見招，豈亦以清職厚俸籠絡之計耶？

昔年有一絶云：「渺茫東海萬尋流，千歲神龍不見鉤。養成一顆明珠得，白馬玄禽亦且休。」是其志也。再念彼既以利相誘而不售，則又將以禍相逼，而不但已也。然吾聞之：「艮其背者，既不獲其身，亦不見其人。」區區所願學，惟此一義而已。

繼以一絶云：「横議在讎爲淤塞，小心奉道俟河清。儒門一幟終難倒，絶大兵威慮敗成。」

附原書：近有可怪説話，揭載於彼人雜誌中。而此係的確非同風鶴者。故其大概，另録下幅：

「韓國事情之淤塞，亶由於儒生之執滯，而就中翹楚，田愚、宋炳華二人也。田則大頑固，宋則稍疏通。其外尚有其徒之可堪屈指者數十人，爲各道士林之依仰矣。今爲日本計，必先舉宋於厚禄之清職。須以宋紹介於田，使之相維相綴，不事横議，然後始行合邦等大事，甚爲捷徑」云云。

此係日人深察韓事者之譎計，而渠雖有絶大兵力，所憚者但在於儒賢之獨立一幟而然也。嗣後隨所聞，鱗次上達伏計耳。

答朱士衡[一] 戊午

【解題】

戊午，西元一九一八年，艮齋先生七十八歲。是年，光武皇帝暴崩，丙子聞報，率諸生舉哀成服。

朱士衡，《華島淵源録》未見録，生平不詳。

此文見華島本《艮齋私稿》後編卷二，第四册，第三一九頁；龍洞本《艮齋先生文集》後編卷二，第Ⅲ册，第八八頁。

愚見此伏枕乞死之際，遠蒙不遺，告以深仁大義，反復沈思，不覺感歎而至於流涕也。然事必待人而後集，苟非其人，雖勞無勣。故善觀人者，不必於負天下重望，此句來書語。而必於深藏不市之士求焉。顧雖昏愚，惡敢以不肖之身奉累大業？祇有一言，欲以獻諸左右：凡干思慮云爲，務主道義，而勿立己見，常懷兢惕，而懼失天理，如此庶幾有濟矣。

腆賜以心受之，而原件敢以還内，切希不罪。

追告[二]

愚既癃廢，無以應承指麾，虚受儀物，甚似未合。故於原幅，敢致辭意。李君相珪勸道：

[一]「朱士衡」，原本作「朱□□」。此文華島本、龍洞本未收，華島本《艮齋私稿》作「朱□□」。又見龍洞本《艮齋先生文集》作「朱士衡」，據補。

[二]「追告」，各本正文均單列標題，但不列入目録。今仍其舊。

「崇禎皇孫禮幣之致於先生今日，是千古奇事，願留之爲壽具，待萬歲後襲爲巾帽，謁寧陵大王、華陽先師以詑之，亦可作泉臺奇談。」愚於斯言，不覺悽切曠感，顧廉未遑，謹留以爲榮。叨此再瀆，深祈鑑亮。

答宋允章柱憲〇丁巳

【解題】

丁巳，西元一九一七年，艮齋先生七十七歲。

宋允章，《華島淵源録・從游録》云：「宋柱憲，字允章，號三乎齋，礪山人，忠剛公侃後，抗日鬪争被囚，不屈。居京。」

此文見華島本《艮齋私稿》後編卷二，第四册，第三三〇頁；龍洞本《艮齋先生文集》後編卷二，第Ⅲ册，第九三頁。

殷之頑民，必無不喪舊君之理，況夷、齊乎？我邦守義之士，異日所處，不須多言而可決矣。嶺南某氏與人書，正論此禮，令令胤寫去。

南軫永寄愚書曰：「曾見湖上士流，於上皇或有不服之說，至發難言之言。」區區下衷，但切莫助之歎。今見郭參贊答崔雲擧書，語意忠厚，恰似曩日之所聞於席間者，心甚喜幸，謹玆寫上。門下之士或有及此，告以某處亦有此等議論，如何？

郭參贊書曰：「我太皇帝則臨御四十載，仁心惠澤，衣被匝域。失國之過，又不於其躬，雖不幸遭彼之廢，在臣民猶夫吾君也。萬歲之後，朝之舊臣，野之遺民，安得不以吾君服之哉？」只爲盛問，故及此。然天若祚宋，白日之仰，當復如舊。正統、天順之已事，可以鑑矣。爲臣民者，豈敢輕發此等難疑哉？賢者殆未之思也。

《易》曰：「古者不封不樹。」疏：「不積土爲墳，不種樹以標其處。」《檀弓》疏亦云：「封壤爲墳，種樹以標。」今中原大葬，多種樹墳上，即此禮也。然我東則不須議此。

答金重玉[一] 焕珏○己酉

［解題］

己酉，西元一九〇九年，艮齋先生六十九歲。

金重玉，《華島淵源録·從游録》云：「金焕珏，字重玉，道康人，忠敏公懷諫後，春雨亭永相孫，居泰仁。」

此文見華島本《艮齋私稿》前編續卷一，第三册，第四二三頁；龍洞本《艮齋先生文集》前編續卷一，第Ⅱ册，第三二六頁。

〔一〕「金重玉」，華島本《艮齋私稿》同，龍洞本《艮齋先生文集》作「金仲玉」。

近閱《綱目》，漢昭烈〔一〕章武三年五月，後主即位。準以改元例，則先帝之崩雖一日於癸卯，當屬之章武三年，乃大書「建興元年」，何也？又唐中宗景龍四年六月，睿宗即位，而仍大書「四年」，其下分注「睿宗景雲元年」。乃至明年大書「二年」，何也？曩年丁未乃光武十一年，而乃於七月禪位於新皇帝，改元以隆熙。後之秉筆者，當於丁未書「光武」，而分注「隆熙」乎？抑不數光武十一年，而書「隆熙」乎？第以本朝已行者言之，太祖以戊寅禪於定宗，而以明年己卯爲元。定宗以庚辰禪於太宗，而亦以明年辛巳爲元。曩之改元，有何所據乎？

後漢及唐例，恐皆非禮之正，當以本朝定宗、太宗所行爲正。丁未之從後主例，不知是如何，而秉筆者直書其實，如《綱目》已矣。

某丈至今戴白，自據以《春秋》之法。今考《春秋》注，有「服不除」之文。或毁以妄添《春秋》文，何也？又古人亦有行此者耶？

〔一〕「昭烈」，原本誤作「照烈」，舊校本、正誤表改爲「昭烈」，據改。挖改本誤改爲「照列」。華島本《艮齋私稿》、龍洞本《艮齋先生文集》均作「昭烈」，華島本「烈」字之「灬」似爲後加。

據「服不除」之文，則戴白者何可非之？但宋時徽宗訃〔一〕至，以日易月，則胡致堂上疏言：「《禮》言：『讎不復則服不除。』願降詔旨，服喪三年，墨衰即戎。」此引「服不除」之文，而猶曰「服喪三年」，何也？其後欽宗凶問至，朱、張諸先生無終身素衣冠之制，豈古今不同而然歟？宋德祐後，搢紳先生有終身衰服者，此見《方正學集》。前賢所行各異，不敢質言。我朝李澤堂丁丑下城後，用黑漆蔽陽子，申舟村以母讎未復，終身戴蔽陽子。

眉批〔二〕

逾年改元，乃古今不易之常禮。或不幸而遇篡〔三〕弑之事，夷狄之擾，如漢之光武、晉之元帝，則不逾年改元，所以示中國之統未絕，以安天下億兆之心。蓋應變，非常道也。

此尹氏起莘之説，先生後來引之，以論丁未事。

〔一〕「訃」，原本誤作「計」，據舊校本、挖改本、正誤表改。華島本《艮齋私稿》、龍洞本《艮齋先生文集》均作「訃」。

〔二〕眉批「逾年改元」一節，原本無，華島本《艮齋私稿》、龍洞本《艮齋先生文集》亦無，係挖改本補於頁眉。《秋潭集改版》有眉批，并説明云：「一卷三十三版左七行，頭紙割付此注。」此節後并接排有按語云：「此尹氏起莘之説，先生後來引之，以論丁未事。」當是艮齋門人語，今提行另排。此節頁眉爲鉛印小字，共十四行，每行六字。此處舊校本則有粘貼之紙條，鉛印小字，宣紙印刷，上端有邊欄，共十四行，每行六字，與挖改本全同。

〔三〕「篡」，原本誤作「纂」，據文義改。

答金聖九魯東〇庚申

［解題］

庚申，西元一九二〇年，艮齋先生八十歲。

金聖九，《華島淵源録·從游録》云：「金魯東，字聖九，安東人，文忠公仙源尚容後，志山福漢子。居保寧。」

此文見華島本《艮齋私稿》別編卷一，第七册，第六八五頁；龍洞本《艮齋先生文集》後編續卷一，第Ｖ册，第四〇頁。龍洞本《艮齋先生文集》爲全文，原本、華島本爲節選。

戊臘後，有問以它時服制者，輒妄以三年答之。及承示尊府丈《斥金賊文》，有云：「彼於英廟及隆熙皇帝，有不忍聞之說。」既稱皇帝，則其服應不止於朞年矣。高明何爲而疑問耶？

答金成執允煥〇己未

［解題］

己未，西元一九一九年，艮齋先生七十九歲。

金允煥，《華島淵源録·從游録》云：「金允煥，字成執。」

此文見華島本《艮齋私稿》後編卷三，第四册，第四二五頁；龍洞本《艮齋先生文集》後編續卷一，第Ｖ册，第四二頁。華島本《艮齋私稿》、龍洞本《艮齋先生文集》此文末尾尚有「既感相與之意，聊發狂言，若經人眼，恐尤增世俗之疾病也」一句。

承喻復邦之名，童孺且喜聞，况書生乎？然所倡皆天道耶穌之徒，呼冤於於，西洋欲藉勢而望成，其志可尚，而又有大可慮者。不戴李氏而各自争立，則有智識者豈不耻入其黨？此論誠然，但又思之：其中亦有士流諸人，十年薪膽，費盡血誠，以與共事者。近日[一]郭、金數公，皆因投書，而喫了無限困辱。是必有精義，而非可以率爾斷置也。

來喻又云：「如先生道德，豈可誤動，以貽人譏？」鄙亦始意其可以一言而助其成矣，既而聞其窺伺神器者，亦有數輩，遂決意而止之矣。

來書又以「林下教學之功，爲不下於復邦，時人之毁，不足畏也」。鄙人果能闡明道術，繼承陽脈，則亦善矣。但學問空疏，耄昏已甚，徒有其志，而究無毫益，是爲慚怍[二]之甚者也。

[一]「日」，原本誤作「曰」，據舊校本、挖改本、正誤表改。此文華島本、龍洞本未收，華島本《艮齋私稿》、龍洞本《艮齋先生文集》均作「日」。

[二]「怍」，原本誤作「炸」，據舊校本、挖改本、正誤表及龍洞本《艮齋先生文集》改。

秋潭別集卷之二

書

呈國中諸公甲辰

［解題］

甲辰，西元一九〇四年，艮齋先生六十四歲。

此文見華島本《艮齋私稿》前編卷四，第一册，第四〇六頁；龍洞本《艮齋先生文集》前編卷四，第Ⅰ册，第一八〇頁。

潭陽田愚再拜奉書國中同志諸公執事：

今日何日也？外夷滿城，至尊孤危，而誰爲之保護？彼又屯兵列邑，萬民騷動，而誰爲之鎮静？言之及此，心膽墮地。竊念吾儒，既不得有所爲於世，則宜相與同心夾持，以闡明義理，扶植綱常，而爲《剥》上之碩果，以基一線之陽脈，此豈非今日第一切務乎？吾人賦質既莫能齊，師傳未必盡同，其論議事行之差殊，亦其勢之所必至也。若夫論心性理氣，而或本或末者，不過仁知之殊，見其立德業事功，而或彼或此者，又若四科之異能爾，然其好善惡惡之大體，未嘗不一也。小小出入，不必深論，以害其一視之仁也。昔壬辰之役，上下奔播，而猶有東西之相傾，則其於國事亦何能同寅共濟？此可爲長太息也。今日諸公，萬有一不能以大公存心，强恕行事，而尚念舊過，不圖新功焉，則後人之視我輩，亦猶今日之歎往事也，豈不深可痛恨？試使孔子、明道、栗谷居今之世，其持論造行之與人殊，固不能無，然其於並世士流，視之必如家人，而至誠相與，無復纖毫睽貳之意矣！此在後儒，誠未[一]易及，然苟以是爲善事，存諸心而勉於行，亦安有終不可學之理，要在勵志以[二]實踐焉爾。《易》有「見惡人，則无咎」、「出門交，則有功」之訓，夫《睽》之時，小人、聖賢且不欲棄絶之，况欲以正道相隨，而可以親愛之私爲是，所憎之言爲[三]非乎？今有渙然無復阻礙，勉進於與物同體之仁，而義、禮、智、信，亦不廢焉者，可謂體用不偏、心事两全之君子，而邦人孰不愛敬之？若其侈然坐大，傲然居尊，不知與道俱進，莫肯與人並立，而躁暴難近，疑猜多間者，雖其同父同師之間，亦無所補助，而常患其孤獨矣。伏想群賢明哲，其必先有見於此，而無待於卑陋之獻規矣。

[一]「未」，原本誤作「末」，據舊版本、挖改本、正誤表改。此文華島本、龍洞本未收，華島本《艮齋私稿》、龍洞本《艮齋先生文集》均作「未」。
[二]「以」，原本誤作「心」，據舊版本、挖改本、正誤表改。華島本《艮齋私稿》、龍洞本《艮齋先生文集》均作「以」。
[三]「爲」，原本脱漏，據舊版本、挖改本、正誤表及華島本《艮齋私稿》、龍洞本《艮齋先生文集》補。

遍告宇內同志諸公

【解題】

庚申，西元一九二〇年，艮齋先生八十歲。

此文見華島本《艮齋私稿》後編卷十七，第六册，第二一二頁；龍洞本《艮齋先生文集》後編卷十二，第Ⅳ册，第六六頁。

愚竊伏惟念：上帝，不言之聖人；聖人，能言之上帝也。今有下民而指斥上帝，凡夫而詈辱聖人者，其罪犯已極，無以復加矣！必歷萬世，窮宇宙，而不可宥也。近有大逆無道朴泳孝者，用凶腸鼓妖吻，而出詬天罵日之惡言，直斥[一]先聖，而曰「先斬孔某」。噫！此自太極肇判以後，所創有之第一極變也。彼梟獍之食父殺母，不是過矣。夫先王之禮有「四誅，不以聽」之法，今此凶賊之罪，奚但亂政疑衆之比已哉！彼泳孝者，斷當身首異處，而布告天下，使市井販夫、閭巷婦孺，凡頂天履地之類，莫不知厥罪之難逭，而不敢輕於犯禁也。孟子之於楊、墨，有甚冤惡，而其鬭之如不共戴天之讎者，爲其害聖人之道也，使其見今者之變，亦必曰：「能言誅泳賊者，聖人之徒也。」愚也，固未爲知道者，其心則竊附於洙泗之門，而有是言

〔一〕「斥」，原本誤作「斤」，據舊版本、挖改本、正誤表改。

也。伏想諸公於此，益復有激切痛惋，而不能自已者矣。

庚申五月十日，田愚謹白。

彼之謂「假借而非直指」者，尤不成説。今有假借君父而發言如是者，其罪可以得宥乎？彼輩之相爲分疏者，又不過是朱夫子所謂「賊邊人」者，當先被法義之誅，而不可逃也。〔二〕

答某官乙未十月

〔解題〕

乙未，西元一八九五年，艮齋先生五十五歲。

此文見華島本《艮齋私稿》別編卷一，第七册，第六八五頁；龍洞本《艮齋先生文集》別編卷一，第V册，第三五三頁。

國事，痛哭痛哭！何言何言！愚竄身荒谷，採松柏啖之，不復聞人間事。安君昞烈跟尋至此，示以台監手筆，而訪以處義之説。山野疏賤，既昧裏許，何敢妄有論説，用犯不韙之罪

〔二〕「彼之謂」以下一節，爲作者補書，原本退一格寫，華島本《艮齋私稿》同，龍洞本《艮齋先生文集》仍頂格。今從原本。

哉？第嘗聞，顧震滄以三大義，論蘧伯〔一〕玉於孫、甯放弒之事，以謂：「上者，正色直辭以折之；次者，乞師大國以討之；又其次，逃之深山，終身不仕。」今也清人微弱，無可藉力，外它各國，其心未可知，如往年召日兵，以致近變，亦不遠之鑑也。且黄氏於顧氏三策之下，繼之曰：「此豈可責不與時政之伯玉乎？」全氏亦曰：「伯玉之力，不足以誅孫、甯，故凡責伯玉以不討賊、不死節，皆屬不識世務之言。」今台監既非處執政之地，大國又絶無可憑之勢，則所當用者，惟入山不仕一策而已，如魏之王偉元隱居窮約，徵辟不就，及我朝之元霧巷昊、李耕隱孟專諸公之晦跡丘園，謝絶賓客，實爲目下第一等道理也。此又不能，則爲人臣子，目睹國母被禍，而既不能舉義，又不能自靖，乃或與讎夷、叛臣比肩接武，以榮華其身爲事，此殆無人理，決然不可也。愚近日絶不與人往還酬酢，而今於台監，獨未忍緘默，病枕不寐，復發狂言，一看即戢，乃爲深心見愛之道也。

擬與人癸卯

［解題］

癸卯，西元一九〇三年，艮齋先生六十三歲。

〔一〕「伯」，原本誤作「佑」，據舊版本、挖改本、正誤表、華島本、龍洞本改。

此文見華島本《艮齋私稿》別編卷一，第七册，第六八七頁；龍洞本《艮齋先生文集》別編卷一，第V册，第三六五頁。

執事曾見《昭義新編》四之卅板《節義説》否？篇末所謂「工訶節義」者，實指賤子而言也。然試使人問於愚曰：「倭洋可和否？」必曰：「可。」而後當被以助逆亂之律矣。又問：「二洪可罪否？」必曰：「可。」而後當歸於排節義之流矣。今也無實跡明驗，而遽驅人於詖淫邪遁之科，洪水猛獸之害，此豈亦《小學》「爲人子者，無苟訾」之道耶？自家所謂「即此一事之敗闕，便是失節而害義」者，恐免不得也。如何如何？

蓋始洪之投疏，斥[一]和也，愚與知舊往復，每稱其有補風教。及彼以朱、宋之「身不出則言不出」，爲學者守身之常法，又謂之死法而不可膠守，以自家之叫閶闔而呈琅玕，爲聖人救世之大權，又擬以支庶之論宗子事，凡此云云，不幾於陵侮前賢而撰出新法歟？故愚答李聲集書，略道其過中矣。金忽横出而長書訶罵，遂移及於全翁，至有貴耻難洗之書，儉德辟難之誄矣，此豈亦《小學》「民受天中，有則定命」之道耶？自家所謂即此一事之乖當，便是失節而害義者，恐免不得也。如何如何？

[一]「斥」，原本誤作「斤」，據舊版本、挖改本、正誤表、華島本、龍洞本改。

近日柳汝聖之事，亦是如此語。其倡義而弭禍，則曰不爲無功；論其處士而釋衰，則曰不得爲中。此不過責備之辭，而其異於諸人之極口贊揚，則誠有之，故其徒造爲斥義旅爲黄、葛之誣，汝聖又指賤子爲亂賊之黨。此與金監役同一手勢，如何抵當得？

然必許人以大中至正，上聖達權，然後始免於工訶之罪，則孔子之「白刃可蹈，中庸不可能」，也是工訶；程子之「感慨殺身易，從容就義難」，也是工訶；張子之「冒死以有爲，於義未必中」，也是工訶。嗚呼！何其難哉！

且不問義之當否，但許其事功，而後始免於工訶之罪，則孟子之不許「手援天下」，也是工訶；程子之「言聖人寧無成，取劉璋不可爲」，也是工訶；朱子之「戎虜易逐，而私意難除」，也是工訶。嗚呼！何其難哉！

汝聖《待罪疏》言：「見萬古所無之大變，寂然無事，則其爲大變，不下於亂賊之所爲。」然則倡義以外，舉世之人，無論賢不肖，皆未免於亂賊矣；然則伯玉於甯喜放弑之謀，不對而出關，也未[一]免；孔子於昭公被逐之日，無事而去國，也未免。嗚呼！何其難哉！

汝聖《答趙龜元書》言：「不在其位者，雖不言謀於朝廷，此句自家早已犯了。獨不可言謀於士友世人乎？此句愚何嘗不然？」此尤麤疏甚矣！《魯論》之訓，特謂不與君大夫謀其政云爾，非

[一]「免」下，原本複衍一「未」字，據舊版本、挖改本、正誤表、華島本、龍洞本删。

謂屋下憂歎也不當有也[一]；朱、宋之法，特謂身不出仕之日，言亦不出於朝著云爾，非謂開口談説也不當有也。

又聞汝聖見吴震泳言愚之無斥和疏直是怵禍，此又與不言謀於朝廷之云自相矛盾矣。且使愚不顧出處語默之節，投疏論和夷不可，則其批答料不過如柳穉程之時，豈必有竄逐誅死之禍哉？況一番陳章，百倍取名，愚豈不知？特以君大夫無所問則無可言之義，烏可避怵禍之嫌，而行分外之善哉？梅翁《答金監役書》云：「繫國家存亡，韋布之賤，亦當出位論事，朱子説斯義於魏元履，而終是分外也。」

吴君又傳汝聖之言曰：「某之不舉義，以其怕死。」愚聞之笑曰：「吾豈不怕死？怕死而不起兵，猶之可也；使我臨陳而無勇，則豈不尤可耻乎？」近見《新編》，一則曰不爲免死，何必舉義；二則曰得死所而必死，則非麟錫心也。重言復言不一言。古今天下，顧安有舉義而以不死爲心者乎？愚雖不似，亦名士流，彼以此等無識無耻之言，貽笑於流俗，愚亦爲之代慙，惜乎其不及繡梓而止之也。

竊觀彼邊言爲，大概只憑此心爲極，則故凡出於心者，皆謂之道，而直截寫出，直截做去，所以擇義有未精處，事有未當。至於急知之意勝，好名之私切，則禹、周、孔、孟未足有遜，朱

[一]「也」，原本、華島本、龍洞本均無，疑原文脱漏，舊版本、挖改本、正誤表無校，據下句「不當有也」文法補足。

子、尤[一]翁也欲突過，此豈非天下萬古惟我獨尊之見歟？其風神氣焰，真可敬服。執事與之交游，幸勸其於堯、舜之恭讓，孔、顔之温虚，張、程之禮敬，另立課程，細用功夫，管取晚年進德，可但爲今日之柳汝聖而已哉！然彼方以聖賢自處，而了無小心黜己之意，則豈肯聽此老生常談乎？執事雖及之，亦不必言其出於愚，恐徒爲明月珠之暗投爾。

與友生

【解題】

寫作時間不詳。

此文見華島本《艮齋私稿》前編續卷一，第三册，第四二九頁；龍洞本《艮齋先生文集》前編續卷一，第Ⅱ册，第三二八頁。

狹袖之變，薙髮之慮，此以前代聖賢之言與行觀之，似不難處。來書所舉諸説之外，又記得《語類》，學蒙録云：「唐初年服袖甚窄，全是胡服。」今日所行之制，實此類也。又僩録云：「後世禮服，固未能猝復先王之舊，且得華夷稍有辨别猶得。」此一段，今日士流正宜奉遵也。

〔一〕「子尤」，原本誤倒作「尤子」，據舊校本、挖改本、正誤表、龍洞本乙正。華島本原作「尤子」，後加乙正。

至於薙髮，《易·睽[一]》之六三曰：「其人天且劓。」先儒謂：「天，髡首之刑；劓，截鼻之刑。」是豈君子可行之法哉？《吴越春秋》以泰伯斷髮夷服爲示不可用，明道夫子以《傳燈録》千七百人之削髮胡服，而終爲無一人達「朝聞道，夕死可矣」、「吾得正而斃焉」之理。至於明末[二]，諸公之不從虜制而死者，咸被後賢之稱美，若李光地、徐乾學輩，剃頭苟活，至今數百載之下，談者猶且唾𡁧，不欲入於耳。於此可以見勸戒之分，而定取捨之極矣。變服視毁形，或似有間，而其爲夷則一，故年前衣制之令，鄙社諸人無敢用窄袖者，至被逆命亂民之目，而不之改也。

答友生丙辰

【解題】

丙辰，西元一九一六年，艮齋先生七十六歲。

此文見華島本《艮齋私稿》别編卷一，第七册，第六九〇頁；龍洞本《艮齋先生文集》後編卷十一，第Ⅳ册，第三八頁。

舜[三]之耕稼自在，在堯時，無可疑矣。夏、漢之末，天下大亂，伊尹、武侯宜有所爲，亦未

[一]「睽」，原本誤作「睦」，據舊校本、挖改本、正誤表改。
[二]「末」，原本誤作「未」，據正誤表、華島本、龍洞本改。舊校本、挖改本失校。
[三]「舜」，原本誤作「舜」，據舊校本、挖改本、正誤表、華島本改。此文龍洞本未收，龍洞本《艮齋先生文集》亦作「舜」。

聞有小小措置，何也？使無湯、烈，又只韜藏，了無影響。是知天下無道則隱，非有定見、定〔一〕力者不能也。晦庵先生嘗言：「舜、伊事業，亦偶然爾，若有一毫安排等待之心，即成病痛。」伊川先生亦言：「伊之耕於莘野，天下人才豈能盡知？天下事豈盡理會？惟明其在己者而已。」此個義理，非有慧眼，定難信及也。今有人行尊孔講道之事，此所當爲也。其特地立個聖廟，聚得衆人，此衆人中，安知無私意異趨，而生出乖當之事者？然則我之所爲，已似非隱居求志之道，況更有武備云云之説，則彼於士流視如眼釘久矣！今復加之以此，豈不認爲鑽膓之刃，而欲一網打盡乎？

區區不能無過慮，故兹以敷示心肺，一看即滅，亦是精義也。

昔晦翁論《儀禮》注解，尚有焚坑之慮，況復深於此者乎？那中士流以非彼之管轄，而或得無事，不可知，然彼何嘗是不億逆、不還怒之人耶？三千里内，許多儒生決然横被禍厄，是豈仁智者所爲乎？

〔一〕「定」，原本脱漏，華島本亦脱，據舊校本、挖改本、正誤表補。龍洞本《艮齋先生文集》有「定」字。

與柳可浩鍾源○乙卯

[解題]

乙卯，西元一九一五年，艮齋先生七十五歲。

柳可浩，《華島淵源録・從游録》云：「柳鍾源，字可浩，號敬勝齋，晉州人，菁川君僻隱藩後，居陜川。」

此文見華島本《艮齋私稿》後編卷四，第四册，第四七三頁；龍洞本《艮齋先生文集》後編卷二，第Ⅲ册，第一〇五頁。此文龍洞本《艮齋先生文集》與原本同，華島本《艮齋私稿》内容多於原本。

十載海山，平生故舊如尊兄者，莫知所住，不能致一字。今遇李生基鳳，謂嘗從牌下讀書，因詢知比徙[一]安義，而筋力清健，教授勤懇，甚慰鄙抱。

且「安義」二字，正堪作我輩顧思之需。古今士流，往往見識未精，非義之義，或且安而爲之，此已可慊，至於讎人之金，同門如李某。李某平日[二]議論慷慨，人不可犯，及乎庚戌後，冒受不當受之賜，此尚顛蹶，佗復何問？不知老兄不遭此變，得而無事否乎？如愚，彼既目爲大頑固，初無遺貨授職之事，蓋無益於渠，而徒得殺士之名故耳。吾輩所謂義，不但是也，日用事爲之微，靡不與所謂義者相涉，非精而察之，未有不認麤爲精，而終陷於非義之義者也。蓋

[一]「徙」，原本誤作「徒」，據舊校本、挖改本、正誤表改。

[二]「日」，原本誤作「曰」，據舊校本、挖改本、正誤表改。龍洞本《艮齋先生文集》作「日」。

察者，心之爲也；義者，性之理也。心須學義，乃爲道宗。此見性爲本體，心爲妙用之實也。衰亂之中，稍以古學相講正，吾人之職耳。李生行，作此授之，令[一]獻諸几下。不知幾時得回教？臨風增情！

答韓希殷序教、景春晦善○乙未[二]

[解題]

乙未，西元一八九五年，艮齋先生五十五歲。

韓希殷，《華島淵源録·從游録》云：「韓序教，字希殷，號順齋，清州人，薦參奉，居咸興。」

韓景春，《華島淵源録·從游録》云：「韓晦善，字景春，號胦齋，清州人，居咸興。」

此文見華島本《艮齋私稿》別編卷一，第七册，第六九一頁；龍洞本《艮齋先生文集》別編卷一，第V册，第三六六頁。

二兄書各三道，總六函，一時駢至，至意悃款，溢於觚墨。此時何時，乃能得[三]此，此其感

[一]「令」，原本誤作「今」，據舊校本、挖改本、正誤表改。龍洞本《艮齋先生文集》作「令」。

[二]「未」，原本誤作「末」，據舊校本、挖改本、正誤表、華島本、龍洞本改。

[三]「能得」下，原本衍「其」字，據舊校本、挖改本、正誤表、龍洞本删。華島本亦衍「其」字，後圈删。

鐫，大異餘日。顧今讎虜陸梁，凶徒猖獗，宗社瀕於危亡，人類化爲豺狼。吾輩之生，胡爲適丁此時，蒙難洗之恥、抱無涯之痛也耶？竊念魯君見逐，尼父促適齊之駕；胡元入主，許氏隱金華之山。今也宇内皆夷，無可入之邦；海左褊小，無可辟之地。然則號天叩地，惟有一死耳。區區此懷，豈有彼此之殊哉？「吾儒關世運，晚節見初心」，古人之詩，正道今日心事，每讀之，不覺毅然而立。彼許衡、姚樞之包羞忍恥，臣事犬羊者，抑又何見歟？如愚衰病枯落者，只合滅影山海，不復以名姓聞於人世間。而萬樹凝霜，修季路之緼袍；千山積雪，整王恭之鶴氅。如梅月翁之爲也。如二兄者，須大家砥礪，勉率同志，得保前代衣冠，無虧先人遺體，用光斯道於百載之下也。

意溢情蹙，莫克盡譚，惟善攝無疾是禱。

別紙

箕聖陵殿之爲戰場，院宇之經兵燹，聞甚痛惋。而後民與本孫之用數間茅屋，奉以影幀，何害於義理？況龍岡、成川之設影殿，皆自土民創[一]建，而竟至賜額，自有昔年已例乎！若夫顯靈之有無，不須深論也。龍蛇之亂，倭賊犯箕聖墓，墓中隱隱有樂聲，賊懼不敢發。此曾見於《梅山集》中，然此等係是靈異之事，但當據義理、禮意而定之，亦自無碍，何必論夢兆也？

[一]「創」，原本誤作「刱」，舊校本、挖改本、正誤表改爲「創」，據改。華島本作「剏」，龍洞本作「刱」，并同「創」。

曾聞順兄以衣制事見困於營邑，此自外至者，何足爲榮辱哉？朠兄書言：「彼中從游之士[一]，尋常出入，無敢用新衣者。」此何等風節？爲之歎賞不置也。至於今番剃頭之變，想應「八字著脚，一死存心」，此是吾儒今日時義。爲誦古人「身合沈江甘殉楚，心知蹈海勝歸秦」之詩，以交勉焉，想應犂然有當於心也。

國有寇亂，死守宗社，此是大臣之任。昔蘇峻反，太常孔愉朝服守宗廟，温嶠執手泣曰：「天下喪[二]亂，忠孝道廢，能持古人之節，惟君一人而已。」此亦非儒生之比也，然自士民行之，亦可謂加於人一等之行也。

古人於喪[三]亂中，有爲民堡者。今此太祖原廟下，數百户築堡衛護，至於萬不得已之時，則抱木主、祭器走入山中；又不能守，則繼之以死。或家世州學生徒，則抱經傳入聖廟以自處。此兩事，俱無不可，惟在高明取裁之如何耳。

答尹鳳來岐善○辛亥

【解題】

辛亥，西元一九一一年，艮齋先生七十一歲。

[一]「士」，原本誤作「土」，據舊校本、挖改本、正誤表、華島本、龍洞本改。
[二] 喪，原本誤作「器」，舊校本、挖改本、正誤表、華島本、龍洞本均作「噐」，今定作「喪」。
[三] 喪，原本誤作「器」，舊校本、挖改本、正誤表、華島本、龍洞本均作「噐」，今定作「喪」。

尹鳳來，《華島淵源録·從游録》云：「尹岐善，字鳳來，坡平人，篤守齋致中子，居公州。」此文見華島本《艮齋私稿》別編卷一，第七册，第六九四頁；龍洞本《艮齋先生文集》前編卷五，第Ⅰ册，第二一七頁。

伯棠云：「亡朋友，無不以斯文爲恫。」昔鄭子明惡近習而疏論之，既而蚤世，晦翁〔一〕惜之，而曰：「天亦爲此曹復讎耶？」今伯棠性伉直，於時輩鄉原，既皆斥之甚嚴，而於夷狄亂賊，又復討之不少饒，豈亦天爲彼輩掾喪之耶？抑天惜此人之在濁世，而招入清都耶？年前哭金德卿，今又失此人，吾黨否運何此極耶？痛矣痛矣！

答趙景憲章夏○甲午

〔解題〕

甲午，西元一八九四年，艮齋先生五十四歲。

趙景憲，《華島淵源録·從游録》云：「趙章夏，字景憲，號履齋，楊州人，庚戌之變絶粒二十日而殉。居清州。」

此文見華島本《艮齋私稿》別編卷一，第七册，第六九四頁；龍洞本《艮齋先生文集》別編卷一，第Ⅴ册，第三六七頁。

〔一〕「晦翁」，原本誤作「誨翁」，據華島本改。此文龍洞本未收，龍洞本《艮齋先生文集》亦作「晦翁」。舊校本、挖改本、正誤表失校。

時輩開化賣國，啓門揖盜，竟使島奴向闕放砲，拘執主上，令朝臣出入者必受其標，內自御庫所藏，外至各司所儲，一收收盡，蕩然如掃，至使御供缺乏，是豈舉國臣民所共一天之賊哉？而朝廷方且受其節制，州縣亦已謹其供億。噫！三千里邦域之內，都無一人與島夷作敵者，天下之可恥，豈有甚於此哉？壬辰陵變之後，上下數百年，國家未有南征議，故山雲李公作詩自悲云：「軒軒八尺身，愧生高麗地。」今愚以「愧生生」自號，噫！真可痛也！來喻天之生吾輩於斯時，意有不偶然者。守正死義，與國偕亡，豈非體天心乎？可謂自重其身矣！既而又欲與愚入〔一〕山枯死，而許鄭基化之能從，又可謂與人爲善矣！愚亦頃與鄭生相語如此，來書適至，出以示渠，渠亦感喜願從，奇哉奇哉！愚所寓臺三，在萬山中而氣象亦頗爽明，但生理差薄爲可欠。然既以一死自期，則亦何須問此？方與鄭生約，就其中尤更僻寂處，因樹爲廬，種藷充糗，而願得老兄共將孔、朱書快讀之。此計得成，則彼元初之金華、麗季〔二〕之杜門，又豈別有天地也？

〔一〕「入」，原本誤作「八」，據舊校本、挖改本、正誤表、華島本、龍洞本改。
〔二〕「季」，原本誤作「李」，據舊校本、挖改本、正誤表、華島本、龍洞本改。

與鄭君祚胤永〇丁丑

〔解題〕

丁丑，西元一八七七年，艮齋先生三十七歲。

鄭君祚，《華島淵源録·從游録》云：「鄭胤永，字君祚。」

此文見華島本《艮齋私稿》別編卷一，第七册，第六九五頁；龍洞本《艮齋先生文集》別編卷一，第Ⅴ册，第三六八頁。

朝廷過畏豺〔一〕狼之勢，至使入處於輦轂至近之地，冀緩其一朝侵暴之害，是猶知惡其死而食烏喙以易之也。古今天下，安有心腹腐爛而支體康健者乎？此不待智者而凛然以寒心矣！如愚者，草茅微賤，宜若與世相忘矣。然猶燕居深念，亦且憂憤慷慨，淚下沾衣，此又何爲而然哉？彼荷蕢、沮、溺之流，抑獨無君臣之性歟？善乎五峰胡子之言曰：「中原無中原之道，然後夷狄入中原也；中原復行中原之道，則夷狄歸其地矣。」苟使我聖上親近儒賢、講明義理，登庸才良、振刷綱紀、選擇守宰、愛養群黎，其它如敦教化、厚風俗、恢公道、黜私意、崇節儉、信賞罰、鍊士卒、廪軍食之類，次第舉行，其於彼又示以舊例從事之外，無復姑息苟〔二〕且

〔一〕「豺」，原本誤作「豹」，據舊校本、挖改本、正誤表、龍洞本改。華島本亦誤作「豹」。

〔二〕「苟」，原本誤作「苟」，據挖改本、華島本、龍洞本改。舊校本、正誤表失校。

之意焉，則八域之民，竦然向風，而無不悦服者矣。彼洋倭之類，雖曰禽獸之性，亦且知畏，而不敢復逞其毒矣。嗚呼！孰有以此進説於丹扆之下乎？區區〔一〕者，徒切拳拳忠愛之情也，然微執事之誠亮，豈敢發此言耶？

覽訖藏弆，勿以示人，則尤幸尤幸〔二〕！

答金駿榮甲午

［解題］

甲午，西元一八九四年，艮齋先生五十四歲。

金德卿，《華島淵源録·觀善録》云：「金駿榮，字德卿，憲宗壬寅生，義城人，慕齋安國後，居全義。」

此文見華島本《艮齋私稿》前編續卷二，第三册，第四五〇頁；龍洞本《艮齋先生文集》前編續卷一，第Ⅱ册，第三三五頁。華島本《艮齋私稿》、龍洞本《艮齋先生文集》爲全文，原本爲節選。

〔一〕「區」，原本脱漏，據舊校本、挖改本、正誤表、華島本、龍洞本補。

〔二〕「幸」，原本誤作「辛」，據華島本、龍洞本改。舊校本、挖改本、正誤表失校。

栗谷以宋高宗稱臣夷狄〔一〕，不許正統，而曰：「有人云：『高宗之稱臣，假也，非真也。』此言非是。君臣之間，不可以假爲。故孔子曰：『必也正名。』」見《語録》。或人執此謂本朝之於清虜，亦不可以假爲，則臣而已矣，何可以不用清之年號？此説何以答之？可以塞或人之口乎？

駿榮竊以爲栗翁只就高宗身上而論其罪過，以明其不許正統之證也，若以天下大義言之，則如朱子所謂「萬世必報之讎」者，是不易之正論也。豈可捨不易之正論，而從其論罪過之説？且只以栗翁説觀之，既以高宗之稱臣夷狄而不許正統，則豈可以夷狄真種子許爲正統，而用其年號矣乎？此無可疑。然以今日事勢言之，則爲華而背清則可，爲倭而背清則甚不可。此義亦不可不知。如何如何？

或人之言，與朱、宋二先生異矣，不可從也。宋高宗稱臣於金虜，然使其能存忍痛含寃之心，厲復讎雪耻之志焉，則栗翁於此，必有斟量之言矣。

〔一〕「栗谷以宋高宗稱臣夷狄」，原本退一格寫，知爲金駿榮來書，今依舊退格。此文華島本、龍洞本未收，華島本《艮齋私稿》、龍洞本《艮齋先生文集》均退一格寫。

與金駿榮

［解題］

寫作時間不詳。

此文見華島本《艮齋私稿》別編卷一，第七册，第六九六頁；龍洞本《艮齋先生文集》別編卷一，第V册，第三六八頁。

時事時急，吾輩死生何足言！惟是宗社之憂，不知何以得紓耶？平日尚利之害，至於如此，甚可畏也。程子言：「曾子疾病，只要正，不慮死。」非特疾病爲然，兵革亦然。吾輩只有此一義而已，夫復何言！

京秏日賊之在闕内者，被英公使所叱出。大鳥奎介〔一〕亦以偷出内外諸物事之〔二〕故，見譴於英使。至有還納之説，國内無一人倡義，誠不可使聞於它邦。大抵我國風氣脆弱，人心詐僞，舉事無力，爲天下所笑久矣，危如針席，無彼此之殊。愚近有數句云：「東不關，西不關，生不問，死不問，惟義是趨。」此語似有味，亦有用，可遍以告諸生也。吾輩今日於患難之際，只有一個守正而已，不可存毫髮苟且依違之意也。

〔一〕「大鳥奎介」，又作「大鳥圭介」。

〔二〕「之」，原本誤作「人」，據舊校本、挖改本、正誤表、龍洞本改。華島本亦誤作「人」。

臨事多窒，實由昧理，亦欠士友講論，以此深望老兄與諸君相聚耳。

答金駿榮乙未

【解題】

乙未，西元一八九五年，艮齋先生五十五歲。

此文見華島本《艮齋私稿》别編卷一，第七册，第六九七頁；龍洞本《艮齋先生文集》别編卷一，第Ⅴ册，第三六九頁。

告君立案，然後方成爲父子，此固禮之正也。至於今日事例，非可以經常論。夫亂臣賊子，人人得而誅之，彼輩方且劫君父，擅國政，而使其餘孽布列朝廷，而任自操縱。此時何時？而爲士子者，豈忍以人倫大事聞於此曹，而使之押字踏印〔一〕，謂之告君上而定父子矣乎？無寧且用尤翁告廟立後之例，見《宋子大全》祝文卷。爲寡過也耶？區區所見如此，不敢不以告，然未知知禮明義之君子，定以〔二〕爲如何也？

〔一〕「印」，原本誤作「邱」，據舊校本、挖改本、正誤表、龍洞本改。華島本原作「邱」，後改「印」。

〔二〕「以」，原本脱漏，據舊校本、挖改本、正誤表、龍洞本補。華島本亦脱。

答金駿榮

【解題】

寫作時間不詳。

此文見華島本《艮齋私稿》前編卷六，第一冊，第五二〇頁；龍洞本《艮齋先生文集》前編卷五，第Ⅰ冊，第二二八頁。

天地之用，付與儒者。但今之儒者，有不務明理、不肯循道者，遂致後輩流於使氣，凡庶陷於斁倫，高士鄙其鮮實，俗吏笑其無能，豈不大可懼哉！聖賢之用，付與王臣。顧今之王臣，有不思尊主、無意愛民者，遂使儒者安於山林，黎民填於溝壑，裔戎騁其凶暴，國君受其危辱，豈不可痛哉！若得野賢明理循道焉，則學之既絶者將復續，而天地之用有所賴而行矣；朝士尊主庇民焉，則國之已危者將漸定，而聖賢之用有所藉而達矣。嗚呼！此必然之理，的然之勢，而未知孰肯爲之殫心也？愚之不〔一〕佞，不能無深望於今之君子。雖然，民國之安危，由於朝士之賢否；朝士之賢否，又繫於儒術之邪正。是儒術爲天下之大本也。吾黨之於問學，安可不勉明而深體之哉？

〔一〕「不」，原本脱漏，據舊校本、挖改本、正誤表補。此文華島本、龍洞本未收，見華島本《艮齋私稿》前編卷六、龍洞本《艮齋先生文集》前編卷五，均有「不」字。

答金駿榮丙申

[解題]

丙申，西元一八九六年，艮齋先生五十六歲。

此文見華島本《艮齋私稿》前編卷六，第一册，第五二三頁；龍洞本《艮齋先生文集》前編卷五，第Ⅰ册，第二二九頁。

邑倅與巡檢遍至鄉村，督令薙髮，而川西則謂以賢者所居，過里門而不入。此可見盛德之感物深，而里人之賴仁大也。言足聽聞，而昧陋之人時有毁儒者者，此與幼子之見養於慈母，而還有打母、詈母之習相似，儒者於此何忍相校也！

時擾已極，諸生散去，閑中讀《朱子大全》，聞之且歎且幸。但倡義諸公櫛風沐雨，矛淅[一]劍炊，以爲國討賊安民爲務，而我輩得而安坐看書，何愧如之？縱外人所傳，時有疏漏處，只與其大體可也。仲氏問：「子行三軍，則誰與？」子曰：「必也臨事而懼，好謀而成者也。」吾於諸公，默默禱此，不任其眷眷之情焉耳。

[一]「淅」，原本誤作「浙」，據華島本《艮齋私稿》、龍洞本《艮齋先生文集》改。舊校本、挖改本、正誤表失校。此文華島本、龍洞本未收，見華島本《艮齋私稿》前編卷六、龍洞本《艮齋先生文集》前編卷五。

與金駿榮乙巳四月

［解題］

乙巳，西元一九〇五年，艮齋先生六十五歲。

此文見華島本《艮齋私稿》别編卷一，第七册，第六九八頁；龍洞本《艮齋先生文集》别編卷一，第Ⅴ册，第三六九頁。

讎虜之陵踏已甚，君相之權柄已去，而疆土[一]不可復存，生靈不可復救，痛哭何言！向得巍台書，欲儒者起而做事，又使任聖武來傳其言，而愚未之應也。後微問於徐丈，則答以其説迂闊，彼虜豈不知是非而爲是耶？訪諸他人，亦皆如徐丈言矣。今仁父、而見，專爲此事遠來苦勸，鳳汝書來亦言：「今日輿望，惟在儒林，而儒者皆以先生[二]爲表準，則想必有預算。若不顧家國，只攜書入山而已，則天下後世將以爲如何？」愚自量既無德望可以服一國之士類，又無才能可以應倉卒之變，則不可輕易出脚也明矣。今使愚抱木枯死，則[三]後之聖賢，不過

［一］「土」，原本誤作「士」，據華島本、龍洞本改。舊校本、挖改本、正誤表失校。

［二］「生」，原本誤作「主」，據舊校本、挖改本、華島本、龍洞本改。正誤表失校。

［三］「則」字上，原本衍「以」字，據舊校本、挖改本、正誤表、龍洞本删。華島本有「以」字，後圈删。

以量能度分、不[一]欲輕出議之而已；使出而無益於國，有害於義，則今與後之識者，必以未行學走、自取顛踣譏罵之，此如何堪之！愚恐未若且守常法之爲寡過也。雖然，二君皆有深識，其言不可忽也。令詣門奉議，幸望反復籌度，必見其義之可出，事之可做，而後親與巍台爛漫商確，必待其無異辭，而專遣一人以見教焉。若於義可爲，死生禍福亦何可顧乎？

與金駿榮

［解題］

寫作時間不詳。

此文見華島本《艮齋私稿》別編卷一，第七册，第六九九頁；龍洞本《艮齋先生文集》別編卷一，第Ⅴ册，第三六九頁。

昨所聞「小日本[二]」之説，未知信否？而使人膽裂，不知何以爲生也！年前與書李友明[三]，令其勸上效死勿去，今此題目，視「去邠」不啻又加幾層？自上宜以「決性命」易此三字。

[一]「不」，原本誤作「丕」，據舊校本、挖改本、正誤表、華島本、龍洞本改。

[二]「本」，原本脱漏，據龍洞本補。華島本亦脱，舊校本、挖改本、正誤表失校。按下文言「易此三字」，當以龍洞本爲是。

[三]「明」，原本誤作「朋」，據舊校本、挖改本、正誤表、華島本、龍洞本改。

若此題目，雖一日用之，大事去矣！是宜大臣、近臣冒萬死以爭之，使吾君無得罪於上下神祇、大小臣庶也。草莽賤臣，無所施措，只有一團憂國丹衷。又欲寄聲李台，使之密奏而守正。縱以此取亡，亦足以有辭於天下後世也。

「寇日深矣，某之肉其足食乎？」[一] 此晦翁痛切語也。人人寒心，家家痛哭，亦復何益？奈何奈何！

與金駿榮

［解題］

寫作時間不詳。

此文見華島本《艮齋私稿》別編卷一，第七册，第六九九頁；龍洞本《艮齋先生文集》別編卷一，第V册，第三七〇頁。

國事愈不可爲矣！趙閤丈及閔泳煥、洪萬植兩台皆自盡，其餘廷請諸宰，皆被日[二]兵拘住，

[一]「寇日深矣」二句，朱熹《晦庵別集》卷一《書·魏元履掞之》原文作：「寇日深矣，爲之奈何！諸報想自聞之，此間事甚遲，方傳古藤之命，未知果否？誤國至此，某之肉其足食乎？」

[二]「日」，原本誤作「曰」，據舊校本、挖改本、正誤表、華島本、龍洞本改。

本家片言不相通。崔在學諸人伏閤，又被日兵捕縛矣。此時吾輩入城呈疏，豈可得成？不如且守吾義以俟死之爲從容，敢請諸賢各言其志。

性範見禮山李台，則謂五百年宗社，較之三千年宗教，畢竟差輕。尊師門處義，與諸宰不同，不宜入都輕死。且發一文字，遍告搢紳：「章甫死守吾道，誓不爲讎虜之臣妾。」幸以此達於師席云。未審以爲如何？

答金駿榮

【解題】

寫作時間不詳。

此文見華島本《艮齋私稿》別編卷一，第七册，第七〇〇頁；龍洞本《艮齋先生文集》別編卷一，第Ⅴ册，第三七〇頁。

鄙疏討賊，決知其不得施，特欲藉此以爲時務諸人與各公使談判之資而已，而禍變則不可測也。今此公函，彼縱不聽，而禍則無之；禍則無之，而鄙則不欲爲也。蓋彼輩皆是豺狼[一]之

[一]「狼」，原本誤作「狠」，據舊校本、挖改本、正誤表、華島本、龍洞本改。

貪饕者，吾以赤手空函，豈能充其谿壑之欲，而翻其已定之案乎？鄙則只有一死而已，不欲爲此僥倖難必之事矣。

昨日事何以處之？疏請討賊，而使他人談判，此可爲之一義也。若親書諸館，而與之爭詰，此又不可爲之一義也。蓋彼皆嗜利忘義之犬羊，豈肯聽此一夫之言，而舍其萬圓之利乎？此所以爲彼而不爲此也。野蠻之號，亦何能汙守義自靖之實乎？今日之議，多徇名而不核實，故未及乎精義，而往往流於俗見耳。

夫公使者，皆奉其君命者也，宜其從事於公正之道。今也餌之以財，則雖非亦從。如我國之貧弱者，雖萬被法外之辱，視同秦瘠，此皆犬羊之類，何可與之言哉？我若爲公函，則非惟辨析是非而已，亦欲直言叱斥〔一〕其無義貪財之罪也。不如是，則不足以洩憤也。必欲爲之，須辦得鉅億萬圓，而直走各館以啗之也。不如是，事決不成矣。

答金駿榮

［解題］

寫作時間不詳。

〔一〕「斥」，原本誤作「斤」，據舊校本、挖改本、正誤表、華島本、龍洞本改。

此文見華島本《艮齋私稿》别編卷一，第七册，第七〇一頁；龍洞本《艮齋先生文集》别編卷一，第V册，第三七〇頁。

公函之停止，因鄙言而然。至謂之所教至當，庶可自信矣。然去夜與鳳汝議及此〔一〕事，鄙問：「此是道援天下乎？手援天下乎？」鳳汝言：「畢竟是手援。」又曰：「恐無以道殉國之義。」朝見仲禹，問之，則亦與鳳汝之見同矣。昨見退台書，亦以國會懇勸，然據愚見言之，恐難成矣，試深思之。

「能使衆心成城」，此六字直是難於上天，爲之奈何？我輩只有「守死」兩字，爲懷中寶耳。伯腴昨從龜洞來，傳勉台之言曰：「尊師入都，國勢有賴，君等宜勸行，不可挽止〔二〕。」其意善矣，而今未之應副，極可愧歎。

「自靖守死」四字，恐爲今日我輩精義。而國中諸望，皆欲愚一行，此又如何？大抵「中」字最難識得！

既承温批，而欲再疏以見意，亦善矣，但恐終歸於文具，故亦嘗起草而中止耳。

〔一〕「此」，原本誤作「比」，據舊校本、挖改本、正誤表、華島本、龍洞本改。
〔二〕「止」下，原本誤多一空格，舊校本、挖改本圈删，正誤表更正「空間」爲「連書」。

答金駿榮

［解題］

寫作時間不詳。

此文見華島本《艮齋私稿》别編卷一，第七册，第七〇二頁；龍洞本《艮齋先生文集》别編卷一，第Ⅴ册，第三七一頁。

某事事已急矣。遠近友生一時聚會，一難也；幾多財穀陸續輸來，二難也。如此而輕易出門，無以繼其後，則豈不爲笑囮耶？與其如是，不若自靖。此與李聲遠議定，而聲遠言：「自靖有二：稱病謝客，聞變自裁，一也；鳳汝、仲禹、伯腴又言：『聞變自裁，更〔一〕合商量。』棄儒衣冠，晦跡於海山漁樵之間而不復返，一也。由前則事跡光明正大，婦孺皆知其義矣；由後則義理精微，人未易知，而自家行之之難，反有甚於一時死節之人。梅山先生論徐東海事正如此。」此言似善，未審崇解以爲如何？

王虎谷以卞莊子譬孔子，里之丈夫譬許衡，此説似然，而有不盡然者。蓋孔子於楚昭王相見之日，必不以臣禮自處。使之變夷狄之制，遵先王之法，然後從而輔之，然以賓禮待之則

〔一〕「更」，原本誤作「叟」，據舊校本、挖改本、正誤表、華島本、龍洞本改。

可，若欲臣之，聖人必別有措處也。若許衡之於元世祖，則既已臣之矣。王氏所謂不爲虎傷，吾不識其何説也？愚意爲許衡計，其所設施，能如上所論，則誠善矣。此義愚所擬《答李某書》言之詳矣。如不能，則被召之日，變姓名晦跡以終身，又可矣。若孟子，則戰國諸侯之稱王已成俗例，故不以爲嫌而應其聘，欲以行道濟時也歟？宋高宗雖稱臣於金虜，而畢竟是祖宗子孫，輔之以興復舊疆，無不可者。故朱子不忍以天降之重，埋没草莽，出而擔當世道也歟？今日我邦之事，非如楚、元之原來是夷狄，又非如高宗之稱臣於夷狄，只是柔弱不能自立，而爲狡虜與逆賊所脅耳，剃髮非其所欲也。苟能奮然悔恥，勃然興起，懇懇然以求賢致治爲心，而在下之賢又有大德大才，可以化戎爲子，轉禍作福者，可以出而應命。不幸而不濟，死生以之矣。朱子論《大學》末章「善者」云：「到勢窮事迫，乃舉而用之，然既晚矣。」正此之謂也〔一〕。嗚呼痛矣！奈何奈何！若不能然，而爲上者只如近年以來還諭召之例而已，而爲下者又非有伊尹、諸葛之才，則恐未可出而仕也。但此時義理有兩説：或曰隱避，而并敦諭亦不受；或曰只不出，而隨例疏辭。由前則高而快矣，由後則貞而厚矣。高而快者，恐未若貞而厚者之爲仁、義並行也。未知盛見又以爲如何？此須默究精思以得之，不可便草草打過也。

〔一〕「正此之謂也」上，原本衍「操」字，據舊校本、挖改本、正誤表、龍洞本删。華島本亦衍「操」字。

與金駿榮丙午

[解題]

丙午，西元一九〇六年，艮齋先生六十六歲。

此文見華島本《艮齋私稿》別編卷一，第七册，第七〇四頁；龍洞本《艮齋先生文集》別編卷一，第V册，第三七二頁。

主辱日甚，顧雖疏賤，安處私第，義甚未安。欲周流於湖海之間，然此又未穩，則不如負經入深僻山中，草木衣食，繼之以死也。子孫中難得同往者，門人或知舊有可與俱隱者，欲決意而行，未知雅見云何？巖棲水飲，抱書俟命，固是難事，然今世志節之士，既不能出而有爲，則只此一事，豈非當行之道乎？若曰雜處於亂民之間，牽制於讎虜之手，而且曰我是守義之士，則未知後賢以爲如何？絶人逃世，鳥獸同群，在平時爲過，而在今日，竊以爲中正之道也。金華杜門，尚可堪也，今則非惟無禮之夷狄而已，又弑君父之亂臣賊子也，又殺吾母〔一〕后之深讎大寃也。名爲士子，而可以俛首於彼，而欲以守舊自待乎？使孔、顔處此時，決知其不然也。幸與諸君訂教之。

〔一〕「母」，原本誤作「毋」，據挖改本、正誤表、華島本、龍洞本改。舊校本失校。

與金駿榮兼示諸生

〔解題〕

丙午，西元一九〇六年，艮齋先生六十六歲。

此文見華島本《艮齋私稿》前編卷六，第一册，第五八〇頁；龍洞本《艮齋先生文集》前編卷六，第Ⅰ册，第二五五頁。

近見去月四日新聞，始知除命出於樞院刷新之意，故凡議長、贊議以下，一併解任，更選有名望、通時務之人，上奏任用。而新聞論説，謂余「從前屢徵不起，視朝衣朝冠若將浼焉，今雖吏曹參判、成均祭酒，必非其所願，豈以樞院贊議之銜而屈節哉？」適得退台書亦言：「朝廷以此職待尊長，未可謂厚禮。若不聞知者久而免官，則幸矣；又或有責，則請勘亦可矣。」然鄙意於此，別有其義，不可不悉數之也。

一則，欲貴者，人之同心也，然我實未修天德，而今此人爵奚宜至哉？是所謂不以其道得之者。何可棄聖人之言而遽然處之，以損至貴之名節哉？

二則，君子量而後入，不入而後量，看得時局已艱，非淺智薄才所能濟，則不敢膺命。

三則，《易》有「大人否亨，不亂群」之訓，顧雖非大人，其志不欲與時輩混跡，而俛首聽命於統監府也。新聞「朝衣若浼」之云，亦不可謂不然也。

四則，喆圭虛傳[一]敕命，使淵齋仰藥自盡，而朝廷不曾勘罪。日賊拘執義旅，致勉庵入[二]島病卒，而朝廷莫爲禁止。兩賢之辨，一死固其素志，使無是變，豈遽至此？此所以痛冤益切而不能已也。此正孔子所謂「君子違傷其類」者也。新聞「祭酒非願」之云，亦不可謂不知我也。

五則，耳聵借聽、神昏健忘之外，腰[三]脊挫閃，祭亦代拜。雖使立朝，固當致仕，今何可出門一步地乎？

鄙之不敢進身，有此數端，則永矢自廢久矣，何嘗薄贊議而不之赴乎？此則非鄙之本意也。夫幼而學之，壯而欲行之，何可以不仕爲正當道理乎？故石潭先生有言曰：「臣子之不[四]得事君，人倫之變，非其本心也。」每誦之，輒不勝拳拳向君之情也。雖然，新聞既以當局者之有是奏任，歸之於唐宋宰執之聘召山人處士，以爲粉飾之計，而又勸士[五]流幡然一起共

[一]「傳」，原本誤作「傅」，據華島本《艮齋私稿》、龍洞本《艮齋先生文集》改。此文華島本、龍洞本未收，見華島本《艮齋私稿》、龍洞本《艮齋先生文集》前編卷六，均作「傳」。舊校本、挖改本、正誤表失校。

[二]「入」，原本誤作「八」，據舊校本、挖改本、正誤表改。華島本《艮齋私稿》、龍洞本《艮齋先生文集》均作「入」。

[三]「腰」，原本作「要」，據華島本《艮齋私稿》、龍洞本《艮齋先生文集》改。舊校本、挖改本、正誤表失校。

[四]「不」，原本誤作「之」，據舊校本、挖改本、正誤表改。華島本《艮齋私稿》、龍洞本《艮齋先生文集》均作「不」。

[五]「士」，舊校本誤改爲「土」，涉下而訛。

濟國事，何也？豈有朝廷以浮文召士〔一〕流，士〔二〕流以虛禮膺朝廷，而可以傾否亨屯之理哉？第念鄙人生平，內負虛名於己，外召實禍〔三〕於世，尋常恐懼憂惕而不自安也。今又得此除命，必將添一罪案，豈非命歟？

比得一聯云：「大韓天地無名氏，太極陰陽有性人。」上句言其遯跡之願也，下句言其求道之志也。官報載：金心一亦同除贊議。想其衰病難强，出處不苟，而〔四〕不敢爲供職之計。但未知將入文字爲乞免之圖耶？抑只如退台書辭之云耶？恨未〔五〕之相聞也。

答金駿榮丁未

［解題］

丁未，西元一九〇七年，艮齋先生六十七歲。

此文見華島本《艮齋私稿》前編卷六，第一册，第五八二頁； 龍洞本《艮齋先生文集》前編卷六，第I册，第二五

〔一〕「士」，原本誤作「土」，據舊校本、挖改本、正誤表改。華島本《艮齋私稿》、龍洞本《艮齋先生文集》均作「士」。

〔二〕「士」，原本誤作「土」，據舊校本、挖改本、正誤表改。華島本《艮齋私稿》、龍洞本《艮齋先生文集》均作「士」。

〔三〕「禍」，原本誤作「祒」，據華島本《艮齋私稿》、龍洞本《艮齋先生文集》改。舊校本、挖改本、正誤表失校。按「祒」當作「祒」，即古文「禍」字。

〔四〕「而」，龍洞本《艮齋先生文集》誤作「以」。

〔五〕「未」，原本誤作「末」，據舊校本、挖改本、正誤表改。華島本《艮齋私稿》、龍洞本《艮齋先生文集》均作「未」。

六頁。

賤臣欲用黑漆蔽陽笠，此有澤堂丁[一]丑下城後已例。此須精究而示之也。凡它無職名士流，不必以一例裁之。不然，則用黲布笠亦得。如何如何？禮山李台遇賊不屈死，其子因護父而被斫死，其一僕奮拳打賊，亦被殺，可謂一門忠孝矣。但此是宰相而無故遇害，然而無可償命之道，時變至此，不去何爲？賤身欲自此越海入萊州，轉至闕里，而因未及告廟，更加商量耳。舟村蔽陽笠，以其[二]母夫人遇害，似非獨爲皇明之亡也。澤堂於丁丑下城以後，常處板房，而戴黑漆蔽陽笠，此見於尤翁所撰諡狀矣。此或近於過中，則淡墨布笠恐得耶？

與李畦丙申

【解題】

丙申，西元一八九六年，艮齋先生五十六歲。

李畦，《華島淵源録・觀善録》云：「李畦，字聖功，憲宗庚子生，慶州人，居清州。」

〔一〕「丁」，原本誤作「了」，據舊校本、挖改本、正誤表改。此文華島本、龍洞本未收，華島本《艮齋私稿》、龍洞本《艮齋先生文集》均作「丁」。

〔二〕「其」字下，原本複衍一「其」字，據舊校本、挖改本、正誤表删。華島本《艮齋私稿》、龍洞本《艮齋先生文集》均無此「其」字。

此文見華島本《艮齋私稿》前編卷六，第一册，第五八三頁； 龍洞本《艮齋先生文集》前編卷六，第Ⅰ册，第一二五六頁。

頃者所論被髮左衽一章，孔子特論其勢，而見管仲之不可無耳，非論其理而爲自家之不得不〔一〕從也。 昨夕鳳汝説：「曩見朴某，問欲如何，曰：『吾嘗出入師門，豈忍先剃？若鄉人皆不免，吾則最後爲之矣。』遂引此章以爲證。」如此則爲夷一也，特分先後耳！百步五十步之間，其遠幾何哉？如使夷俗爲儒者不耻爲之之事，何必稱管仲尊攘之功？其稱管仲，正所以斥裔戎也。 况《春秋》之法，中國而用夷禮則夷之，豈有聖人從夷而反見貶於後世也哉？陳相從許行，則孟子斥之以不善變，豈有聖人變於夷而反見膺於後世也哉？《論語》記「席不正不坐，割不正不食」，則説者謂聖人心安於正，物之不正者，雖小不就，豈有被髮左衽是大節之不正者，而聖人肯爲之乎？聖人，道不行則有乘桴浮海之意，國無道則有至死不變之説焉。 謂聖人從夷，吾不信也。 人苟有「朝聞道，夕死可矣」之志，則不肯安於所不安也。 如曾子易簀，必如此乃安。 謂聖人安於被髮左衽，可乎？《傳燈録》千七百人，無一人達者。 苟有見得此道

〔一〕「不」，原本脱漏，據舊校本、挖改本、正誤表補。 此文華島本、龍洞本未收，華島本《艮齋私稿》、龍洞本《艮齋先生文集》均有「不」字。

理者，臨終須尋一尺布帛裹頭而死，决不肯削髮胡服。而終謂聖人安於被髮左衽，可乎？余謂爲此説者，可謂老而無耻、學而不識字者矣。

答田相武庚申

［解題］

庚申，西元一九二〇年，艮齋先生八十歲。

田相武，《華島淵源録·觀善録》云：「田相武，字舜道，哲宗辛亥生，麒鎮祖父，居宜寧。」

此文見華島本《艮齋私稿》後編卷四，第四册，第五〇一頁；龍洞本《艮齋先生文集》未見。

時務諸人，謂愚不與同事，目爲忘國，而曰事成後將殺之。其勢極可畏也！但此諸人異日能復得五百年李氏宗社，明得二千載孔子道教否？如是而殺此漢，則亦所甘心也。萬一不然，專主釋、穌之術，而欲行共和之法，則是滅綱常之典禮，而覆聖賢之正道也。此決非韓士、孔徒之所宜同也。

答田相武壬戌

［解題］

壬戌，西元一九二二年，艮齋先生八十二歲。據《年譜》記載，是年七月朔癸亥有疾，丙寅酉時考終於華島之正寢。九月葬於益山玄洞後麓艮坐之原。門人知舊加麻而從者二千人，觀葬者六萬餘人。題主不書官銜，只書「處士」，亦治命也。

此文見華島本《艮齋私稿》別編卷一，第七册，第七〇五頁；龍洞本《艮齋先生文集》後編卷三，第Ⅲ册，第一一七頁。

修譜之事〔一〕，如海受水，清濁皆歸，以其〔二〕所從來者皆水也。苟是祖之孫，雖有美惡，而譜不得不載，亦理勢然也。

海之受水，是無情識、無辨正之物。至於人之修譜，安得無好惡之情、是非之識？亦安得無順逆之辨、黜陟之正乎？二者恐不得無辨也。

《春秋》之義，寓褒貶於一字。則譜規之從是例，如何？

〔一〕「修譜之事」以下一節，原本、華島本、龍洞本均低一格寫，係引田相武來書語。下同。
〔二〕「其」，原本誤作「某」，據舊校本、挖改本、正誤表、龍洞本改。華島本亦誤作「某」，後改「某」。

一字褒貶之說〔一〕，朱子〔二〕深以爲非。如云：「今要去一字上理會褒貶，如何知得聖人肚裏事？」又云：「《春秋》只是直載當時事，要見治亂興衰，非是於一字上定褒貶。」是也。今於譜規，不知當如何從之？

徐家祺作《〈春秋〉宗朱辨義序》云：「紫陽先生自《易》、《詩》外，如《春秋》，亦第言其概，而疑前此一字褒貶之說不可以比例。後之學者，仍執一字之褒貶，附會牽引，不顧其安，使聖人故爲隱深曲異之文，於彼於此，幾不可測」云云。

假使先生獨修派譜，則門内之毀形者，如何措處？

門子姪之〔三〕毀形異服、甘心從夷者〔四〕，是彼自絕於祖宗，如何渾載於譜牒，而示後孫乎？昔包孝肅公《家訓》云：「後世子孫仕宦，有犯贓濫者，不得放歸本家；亡没之後，不得葬於大

〔一〕「一字褒貶之說」以下一節，原本誤作接排，舊校本標記頂格，華島本作頂格，挖改本頂格重排。此文龍洞本未收，龍洞本《艮齋先生文集》亦爲頂格。

〔二〕「子」，原本誤作「予」，據挖改本、華島本及龍洞本《艮齋先生文集》改。舊校本、正誤表失校。

〔三〕「之」，原本脱漏，據挖改本及龍洞本《艮齋先生文集》補。華島本亦脱。舊校本、正誤表失校。

〔四〕「門子姪之毀形異服、甘心從夷者」以下一節，原本誤作接排，舊校本標記頂格，華島本作頂格，挖改本頂格重排。龍洞本《艮齋先生文集》亦爲頂格。

塋之中。不從吾志，非吾子孫。」方正學《集宗儀》有《謹行章》云：「戮天倫者，天之所誅，人之所棄，生不齒，死不服，葬不送，主不入祠，譜不書其名。」今以尊明斥元而杖斃之檗隱、爲國禦倭而戰死之判官爲先祖，而髡首爲夷者之罪，視諸包、方兩賢所論，其輕重何如？而可以列於譜乎！

世級日降，子弟之慮後修譜，何必力折傍人之勸同事？何必歸之無父與棄師？此皆管見所不能出也。

爲先祖而不欲載後孫之得罪者，正爲異日〔一〕子孫慮也。傍人不知而勸則已，若知厥父，誓不爲辱先之行，而猶且勸之，則子而無父、弟而無師之責，安得免乎？

答安晦植乙巳

【解題】

乙巳，西元一九〇五年，艮齋先生六十五歲。

〔一〕「日」，原本誤作「曰」，據華島本及龍洞本《艮齋先生文集》改。舊校本、挖改本、正誤表失校。

安晦植，《華島淵源録・觀善録》云：「安晦植，字文甫，哲宗丙辰生，順興人，居青陽。」

此文見華島本《艮齋私稿》别編卷一，第七册，第七〇七頁；龍洞本《艮齋先生文集》别編卷一，第V册，第三七二頁。

鄙人從前於君德時政，未嘗一言及之，實緣朝廷只借官銜，而未有召命，故并辭職疏亦無之矣。至於今變，諸賊舉先王宗社、疆土、人民而納之讎虜，則此非一時一事之失，可以言可以不言者比。且國人欲賴宗教中議論，以與諸公使譚判，庶幾繳還僞約，此仁人君子之所不忍拱手而冷視者，此鄙疏之所以進〔一〕也。至於再疏之意，又緣「嘉乃」之温諭，而欲有以報答。竟以無益而强聒，遂已之矣。來書所引《易・大傳》及孔、蘧二聖賢之事，鄙亦豈不知之？但今時與古時不同，亡國士民將有滅種之禍，雖欲山林晦跡如所示，亦不可得也。頃日，性範傳李台南珪之言曰：「某丈不可輕死，蓋五百年社稷雖重，三千年宗教更重，故有是奉陳云。」鄙聞此語，不覺惶汗浹體。今承來諭，亦謂：「幾千年聖學結局於先生一身，非比它人，詎可以一代興替而輕其死生哉？」何其與李公之言相似也！吾謂賢者於道有所見，今觀此話，似全未也。更須力進此學，以卒惠珍誨也。

〔一〕「進」，原本誤作「追」，據舊校本、挖改本、正誤表、龍洞本改。華島本亦誤作「追」。

答金思禹戊戌

［解題］

戊戌，西元一八九八年，艮齋先生五十八歲。

金思禹，《華島淵源録·觀善録》云：「金思禹，字仁父，哲宗丁巳生，安東人，按廉使梧隱士廉後，居清州。」

此文見華島本《艮齋私稿》前編卷七，第一册，第六八五頁；龍洞本《艮齋先生文集》前編卷七，第Ⅰ册，第三〇一頁。

倡義諸公，事雖不成，心則公矣，不宜加貶詞。《綱目》：「安衆侯劉崇起兵討莽，不克，死之。」「東郡太守翟義起兵討莽，不克，死之。」「徐鄉侯劉快起兵討莽，不克，死之。」書爵、書「討」、書「死之」者，所以正逆賊之罪，褒死節之義，爲後世勸也。朱子於徽、欽之變，雖不曾稱兵舉義，然於死節之士，無不褒與之。此意吾輩不可以不知也。

答金思禹乙巳六月

［解題］

乙巳，西元一九〇五年，艮齋先生六十五歲。

此文見華島本《艮齋私稿》別編卷一，第七册，第七〇八頁；龍洞本《艮齋先生文集》別編卷一，第Ⅴ册，第三七二頁。

承諭縷縷，再三讀之，有以見賢者於斯人相關親切意象，欽仰歎服，不能已已！第於管見有些未達者，謹茲奉質，而冀得明斷焉。

誠使孔子居今之世，下無奏薦之臣，上無聘召之君，猶且欲出而有爲乎？抑將遯世不見知而不悔乎？由前，則與韞玉待賈之義、乘桴浮海之意異矣；由後，則是所謂「天地閉，賢人隱」之道，而時人必將譏其果於忘世而樂於獨善矣。後世士子，宜何所適從？是固不可以不審也。

所引「果哉」之歎，「憮然」之語，據鄙見言之，今之賢者雖因無君相之見知，而莫能有爲於世，然其隱憂幽憤，亦將何所不至哉？是惡可與荷蕢、沮、溺之徒同科乎？如何如何？

所舉朱子《與陳福公書》中語，非曰不然，然所謂義理、倫常，須先從吾之所守處扶豎起來，推廣將去，方可以之施於遠人，而使之畏服。今也我邦之義理、倫常破壞〔一〕無餘，乃欲借在野儒林，而欲掉三寸舌，以與豺狼辨決是非，使之懾伏，於以扶宗社，濟生靈，是豈朱子云云之本意哉？此區區所以不能從諸賢之教，而炳、退兩公所以與鄙見合者也。

「尊攘爲大」之諭，固當然也。然欲開口泚筆必於是，則孔、朱二夫子之言論文字，恐似不如此。

「討復爲急」之說，亦不可一日而不講。然朱子之於宋帝，尤翁之於孝廟，亦何嘗不量力，

〔一〕「壞」，原本誤作「壤」，據舊校本、挖改本、正誤表、華島本、龍洞本改。

不蓄鋭，而直請其揭〔一〕旗渡江也哉？矧今彼已爲刀，我已爲肉；彼已爲釜，我已爲魚。其得免於膾而烹而食之，亦云異矣，安暇論攘斥討復之計哉？雖然，舉國上下苟有耻爲讎虜臣妾之心，而能存得卧薪嘗膽之志，悔其前非，而圖其新猷：惟賢且才者、義而勇者，是延是任；其以曲徑雜技而進者，盡行斥逐；若其以貨財導人主以虐百姓者，及結外人據勢要以害國家者，誅之勠之；其諸奢逸怠傲之習，視如鴆毒，而盡除之；貪婪贓汙之吏，惡之如豺狼，而悉逐之；其於育人材、正民俗，選將帥、鍊士卒之類，次第舉行。則不出十年，已危之宗社可以回安，已散之民心可以漸聚，而國勢之恢張，君上之尊榮，亦可期矣。彼海外列邦，雖云裔戎，亦具人性，其於自强獨立，上下一志之國，如何敢陵侮乎？今日議者，往往以依賴强國爲策。然我苟自修，亦爲强國；不能自修，而欲它人是恃，已往之日賊可鑒矣。昔人勵志爲學，有「丈夫生其間，獨往安可辭」之詩。愚謂帝王之〔二〕勵精求治，亦切不可倚靠它人，只要立志立賢，以期自立焉可也。於以舉日酋弑父〔三〕之惡，布告天下，鼓動四方人心，以行天討而斬其首，懸於通衢之中，以洩神人之憤，則豈非天下〔四〕之大義，而有辭於萬世者哉！噫！此何時而可行耶？

〔一〕「揭」，原本誤作「揚」，據舊校本、挖改本、正誤表、華島本、龍洞本改。
〔二〕「之」字下，原本衍「可」字，據舊校本、挖改本、正誤表、龍洞本删。華島本亦衍「可」字。
〔三〕「弑父」，原本誤倒作「父弑」，據舊校本、挖改本、正誤表、龍洞本乙正。華島本亦誤倒作「父弑」，後乙正。
〔四〕「下」，原本誤作「上」，據舊校本、挖改本、正誤表、華島本、龍洞本改。

吾愚且賤，無能爲也，只有斗膽輪困、頭髮上豎而已。吾君天資雖弱，如無群小壅蔽之患，而早得賢者輔相之力，今日國家之危，决不至於此！嗚呼！欲歸之於天，則天何嘗教人如此？雖然，畢竟是天。天乎天乎！奈何奈何！

與金思禹、吴震泳

［解題］

戊戌，西元一八九八年，艮齋先生五十八歲。

此文見華島本《艮齋私稿》別編卷一，第七册，第七一一頁；龍洞本《艮齋先生文集》別編卷一，第V册，第三七四頁。

昨秋退台之勸起，今夏賢輩之勸起，皆不應。而去月忽投一疏，前後所處似相逕庭，而各有義諦也。蓋無召自進，非義也；有賊不討，亦非義也。故去月剛庵台力勸入都而不應，退庵台又勸國會而不應，此可見也。

答崔鍾和乙未

［解題］

乙未，西元一八九五年，艮齋先生五十五歲。

崔鍾和，《華島淵源録·觀善録》云：「崔鍾和，字鳳汝，哲宗己未生，江華人，齊貞公龍蘇後，居公州。」此文見華島本《艮齋私稿》別編卷一，第七册，第七一一頁；龍洞本《艮齋先生文集》別編卷一，第V册，第三七四頁。

逆賊奉讎虜之令，令於國中。凡有君臣父子之性者，雖婦人孺子，莫不憤惋不平。平日號爲士大夫者，多不免爲其驅率，而至於忍心害理，誠可駭痛！若乃鄉閭之間，自謂讀書，而不憚以父母之遺體，甘爲亂賊之倀鬼者，尤何足汙我筆舌也！死生如晝夜，義當生則生，義當死則死而已，更何言哉！牌下諸生，宜時時將此個話頭説與，使之耳熟而心悟，庶不至臨時致跆也。它未有可言者。

與崔鍾和甲辰〔一〕

［解題］

甲辰，西元一九〇四年，艮齋先生六十四歲。

此文見華島本《艮齋私稿》前編卷八，第一册，第七四九頁；龍洞本《艮齋先生文集》前編卷七，第I册，第三二五頁。華島本《艮齋私稿》、龍洞本《艮齋先生文集》爲全文，原本節選《別紙》部分内容。

〔一〕「甲辰」，原本無，據挖改本及華島本《艮齋私稿》、龍洞本《艮齋先生文集》補。

我何嘗獨以自靖爲中庸？中無定體，隨地隨時而各自不同。可以自靖，則自靖爲中；可以起義，則起義爲中。今以柳汝聖言之，其地則處士也，其時則喪中也。使彼不起，則後世孔子必責其不及乎？抑謂之過中乎？於此有見，然後始得與議於道。不然，恐難以粗淺之見容易判斷得下也。

既曰「周室微弱」，「微弱」何足恃而不舉義？既曰「宋時半華」，「半華」何足恃而不舉義？既曰「吾東獨保」，「獨保」何足恃而不舉義？必待天下盡夷而後始舉義，聖賢亦何心哉？如但以所處之時言難易，則奚[一]獨柳汝聖難於孔、朱、宋乎？如必以所處之義言難易，則吾未知柳汝聖之義理，果有難於三聖賢者乎？

若但仁知之異見，則何害爲賢？今以舉義自擬於大聖人達權，而必欲驅異己者，而或曰甚於倭洋，或曰亂賊之黨，或曰仁弘之類，則豈所謂仁知之異見而已乎？

子敬問：如之何則使諸家規矩如印一板，而無譏斥分裂之弊乎？鄙意：如非君相從事於格致誠正之學，一主乎程、朱、栗、尤之傳，則莫能救其弊矣。

子敬謂：明道不絕王安石，伊川不校蘇東坡。鄙謂：明道德量宏大，然使王氏譏侮父師，則其待之必別矣。且彼金、柳諸人，以東坡自處，則鄙亦不與之校矣；今彼自謂孔、朱正

[一]「奚」，原本誤作「矣」，據舊校本、挖改本、正誤表、華島本、龍洞本改。

傳，而性理議論、出處事行，咸乖聖訓，則爲儒者者安得無言？此以晦翁所以處陸氏者觀之，不難見也。

與徐柄甲己亥

［解題］

己亥，西元一八九九年，艮齋先生五十九歲。

徐柄甲，《華島淵源録·觀善録》云：「徐柄甲，字斗益，哲宗戊午生，大邱人，龜谿沈後，居報恩。」

此文見華島本《艮齋私稿》前編卷七，第一册，第七〇九頁；龍洞本《艮齋先生文集》前編卷七，第Ⅰ册，第三一一頁。

所謂「夷狄」、「異端」者，以其言行、心術一任氣欲，而不循性理，故命之曰「夷狄」耳、「異端」耳，彼豈有天生種子？雖諸夏儒者，其所存所發如有乖戾處，是亦夷狄而已矣，異端而已矣，可不戰兢惕厲以終其身也哉！善乎胡五峰之言曰：「中原不行中原之道，故夷狄至；中原能行中原之道，則夷狄歸矣〔一〕。」高梁溪之言曰：「顧涇陽教致思濂溪不闢佛之故，某以爲

〔一〕「中原不行中原之道」四句，明胡廣《性理大全》卷六十九引五峰胡氏原文云：「中原無中原之道，然後夷狄入中原也；中原復行中原之道，則夷狄歸其地矣。」本書《與鄭君祚胤永〇丁丑》亦引此四句。

濂溪書字字與佛相反，即謂之字字闢佛可也。《通書》言：『聖人之道，中正仁義而已矣。』會得此語，可謂深於闢佛[一]。」愚於此兩語者，看得極有理，極有力。此所謂「只有寸鐵，便可殺人[二]」者，其满車刀鎗，終日弄底，終非殺人手段也。如不信此言，試觀《中庸》首三句，何嘗半點及於世學？然於闢佛老虚寂之弊，則已切至矣。《大學》以格物起脚，修身爲本，此不曾説異教之誤，然異端之空無，俗學之恣肆，早已在排闢之中矣。今若朝廷不行中原之道，而綸音教條，字字攘夷狄，則其能使夷狄歸其地矣乎？儒林不行聖人之道，而書疏講辨，篇篇闢異端，則其能使異端入吾門矣乎？吾願朝野人士，先須克除自心中夷狄、異端，其在外之夷狄、異端，亦宜隨分攘斥。此如推惡己不仁之心，以及於它人之不仁。不然，恐只有其名，而却無其實也。

[一]「顧涇陽教致思濂溪不闢佛之故」一節，明高攀龍《高子遺書》卷八上《答涇陽論周元公不闢佛》原文云：「昨承手教，令致思周元公不闢佛之故。龍竊以元公之書字字與佛相反，即謂之字字闢佛可也。元公謂『聖人之道，仁義中正而已矣』，會得此語，可謂深於闢者矣。」顧憲成，號涇陽。高攀龍，自署梁溪人，梁溪在無錫。

[二]「只有寸鐵」二句，本禪宗語，朱子援引而稱道之。《朱子語類》卷八原文云：「宗杲云：『如載一車兵器，逐件取出來弄，弄了一件又弄一件，便不是殺人手段。我只有寸鐵，便可殺人。』」顧憲成《志矩堂商語》云：「朱子愛其語，嘗以語門人。」

答徐柄甲丙辰

［解題］

丙辰，西元一九一六年，艮齋先生七十六歲。

此文見華島本《艮齋私稿》後編卷四，第四册，第五二九頁；龍洞本《艮齋先生文集》後編卷三，第Ⅲ册，第一二四頁。

志山乙巳《討逆疏》，聞而未見爲恨。今得卿寫寄來，盥手莊誦，有以見忠毅之氣上薄蒼穹，而其爲國辦一死之志，足令鬼神懾伏，不覺斂衽敬歎之。至其小貼子薦人一款，亦是不可已之事，而當時雖得施用，畢竟歸於曾傳所謂「無如之何矣」。然其亡也，君上死社稷，諸臣死君父，猶足以有辭於後世，而不至如今日之污穢矣。惜乎其未也。但其以賤臣充其一焉，是則志令之失，而鄙生之愧也。顧此癃病垂盡之日，不能不念此令不棄之意，而不敢不謹慎於言爲之際，則區區之受賜不爲不厚云爾。

與崔念喜丁酉

［解題］

丁酉，西元一八九七年，艮齋先生五十七歲。

崔念喜，《華島淵源録·觀善録》云：「崔念喜，字公學，哲宗戊午生，慶州人，命喜弟，居泰安。」艮齋先生另有《題〈崔念喜傳〉》一文，收入《秋潭別集》卷四。

此文見華島本《艮齋私稿》前編卷七，第一册，第七一九頁；龍洞本《艮齋先生文集》前編卷七，第Ⅰ册，第三一五頁。

士居亂世，非守義，則倡義也。今日我邦之事可忍言哉！乃於草澤之中，有杖劍而起，切切以攘夷復讎爲心，而被以惡名、加以大禍而不辟者，豈非《春秋》之義而聖賢之徒哉？事雖不成，亦在所與，而不當斥也明矣。顧以世之遺親棄君者，惡其異己，相與加詆訕焉。而恐其不見信於人，則乃託爲守義者之言，以毁倡義之士；又作爲倡義者之言，以譏守義之士。頃〔一〕年，洪在龜兄弟之事，亦曾如此。○《周禮·大司徒》有「造言之刑」，而禁暴民，掌誅庶民之「作言語而不信者」，至於「訛言莫懲」，而宗周滅矣。嗚呼！士之處世，固已難矣，而聽言亦不可不審也。古人云：「流言止於智者。」智者烏可易見哉？噫！

〔一〕「頃」，原本誤作「項」，據舊校本、挖改本、正誤表改。此文華島本、龍洞本未收，見華島本《艮齋私稿》、龍洞本《艮齋先生文集》前編卷七，均作「頃」。

與吴剛杓丙午

【解題】

丙午，西元一九〇六年，艮齋先生六十六歲。

吴剛杓，《華島淵源録·觀善録》云：「吴剛杓，字明汝，憲宗癸卯生，寶城人，襄武公自慶後。庚戌之變自經於鄉校。居燕岐。」

此文見華島本《艮齋私稿》前編續卷二，第三册，第四六〇頁；龍洞本《艮齋先生文集》前編續卷一，第Ⅱ册，第三四〇頁。

「死生亦大矣！」害仁之生，固先聖之所戒；傷勇之死，豈君子之所尚？虜變以來，志節之士固無樂生之心，然左右乃草野一布衣，又有八耋老母在堂，曷可遽然懷藥〔一〕，就明倫堂痛哭而死乎？當時使得真藥，左右之棄親久矣，豈非氣義之激，而倫理之憾乎？彼清人之謾賣，豈亦天地神明有以哀君之老親，而使之然乎？若夷狄以剃髮見逼，此則大義攸繫，更不暇顧尊堂，是時可以浩然長歸也。

〔一〕「藥」，原本誤作「樂」，據舊校本、挖改本、正誤表改。此文華島本、龍洞本未收，見華島本《艮齋私稿》前編續卷二、龍洞本《艮齋先生文集》前編續卷一，均作「藥」。

與李裕興乙未至月廿九日[一]

【解題】

乙未，西元一八九五年，艮齋先生五十五歲。

李裕興，《華島淵源録·觀善録》云：「李裕興，字思中，哲宗己未生，慶州人，評埋仁挺後，居清州。」

此文見華島本《艮齋私稿》前編卷八，第一册，第七五一頁；龍洞本《艮齋先生文集》前編卷七，第Ⅰ册，第三三六頁。

十五日之變，何言何言！向來李某指儒者之不用窄袖黑衣，爲逆[二]命之亂臣，今則想渠已祝髮，而爲從命之純臣矣！使人代慚。若如其言，如北地王之不從後主，降都彌妻之不從高麗王，某氏之不從其夫教通倭奴者，皆將以逆[三]命目之耶？豈非悖之甚者乎！士子須是見識高，言行乃正。見識低矮，始也依違於雅俗之間、華夷之間、人獸之間，其終必至於俗而夷而獸而後已矣。此程、朱、栗、尤諸先生論人，必以識見爲先者也。吾人殺死無日，而講明義

〔一〕「至月廿九日」，華島本《艮齋私稿》作「至月二十九日」，龍洞本《艮齋先生文集》無。

〔二〕「逆」，原本誤作「遵」，據舊校本、挖改本、正誤表改。此文華島本、龍洞本未收，華島本《艮齋私稿》、龍洞本《艮齋先生文集》均作「逆」。

〔三〕「逆」，原本誤作「遵」，據舊校本、挖改本、正誤表改。華島本《艮齋私稿》、龍洞本《艮齋先生文集》均作「逆」。

理一著，定不可緩，須從炳老門下置身也。

與金榮建丙午

【解題】

丙午，西元一九〇六年，艮齋先生六十六歲。

金榮建，《華島淵源録·觀善録》云：「金榮建，字德吾，哲宗己未生，安東人，梧隱士廉後，居鎮川。」

此文見華島本《艮齋私稿》前編卷七，第一册，第七二六頁；龍洞本《艮齋先生文集》前編卷七，第Ⅰ册，第三一八頁。

《李節婦傳》所載數語，略而盡矣。蓋「百夫相逼改節，與否在我而已」，此凜然義理之言也。「翁姑罹禍，子婦辭去，何以爲心」，此惻然仁性之發也。使今之時輩能存此心，雖有讎虜之利誘禍怵，視之如無矣。目見主上之遇此窘辱，安忍背之如此？其於臨亂守義也何有？任承旨之賞米，以激頹俗，及其所謂「吾輩安知不受愧於此婦」者，所以自勵而勵人之意，實深且遠矣。

任是時有此言，無何超遷至内大，與諸賊同載於丁未六月《申報》，真受愧於此婦矣。

戊申元月日追識。

答李喜璡乙卯〔一〕

【解題】

乙卯，西元一九一五年，艮齋先生七十五歲。

李喜璡，《華島淵源録·觀善録》云：「李喜璡，字季潤，哲宗庚申生，全州人，敬寧君裧後，居扶安。」

此文見華島本《艮齋私稿》後編卷五，第四册，第六〇八頁；龍洞本《艮齋先生文集》後編續卷二，第Ⅴ册，第七一頁。

今日世道，大異乎前古歷代之末。

宋末元初、明末清初，皆如今日之爲夷，何謂大異？

儒者不可以匹夫之諒，爲固守之節。

來諭所謂「匹夫之諒」，未知何指？請更明白説破。據下文觀之，似指入山蹈海爲匹夫之諒，如此，

〔一〕「乙卯」，華島本《艮齋私稿》、龍洞本《艮齋先生文集》均無。

則自聖人以下，凡因世亂至甚不得已而隱者，舉未免矣。無亦爲無知妄言歟？

當以關盛衰，係華夷。止。志氣之士而已。

志則大矣，而勢必難行，恐終歸於空言。

若欲擔著此責，當占得《乾》九二，雖不爲九五所遇，而見在乎〔一〕世，爲斯文之盟主，管束士流之心，不使散漫沮喪，是乃今日儒賢之事，而所關之重，十倍於異日者也。

大哉言乎！但頭戴夷酋，身服讎役，而猥曰主盟斯文，管束士流，不亦可耻之甚哉！如自〔二〕州郡禁截人會，勒撤私塾，至有難堪之辱，威脅之境，則所聚諸生，能不懼而無撓奪之患否？《乾》九二恐占不

〔一〕「乎」，原本誤作「子」，舊校本、挖改本、正誤表改作「于」，龍洞本《艮齋先生文集》亦作「于」。此文華島本、龍洞本未收，華島本《艮齋私稿》作「乎」，據改。

〔二〕「如自」，原本誤倒作「自如」，據舊校本、挖改本、正誤表乙正。龍洞本《艮齋先生文集》亦作「如自」。

得也。如《否》之「儉德辟難」，《剥》之「不利有往[一]」，《大過》之「遯世無悶」，《遯》之「勿用有往[二]」，《明夷》之「三日不食」，《困》之「有言不信」，《艮》之「時止則止」，皆聖人之教。而如盛見，則皆不足爲儒賢之事，而不免爲匹夫之諒矣。然則古道非惟不可行於夷狄之世，亦不可行於章甫之間矣，豈不殆哉？

凡士子立言造事，宜稽諸古訓，協諸時義，反諸吾身，慎發而謹行之。不可只憑一時淺料，率然泚筆，用犯「汰哉」之戒也。

與李喜璡戊午

【解題】

戊午，西元一九一八年，艮齋先生七十八歲。

此文見華島本《艮齋私稿》後編卷五，第四册，第六一九頁；龍洞本《艮齋先生文集》後編續卷二，第V册，第七一頁。

皇廟事，想已聞之矣。《春秋》一義，自此益無可言者。痛矣痛矣！此中諸生有欲舉事，

[一]「不利有往」，《易經》原文作「不利有攸往」。

[二]「勿用有往」，《易經》原文作「勿用有攸往」。

問於鄙人，答謂：「此事誰與辨爭而得復享耶？使孔、顔、曾、孟在，恐亦不應與彼相詰而圖事矣。」或頗未快於心者。近得宋某録其家嚴所得海觀尹台書云：「『天地閉，賢人隱。』設使大老在世，必不發一通、不出一言矣。」此是社稷存然後事君，不知社已屋否？又聞志山金令言：「頃有以此事作通章，來請署名者，亦以社稷已亡爲言而辭之云。」此亦宋生〔一〕與我書中語。未知賢輩所見，以爲如何？

答李錫升乙未

［解題］

乙未，西元一八九五年，艮齋先生五十五歲。

李錫升，《華島淵源録·觀善録》云：「李錫升，字德玄，哲宗庚申生，全州人，穆祖大王後，居咸興。」

此文見華島本《艮齋私稿》前編卷八，第一册，第七七八頁；龍洞本《艮齋先生文集》前編卷八，第Ⅰ册，第三三八頁。

所詢目下處義，非有深奥難知之理，只堅守華夷之大防，必遵聖賢之至教而已，更别無精

〔一〕「亦宋生」，原本誤倒作「宋生亦」，據舊校本、挖改本、正誤表乙正。此文華島本、龍洞本未收，華島本《艮齋私稿》、龍洞本《艮齋先生文集》均作「亦宋生」。

義可奉告者。吾人能盡其道而無愧於心，便令死於干戈，死於患難，究是正命。當死而不死，却是失其正命。學者最要見得，見得〔一〕時，直將此身斬作百段，亦須是植立兩脚，不可屈撓。只爲今人看得利害死生忒重，故便生計較，便説：違君上則非順道，有父母則難死義，天運如此，則不當拗過。舉世皆然，則何可獨異？微管仲，則孔子亦左衽；遭事變，則泰伯且斷髮；欲順天，則景公涕出而女於吴；爲救世，則魯齋被髮而仕於〔二〕元。如是多般，造爲〔三〕無識之論，以自便己私，而爲欺天侮聖、棄父弑君之行，豈不深可痛也乎？千萬勿爲此等邪魔之見所誤也。

答李錫升癸丑

【解題】

癸丑，西元一九一三年，艮齋先生七十三歲。

此文見華島本《艮齋私稿》後編卷五，第四册，第五九六頁；龍洞本《艮齋先生文集》未見。

〔一〕「見得」，原本脱漏，據華島本《艮齋私稿》、龍洞本《艮齋先生文集》補。舊校本、挖改本、正誤表失校。
〔二〕「於」，原本誤作「爲」，據舊校本、挖改本、正誤表改。華島本《艮齋私稿》、龍洞本《艮齋先生文集》均作「於」。
〔三〕「爲」，原本誤作「於」，據舊校本、挖改本、正誤表改。華島本《艮齋私稿》、龍洞本《艮齋先生文集》均作「爲」。

鄙人白冠。曾見《方正學集》：「宋亡，搢紳先生有終身衰服者」。衰服雖未〔一〕敢率爾，至於素冠，宜若可爲也。《曲禮》：「士去國，且素衣、素裳、素冠。」《檀弓》：「軍有憂，且素服而哭。」況宗社已亡〔二〕，君上幽囚，而華盛吉服，可以安於心乎？不謂鄭大卿、宋原孝亦復云云也！士子只爲其所當爲而已，人之疑信稱譏，恐未可一一較量也。賢輩似於「反己審天」一段工夫，未曾實下手，所以纔被人言，便已動了。

答鄭寅昌辛酉

【解題】

辛酉，西元一九二一年，艮齋先生八十一歲。

鄭寅昌，《華島淵源録・觀善録》云：「鄭寅昌，字仲禹，哲宗壬戌生，東萊人，貞節公甲孫後，居天安。」

此文見華島本《艮齋私稿》別編卷一，第七册，第七一一頁；龍洞本《艮齋先生文集》未見。

雲坡書云：「曹自稱經學之士，而賦詩以言其不當服，此漢真賊耳。凡爲李氏臣民者，義

〔一〕「未」，原本誤作「末」，據舊校本、挖改本、正誤表改。

〔二〕「亡」上，原本有空格，按空格當在「亡」字下、「君」字上，敬語挪抬。舊校本、挖改本已改，正誤表更正「空間」爲「連書」亦非。

當沐浴，不必更言。」止此。此與金韋觀、金志山諸公之論相符，而彼曹也乃欲以文墨强辨之，尤可惡也。

漢獻帝崩後，蜀先主發喪制服，而朱子特書之，此雲坡説是也。曹兢燮文字却云：「昭烈雖制服，而未聞出師縞素。」然則其主先帝無服之意，益可見矣。

雲坡書既以後日國變爲當服，又引正廟「父雖不慈，子不可以不孝；夫雖不良，婦不可以不烈；君雖不仁，臣不可以不忠」之教，而曰：「此可以爲法於萬世」。愚於此尤不覺灑然矣。志山無服之説，始雖如此，近乃改見，不當復云云。惟韋令終是以爲不當行三年服矣。

年前諸賢贈職賜謚，或謂職名出於開化，不當書於碑碣，至於賜謚，又與玉均諸賊同日施行，則不可以稱用也。此説如何？須問於趙令而示之也。

與鄭寅昌壬戌

【解題】

壬戌，西元一九二二年，艮齋先生八十二歲。

此文見華島本《艮齋私稿》别編卷一，第七册，第七一二頁；龍洞本《艮齋先生文集》未見。

權顧卿録得金澤榮集中《代人贈日本伊藤大臣》一絶，云：「天地經綸一手摩，扶桑重奠舊山河。不須更築麒麟閣，萬國生綃寫已多。」此其見識心法何如，宜其爲先帝無服之説也。天於彼輩，獨不賦以人理耶？噫！彼曹賊一受金也之指教，而不自知其陷於凶逆之科，哀哉！

答甘泰烋〔一〕己未

［解題］

己未，西元一九一九年，艮齋先生七十九歲。

甘泰烋，《華島淵源録·觀善録》云：「甘泰烋，字華守，高宗乙丑生，檜山人，進士德原後，居宜寧。」

此文見華島本《艮齋私稿》別編卷一，第七册，第七一三頁；龍洞本《艮齋先生文集》後編續卷二，第V册，第七七頁。

發書欲復故國，豈非人情所願？某〔二〕處被逮而不服，亦見志節偉然。但遇彼無道之〔三〕甚，不知可殺不可辱之義，而至於此境，此爲士流所共痛憤者也。來諭云云，恐涉過分，宜存

〔一〕「烋」，原本誤作「焦」，據舊校本、挖改本、正誤表、華島本改。此文龍洞本未收，龍洞本《艮齋先生文集》亦作「烋」。
〔二〕「某」字下，原本衍「被」字，據舊校本、挖改本、正誤表、華島本及龍洞本《艮齋先生文集》删。
〔三〕「之」字下，原本複衍一「之」字，據舊校本、挖改本、正誤表、華島本及龍洞本《艮齋先生文集》删。

括囊之戒可也。非惟此一事，它亦當然。慎之慎之！學問當自近處始，不可徑向高遠處枉費辭説，反害進修之實功也。

答申弘澈庚子

［解題］

庚子，西元一九〇〇年，艮齋先生六十歲。

申弘澈，《華島淵源録·觀善録》云：「申弘澈，字士毅，高宗丙寅生，平山人，壯節公崇謙後，居保寧。」

此文見華島本《艮齋私稿》前編卷九，第二册，第三一頁；龍洞本《艮齋先生文集》前編卷八，第Ⅰ册，第三七一頁。華島本《艮齋私稿》、龍洞本《艮齋先生文集》爲全文，原本節選《别紙》部分内容。

李君仁瑞曾從保鄉〔一〕來言：「先生謂義兵爲火賊乎？」余笑曰：「此何須問？」春間洪友希元傳俞某一邊之言曰：「門下斥柳氏倡義，謂斯文亂賊。」嶺人金永胃又以余不與渠同起義，造爲余辱至尊之言，筆之書而布之國中。嗚呼！何起義者之多言也！近日則又聞貴近有「田某以義兵爲黄巢」之説。噫！何太甚也！二袁變爲黄巢耶？皇叔訛爲黄巢耶？又此非尋

〔一〕「鄉」，原本脱漏，據舊校本、挖改本、正誤表補。此文華島本、龍洞本未收，華島本《艮齋私稿》、龍洞本《艮齋先生文集》均有「鄉」字。

常口氣，使人身青，不知死所也。余於前後以布衣投疏起義者，既許以有功，又〔一〕謂其過中，两皆義理也。聖賢論人，似此處極多。魏元履〔二〕於晦翁，爲同門之士，而其以布衣言事，猶且有一褒一議之殊。蓋莫非精義之所發，非有偏私於其間也。今使魏公執晦翁出位犯分之評，以爲〔三〕我爲國家論曾覿、龍大淵，而某也有些不滿之意，其爲世害甚於曾、龍，此果爲十分至當之論乎？

答金秉俊乙未〔四〕

【解題】

乙未，西元一八九五年，艮齋先生五十五歲。

金秉俊，《華島淵源録·觀善録》云：「金秉俊，字凡秀，哲宗壬戌生，金海人，益和君仁贊後，居北青。」

此文見華島本《艮齋私稿》別編卷一，第七册，第七一三頁；龍洞本《艮齋先生文集》別編卷一，第V册，第三七四頁。

〔一〕「又」，原本脱漏，據華島本《艮齋私稿》、龍洞本《艮齋先生文集》補。舊校本、挖改本、正誤表失校。
〔二〕「履」，原本誤作「屨」，據舊校本、挖改本、正誤表改。華島本《艮齋私稿》、龍洞本《艮齋先生文集》均作「履」。
〔三〕「爲」下，原本衍「浮」字，據舊校本、挖改本、正誤表删。華島本《艮齋私稿》、龍洞本《艮齋先生文集》無「浮」字。
〔四〕「未」，原本誤作「末」，據華島本、龍洞本改。舊校本、挖改本、正誤表失校。

陸沈魚鼈之患，誠如來喻。然世之治亂，亦理之常，而前輩已過，後人又未及，而天使吾曹適丁此時，既又授之以處之之理，而無不足焉。今也讎虜逆賊使之截袖〔一〕翦髮，以從夷制，始也以深衣幅巾應之，中也以遯世晦跡行之，終也以舍生取義處之。庶幾上不負前聖之教，下不貽後賢之誚，是爲吾儒所當用之義也。願賢輩自策勵之，先須用「敬」、「静」之功，以開識見之明，而鼓理義之勇也。「敬」則存益密，「静」則發愈力，此兩字，平時、亂世都少不得。毋忽毋忽！

答尹澮榮戊戌

［解題］

戊戌，西元一八九八年，艮齋先生五十八歲。

尹澮榮，《華島淵源録・觀善録》云：「尹澮榮，字順五，高宗丙寅生，海平人，梧陰斗壽後，居大興。」

此文見華島本《艮齋私稿》別編卷一，第七册，第七一四頁；龍洞本《艮齋先生文集》別編卷一，第V册，第三七四頁。

《春秋》之義，讎不復則不敢葬禮，讎不復則服不除。此實臣子寢苫枕干，握火抱冰，日夜

〔一〕「袖」，原本誤作「被」，舊校本、挖改本、正誤表改「被」爲「袪」，龍洞本亦作「袪」，即「袂」字。按華島本作「袖」。集中屢言「狹袖」、「窄袖」、「去袖」，當作「袖」，徑改。

泣血，以復君親之讎之義也。然勢孤力弱，不能即行其志，如昭烈〔一〕之於曹操，王裒之於司馬昭者，恐難責以終身不葬不除，以廢人倫，而絶祖嗣也。昨遇鄭英哉，語此事，余引「失君親，終身不得者，鄭康成令除服成昏」之説，而微問之。則英哉謂：「君父之讎未報，無乃重於失君親不得〔二〕者耶？」此两事誠有輕重之分，但《曲禮》疏「復讎之義，不過五世」，《朱子大全》有「帝王萬世必報，庶民五世遂已」之説焉。若終身不葬不除而不得婚，則又豈有五世、萬世之理乎？鄭説恐當爲旁照之一證。如何如何？

《曲禮》：「父之讎，不與共戴〔三〕天。」《疏》：「復讎之義，不過五世。」《周禮注》：「人君之〔四〕讎眂父。」《朱子大全·戊午讜議序》略曰：「説者曰：復讎者，可盡五世。則以明夫雖不當其臣子之身，而苟未及五世之外，則猶在乎必報之域也。雖然，此特庶民之事耳。若夫有天下者，承萬世無疆之統，則亦有萬世必報之讎，非若庶民五世親盡服窮而遂已也。」

王裒父儀，爲司馬昭所殺，裒痛父非命，隱居教授，三徵七辟，皆不就，廬於墓側，朝

〔一〕「昭烈」，原本誤作「照烈」，據舊校本、挖改本、正誤表、華島本、龍洞本改。
〔二〕「得」字下，原本衍「過」字，據舊校本、挖改本、正誤表、龍洞本删。華島本原有「過」字，後圈删。
〔三〕「戴」，原本誤作「載」，據舊校本、挖改本、正誤表、華島本、龍洞本改。
〔四〕「之」字下，原本衍「主」字，據舊校本、挖改本、正誤表、龍洞本删。華島本原有「主」字，後圈删。

夕悲號，終身未嘗西向而坐，以示不臣於晋[一]。

芝所黄公一皓，爲灣尹時，助車禮亮軍糧三百石，欲爲[二]大明舉義圖清，虜人覺之，執黄公殺之。公之子璡悲痛怨慕，居處衣食異於平人，雖娶婦生子，不敢廢倫，而常如不欲生，獨居痛泣，或竟日廢食，或達朝不寐，讀經史見人復讎事，輒廢書失聲。自少不事舉業，除官亦不拜，惟程朱性理之書早夜研究，不明不措。

按：以王氏廬墓、黄公娶婦觀之，其葬親與除服可知。而朱子於《小學》載王氏事，使後之遭此變者有所效法。尤庵先生於黄公墓表贊之以「質古無疑，而惜其世無復斯人」。則可以見二公所處之得其正也。

劉德問：「失君父終身不得者，其臣子當得昏否？」田瓊云：「昔許叔重《異義》已設此疑，鄭玄駁云：『若終身不除，是絶祖嗣也；除而成昏，違禮違權。』」見《禮書通故[三]·喪禮五》之二十二板。

〔一〕「晋」，原本誤作「普」，據舊校本、挖改本、華島本、龍洞本改。正誤表失校。

〔二〕「爲」下，原本誤作分隔符號〇。舊校本、正誤表删，龍洞本無。按華島本作空格，爲敬語挪抬。挖改本改爲空格，是也。

〔三〕「故」，舊校本、正誤表改爲「攷」。挖改本標注而未改。華島本、龍洞本均作「故」。按《禮書通故》一百卷，清黄以周撰。當作「故」。

答朴健和丙午

[解題]

丙午，西元一九〇六年，艮齋先生六十六歲。

朴健和，《華島淵源録·觀善録》云：「朴健和，字子乾，高宗戊辰生，密陽人，駱村忠元後，居陽智。」

此文見華島本《艮齋私稿》別編卷一，第七册，第七一六頁；龍洞本《艮齋先生文集》別編卷一，第Ⅴ册，第三七五頁。

春夏兩書，皆好議論，可耐諷誦。大抵時人不識君子，所遭既殊，則所行或異，然其心所存未嘗不同也。昔孟子言：「禹、稷、顔某同道[一]」，可謂千古隻眼。余亦曰「武侯、靖節同道」，不知世間識者以爲如何？頃有《次龜峰韻》，有「寄跡雖林泉，居心非溺沮」之句，而自謂後世有田子明[二]者起，當有以識此心也。

所示金台鶴洙之携鉢囊入楓嶽[三]，高明之擔筆行乞，想皆遯跡之意，殊可慨然。喻及洪台

[一]「禹、稷、顔某同道」，《孟子》原文作：「禹、稷、顔回同道。」

[二]「田子明」，原本誤倒作「田明子」，據挖改本、華島本、龍洞本乙正。舊校本、正誤表失校。

[三]「嶽」，挖改本重排改作「岳」，按華島本、龍洞本均作「嶽」。

萬植自裁時遺友㈠書，讀之使人流涕太息也。近聞勉庵崔公自馬島千里返櫬，沿道士民爭來致奠，哭之如悲親戚。此見秉彝之天，彼諸賊之俛首聽命於讎虜者，眞犬彘之不若也。此老謀事疏闊，雖至於敗，然其大義猶足以懾夷狄之氣，而增邦㈡國之重也。㈢

答吳震泳㈣ 丙午

［解題］

丙午，西元一九〇六年，艮齋先生六十六歲。

吳震泳，《華島淵源録・觀善録》云：「吳震泳，字而見，高宗戊辰生，海州人，肅憲公翻後，居陰城。」

此文見華島本《艮齋私稿》別編卷一，第七册，第七一七頁；龍洞本《艮齋先生文集》別編卷一，第V册，第三七五頁。

所謂「統監來後，薙髮、移民次第行之」云者，雖未知其早晚，而其勢有必然者矣，何但巷説而已？不惟是也，凡其難處之事，難堪之辱，又不一而足。是將何以爲計哉？罔

㈠「友」，原本脱漏，據挖改本、龍洞本補。華島本無「友」字，舊校本、正誤表無校。

㈡「邦」，原本誤作「那」，據挖改本、華島本、龍洞本改。舊校本、正誤表失校。

㈢《答朴健和》原本兩節，均誤排作低一格寫，挖改本頂格重排。

㈣「震泳」，原本誤作「霞永」，據舊校本、挖改本、正誤表、華島本、龍洞本改。

臣僕，保頭髮，固爲今日第一義，而惟有北入中國，可以免此辱。況今防限大開，殆如朝齊暮楚之時，無冒越之嫌，有志潔身者，無不可去也。其曰「挈眷近乎避亂」云者，誠亦有之，而吾身則潔，獨使若子若弟留而受此辱，宜亦君子之所不忍也。苟其無害於義，「避亂」之嫌，何須深較也？但念吾輩雖無狀，亦曾〔一〕忝備卿列，雖不死苟活，自託於靖獻之義，而吾君尚在上，而先爲潔身他邦之計，未知於義當如何耳。抑罔僕、保髮之義重，則雖君在而去國，可以無害耶？以愚意所及，先送妻子，使免其辱，此身則留俟下回，隨時處義，可死則死，可去則去，似爲兩全也。澤堂詩曰「男兒義當死，骨肉計須全」，愚嘗三復焉。處義者，義爲重，無顧家之理；全骨肉之計，亦何可輕也？只爲處一身，何處無首陽山耶？但恐此身不去，則妻子亦無獨去之勢也，如何如何？

右洪台承憲與鄭台元夏書，而要小子替質門下者。須於「潔身」與「君在去國」兩者，參互輕重，而昭晰下教，若何？小子於此台，悦其守義，誠有不忍孤其請者，下諒焉。於小子亦示其携手之意，而力勢所拘，豈能爾耶？恨恨！

微子、百里奚之去國，似在君在之日，則當時亦豈無人言？而孔、孟稱之以仁知，是豈洪

〔一〕「曾」，原本誤作「會」，據舊校本、挖改本、正誤表、龍洞本改。華島本亦訛作「會」。

台未見之説乎？猶且審問於人，可見其用心之不苟，擇義之欲精矣。然此爲人臣去就之大義，又繫古今異宜之大關，以愚蒙陋，何敢斷言？幸更愼思博詢以處之焉。凡事有疑，則與其失於薄，寧失於厚。無乃，當以卿宰與君上、子弟與父兄同患難爲正歟？

鄭海朝凶疏，以小事大，湯文事夷，是其主意。而以五賊爲五忠，又與書五賊，讚其存社稷、濟生靈之功。疏則爲李承旭力挽而不得上云。

向得洪某書，亦及鄭疏事。今聞又有讚五賊書，李之所止，止於疏，而書則任之云耶？彼輩皆嘗出入儒門，而乃有此狗〔一〕彘不食其餘之行耶？師儒擇士，安得不與孔、孟時異歟！

與吳震泳，兼示子孫與諸生戊申

〔解題〕

戊申，西元一九〇八年，艮齋先生六十八歲。

此文見華島本《艮齋私稿》前編卷九，第二册，第五一頁；龍洞本《艮齋先生文集》前編卷九，第Ⅰ册，第三八五頁。

〔一〕「狗」，原本誤作「㺃」，據舊校本、挖改本、正誤表、華島本、龍洞本改。

梁氏名姓，曩從而見始聞之，其文則未曾過目。後至高山，見《皇城新聞》倭人檢閱乃得發刊，此見《飲冰集》中。曰：「某以頑固陋見，每斥新學。比看《飲冰集》，思想一變，悟得開明目的者多，吾輩爲先生賀。」年前《新聞》有《吊隱逸文》，今乃有賀者，殊可笑也。夫人有悟，然後有賀可也；今未見梁文者，强名爲悟而賀之，何也？豈欲以欺一世之人歟？其意未可知也。往年《北士道京傳》云：「艮齋謂剃髮不害。」今此「悟得」之云，可與之并案也。

然僕將謂梁文真有可以開人心目者，亟求而閱之。乃以孔子與佛、耶爲三聖一體。既而謂儒教政治自相矛盾，不以民權箝制人君，故雖有仁心，而二千年之間，民不被其澤矣，遂以秦始皇爲儒門第二功臣。終之謂孔教不必保，不當保，其於孔子，可謂厭棄之矣。及論佛說，則曰「學界之究竟義也」，又稱佛教之有益於群治，而曰：「小之可以救一國，大之可以度世界矣。」又嘗誦其師康有爲之言曰「孔教者，佛法之華嚴宗也」，其欲爲中國民定一教育宗旨，則又以耶穌教爲最。及稱揚其師，則曰：「先生於耶教，獨有所見，以爲其單標一義，曰人類同胞也，人類平等也，皆原於實理，切於實用，於救衆生，實有效焉。」梁氏又稱墨子爲「先聖」，而以其教人，與孔子較其優劣。又曰「楊氏遂亡中國，今欲救之，厥惟學墨」，又曰「墨學可以起中原之衰」。譏横渠《西銘》爲無補國家，朱子格物爲空談心性，斥宋朝道學爲掩襲愛國之士，使之奄奄無生氣。稱「王學之功，不在禹下」。又述其師之言，以爲孔子平等主義、靈魂主義，此又引孔子入佛、穌脚下矣。自餘詭辭硬說，不可勝舉。

僕乃慨然而歎也，曰：以若英資大志，得師正人而鍛鍊成就之，其本源固可以純粹無疵〔一〕矣，經濟亦可以中正無偏矣。惜乎其從康氏，以習聞其捭闔横肆、夾插炫燿之談，遂以成性，而不可復瘳也！夫三綱者，天尊地卑之理，陽剛陰柔之象，自帝王以至匹庶，不可一日無者。乃梁氏以一體平等之説，鑄成百斤鐵椎，一擊而盡破之，絶可痛也！其文無慮累數萬言，滚滚寫出，類多熱心活血，非無奇謀雄略可以動人耳目者。譬則如〔二〕三姓家奴，兩祖女子，能言能籌也。然而其宗旨，則不問禮義，而惟强盛是崇，豈可以爲訓乎？噫！本源一差，餘無足貴也。

昔金代有李純甫者，文章絶世，謀略出人，每以諸葛公、王景略自待。其所著《鳴道集説》，以老、莊、孔、孟、佛爲五聖人，而稱王介甫父子、蘇子瞻兄弟，能陰引老莊、浮屠之言，以證明孔、孟諸書。於是發爲雄辭怪辯，委曲疏通，而極其旨趣，則必歸於佛。凡宋儒之闢佛者，大肆掊擊，自司馬公以訖於程、朱，無得免者。此見於《汪堯峰文鈔》矣。僕謂梁啓超即李

〔一〕「疵」，原本誤作「庇」，據舊校本、挖改本、正誤表改。此文華島本、龍洞本未收，見華島本《艮齋私稿》、龍洞本《艮齋先生文集》前編卷九，均作「疵」。

〔二〕「譬則如」，原本誤作「譬則前如」，衍一「前」字，據華島本《艮齋私稿》、龍洞本《艮齋先生文集》删。舊校本、挖改本、正誤表失校。

純甫幻身也。劉從益以詩諧純甫云：「談玄〔一〕正自伯陽孫，佞佛真成次律身。畢竟諸儒〔二〕攀〔三〕不去，可憐饒舌費精神。」純甫雖笑而不忤，然其心肝則已膾在机〔四〕上矣。僕亦有〔五〕一絶論梁氏，云：「飲冰不單爲耶孫，更向如來寄法身。何事復援宣聖去，冷看都是弄精神。」吾知飲冰當亦一粲也。梁自言學陸、王，陸、王何曾並尊孔、釋？梁非惟亂孔子，並陸、王畔棄之矣。

噫！今世所謂「新學」，實出於此人。則吾寧守自由之頑錮，不欲爲開明之奴隸。《梁集談叢》有「奴隸學」一目，而舉《顔氏家訓》齊朝一士夫教子以鮮卑語及彈琵琶一段，而結之曰：「今之學英語、法語者，得無鮮卑語之類耶？今之學普通、學專門者，得無彈琵琶之類耶？吾欲操此業者一自省焉，毋爲顔氏所笑。」不知而見於此，以爲然乎？否乎？

〔一〕「玄」，原本作「言」，龍洞本《艮齋先生文集》同。《宋元學案》卷一百《御史劉蓬門先生從益》清道光道州何氏刊本亦作「言」。華島本《艮齋私稿》作「玄」。元劉祁《歸潛志》卷九引作「玄」。今從華島本。

〔二〕「儒」，原本誤作「位」，據華島本《艮齋私稿》、龍洞本《艮齋先生文集》改。舊校本、挖改本、正誤表失校。《宋元學案》卷一百《御史劉蓬門先生從益》作「儒」。

〔三〕「攀」，華島本《艮齋私稿》、龍洞本《艮齋先生文集》同，《宋元學案》所引亦同。《歸潛志》及《元遺山詩箋注》引作「扳」。

〔四〕「机」，原本作「機」，據舊校本、挖改本、正誤表改。華島本《艮齋私稿》、龍洞本《艮齋先生文集》均作「机」。

〔五〕「亦有」，原本誤倒作「有亦」，據舊校本、挖改本、正誤表乙正。華島本《艮齋私稿》、龍洞本《艮齋先生文集》均作「亦有」。

答吳震泳己酉

［解題］

己酉，西元一九〇九年，艮齋先生六十九歲。

此文見華島本《艮齋私稿》前編卷九，第二册，第五五頁；龍洞本《艮齋先生文集》前編卷九，第Ⅰ册，第三八六頁。

上蔡謂聖人非終浮海者，晦翁駁之，大概以爲甚不得已，則必浮而去矣。區區欲爲此行久矣，而先世祠墓，子孫知舊，不忍遽訣，所以遲遲未果。昨秋始挐舟而行，有一絶云：「南蠻鴂舌銀三等，東魯麟經淚萬行。舊日太華山裏客，飄然一棹入滄溟。」此可見吾志也。

答吳震泳己未

［解題］

己未，西元一九一九年，艮齋先生七十九歲。

此文見華島本《艮齋私稿》後編卷七，第四册，第七九二頁；龍洞本《艮齋先生文集》未見。華島本《艮齋私稿》較原本多出「愚則謹依淵翁已例，而據渼湖之行，梅行之論，懼不及中皇，愧罔措耳」一句。

忍死苟活，遽遭先帝昇遐之變，顧雖冥頑，痛冤號咷，豈有生意？即承慰狀，告以大義，讀之未半，血淚交下也。亡兒祥事雖不得行，其情理慘絶，大不可堪。尊府丈受衰，是補編遺制，恐無可疑。

答吳震泳

［解題］

寫作時間不詳。

此文見華島本《艮齋私稿》後編卷七，第四册，第七九三頁；龍洞本《艮齋先生文集》後編卷四，第Ⅲ册，第二〇六頁。

有人於此，家屋田園盡被攘奪。鄰有有力者，可藉勢逐賊，而復其家。家婦遣人告之故。賊知之，汙其身而囚之。家衆又勸他婦爲之，婦懼其失節而不肯爲。此質諸聖人，亦蒙印可矣。則有詬之爲忘家附賊者流，其名誠惡矣，後必有原其情而爲之悲者矣。周敬、魯昭之失位在外，孔子於齊君得禮遇而無一言，其於吳、楚列强亦不曾乞援以復辟，何也？有譏者曰「是畔天王、邦君，而爲子朝、季孫之黨者」，得否？鄙於時務諸公，日夜心祝其善圖耳。大抵爲者爲，未爲者未爲，亦各行其行已矣。

答吴震泳庚申

[解題]

庚申，西元一九二〇年，艮齋先生八十歲。

此文見華島本《艮齋私稿》後編卷七，第四册，第七九七頁；龍洞本《艮齋先生文集》後編卷四，第Ⅲ册，第二〇六頁。

丁未事，因李僞海牙致辨，而彼怒，欲先帝渡海，諸賊藉此脇君退位，以順敵國之心，以絶周旋之[一]路。此諸賊萬剮不贖之罪，我國四海難洗之耻。然傳位則傳位爾，固先帝、新皇之所不欲，謂不知，則非其實也。[二]宗社焉告之？天下焉布之？傳授國寶，别開正殿，詔除朝請，之隆熙不之光武，凡四年矣。而謂先帝、儲君不知，豈得爲稱停之辭乎？既有此不正當之舉措，爲儒者者，不當呈身於其朝，孔子於定公初年是也。其已託契與立朝者，又當輔之，以圖討賊復權，李鄴侯[三]、鄭圃隱於唐肅宗、麗恭讓是也。蓋自

[一]「之」，原本脱漏，據舊校本、挖改本、正誤表補。此文華島本、龍洞本未收，見華島本《艮齋私稿》後編卷七、龍洞本《艮齋先生文集》後編卷四。華島本《艮齋私稿》有「之」字。

[二]「丁未事」以下一節至此，龍洞本《艮齋先生文集》改爲「丁未傳位云云」六字，疑因忌諱而遭删節。華島本《艮齋私稿》有此節。

[三]「侯」，原本誤作「候」，據華島本《艮齋私稿》、龍洞本《艮齋先生文集》改。舊校本、挖改本、正誤表失校。

古國家創亂之際，傳受一事，例不得明正，而元是可立之人，則皆從而君之，孔、晏、朱、真於周平王、魯定公、齊景公、漢獻帝、魏主髦、宋理宗是也。今日之事，雖切骨痛恨，從古例立義之外，恐無佗道耳。

丁未事，近見《東國痛史》，太白狂奴朴殷植〔一〕所撰。始只命代理，終則强行禪位儀式，臣民處義，只得忍痛含冤而從之已矣。今此來喻，大概與敬存同，而徐君明玉所論亦然。然則它時隆熙百歲後，亦用戊臘之例已矣。

第有一説可質〔二〕。大喪初，小子以八日七月爲成服卒哭之限矣，尹晦堂膺善〔三〕追駁之曰「虚僞無實」。小子曰：「使無丁未、庚戌之變，公今猶不奉帝禮乎？」曰：「此則難矣。」曰：「然則公以存亡爲炎凉，何必王禮之獨奉？」晦堂語塞，不復辨。今韋令雖與尹〔四〕

〔一〕「朴殷植」，原本誤作「朴産直」，據舊校本、挖改本、正誤表改。龍洞本《艮齋先生文集》作「朴殷植」。華島本《艮齋私稿》誤作「朴彦植」。
〔二〕「第有一説可質」一句，華島本《艮齋私稿》有，龍洞本《艮齋先生文集》無。
〔三〕「尹晦堂膺善」，原本及龍洞本《艮齋先生文集》均省作「晦堂」，據華島本《艮齋私稿》補。
〔四〕「尹」，原本脱漏，據華島本《艮齋私稿》、龍洞本《艮齋先生文集》補。舊校本、挖改本、正誤表失校。

本不悦帝號者有異，韋令書「鄉士昧於古今不同，低視我邦，羞稱皇號，妄加削貶」一段，令毅柳、晦尹〔一〕一隊人見之，又〔二〕不知當如何開口也。此説猶可以傍照。蓋無庚戌事，而〔三〕至今用隆熙年號，則如何地儲君視而只稱昌德宫乎？此恐行不得者也。只得用《春秋》諱之之法，以付後世之持論者耳。淺見似此，不識先生尊意以爲如何？後服制則常令似欲以儲君喪行期年云耶〔四〕？

自「大喪初」以下，止。尹〔五〕「語塞不復辨」，辨得痛快。第尹有此見久矣，乃做出濺臣不服之誣，如曹賊、競變而見笑於四方，抑又何心哉〔六〕？韋令以下云云，亦善矣。鄙亦有一疑〔七〕可商確

〔一〕「晦尹」，原本脱漏，龍洞本《艮齋先生文集》亦脱，據華島本《艮齋私稿》補。

〔二〕「又」，龍洞本《艮齋先生文集》有，華島本《艮齋私稿》無。

〔三〕「事而」，原本誤倒作「而事」，據舊校本、挖改本、正誤表乙正。華島本《艮齋私稿》、龍洞本《艮齋先生文集》均作「事而」。

〔四〕「後服制則常令似欲以儲君喪行期年云耶」一句，雙行小字，原本脱漏，龍洞本《艮齋先生文集》亦脱，據華島本《艮齋私稿》補。舊校本、挖改本、正誤表失校。

〔五〕「尹」，原本脱漏，據華島本《艮齋私稿》補。龍洞本《艮齋先生文集》無。舊校本、挖改本、正誤表失校。

〔六〕「第尹有此見久矣」至此一節，原本脱漏，龍洞本《艮齋先生文集》亦脱，據華島本《艮齋私稿》補。舊校本、挖改本、正誤表失校。

〔七〕「亦有一疑」，原本脱漏作「有一疑」，龍洞本《艮齋先生文集》脱漏作「亦一疑」，據華島本《艮齋私稿》補。舊校本、挖改本、正誤表失校。

者。愚於先師碑書贈職、賜謚及子孫主事，志令以爲未安。黄孟教道淵〔一〕其言，尤爲深刻。愚以《韋齋行狀》書贈職及古今官制變易爲言，而諸意皆未釋然。然據鄙見，使上天祚韓，國家數百年昇平，則今日峻論之家，永久不受官職、謚號、祭文之賜乎？恐無是理，未知盛見以爲如何？

李相麟，改名相珪〔二〕，今在京主人道議，因張爀〔三〕送言於小子曰：「今之時義與古大不同，『天地閉，賢人隱』、『獨善其身』等訓，皆用不得，千萬毋主己見，而出與同扶世界」云云。小子竊意，「隱」與「獨善」且不得用，如何地扶世界乎？定使大力量者，居今之世，恐難道義、事功兩濟，況如小子輩僅具人形者，又將何所著手乎？百爾思之，只信聖人之訓而俟死之外，無它道耳。雖然，古今大不同之説亦可思也。古之夷狄，皆陽尊聖人，假模其道；今則舉欲撲滅聖人之道，而其勢大張。河清天返，有不可期。又以易種之心，東西相持。而我東則又爲其俎肉久矣，「野老無謀但詛〔四〕天」，不啻道真情耳。〔五〕

〔一〕「道淵」，原本脱漏，龍洞本《艮齋先生文集》亦脱，據華島本《艮齋私稿》補。舊校本、挖改本、正誤表失校。
〔二〕「李相麟，改名相珪」，原本脱漏作「李相珪」，龍洞本《艮齋先生文集》亦脱，據華島本《艮齋私稿》補。舊校本、挖改本、正誤表失校。
〔三〕「爀」，原本誤作「嚇」，據舊校本、挖改本、正誤表改。華島本《艮齋私稿》作「爀」。龍洞本《艮齋先生文集》無此節。
〔四〕「詛」，原本誤作「咀」，據《晚晴簃詩彙》卷十九改。下引同。
〔五〕自「李相麟，改名相珪」至此一節，龍洞本《艮齋先生文集》省作「李相珪，今在京主人道議云云」一句。

「天地閉，賢人隱」，孔子語也；「窮則獨善其身」，孟子語也。今以仁瑞之識量才德，輒指此〔一〕爲死法而用不得，何近世指聖言爲死法者之多也？試看從古聖賢之隱而獨善者，其功澤之及人爲何如也。孟子以顔氏爲道同於禹、稷，退之謂孟氏「功不在禹下」，濂翁至謂「發聖人之藴，教萬世無窮者，顔子也」。仁瑞眼力蓋不及此也。高明「信聖，俟死」之云，已自得正，再勿它言。竊覵高明胸中，亦頗有不定疊意象，恐當深自省察而鉏去之也。「野老無謀但詛天」，是無些夾插，而所恃者天理而已，真可貴也！

近者戚屬名宦家一少輩投入耶教，以書諷諭於佗人曰：「所謂學問士，全不識時。日出知明，日入知暗，而坐談未發已發，不知霹靂落頭，可哀太甚」云云。如此者，日復日入聞。静而思之，如干相從者亦不能深信。雖子孫輩，亦〔二〕何能保其不變乎？但坐視天〔三〕，天亦無語，奈何奈何〔四〕？

〔一〕「指此」，原本誤倒作「此指」，據舊校本、挖改本、正誤表乙正。華島本《艮齋私稿》、龍洞本《艮齋先生文集》均作「指此」。
〔二〕「亦」，原本脱漏，據華島本《艮齋私稿》補。舊校本、挖改本、正誤表失校。
〔三〕「視天」以下，原本誤排作提行，舊校本標注，挖改本改爲與上文接排。
〔四〕「奈何奈何」，原本脱漏，只作「奈何」，據華島本補。又自「近者戚屬名宦家一少輩投入耶教」至此一節，龍洞本《艮齋先生文集》省作「近者一少輩諷論學問士全不識時云云」一句。

余觀此人，日出也不知明，日入也不知暗，而徒知頭上霹靂能殺身，不知胸中霹[一]靂已殺其心，真可哀之甚也！使世界上人人皆能敬養未發之性，而義制已發之情，不致所存所發，有些乖舛，只見明神護形，安有霹靂落頭？來示「相從之人與子孫輩，亦何能保其不變？」此誠可憂之大者，然只得以道義名節日夜告語之，使之儆[二]戒切而懲創深，是爲維持夾輔之術，此外豈復有妙道邪？「視天，天無語」一句，令人心痛。愚謂爲臣而只愛利者，弑父與君視若尋常；爲士而好名者，陷師屠友亦何所憚[三]？今日六合之内，只「名利」兩字相軋、相奪、相擊、相乖，致使天地氣數閼塞壅鬱，了無針眼開通處，天有何語可答？今替下一轉語云[四]：「汝之聖人，是予之唇舌，惟上下一於小心尊經，天下之亂將自熄矣。五書六經，字字句句都是一「性」字貫之。汝信吾語，吾不欺汝。」

[一]「霹」，原本誤作「霞」，據舊校本、挖改本、正誤表改。華島本《艮齋私稿》、龍洞本《艮齋先生文集》均作「霹」。舊校本、正誤表失校。
[二]「儆」，原本誤作「敬」，據華島本《艮齋私稿》、龍洞本《艮齋先生文集》改。舊校本、挖改本、正誤表失校。
[三]「憚」，原本誤作「蟬」，據舊校本、挖改本、正誤表改。華島本《艮齋私稿》、龍洞本《艮齋先生文集》均作「憚」。
[四]「語云」，原本誤倒作「云語」，據挖改本乙正。華島本《艮齋私稿》、龍洞本《艮齋先生文集》均作「語云」。

亞變時，泳孝雖社長，在家不知。主筆者嶺人〔一〕權德奎〔二〕耳〔三〕。尤翁後命時禁都處經之孫者云耳〔四〕。泳孝雖以不知發明，責在渠魁，何可免誅討乎？凶報之出也，使泳孝於權德奎〔五〕能倒戈奮擊，而布告國中，則尤翁所謂「軍令雖嚴，亦許立功自贖」者，宜亦可用也。如何如何？

亞變雖少行聲討，如聞會中物議，大變不一，不必專討亞社，爲同室生釁。其認賊爲同室，甚無理，且不知許大變怪，皆從不尊聖中出來矣。儒者既無位無力，不能復君報讎，則因衛聖討賊之舉，而明君父之道，亦一事。故復出一文字，欲通告邦内。適伏見大作《遍告宇内文》，自幸私見之不大謬。然費詘，今纔印得幾本。窮儒事可笑耳。

〔一〕「嶺人」，原本脱漏，龍洞本《艮齋先生文集》亦脱，據華島本《艮齋私稿》補。舊校本、挖改本、正誤表失校。
〔二〕「權德奎」，龍洞本《艮齋先生文集》同，龍洞本《艮齋先生文集》作「權德圭」。今仍原本。
〔三〕「耳」，原本脱漏，據龍洞本《艮齋先生文集》補。華島本《艮齋私稿》無。舊校本、挖改本、正誤表失校。
〔四〕「尤翁後命時禁都處經之孫者云耳」一句，原本無，龍洞本《艮齋先生文集》亦無，據華島本《艮齋私稿》補。舊校本、挖改本、正誤表失校。
〔五〕「權德奎」，龍洞本《艮齋先生文集》同，龍洞本《艮齋先生文集》作「權德圭」。今仍原本。

同室有弑父者，豈復可以同室待之？苟如其言，彼此恐百步五十步之間，殊可駭也。「許大變異，皆從不尊聖中出」，此句極是極是！如何將此個議論揭示天下，以喚〔一〕醒人心。目高明所作《布告世界文》，看得筆力過人遠甚，可敬可敬！

海觀尹尚書用求東江金秘丞〔二〕寧漢，其父台奭鎮不受爵殉節，彼〔三〕欲使襲爵，金令大罵，欲自殺，彼〔四〕謝，救不死，且有文學操行。壯金惟志山與此令爲砥柱云。年今四十三。皆謂：「吾輩死人，何必參涉世事乎？」似以先生所處亞事爲未滿足，但不明言之云。

尹、金兩公，皆以死人自處，而不參世事，此亦一義。但此亞變，雖鬼神亦且驚愕，似未可一概論。且愚之所許，只討賊一事，它皆非此漢之所教爲，而諸〔五〕人姓名，會中自書〔六〕，大非臨事敬慎之道也。

〔一〕「喚」，原本誤作「嗄」，據舊校本、挖改本、正誤表改。華島本《艮齋私稿》、龍洞本《艮齋先生文集》均作「喚」。
〔二〕「丞」，原本誤作「承」，據華島本《艮齋私稿》、龍洞本《艮齋先生文集》改。舊校本、挖改本、正誤表失校。
〔三〕「彼」，原本脱漏，據華島本《艮齋私稿》補。龍洞本《艮齋先生文集》亦脱。舊校本、挖改本、正誤表失校。
〔四〕「彼」，原本誤作「被」，據華島本《艮齋私稿》、龍洞本《艮齋先生文集》改。舊校本、挖改本、正誤表失校。
〔五〕「諸」，原本誤作「書」，據華島本《艮齋私稿》、龍洞本《艮齋先生文集》改。舊校本、挖改本、正誤表失校。
〔六〕「書」，原本誤作「見」，據舊校本、挖改本、正誤表改。華島本《艮齋私稿》、龍洞本《艮齋先生文集》均作「書」。

金令於人之毀門下者，每爲之分疏曰：「此文而或有未思者，今通國一人，何爲詆毀乎？吾於此丈非有親誼，特爲世教云爾。」

金令之謂「吾於某非有親誼，特爲世教云爾」者，雖非愚之所敢承，然尹、鄭之視此，所見之遠，真不啻麟角牛尾之多寡也！

年前新聞之贊〔一〕康、梁，不記何時何人，今雖不討似無妨。而金澤榮、曹兢燮〔二〕二賊，不得不討，故已入之文字耳〔三〕。

張志淵稱揚梁哥，幾於聖人，而四勸國人爲新學者。然今不必舉論於亞變也。

〔一〕「贊」，原本誤作「替」，據舊校本、挖改本、正誤表改。華島本《艮齋私稿》作「贊」。龍洞本《艮齋先生文集》無此節。

〔二〕「曹兢燮」，原本誤作「曹競燮」。據舊校本、挖改本、正誤表改。華島本《艮齋私稿》作「曹兢燮」。

〔三〕自「年前新聞之贊康梁」至此二節，華島本《艮齋私稿》有，龍洞本《艮齋先生文集》省去。

與吳震泳庚申十月[一]

［解題］

庚申，西元一九二〇年，艮齋先生八十歲。

此文見華島本《艮齋私稿》後編卷七，第四册，第八〇三頁；龍洞本《艮齋先生文集》後編卷四，第Ⅲ册，第二〇九頁。

丁未事，只以代理處之，則異時用期，如韋説可也。若以僞奪處之，豈可用期乎？曾見志令斥金澤榮文用隆熙皇帝字，而服則今不欲預言，其意似非三年。鄙則用傳位之例，而謂當三年。蓋僞奪則無服，皇帝則三年，只此一言可斷。又君視則書所贈職謚，不君視則不書。此處間不容髮，如何何如？志令後以三年爲是。

韋、志二公，垂察於衆怒群罵之中，欲血誠救拔，使得自立於士林之列，此其意豈不誠忠厚睠睠之甚乎？而我當虛受敬服。今此與高明往復審問者，惟欲擇得此事大中至正之理而用之，豈有一毫他意於其間哉？今賢者答余書[二]，書辭務主和平，切忌激發，無益於處事之義，而有損於受人之量也。

[一]「十月」，華島本《艮齋私稿》有，龍洞本《艮齋先生文集》省去。

[二]「今賢者答余書」，原本脱漏作「賢者」，龍洞本《艮齋先生文集》亦脱，據華島本《艮齋私稿》補。

答金邦述丙申

【解題】

丙申，西元一八九六年，艮齋先生五十六歲。

金邦述，《華島淵源録·觀善録》云：「金邦述，字良善，高宗丁卯生，扶寧人，文貞公坵後，居扶安。」

此文見華島本《艮齋私稿》前編卷九，第二册，第四一頁；龍洞本《艮齋先生文集》前編卷十，第Ⅰ册，第四三四頁。

承喻見讀《鄒書》，又引「剃頭不如斫頭」語，而欲聞處變之説。余惟孟子言：「周於德者，邪世不能亂。」今敢以一語繼之云：「定於志者，亂世不能屈。」邪世與亂世有別：治亂以政言，邪正以道言。邪世如功利之説、楊墨之教是也；亂世如弑逆之變、夷狄之禍是也。「周」者，舉聖賢中正之道，實得諸己，件件皆到，事事皆精。「定」者，把華夷内外之分，大判於心，念念靡他，時時不忘。君子不患乎變之難處，惟患乎志之不定。苟志定矣，變不足處也。然吾意，聖賢又有辟地、辟患之説焉，學者於此，宜盡心力而爲之，及其至於不可辟也〔一〕，則曾子以簀之非宜而易之，子路欲冠之不免而結之。聖賢之於禮法，其謹嚴如此，况剃髮是夷俗，豈

〔一〕「也」字下，原本衍「辟」字，據舊校本、挖改本、正誤表删。此文華島本、龍洞本未收，華島本《艮齋私稿》、龍洞本《艮齋先生文集》均無「辟」字。

君子之所當爲乎？只有一死而已。來喻「不如斫頭」者，實鄙人所謂「定志」之效也。甚正甚善！勉之勉之！

與張在昇丙申

［解題］

丙申，西元一八九六年，艮齋先生五十六歲。

張在昇，《華島淵源録》未見録，生平不詳。

此文見華島本《艮齋私稿》前編卷八，第一册，第七六二頁；龍洞本《艮齋先生文集》前編卷七，第Ⅰ册，第三三一頁。

君子「處變」，世人「變於變」。今遇夷狄更革之際，自家能不改聖賢之法服，能不毁父母之遺體，可避則山巓[一]水涯，何所不往？不可避則腹破頭截，何所不受？此所謂「處變」，而其實依舊是《小學》敬身之道也。若着一分懾怯心，便至於爲夷矣。《詩》、《書》之於夷狄，以「姦宄」、「盜賊」、「洪水猛獸」並言之，古人又有直以「豺狼犬羊」斥之者矣，曾謂學人而可以變於

［一］「巓」，原本脱漏，據挖改本、正誤表補。舊校本補作「下」，誤。此文華島本、龍洞本未收，華島本《艮齋私稿》、龍洞本《艮齋先生文集》均作「巓」。

夷乎？向高明遇巡檢，未免有些妄動，此由不深知理之所在，而志未[一]定、心不静，而不暇審察，而至於失正矣。人苟知得事所當爲，則不必待著意，便自然行將去。須與良士友朝夕講而明之，無緩無緩！「敬身」、「致知」兩語，平時固少不得，亂時尤不可無也。

答鄭禮欽乙巳

[解題]

乙巳，西元一九〇五年，艮齋先生六十五歲。

鄭禮欽，《華島淵源録》未見録，生平不詳。據艮齋先生《渾齋安公墓碣銘》，鄭禮欽爲渾齋安教翼門人。艮齋先生另有《心尊性示鄭禮欽》一文，見龍洞本《艮齋先生文集前編》卷十五。

此文見華島本《艮齋私稿》前編續卷二，第三册，第五二七頁；龍洞本《艮齋先生文集》前編續卷二，第Ⅱ册，第三七〇頁。

示喻用力於《浩然章》，而未有所得，以此欲得一言以爲法，此恐未免於騎驢覓驢之失。何也？養氣在集義，欲集義要知言，此孟子之所已言，而法如是而已。至於揠苗助長之戒，則最宜深念也。内外兩忘，是格物致知以上功夫，恐未易遽及，此亦且從知言、

[一]「未」，原本誤作「不」，據華島本《艮齋私稿》、龍洞本《艮齋先生文集》改。舊校本、挖改本、正誤表失校。

集義上用功，久之定性養氣，自有合尖之妙矣。鄙寫「尊華」二字，以之揭尊丈燕處之室，意雖好而字甚拙，爲可愧也。所示柳汝聖謂我好開化，此有曲折。曾有問其人事，余答曰：「削禍倡義則善，而棄喪從戎未善也。」彼於「棄喪[二]」之説無以發明，故相與造爲斥倡義之謗，欲以汙衊我也。彼又每以余之不起義爲好開化，然則彼之今日不起兵，亦好開化而然歟？來喻所謂「心術不美」一句，已道得盡矣。然凡遇彼邊人，切勿與之對辨。蓋疑者，辨之仁也；毁者，辨之惑也。只要吾黨諸君，因彼毁而益勉於尊華攘夷之義，得無臨亂苟免之耻焉，則它山之石，豈不爲攻玉之需乎？吾故曰：彼邊之賜我厚矣大矣。賢輩於此不可不深察也。

與金成烈丙午

【解題】

丙午，西元一九〇六年，艮齋先生六十六歲。

金成烈，《華島淵源録·觀善録》云：「金成烈，字士彦，高宗己巳生，慶州人，樹隱判書冲漢後，居泰仁。」

[二]「喪」，原本誤作「夷」，據舊校本、挖改本、正誤表改。此文華島本、龍洞本未收，華島本《艮齋私稿》、龍洞本《艮齋先生文集》，均作「喪」。

此文見華島本《艮齋私稿》別編卷一，第七册，第七一九頁；龍洞本《艮齋先生文集》別編卷一，第V册，第三七六頁。

宋高宗時，張魏公欲討劉豫，趙忠簡欲留之以扞北虜。朱子以趙策爲非，而曰：「豈有不能討叛臣，而可以服夷狄者乎？」僕以爲天下不易之至理也。今日我國形勢，當先誅五賊，次斥倭虜；不爾，則名不正而事不成矣。吾人學問，亦要先治己私，次闢異端，再次攘夷狄；不爾，則己不立而人不服矣。試嘗推原而論之：自家胸中一毫私意，或有沮格公理去處。只這些子，在國家則亂臣也，儒門則異端也，華夏則裔戎也。這個病根匿在心曲，未易搜得，未易浄盡，故昔之君子，所以日夜戰兢惕厲，而不敢須臾荒寧者也。

答金重鉉己未

【解題】

己未，西元一九一九年，艮齋先生七十九歲。

金重鉉，《華島淵源録·觀善録》云：「金重鉉，字敦夫，高宗癸酉生，金海人，進士節孝公克一後，居大邱。」

此文見華島本《艮齋私稿》後編卷八，第五册，第五五頁；龍洞本《艮齋先生文集》未見。

湖西有朴某者，號爲儒生，而亦能談理氣。今番太上皇帝之喪，雖無文字，但自不服。

有松江後孫鄭某，聲言遣僕捕治，則朴始行服，而爲世所笑。今承貴郡曹某並作凶書，而不著白笠[一]，此視彼更加一著。渠昔所讀聖賢經傳，所説義理性命，今乃如此，此何腸肚？凶矣凶矣！嶺外應有如鄭氏者，渠必從朴例矣。此間有問新皇帝萬歲後事，僕對以漢獻、晉恭皆爲逆臣所立，而《綱目》皆帝之，今何再立別例？

答崔秉心壬子[二]

【解題】

壬子，西元一九一二年，艮齋先生七十二歲。

崔秉心，《華島淵源録·觀善録》云：「崔秉心，字敬存，高宗甲戌生，全州人，文成公阿後，居全州。」

此文見華島本《艮齋私稿》前編卷十，第二册，第一三七頁；龍洞本《艮齋先生文集》前編卷十，第Ⅰ册，第四三一頁。華島本《艮齋私稿》、龍洞本《艮齋先生文集》爲全文，原本節選《别紙》部分内容。

[一]「笠」，原本誤作「苙」，據舊校本、挖改本、正誤表改。

[二]「壬子」，原本誤作「王子」，據挖改本及龍洞本《艮齋先生文集》改。舊校本、正誤表失校。此文華島本、龍洞本未收，見華島本《艮齋私稿》、龍洞本《艮齋先生文集》前編卷十。龍洞本《艮齋先生文集》標注「壬子」，華島本《艮齋私稿》此文無標注，此卷《答崔秉心》共計九通，前一通標注「辛亥」，後一篇標注「壬子」。

虜所謂恩金，壓倒我韓養望底士大夫多矣。某某諸公何嘗不自許以第一流？亦何嘗不審知恩讎義利乎？但平日熊魚之分看得容易，及遭震蹶[一]，欿[二]然怛喪，因擇兩全之地，而不知自落萬仞坑塹，後雖有筐口，亦何能遮護得免？由此觀之，義利公私之間，不可不十分精覈而痛辨也。

虜金壓倒養望之士，誠然誠然！某某諸公因擇兩全之地，而不知自墮於坑塹，得非傳聞失實歟？真如所示，世間豈有非冷非熱溫吞暖處耶？

京宰惟[三]金台鼎鉉，刃項却爵，其餘皆[四]風吹草動，甘攢臭壤云。夫祖宗朝培養德義五百年，奈何立廊廟者，皆髯婦冠猴也。惟是荒野散官、草澤韋布，慷慨取義，頗不落寞[五]，是極不易易。此立言君子所當致意揚扢，使後人知我先王崇德之報可也。伏望留神焉。

〔一〕「蹶」，原本作「塮」，華島本《艮齋私稿》、龍洞本《艮齋先生文集》同。按當是「蹶」字，改。

〔二〕「欿」，原本誤作「焰」，據舊校本、挖改本、正誤表改。華島本《艮齋私稿》、龍洞本《艮齋先生文集》均作「欿」。

〔三〕「京宰惟」，原本脱漏，據華島本《艮齋私稿》、龍洞本《艮齋先生文集》補。舊校本、挖改本、正誤表失校。

〔四〕「其餘皆」，原本作「餘多」，據華島本《艮齋私稿》、龍洞本《艮齋先生文集》改。舊校本、挖改本、正誤表失校。

〔五〕「落寞」，原本作「落莫」，華島本《艮齋私稿》、龍洞本《艮齋先生文集》同。據文義改。

金台鼎鉉，刃頸却爵，聞甚增氣。餘皆〔一〕冠猴之喻，使人憤歎。蓋彼輩平日視儒術爲無用，惟有愛官職一念，如何不至此？以此知人不學道無以立身也。散官、韋布之慷慨取義，亦足以增光國家，所宜褒揚，使傳於後。而身處絶海，無由廣聞，奈何？曾得十餘人立節之報，皆以荒詞致贊頌之意矣。

某台初雖不毁形，終乃受子爵，以恩金營庄土而斃。誰謂山斗重望，終作朽穢棄物乎？此公身事固無論，但世間許多牲蠣石假名字者，將何以區處？若冢中鬼恚其不潔而相怨詬，則亦將何辭塞責乎？甚爲代悶耳。

某公之不削，此亦聞之。至其受爵取金，鄙所初聞，而不勝慨惜。聖賢論人，每以識見爲先，此若不高，萬事皆低，縱有文辯，不足尚也。年前誤傳此公毁形之日，世人已有磨碑之説，不知今竟如何也！

今鬼狐行怪，虎蝎播惡，覆破典常，魚肉生靈。舉世皆謂此天已荒老，無復陽復之

〔一〕「皆」，原本作「多」，據華島本《艮齋私稿》、龍洞本《艮齋先生文集》改。

望。此非識者之論也。蓋禍亂之慘惡，固氣數之所不免也。其保先生於一隅者，乃天仁愛處也。然則平昔阨窮之多端，是用玉成意也。今日毒派之不及，欲淑後生〔一〕地也。豈但元城好命矣哉〔二〕？伏願體天加愛，無墜傳脈於地焉。

此天已老，陽復無望，真淺見之言也。「七日來復」、「千秋必反」，豈虛語哉？至若體天加愛、無墜傳脈之責，愚何敢承？惟以未死前益加兢兢，以爲報君親師友之需爾。

答崔秉心己未〔三〕

〔解題〕

己未，西元一九一九年，艮齋先生七十九歲。

此文見華島本《艮齋私稿》後編卷九，第五册，第一〇一頁；龍洞本《艮齋先生文集》後編續卷二，第Ⅴ册，第九四頁。

〔一〕「生」下，原本衍「生」字，據挖改本及正誤表「追正」改。華島本《艮齋私稿》、龍洞本《艮齋先生文集》均無「生」字。舊校本失校。

〔二〕「豈但元城好命矣哉」一句，原本脱漏，據華島本《艮齋私稿》、龍洞本《艮齋先生文集》補。又「元城」，華島本《艮齋私稿》誤作「元成」。劉安世，字器之，號元城，「劉器之好命」，見《朱子語類》卷一百三十。舊校本、挖改本、正誤表失校。

〔三〕「己未」，原本誤作「己末」，據舊校本、挖改本、正誤表改。此文華島本、龍洞本未收，華島本《艮齋私稿》、龍洞本《艮齋先生文集》均作「己未」。

所示郭參贊〔一〕、崔寢郎語，愚之不參於西書，有兩端：被性拙而不果爲，一也；昧事實而不輕發，二也。若乃「儒者法門」及「眞儒精義」等語，愚何敢當？至於時人之不相識，而過爾誚責，雖非愚之本心，而亦無足怪也。

答金炳玹庚申四月

【解題】

庚申，西元一九二〇年，艮齋先生八十歲。

金炳玹，《華島淵源録·觀善録》云：「金炳玹，字聖章，高宗甲戌生，安東人，訥齋生演後，居醴泉。」

此文見華島本《艮齋私稿》後編卷八，第五册，第六五頁；龍洞本《艮齋先生文集》未見。

所示云云，使人身青。雖然，亦有可以紓究者。夫一雙芒鞋，微物也，見失則且欲尋覓，況五百年宗社爲虜所滅，苟非讎君怨國之囚賊，決無不思所以圖復之計者。時人之罵我，無乃不近人情耶？況吾儒中亦有誓心拚死以爲之者甚衆矣，然則豈可以一個癃殘濱死者之未預，而欲盡除儒教耶？時人果能復立李氏宗社，恪遵孔子教法，則愚之一身斬作萬段，亦無所

〔一〕「贊」，原本誤作「替」，據舊校本、挖改本、正誤表及龍洞本《艮齋先生文集》改。

恨矣。若不能，然而徒〔一〕咎老生不起，而欲盡除儒教，主張穌〔二〕説，此爲何等事功也？又其「憂道不憂國」之云，亦不詞矣。夫道大無外，國不在道中耶？吾故曰：憂道者，必憂國；不憂國者，非憂道之儒者。其見無乃認國爲道外之物，而有是言耶？昔孔子於周敬、魯昭失位之日，雖勢不及，而不能爲復辟之舉，然其心果漠然無所與於其間耶？愚以何人，獨無憂憤痛〔三〕冤之心哉？嗚呼！時人之言，其未之思也歟？

士之立心，當以千載爲一日，譽之不加喜，毁之不加懼，超然遠覽，不似衆人所見者小。《臼山自誦》。

乙巳冬，賤臣疏章請戮博文，誅五賊，如此則今日之欲復國正義，不待問而知已矣。厥後有詩云：「萬劫終歸韓國士，一生竊附孔門人。」此足以知其心事也。

鄙人只知有李氏宗社，而不知有大統共和；只知有孔子正教，而不知有異端耶説也。此平日所與賓朋言者。

聞時務諸人多主共和，而不用君臣之義；多主雜教，而不重孔孟之道。此則雖死不敢從也。

〔一〕「徒」，原本誤作「從」，據舊校本、挖改本、正誤表改。
〔二〕「穌」，原本誤作「甒」，據舊校本、挖改本、正誤表改。
〔三〕「痛」，原本誤作「病」，據舊校本、挖改本、正誤表改。

答成大器

〔解題〕

寫作時間不詳。

成大器，《華島淵源録・觀善録》云：「成大器，字道以，高宗己卯生，昌寧人，梅軒安智後，居清道。」

此文見華島本《艮齋私稿》後編卷九，第五册，第一九六頁；龍洞本《艮齋先生文集》未見。

示喻版籍，必有事在。年前扶餘李友喆榮以此被詰〔一〕，厲色正言。永柔李松石某，老儒也，亦以此招去，設椅設席，並不視。彼問何坐，乃露地坐曰：「此我韓地也。」彼令入籍而不應，則但遣去，皆不復問。然非一例也。吾門有張柄晦，緣此再遭毒禍，忍死不屈〔二〕，竟賣屋旅處。向聞全義郡街有木牌云：「田艮齋〔三〕某漏籍，當查問。」今月餘，更無一言。然安能保無事？余以七尺病軀，抛與〔四〕豺狼久矣，何能復有顧慮耶？

〔一〕「詰」，原本誤作「結」，據舊校本、挖改本、正誤表改。
〔二〕「屈」，原本誤作「屆」，據舊校本、挖改本、正誤表改。
〔三〕「艮齋」，原本誤作「良齊」，據舊校本、挖改本、正誤表改。
〔四〕「抛與」，原本誤倒作「與抛」，據舊校本、挖改本、正誤表乙正。

答吴鶴燮丁未[一]

［解題］

丁未，西元一九〇七年，艮齋先生六十七歲。

吴鶴燮，《華島淵源録・觀善録》云：「吴鶴燮，字和卿，高宗丙子生，海州人，忠節公應鼎後，居長城。」

此文見華島本《艮齋私稿》別編卷一，第七册，第七二〇頁；龍洞本《艮齋先生文集》前編續卷三，第Ⅱ册，第三八五頁。

遇變不濟，以身殉國，此大節也。前日所處之未善，可且略之。倡義討賊，被執而死，不問有官無官，皆當許以節義也。仁有偏全之異，亦有位分之殊，如此者亦可謂成仁，如夷、齊之得仁是也。

朱、宋雖不倡義，然於它人之稱兵討賊，不問朝官野士，一切舉揚。此意不可不知也。事敗亡命，禍及族親，古有張儉，然[二]不如自見之爲快也。

國母被禍之故，累年白笠。宋德祐、景炎之後，搢紳先生往往終身衰服，彼或以是爲據

[一]「丁未」，原本誤作「丁末」，據舊校本、挖改本、正誤表、華島本改。此文龍洞本未收，龍洞本《艮齋先生文集》亦作「丁未」。

[二]「然」，原本、龍洞本有，華島本無，今從原本。

歟？雖或過中，終是不忘讎之義，未可非議也。宋時群賢於徽、欽訃至，未聞有終身白衣冠者〔一〕，此乃爲中道也。

答金碩奎〔二〕 己未〔三〕

［解題］

己未，西元一九一九年，艮齋先生七十九歲。

金碩奎，《華島淵源録》未見録，生平不詳。

此文見華島本《艮齋私稿》後編卷十，第五册，第二九四頁；龍洞本《艮齋先生文集》後編續卷三，第V册，第一二一頁。

承喻以蜂虎不若自訟，而求助於愚。愚自不孝不忠之甚者，如何可爲人謀乎？然吾與子皆陷於無君之世，只有一片丹心，不忍忘先王之恩，而誓不爲裔戎之群，則可以勉而及之矣。

〔一〕「終身白衣冠者」，原本誤作「終冠白衣」，據舊校本、挖改本、正誤表改。龍洞本《艮齋先生文集》作「終身白衣冠者」，華島本作「終身白衣」。

〔二〕「金碩奎」，原本誤作「金硯奎」，據舊校本、挖改本、正誤表改。

〔三〕「己未」，原本誤作「己末」，據舊校本、挖改本、正誤表改。

愚既爲含恤靡至之民，則其所痛恨，百倍於子之奉大碩人者。子宜效徐節孝〔一〕之晨夕冠带以揖母，母夫人飲食時，率家人爲兒戲，或謳歌以悦之。如此則大碩人雖在窮約，而無一時不樂矣。自餘種種不自满而懷恨者，又由是而可推之以擴充矣。子其勉之！

答朴魯守乙巳

【解題】

乙巳，西元一九〇五年，艮齋先生六十五歲。

朴魯守，《華島淵源録·觀善録》云：「朴魯守，字誠夫，高宗癸未生，順天人，遯齋光一後，居扶安。」

此文見華島本《艮齋私稿》前編卷十一，第二册，第二七六頁；龍洞本《艮齋先生文集》前編卷十，第I册，第四七三頁。華島本《艮齋私稿》、龍洞本《艮齋先生文集》爲全文，原本爲節選。

今天下大亂，群陰剥陽，裔戎猾夏，民之善良者垂頭喪氣，士之守正者指刀鋸鼎鑊爲己歸。噫！此何時也，而乃有逢掖章甫以求師明道者？此殆亂極思治、剥上生下之基礎也，豈

〔一〕「節孝」，原本誤倒作「孝節」，據舊校本、挖改本、正誤表乙正。

不欣欣然以相引乎？孔子曰「居處恭，執事敬，與人忠，雖之夷狄〔一〕，不可棄也」，此勉人以固守而勿失也。又曰「言忠信，行篤敬，雖蠻貊之邦，行矣」，此示人以德修而害遠也。又曰「一日克己復禮，天下歸仁」，此極言爲仁之〔二〕效，而夷狄亦包在「天下」二字之中矣。至其欲居九夷，則曰：「君子居之，何陋之有？」此又言盛德之至，夷俗亦化矣。今日之爲師生者，將何所講乎？其遠而不切、玄而少實者，棄而不理；惟言行之忠敬，理欲之遏存，則日勉勵而不可緩也。苟能此道矣，君臣、父子、夫婦之大經正矣。君臣、父子、夫婦之大經正，則彼裔戎之無禮、無義者，將不待君子盡誅之，乃自變革而無復其類矣。是則吾儒之能事，而上帝神明之所望於人者也。

答李炳夏乙巳

【解題】

乙巳，西元一九〇五年，艮齋先生六十五歲。

李炳夏，《華島淵源録・觀善録》云：「李炳夏，字致中，高宗乙酉生，全州人，居務安。」

〔一〕「夷狄」，原本誤作「夷秋」，據華島本《艮齋私稿》、龍洞本《艮齋先生文集》及《論語・子路》原文改。此文華島本、龍洞本未收，華島本《艮齋私稿》、龍洞本《艮齋先生文集》均作「夷狄」。舊校本、挖改本、正誤表失校。

〔二〕「之」，原本脱漏，據舊校本、挖改本、正誤表補。華島本《艮齋私稿》、龍洞本《艮齋先生文集》均有「之」字。

此文見華島本《艮齋私稿》前編卷十一，第二册，第二八八頁；龍洞本《艮齋先生文集》前編卷十一，第Ⅰ册，第四八四頁。

世之庸庸者，既無意於求道，其有志者，又多欲徑捷以得之，其不能入道，與彼一也。然此非獨今人之病，觀孔子戒欲速，孟氏慮助長，可見古人亦不免此。農民有白首膝行泥中，用手左右去草，汗滴田土而不知休者，或問：「不勞乎？」曰：「若稍弛之，草侵吾苗，數口之家將爲溝中瘠矣。」夫人之情，孰不惡勞而欲逸也？以其惡死之切，則忘其疲矣；以其欲生之急，則不暇逸矣。今士之爲學，本心日被物欲客氣所陷溺，而濱於死矣，猶且恬然安坐，任其自爾，豈不殆哉？

大抵學以强勇爲勵志勑躬之後援，乃能有濟。由是而進於朝廷，則今日日夷之爲我邦害，亦猶氣欲之於本心也。當局大臣宜以斷斷[一]誠心，陳説是非，使彼自悟其非，而改其舊德，則善矣。不然，當以義理上告下諭，使之鼓作氣勢，以與彼一番血戰，期以百折不回，九死靡悔。如此則王室恢復庶可望矣。若纔泄泄，便被他弄得無收煞。農夫之於稂[二]莠，國家之

[一]「斷斷」，原本誤作「斷斷」，據文義改。按「斷斷」不辭，龍洞本《艮齋先生文集》作「斷斷」，當是「斷斷」。此文華島本、龍洞本未收，華島本《艮齋私稿》亦誤作「斷斷」。舊校本、挖改本、正誤表失校。

[二]「稂」，原本誤作「粮」，據華島本《艮齋私稿》、龍洞本《艮齋先生文集》改。舊校本、挖改本、正誤表失校。

於寇賊，士子之於氣欲，其理一也。治之之術，要在鞠躬盡瘁，死而後已。

答徐鎮英庚申

【解題】

庚申，西元一九二〇年，艮齋先生八十歲。

徐鎮英，《華島淵源録·觀善録》云：「徐鎮英，字明玉，高宗丙戌生，利川人，節孝稜後，居扶安。」

此文見華島本《艮齋私稿》後編卷十一，第五册，第三四九頁；龍洞本《艮齋先生文集》未見。華島本《艮齋私稿》爲全文，原本爲節選。

韋觀説累入商量，終覺未安。大抵我皇室丁未〔一〕事，雖不若堯舜之事，既有傳受之名，則名位已定，而況已臨御行政乎？如儒賢贈謚之類，便是行政。朝野文書，外國交通，臣民謳歌，已有隆熙之號四年於兹矣。然則當日詔命之僞造與否，恐不必言；且嘗聞其傳受之際，隆熙已有辭、免二疏，又不可以不知言。既爲名位已定，既爲臨御行政，而爲其臣子者，乃諱尊號，則或不無貶降君父之嫌〔二〕否？假使當日或有陞除抄選之命，則爲儒臣

〔一〕「未」，原本誤作「末」，據舊校本、挖改本、正誤表改。

〔二〕「嫌」，原本脱漏，據舊校本、挖改本、正誤表補。

者，於辭職疏恐不得不稱「陛下」。若以名實不同，只稱「儲君」，則果爲名正言順乎？此可與某人疏不稱「先帝以陛下」，同歸一轍矣。竊觀漢之獻帝，是董卓所立，而其立在於帝辯廢後，己巳六年四月，靈帝崩，長子辯立。九月，卓廢帝爲弘農王，立中子協，是爲獻帝。庚午正月，帝辯見弑於卓。而未[一]聞修史者以獻帝爲儲君。宋之理宗，是史彌遠矯詔所立，而亦未聞後世之貶議。齊景公是崔杼[二]所立，而孔子待以君禮。晉[三]之安、恭二帝，是劉裕所立，而以靖節之苦義，猶用其年號；以朱夫子之大賢，於《綱目》無少貶，直以「稱帝」大書特筆，以詔萬世。夫其不義，而聖賢爲之哉？此處義理極重且大，恐當精究廣詢而處之，不可容易說了。

韋令受恩於先帝，而痛其被脅退位而已，非欲其貶降隆熙而發也。細觀來示，似未察此意而云爾。且歷引往史云云，則韋令之所已見也。鄙則固已與諸友議定，隆熙百歲後，三年之服者。及得韋書，而不敢輕[四]斷者，臨國家大禮，不敢不加戒懼之意也。既而詢於而見、敬

[一]「未」，原本誤作「末」，據舊校本、挖改本、正誤表改。
[二]「杼」，原本誤作「抒」，據舊校本、挖改本、正誤表改。
[三]「晉」，原本誤作「普」，據舊校本、挖改本、正誤表改。
[四]「輕」，原本誤作「較」，據舊校本、挖改本、正誤表改。

存，又得於《痛史》，終又因舜明問於韓參政，而後還守舊見。此雖明敏不及之過，亦爲磨礪慎重之道也。向於答韋書已及吴、崔與左右之言矣。區區欲望左右，每遇事，毋或自恃聰明，宜加分外熟思審處之功，而致有率意逕行之失也。

答徐廷世甲辰

［解題］

甲辰，西元一九〇四年，艮齋先生六十四歲。

徐廷世，《華島淵源録·觀善録》云：「徐廷世，字而道，高宗乙亥生，大邱人，訓煉參軍迫履後，居公州。」

此文見華島本《艮齋私稿》前編卷十一，第二册，第二九八頁；龍洞本《艮齋先生文集》前編卷十一，第Ⅰ册，第四八八頁。

削髮窄袖，夷狄之俗，而先聖、先王之所擯斥也。近世文士之無見識者，徒惜軀命而不惜禮義，輒引「微管仲，吾其被髮左衽」語，以爲爲夷之左契。若是者，真不如目不識丁之爲愈也。如使夷俗無所損益於禮義，而從亦可、不從亦可也，則聖人何必發此言？即此一言，已見其攘夷之意矣。昔劉定公臨河而歎曰：「微禹，吾其魚乎？」此是贊禹之功爾，豈謂人可爲魚？南昌潦水平堤，民皆泣而思曰：「無此堤，吾屍其流入海矣。」此亦追思韋玄築堤扞江之恩，其於屍流入海，豈謂其義理之無傷乎？即乎劉公、南民之言，益見其惡夫溺死之深矣。凡民之於夷狄，且知惡之，彼胷[一]藏群書，撰述盈丈者，其詭經誣聖而求濟其私，乃至於此。此由宰相不用識義者，而駸駸相與入於漆桶中矣。噫！爲士者，豈可專務文字，而不究義理乎哉？

須就日間云爲處，將義理、形氣兩者，界而破之，不令少有混淆之弊。只將聖人教訓力加持守，久久不懈，將自有長進之驗，正欲速不得也。

答金亨曄[二]庚申

【解題】

庚申，西元一九二〇年，艮齋先生八十歲。

金亨曄，《華島淵源録·觀善録》云：「金亨曄，字景夏，高宗戊子生，慶州人，尚書德載後，居咸興。」

此文華島本《艮齋私稿》、龍洞本《艮齋先生文集》未見。

[一]「胷」，原本誤作「育」，據舊校本、挖改本、正誤表改。此文華島本、龍洞本未收，見華島本《艮齋私稿》、龍洞本《艮齋先生文集》前編卷十一，均作「胷」。

[二]「曄」，原本誤作「唓」，據舊校本、挖改本、正誤表改。

生今之世，以周時言也，當時臣民欲舍時王之制，而欲反夏殷之禮者，豈非裁身之道乎？今之士處倭讎洋妖之世，欲守禮義之袖髮，不從夷獸之緇髡，而至死不變，則何可謂裁及其身，而非明哲之道？此處宜明着眼，審着[一]脚，若纔差失，便[二]落坑[三]塹也。

與柳永善己未

【解題】

己未，西元一九一九年，艮齋先生七十九歲。

柳永善，《華島淵源録・觀善録》云：「柳永善，字禧卿，高宗癸巳生，高興人，忠正公誠齋濯後，居高敞。」

此文見華島本《艮齋私稿》後編卷十三，第五册，第五五四頁；龍洞本《艮齋先生文集》未見。

「寧爲日本陪臣，無爲獨立新民」之凶説，料是起於起處。昔年，金永胄[四]做出「落髮非君」之説，金演祖做出「義兵黄葛」之説，新聞記者做出「某也被削」之説，某人喜傳「倭金入島」

〔一〕「着」字下，原本複衍一「着」字，據舊校本、挖改本、正誤表删。
〔二〕「便」，原本誤作「俊」，據舊校本、挖改本、正誤表改。
〔三〕「坑」，原本誤作「抗」，據舊校本、挖改本、正誤表改。
〔四〕「胄」，原本誤作「冑」，據舊校本、挖改本、正誤表改。此文華島本、龍洞本未收，見華島本《艮齋私稿》後編卷十三，亦作「胄」。龍洞本《艮齋先生文集》未見。

之説、「國喪勿服」之説，曹也做出「始欲勿服，後乃從衆」之説，其黨之入京者直做「不服」之説。此外許多異言，又不可枚陳，而亦何必一一分疏。只自念咎自省，持正自信而已。要之，死生有天，非彼之所能殺，亦非我之所能逃也。以此斷置，亦覺灑然。

答柳永善庚申

［解題］

庚申，西元一九二〇年，艮齋先生八十歲。

此文見華島本《艮齋私稿》後編卷十三，第五册，第五五六頁；龍洞本《艮齋先生文集》後編卷九，第Ⅲ册，第四二九頁。

靖節於義熙以前則書晉〔一〕年號，自永初以來則惟云甲子。義熙是安帝號，安帝後又有恭帝元熙之號，而不書，何也？安、恭二帝皆劉裕所立，則似不可揀别，而未知有何精義歟？

〔一〕「晉」，原本誤作「普」，據舊校本、挖改本、正誤表改。此文華島本、龍洞本未收，華島本《艮齋私稿》後編卷十三、龍洞本《艮齋先生文集》後編卷九，均作「晉」。

安、恭二帝無揀别之義，但恭帝在位纔十六個月而止，所以未暇書歟？恭帝即位於己未，明年見廢，而劉裕[一]僭號永初，辛酉弑帝。

崇禎，我光武以後，似難仍用。蓋我韓雖稱帝，而[二]亦未嘗不尊明，然舍光武而用崇禎，臣子之道恐不當如此，且庚戌以後，倣靖節已例，只書甲子，似合精義。未[三]知如何？

苟翁告余云：「儒者疏章，當用皇帝。」據此，則恐無不可書「光武」之義也。

答鄭憲泰[四]庚申

【解題】

庚申，西元一九二〇年，艮齋先生八十歲。

[一]「裕」，原本誤作「裁」，據舊校本、挖改本、正誤表改。華島本《艮齋私稿》、龍洞本《艮齋先生文集》均作「裕」。
[二]「而」，華島本《艮齋私稿》有，龍洞本《艮齋先生文集》無。
[三]「未」，原本誤作「末」，據舊校本、挖改本、正誤表改。華島本《艮齋私稿》、龍洞本《艮齋先生文集》均作「未」。
[四]「泰」，原本誤作「恭」，據華島本《艮齋私稿》、龍洞本《艮齋先生文集》改。此文華島本、龍洞本未收，見華島本《艮齋私稿》後編卷十三、龍洞本《艮齋先生文集》後編卷九。「鄭憲泰」姓氏又見《艮齋全集》第十四册影印鄭憲泰祭文。

鄭憲泰,《華島淵源録・觀善録》云:「鄭憲泰,字輔卿,高宗甲午生,晉州人,忠莊公苯後,居公州。」
此文見華島本《艮齋私稿》後編卷十三,第五册,第五九四頁;龍洞本《艮齋先生文集》後編卷九,第Ⅲ册,第四三三頁。

「讎不復則服不除」,本以不葬者言。今既葬而練,而又將祥矣,如何以不葬之禮處之乎?宋徽、欽之喪,當時諸賢皆以行三年爲言,未[一]聞其終身服喪也。近世諸公於明成皇后喪,亦於祥訖除服矣。今若有不顧葬練而徒不除服者,則雖未[二]知禮意如何,而其志節則加於人一等矣。

答朴濟喆庚申

[解題]

庚申,西元一九二〇年,艮齋先生八十歲。
朴濟喆,《華島淵源録・觀善録》云:「朴濟喆,字昌玉,高宗甲午生,大鉉次子,居陰城。」
此文見華島本《艮齋私稿》後編卷十三,第五册,第六〇三頁;龍洞本《艮齋先生文集》後編卷九,第Ⅲ册,第四三五頁。

[一]「未」,原本誤作「末」,據舊校本、挖改本、正誤表改。華島本《艮齋私稿》、龍洞本《艮齋先生文集》均作「末」。
[二]「未」,原本誤作「末」,據舊校本、挖改本、正誤表改。華島本《艮齋私稿》、龍洞本《艮齋先生文集》均作「末」。

先帝被禍，萬姓腐心；前聖受辱，斯文已亡。如干士子，不惟不相愛憐，乃反乘時毒害，安在其有仁義之性哉？李侙云云，意不在高門，要必醞釀作禍，轉及老拙，故某公不與止之。然區區赤心，只述當時尊先祖立庵公往復之意，以見其無偏繫之私而已，有可以質諸神明者，雖加之以凶禍，亦無所媿矣。久將七尺殘骸任與世人分裂，加以泳德諸凶從後襲擊，此身死後，後之賢者有言某之死，某某與賊徒内外夾攻以殺之，死者之光寵大矣。諸公之羞耻，將百世不湔矣。賢昆仲亦要勵志竪脚，期以萬牛難回〔一〕，用光先德，此實不佞之所望也。

答崔愿己未

【解題】

己未，西元一九一九年，艮齋先生七十九歲。

崔愿，《華島淵源録·私淑録》云：「石農吴震泳門人：崔愿，字毅叔，高宗丙申生，海州人，文憲公冲後，矩齋東晙次子，居鎮川。」《華島淵源録·觀善録》又云：「崔愿，東晙第三子。」

此文見華島本《艮齋私稿》後編卷十四，第五册，第六五八頁；龍洞本《艮齋先生文集》未見。

〔一〕「回」，原本誤作「面」，據舊校本、挖改本、正誤表改。此文華島本、龍洞本未收，華島本《艮齋私稿》、龍洞本《艮齋先生文集》均作「回」。

鄙人前日之欲遺書，認爲復辟而禍止於殺身爾；後日之不署名，聞其爲共和，而又身爲夷狄，如郭氏所遭是也。故不許。蓋皆義也。

東田見彼酋而無礙，必有其術而然。至於我輩拙者，一入彼疑，求死不得，而徒受削禍，是惡可從其勸，而陷於叵測之科乎？此理曉然，而尚有未悟者，大不可知也。

答張和真〔一〕壬戌

【解題】

壬戌，西元一九二二年，艮齋先生八十二歲。

張和真，又作張和鎮。《華島淵源録·觀善録》云：「張和鎮，字敬甫，高宗己亥生，結城人，義士在學子，居燕岐。」

此文見華島本《艮齋私稿》别編卷一，第七册，第七二〇頁；龍洞本《艮齋先生文集》後編卷十，第Ⅲ册，第五〇三頁。

子之先人、兄弟及子，皆以節義爲彼所仇視，流竄九死而不悔。今子以先人遺訓入海問

〔一〕「張和真」，華島本同。此文龍洞本未收，龍洞本《艮齋先生文集》作「張和鎮」。

學，尤可貴也。世間迷罔輩爲時變所搖奪，如墮在火坑中發狂，漂流巨海中溺死。仁人君子不忍見，然語之不受，挽之不止，只在自家策勵站立，誓守晩節以終身而已。欲爲此，須是讀書以明義理爾。

來喻「爲今之計，莫若尊華攘夷，崇正闢邪」，誠然誠然！但欲爲此，亦莫若「將心學性」之爲要也。「性師心弟」，非若孔子居魯，諸子居列國，只在一處。而心能循理，則爲賢弟；若一悖道，則爲叛卒也。只所示「不離不雜」一句，庶得之矣。如言入道、望道、向道、畔道之類，皆宜活看，不可執滯也。

答朴贊聖辛酉

［解題］

辛酉，西元一九二一年，艮齋先生八十一歲。

朴贊聖，《華島淵源録·觀善録》云：「朴贊聖，字禹卿，高宗壬寅生，潘南人，南郭東説後，居羅州。」

此文見華島本《艮齋私稿》別編卷一，第七册，第七二一頁；龍洞本《艮齋先生文集》未見。

尊先潘南文正公與愚壄隱先祖，共執《春秋》之義，尊大明而斥北元，因而同被慘禍，子孫世講而不忘也。今遇裔夷猾夏，我邦受敗，而至於不可言之變，兩家遺胤，宜力守二祖所執之義，毋隳當日所立之節也。然此須先從吾心善利分界處精加辨别，決[一]去其利而奉行其善，以爲内夏外夷之基本可也。

答邊承福辛酉

[解題]

辛酉，西元一九二一年，艮齋先生八十一歲。

邊承福，《華島淵源録·觀善録》云：「邊承福，字□□，高宗己亥生，恒植從叔，居延白。」

此文見華島本《艮齋私稿》别編卷一，第七册，第七二一頁；龍洞本《艮齋先生文集》未見。

中主主世，則凡民且耻爲夷狄，是時不遵華制者，真胡種子也。夷狄主世，則書生不憚[二]爲夷狄，是時猶惡夷俗者，真諸夏士也。

孔子曰：「國無道，至死[三]不變。」無道之世，守道者有不幸而死之理，須是卓然不[四]惑，

[一]「決」，華島本無。舊校本、挖改本、正誤表無校。此文龍洞本未收，龍洞本《艮齋先生文集》未見。

[二]「憚」，原本誤作「殫」，據舊校本、挖改本、正誤表、華島本改。此文龍洞本未收，龍洞本《艮齋先生文集》未見。

[三]「至死」，原本誤倒作「死至」，據舊校本、挖改本、華島本乙正。《中庸》原文亦作「至死」。正誤表失校。

[四]「不」，原本脱漏，據舊校本、挖改本、正誤表、華島本補。

挺然不倒，假使截[一]頭斬腰，壁[二]立萬仞，方是大丈夫也。

答某戊戌

[解題]

戊戌，西元一八九八年，艮齋先生五十八歲。

此文見華島本《艮齋私稿》別編卷一，第七册，第七二二頁；龍洞本《艮齋先生文集》別編卷一，第V册，第三七七頁。

昨論王氏年月先後，今無所考，但以意度之，儀之生似在獻帝時，則義不當仕魏。裒如早喻以道，使得守義，豈不尤善？惜乎其未也！假如裒亦生於漢末，則魏是漢賊，昭爲父讎，誠有公私大小之分，亦安得重國家之讎而輕父母之讎哉？年前朴徵遠論清、倭乃如此，其言曰：「清，天下之讎；倭，一國之讎[三]。宜和倭而背清。」此實悖理之説也。余每謂：我之與清，力可以絶則絶之，力不及則且仍舊貫，未爲大害；至於倭賊，是今日大讎，何可一日和？

[一]「截」，原本誤作「載」，據舊校本、挖改本、正誤表、華島本改。
[二]「壁」，原本誤作「璧」，據舊校本、挖改本、正誤表、華島本改。
[三]「倭，一國之讎」二句，華島本脱漏。

王偉元所處與此略同也。年前李肯夏誤以朴説爲吾言，而問於默老，默老言其非是，而終之曰：「豈傳聞訛耶？」大抵世間流言率多如此。近日保寧諸人謂我「工訶義旅」，至及於《告南塘墓文》，亦其一也。賢輩於凡它人傳説，慎勿輕信而輕斷也。

答某己酉

［解題］

己酉，西元一九〇九年，艮齋先生六十九歲。

此文見華島本《艮齋私稿》別編卷一，第七册，第七二三頁；龍洞本《艮齋先生文集》別編卷一，第Ⅴ册，第三六四頁。

所示《學報》，僕本不欲看，兼苦精亡難閲，只使人略説其概。則既勸讀《論語》，而復曰：「聖人未嘗教人學文。」夫學文讀書之説，見於《論語》者，不啻諄複〔一〕。而彼李沂者，乃以此欲塗人耳目而塞人仁義，是豈士子心法耶？又曰：「讀而不求其義，不行其道，則是亦不讀。」此説良是，但此爲宋賢之教也。彼方引蔡賊爾康。譏宋儒爲蠱毒之凶説，以爲晨鍾普警，而襲宋

〔一〕「複」，原本誤作「復」，據舊校本、挖改本、正誤表、華島本、龍洞本改。

賢之論，何也？豈其心雖被邪說所眩，此正是中蠱毒。而秉彝之天有不可泯者歟？彼又曰：「『當仁不讓於師。』」僕謂「仁」云者，宜莫大於父子，而彼所信者，康、梁也。康嘗言「親恩不在於生」，又以子弟之受制於父兄爲未便，又謂「被養於政府而不能孝於其親者，亦無責」。然則所謂「以仁爲鵠」者，梁稱[一]康學語。不過爲戕滅天理、自絶本根之心已矣。彼諸人者應見梁文，而猶且崇信其說，亦何心哉？

近年新聞學會諸說，輒以「滅亡」二字誑嚇凡流，而使入新學。吾願天下萬人寧守舊學而死，不願爲父子各權、民權箝君、女自擇男、婦自離夫之行而生也。《學報》又載梁也稱日酋爲「哲后」，是又有人理者哉？梁嘗稱博文爲「治安長策底人物」。以吾聖人之心，則天下國家輕，而父子君臣重，故行一不義而得天下，不爲也。且亂臣賊子，人人得而誅之。則彼日國君臣，豈容假息於天地之間哉？自梁啓超以至吾東諸人，方且仰之若天上人而不之耻也，吾知其心之死已久矣！昔范甯譏王弼、何晏蔑棄禮法之罪，甚於桀、紂。吾謂康、梁諸人，壞破綱常、侮慢聖賢之罪，十倍於王、何之惡矣。然則其間雖有幾段好[二]語，幾條良法，畢竟是黑暗窟中一點光而已，何足貴哉？

[一]「稱」，原本誤作「偁」，據華島本、龍洞本改。舊校本、挖改本、正誤表失校。
[二]「好」，原本誤作「好」，據舊校本、挖改本、正誤表、華島本、龍洞本改。

抑又有一言可問者：自國家多事以來，凡生徒之游學列邦，而花消國錢累百萬圓者，何所補於宗社生靈？而今又勸士民棄舊德而從新學耶？吾見敵人之所禁者，皆有害於彼，而爲助於我矣；所勸者，皆無益於我，而有利於彼矣。今此新學，果何爲也者〔一〕？奉請國中士流試一澄省焉。

僕竊謂宋賢之教，其大者有六：尊君父以立綱常，討亂賊以明法義，宗孔孟以定趨向，斥禪佛以防邪慝，用賢德以正風俗，尚道義以黜功利也。此六者，建諸天地而不悖，用之國家而無窮。惜乎時君不之用，以底於危亡也。彼康熙之尊朱子，原非真情，而用以欺世也。蔡爾康不此之咎，乃謂宋賢爲蠱毒。譬如悖子弟不尊父兄之教，反以爲讎而惡之也。僕曾見蔡書後集朱子筆「山風館」三字以爲壁貼，今則自號蠱翁，實寓尊宋之意云爾。

〔一〕「也者」，華島本、龍洞本同。舊校本、挖改本、正誤表校作「者也」，按「也者」義長，不必乙正。

秋潭別集卷之三

雜著

示諸君乙未

［解題］

乙未，西元一八九五年，艮齋先生五十五歲。

此文見華島本《艮齋私稿》別編卷一，第七册，第七二九頁；龍洞本《艮齋先生文集》別編卷一，第Ⅴ册，第三八二頁。

近日之變，萬古創見。昨秋以後時義，以愚淺見言之，身爲大臣者，雖在原任與休退之列，不可不出。而明大義以討逆賊，其在將帥、監兵之任者，不待請命於主上，而整軍旅以擊逆賊，此天理、民彝之所當然而不容已者。側聽久之，迄未有一人起而誅之者，豈可曰國有人乎哉？昔劉元城没後一年，有金虜之禍，朱先生言：「使其不死，必召用。是時天下被人作壞，已如魚爛，如何整頓一場？狼狽不小。」又曰：「靖康之禍，縱元城、了翁，亦了不得。」方伯謨對曰：「心腹潰了。」愚每讀至此，不覺慨然涕下。今日事，不啻如魚爛，縱有賢能者當之，畢竟收拾不上，只有一敗而已。然仁人者，「正其義不謀其利，明其道不計其功」，理之所在，爲之而已，成敗利鈍，豈可豫料而爲之前卻〔一〕也哉？我輩人只有講前聖之道，守先王之法，以庶幾扶竪得已倒之太極矣！是爲「素夷狄行乎夷狄，素患難行乎患難」底義諦，願與諸賢共勉焉！

示書社諸生

寫作時間不詳。

此文見華島本《艮齋私稿》前編卷十六，第二册，第八〇七頁；龍洞本《艮齋先生文集》前編卷十五，第Ⅱ册，第一七四頁。

人禀帝命，儒受聖戒。吁彼驕子，彝倫是戾。所以先哲，比之洪猛。邦運不幸，莫能自挺。書生頭絲，带得天香。鐵肝石腸，死亦堂堂。

〔一〕「卻」，原本誤作「郤」，據舊校本、挖改本、正誤表、華島本、龍洞本改。按「卻」即「却」字古体。

論《裴[一]說書》示[二]諸君戊申

［解題］

戊申，西元一九〇八年，艮齋先生六十八歲。

此文見華島本《艮齋私稿》前編卷十六，第二册，第七九四頁；龍洞本《艮齋先生文集》前編卷十五，第Ⅱ册，第一六八頁。

某友欲余答《裴説書》，余謂彼在新聞社，日有論説，我一有答，彼將又發告書，余在山裏，如何逐一得見、逐一有答？此勢之所難行，而義之所未正也。且其所謂「南來之信」，是初無苗脈之説，則實無足與辨也。

但其書謂：「四千載之國家，其不重於一髮乎？三千里之疆土，其不大於一髮乎？五百年之宗社，其不尊於一髮乎？二千萬之生命，其不貴於一髮乎？是其輕重不難見也。今者先生於彼一切不問，而獨愛一髮，吾於是不能無惑。」余謂如以國家、疆土、宗社、生民，對一髮而較其輕重，則一身之與一髮，獨無輕重乎？然而志義之士，寧殺其身，而不肯剃髮，何也？夫

[一]「裴」，原本誤作「喪」，據舊校本、挖改本、正誤表改。此文華島本、龍洞本未收，華島本《艮齋私稿》、龍洞本《艮齋先生文集》均作「裴」。

[二]「示」，原本誤作「裴」，據舊校本、挖改本、正誤表改。華島本《艮齋私稿》、龍洞本《艮齋先生文集》均作「示」。

殺身，勢不可已而力不能勝也。至於剃髮，義之所不可，此一義是聖人尊華攘夷之大防，而儒者世守之，非流俗之見所能及也。而我之所能救也。夫宗國固臣子之所當愛，萬民固仁人之所當愛也，然既非吾力之所能及，則箕、微之親焉而不能救殷之亡，孔、顏之仁焉而不能振周之衰，况余之賤拙，其何以致力於斯世耶？如使余苟有保國之道，四支百體皆不足惜。第念爲國必以禮，我聞天下列强〔一〕，只知有富力，而不知有所謂禮，故苟利於一時，則弑逆大故，猶且視爲常典，而鄰國君臣，亦無興師問罪〔二〕者。自餘父子少恩、男婦無别之類，都是道理不曾開明。是必待聖君賢佐教之以禮，然後其所謂富力者，將有所賴而固且遠矣。惜乎其未聞道也！余於昔年著《華夷鑑》一篇，以一「禮」字爲宗旨，正爲此也。則保國亦必以禮。今余之欲保髮，乃所以守禮也，守禮乃所以保國也。蓋保髮之士，今雖不能保國，然保髮之義，則固保國之道也。後之君子，猶可據之以爲立國之本也。若誘以保國而髡首，以壞先王之禮，則吾道不惟不得行於今日，亦無復可望於來世矣。此識微慮遠之士，所以不肯枉道而徇人也。

噫！孔孟非不欲救世，然猶曰「乘桴浮於海」，又曰「子欲手援天下乎」？是則余之所受於先聖賢者也。若乃國亡民隨之説，此如覆巢之卵，安望不壞？余曾有詩云：「天傾地陷人安

〔一〕「强」，華島本《艮齋私稿》誤作「疆」。
〔二〕「罪」，原本誤作「而」，據舊校本、挖改本、正誤表改。華島本《艮齋私稿》、龍洞本《艮齋先生文集》均作「罪」。

在，認國君爲天地。身死心生性所宜。」區區斷此已久。不似今人只易君而自己得全，則恬然秦瘠之越視；易君而已亦滅亡，則急如頭燃之手救者矣。但彼書所謂「『悠悠』二字，光陰日下」者，誠吾黨之士所宜惕然改觀，鋭然進步，以無負上帝之命，前聖之教也。嘗聞陰城人入京城西人館，教授《小學》，至「户開亦開，户闔亦闔」，西人歎美之。異日，教師至彼室，户之開闔，不覺違法，西人詰之，則曰：「雖然，豈能盡然？」此爲我國人口氣，使人痛恨。遂被逐。余每對後生輒道此，欲其履行之必循講説也。噫！我國宰執，誰不讀《大學》八條、《中庸》九經？只患做時無影響爾！此皆是「悠悠」之病。若能實行八條、九經，可以獨立於天下，彼區區日、俄，又何足算也？

彼所謂保國，料不過使余爲康有爲、梁啓超之新學也。余觀康、梁傳記文字，其學術則尊釋、穌爲二聖，經濟則混王、伯爲一塗，本末體用，並皆差舛矣。又今博文與我邦諸賊議定，韓國官吏中能通日語者，一等十二圓，二等八圓，三等六圓，此以利誘我人而爲日夷之術。官吏且勿問，各校學徒能不顧利害，而一直守正否也？彼又令延聘日人教師，排置各學校，添設日語課程〔一〕外，佗學問且置，專力語學。此又俄人滅波蘭日，專習俄語，禁截本言之凶謀也。我邦之爲新學者，舉皆見欺，而莫之覺也。如使士子輩棄舊聞而受新學，則國未及

〔一〕「課程」，龍洞本《艮齋先生文集》同，華島本《艮齋私稿》作「科程」。

保，而其心先已潰爛；日未及抗，而其身先已僕妾矣。程先生所謂「其説未能窮，固已化而爲佛」者，極可懼也。

安陽書堂示諸生〔一〕庚戌六月〔二〕

［解題］

庚戌，西元一九一〇年，艮齋先生七十歲。

此文見華島本《艮齋私稿》前編續卷四，第三册，第七二四頁；龍洞本《艮齋先生文集》前編續卷四，第Ⅱ册，第四五四頁。

日昨李奎漢之來也，固已面斥其剃頭奉夷以學孔之非，學會諸員皆是剃頭之人，其與我書年月用倭曆。并責其新學、孔教欲並行之誤矣。李某既自稱孔學會員，而又言其爲梁教。又盡逐會所所遺大小諸紙，則固已清快矣。今復商量，不若直筆之書，使示其會所諸人也。雖已過去，亦是臨事處義之一端，諸君試更思之。〔三〕

〔一〕「生」，目録誤作「君」。
〔二〕「六月」，華島本《艮齋私稿》有，龍洞本《艮齋先生文集》無。
〔三〕「雖已過去」以下一節，原本脱漏，據華島本《艮齋私稿》、龍洞本《艮齋先生文集》補。

示諸生甲寅[一]

[解題]

甲寅，西元一九一四年，艮齋先生七十四歲。據《年譜》，艮齋先生隱居繼華島後，四方來學者衆，講社不能容，諸生相繼築室。「蓋先生以朱宋正學，箕孔出處，晚年望專一國，道高天下，四色共尊，華夷同慕。故雖國亡君廢，異教滔天，而猶此聞風執帝者，南暨濟州，北薄間島，海門堂室，歸者如市，繼之以築室成村，此蓋曠古所罕有者也。」

此文見華島本《艮齋私稿》後編卷十七，第六册，第一九四頁；龍洞本《艮齋先生文集》後編續卷五，第V册，第二二八頁。

彼之召我，何爲也哉？欲問倡義，則倡義欲討賊也；欲討賊者，豈肯赴彼之召乎？欲詰漏籍，則漏籍示不臣也；示不臣者，豈肯赴彼之召乎？彼縱千呼萬呼，而我則不舉一趾矣。如怒其不至，即遣巡檢一人，拔劍截頭以去，在我爲守義，在彼爲泄忿，豈不兩快也哉！

余嘗有詩云：「萬劫終歸韓國士，一生竊附孔門人。」今若纔舉一趾，即是李氏之賊臣，聖門之叛卒爾！吾豈爲之哉？彼如再來召我，諸生宜以此示之[二]。

[一]「甲寅」，龍洞本《艮齋先生文集》無。華島本《艮齋私稿》作：「時彼人來投，茁浦所遣，呼出狀。○甲寅。」

[二]「余嘗有詩云」以下一節，原本及龍洞本《艮齋先生文集》與上文接排，以符號○間隔。華島本《艮齋私稿》低一格排。

示諸生令思之〔一〕

【解題】

寫作時間不詳。

此文見華島本《艮齋私稿》後編卷十七，第六册，第二一〇頁；龍洞本《艮齋先生文集》後編卷十二，第Ⅳ册，第六二頁。

周敬、魯昭之變，孔子在齊，得景公敬禮，又有吳、楚列强，而未嘗一言及於乞援復辟之舉，未知何故？

據《左氏》：王居狄泉，五年，與子朝之黨爲敵。又昭公二十七年，一歲而再如齊，齊景視之漠然。此爲季氏陰謀所中，而黨季以拒公矣。假使當時子朝、季孫之黨有言，孔某默無一言，豈勝感荷！則夫子耻其言而强起歟？

諸葛於皇后之弑，陶公於四帝之變，三帝見弑，一帝見廢。簒國之痛，並無一言一事以爲報讎復邦之圖，是皆驅之爲忘君忘國之罪，可歟？

南宋諸賢聞徽、欽被弑之報，而未〔二〕聞有自殺者，何也？

〔一〕「令思之」，原本誤與標題接排。華島本《艮齋私稿》、龍洞本《艮齋先生文集》爲雙行小字注，據改。

〔二〕「未」，原本誤作「末」，據舊校本、挖改本、正誤表改。華島本《艮齋私稿》、龍洞本《艮齋先生文集》均作「未」。

示諸生己未[一]

［解題］

己未，西元一九一九年，艮齋先生七十九歲。

此文見華島本《艮齋私稿》後編卷十七，第六册，第二〇四頁；龍洞本《艮齋先生文集》後編卷十二，第Ⅳ册，第六二頁。華島本《艮齋私稿》、龍洞本《艮齋先生文集》爲全文，原本爲節選。

爲我韓臣民者，隆熙皇帝萬歲後，亦當依例制服。而或者謂：「爲彼所立，不宜服。」然漢獻帝爲董卓所立，晉恭帝爲劉裕所立，而《綱目》皆以「帝」書之，其義可見也。

示諸生庚申四月十二日[二]

［解題］

庚申，西元一九二〇年，艮齋先生八十歲。

此文見華島本《艮齋私稿》後編卷十七，第六册，第二一〇頁；龍洞本《艮齋先生文集》後編卷十二，第Ⅳ册，第六二頁。

[一]「己未」，華島本《艮齋私稿》有，龍洞本《艮齋先生文集》無。

[二]「四月十二日」，華島本《艮齋私稿》無，龍洞本《艮齋先生文集》有。

噫嘻！痛矣！謂先帝可讎者，兢燮也；謂先聖可斬者，泳孝也。此自有天地以來，所未有之大變，而二賊可並案也。但嘗聞宋子之論鑴[一]惡，以侮慢朱子爲極罪，而謀逆居其次矣。今泳賊之罪，甚於兢燮，而燮也已難逃於法義之誅，則泳也又何論乎？愚今病亟，垂死無能爲也，願諸君明目張膽，奮筆快戮，以閑先聖而扶綱常焉。

華陽[二]病夫泣書。

書贈金教俊庚戌

【解題】

庚戌，西元一九一〇年，艮齋先生七十歲。

金教俊，《華島淵源録·觀善録》云：「金教俊，字敬魯，高宗癸未生，慶州人，齊肅公稛後，居南原。」

此文見華島本《艮齋私稿》前編卷十六，第二册，第八〇七頁；龍洞本《艮齋先生文集》前編卷十五，第Ⅱ册，第一七四頁。

〔一〕「鑴」，原本誤作「鐫」，據舊校本、挖改本、正誤表改。《周禮》：「眡祲掌十煇之灋，以觀妖祥，辨吉凶。一曰祲，二曰象，三曰鑴。」

〔二〕「華陽」，華島本《艮齋私稿》同，龍洞本《艮齋先生文集》作「華島」。

聖人，人倫之至；孝弟，德行之首。故曰：「堯舜之道，孝弟而已矣。」今使舉世之人皆能勉行孝弟，而冀及堯舜，則豺虎可馴，鬼神可服，而況人類乎哉？如此，天下國家有不治平者乎？賣國之賊安從生乎？猾夏之夷安從至乎？苟人而不孝不弟，其勢必至於犯上作亂矣。犯上作亂者衆，天下國家雖欲無顛，得乎？我邦壬午、甲申、甲午、乙巳、丁未之變，皆從軍民卿士之不務孝弟者始，豈非不遠之鑑乎？故爲士庶家弟子者，固當入孝出弟。雖天子，亦有尊也，言宜孝於父也；亦有先也，言宜弟於兄也。[一] 甚矣！孝弟之不可須臾[二]去也！彼爲禽獸之教者，乃曰「人類平等」，安庸是親親長長爲乎？是爲無父無兄，而傲然有天上天下惟我獨尊之私者矣。若是者，何所往而不自恣乎？夫自恣者，利心之影子也。人苟以利爲本，其禍不至於弒父與君不止矣，人之相食，又何足問也？嗚呼！聖人，德之合於天者也，而彼耻爲之服事焉；孝弟，道之出於天者也，而不孝不弟，彼又無責焉。是由自恣，而悖乎天者也。士能反是，是之謂「道」。要在明理而實踐，矢死而靡佗也。

[一]「雖天子」至此一節，《孝經·感應章》原文作：「故雖天子，必有尊也，言有父也；必有先也，言有兄也。」

[二]「臾」，原本誤作「叟」，據舊校本、挖改本、正誤表改。此文華島本、龍洞本未收，見華島本《艮齋私稿》前編卷十六、龍洞本《艮齋先生文集》前編卷十五，均作「臾」。

贈田成圭

[解題]

寫作時間不詳。

田成圭,《華島淵源録》未見録,生平不詳。艮齋先生另有《與田成圭》一文,見龍洞本《艮齋先生文集》後編續卷一。此文華島本《艮齋私稿》未見;見龍洞本《艮齋先生文集》後編續卷五,第Ⅴ册,第二二四頁。

韋觀金公寄余書云:「吾父母以人形生我,則我不爲禽獸而守人形之舊,乃可以不穢我父母。」此語爲人子者皆可用,而吾宗諸人尤宜固守也。蓋壄隱先生以尊明斥元被慘禍,判官先祖丁酉再亂,立節於順天之戰,故吾嘗有詩云:「家讎國讎同一慟,釋道穌道總歸私。」今汝讀書於此,甚可喜也。顧以耄惛,莫能講授,只將「學道守身」四字告之。爾其篤信經訓,而終身無變焉。操心、飭書、慎言、謹行四者爲要。

示張柄晦

[解題]

寫作時間不詳。

張柄晦,《華島淵源録·觀善録》云:「張柄晦,字子温,高宗辛未生,仁同人,居求禮。」艮齋先生另有《送張義士柄晦序》一文,收入《秋潭别集》卷四。

此文見華島本《艮齋私稿》後編卷十七，第六册，第一九三頁；龍洞本《艮齋先生文集》後編續卷五，第V册，第二一七頁。

早晩知有一死，而死得其所，人所難也。今子遇此，只有彼以其勢，子以其義而已。彼雖殺得子之身，而子之義理昭然千載矣。夫人死而與天地合，豈不浩然一快哉？子應含笑入地，而我當爲子奉慶矣！張生以不入籍，壬子春被彼人困迫萬端而不服。癸丑至月，又縛囚張生，從姪來言，余以是示之〔二〕。

寄華、敬二兒乙巳

[解題]

乙巳，西元一九〇五年，艮齋先生六十五歲。

華，即田華九，《華島淵源録・觀善録》云：「田華九，字仲陽，高宗丙寅生，先生仲子。」

敬，即田敬九，《華島淵源録・觀善録》云：「田敬九，字季文，高宗壬申生，先生季子，居扶安。」

此文見華島本《艮齋私稿》前編續卷三，第三册，第六〇五頁；龍洞本《艮齋先生文集》前編續卷三，第Ⅱ册，第四〇二頁。華島本《艮齋私稿》、龍洞本《艮齋先生文集》爲全文，原本爲節選。

〔二〕「張生以不入籍」以下至此一節，龍洞本《艮齋先生文集》作雙行小字，華島本《艮齋私稿》空一格另排。

頃者仁父、而見，以出而存國[一]見[二]勸，此是功業爲重，而不計道義者，卻[三]與嘉陵諸人不甚遠也。

記得南軒說一段云：「志存功業者，苟可以成其功業而遂其志，則亦所屑爲，此與容悅者有間，然未及乎道義也。古之人惟守道明義而已，雖有蓋世功業在前可爲，而在我者有一毫未安，不敢徇也。天民者，必明見夫達，而其道可行於天下而行之，蓋其所主在道，而非必於行也[四]。」余之固陋，固不敢與議於全盡天理之大賢，然其志則主於道義，而不欲爲功業所累也。而見平日未免有些事功爲重底意思。至於仁父所執，未必與之同矣，但被事勢已極，禍辱已迫，而不免少動了。信乎定見之難，固守之鮮也！只此亦可見天資雖美，而師友講明正不可少也。

[一]「存國」，龍洞本《艮齋先生文集》同，華島本《艮齋私稿》作「圖存」。

[二]「見」，原本誤作「記」，據舊校本、挖改本、正誤表改。龍洞本《艮齋先生文集》、華島本《艮齋私稿》均作「見」。

[三]「卻」，原本誤作「郤」，據舊校本、挖改本、正誤表改。華島本《艮齋私稿》作「却」，龍洞本《艮齋先生文集》作「卻」。

[四]「志存功業者」以下至此一節，《孟子·盡心上》：「孟子曰：有事君人者，事是君則爲容悅者也。有安社稷臣者，以安社稷爲悅者也。有天民者，達可行於天下而後行之者也。有大人者，正己而物正者也。」胡廣《四書大全》卷十三引張栻原文作：「以事是君爲容悅者，慕爵禄而從君者也。以安社稷爲悅，則志存乎功業者也，與爲容悅者固有間矣，然未及乎道義也。蓋志存功業，則苟可就其功業而遂其志，則亦所屑爲矣。古之人惟守道明義而已，雖有蓋世之功業在前可爲，而在我者有一毫未安，則不敢徇也。天民者，必明見夫達，而其道可行於天下而後行之，蓋其所主在道，而非必於行也。」

程子論《革》之六二曰：「時可矣，位得矣，才足矣，余果有此三者乎？處革之至善者也。然臣道不當爲革之先，又必待上下之信，余果得上下之信乎？故巳日乃革之也。如二之才德，所居之地，所進之時，足以革天下之弊，新天下之治，當進而行道，則吉；不進則〔一〕失可爲之時，爲有咎也〔二〕。」此於二君之苦勸，與余之堅執，豈不昭然如視諸掌乎！退台雖以吾言爲是，然其曰「向來失可爲之機」者，卻〔三〕與二君之見不甚異也。所謂「向來」，即昨秋遣任聖武言「儒林當出而有爲」者也。昨秋之於今春，儒者不待上下之信，而遽然出脚之義，有何分别乎？宋强哉書來，力辨退説之非，而反疑其從前可以有爲而不爲者，此似退台之不得辭其責也。

頃者而見之初來也，傳孟士幹之意云：「某丈一起，則國中士流皆響應。」又曰：「京中則有某某可仗，闕内則有某宮可通。」余謂：「士君子有爲，詎可從某宮做事？」及而見再來，卻〔四〕言某人比已剃髮，誠是意外。余曰：「賢輩所擬以爲可仗者如此，誠可笑也。」雖然，使余

〔一〕「則」，龍洞本《艮齋先生文集》同，華島本《艮齋私稿》誤作「時」。
〔二〕「時可矣」以下至此一節，程頤《伊川易傳》卷七原文作：「時可矣，位得矣，才足矣，處革之至善者也。然臣道不當爲革之先，又必待上下之信，故巳日乃革之也。如二之才德，所居之地，所逢之時，足以革天下之弊，新天下之治，當進而上輔於君，以行其道，則吉而无咎也；不進則失可爲之時，爲有咎也。」
〔三〕「卻」，原本誤作「郤」，據舊校本、挖改本、正誤表改。華島本《艮齋私稿》作「却」，龍洞本《艮齋先生文集》作「卻」。
〔四〕「卻」，原本誤作「郤」，據舊校本、挖改本、正誤表改。華島本《艮齋私稿》作「却」，龍洞本《艮齋先生文集》作「卻」。

當日從其言，而出門投書於外部[一]，照會於各館，而與列國公使一番争詰，退得些子進勢，緩得些子急禍，則一時民譽必厚得矣。然是豈君子出處語默之精義乎？

寄敬九並[二]示諸生庚戌

[解題]

庚戌，西元一九一〇年，艮齋先生七十歲。

此文見華島本《艮齋私稿》别編卷二，第七册，第七三〇頁；華島本《艮齋私稿》前編卷十二，第二册，第四〇二頁；龍洞本《艮齋先生文集》前編卷十一，第Ⅰ册，第五二七頁。

「可以死，可以無死，死傷勇。」一番人引此，爲其父不死之義，則尤翁不以爲然。余謂當時使無權金之約、龍胡之迫，則可以無死矣。彼邊卻[三]譏尤翁之不死南漢，然彼時仁祖下城

[一]「外部」，龍洞本《艮齋先生文集》、華島本《艮齋私稿》均作「外府」。

[二]「並」，原本誤作「拜」，據舊校本、挖改本、正誤表改。華島本亦誤作「拜」。龍洞本《艮齋先生文集》作「併」，華島本《艮齋私稿》收録，又見華島本《艮齋私稿》前編卷十二。龍洞本未收，見龍洞本《艮齋先生文集》前編卷十一。

[三]「卻」，原本誤作「郤」，據舊校本、挖改本、正誤表改。華島本亦誤作「郤」。華島本《艮齋私稿》前編作「却」，龍洞本《艮齋先生文集》作「卻」。

之外，又有虜脇，尤翁降則安得不死，而有痛哭出城之行乎？蓋彼實得死所而不死，此則可以無死而不死，其義自不同。若在野之春翁，尤無可論矣。此以宋欽宗詣虜降及二帝北狩之日，在外諸賢無有自裁者觀之，益可見也。

士之自立，以有仁義植身，不願乎[一]隆顯，彼之清職厚祿，非君子朵頤之物。不屈於威武，彼之砲丸軍刀，非君子瞬目之具。若妄動而應其包承，被其劫[二]迫，乃喪其所以植身者以殉之，凶可知也。

公州壽具，曾令攜來。然時事此極，似難必也。自此先用麻布製置爲料，無論某地，吾死之日，不欲以先父母之遺體，貽累於近侍門弟，是亦爲仁之一端也。始意若有疾，欲出陸往子孫家待盡，冀使汝曹不至抱恨矣。今國已亡矣，義難再出，明所[三]朱氏公遷，因亂避兵，後歸家而卒。慈溪黃氏震，宋亡，避地寶幢而卒[四]。蓋亦隨義，而所處有異耳。只於在處悠然而逝，恐似不甚悖於忠孝之道也。○孔子言「志士不忘在溝壑」，靖節詩亦云「裸葬何必惡，人當解意表」，此余平生所誦念而激昂者。今乃有衣衾之製，何也？不以遺體累人之意，亦堪咀嚼也。

[一]「乎」，華島本、龍洞本《艮齋先生文集》同，華島本《艮齋私稿》前編作「於」。

[二]「劫」，華島本、龍洞本《艮齋先生文集》同，華島本《艮齋私稿》前編誤作「怯」。

[三]「所」，華島本、龍洞本《艮齋先生文集》同，華島本《艮齋私稿》前編脱。朱公遷，字克升，學者稱明所先生，事蹟見《宋元學案》卷八十三《教授朱明所先生公遷》。

[四]「避地寶幢而卒」，《宋元學案》卷八十六《文潔黃於越先生震》原文作：「宋亡，餓於寶幢而卒。」

昔余祭汝母，有合窆語。今既絶遠難就，又念國已亡而君已廢矣，臣子之葬，何論吉凶？子孫、門生只求不争之地而埋之，是爲孝且義矣。與人訟山而就彼决〔一〕之，豈非貽辱父師之罪乎？陳本堂著《寄姪洙書》曰：「古者禮稱其家，斂首足形而窆，聖人所許。切不可爲陰陽亂説〔二〕所奪。若曰求利，亡者萬萬無此理；若曰欲利，其後因父以求利，是大不孝，况必無〔三〕是理。」吾每謂此言極有理。但得道在，不係〔四〕父與子、師與生也。斯義也，及門諸子不可以不聞也。

書示鎰孝戊午六月晦日。○時郡守尹壽炳以余不入籍，招鎰孝而去，去時〔五〕書此以示之。

[解題]

戊午，西元一九一八年，艮齋先生七十八歲。

田鎰孝，艮齋先生長孫。

此文見華島本《艮齋私稿》後編卷十七，第六册，第二二一頁；龍洞本《艮齋先生文集》後編續卷五，第V册，第二

〔一〕「决」，原本誤作「没」，據舊校本、挖改本、正誤表改。華島本、華島本《艮齋私稿》前編、龍洞本《艮齋先生文集》均作「决」。

〔二〕「亂説」，原本誤作「無説」，據舊校本、挖改本、正誤表改。華島本《艮齋私稿》前編、龍洞本《艮齋先生文集》均作「亂説」。華島本作「家説」。

〔三〕「無」，原本誤作「論」，據舊校本、挖改本、正誤表改。華島本、華島本《艮齋私稿》前編、龍洞本《艮齋先生文集》均作「無」。

〔四〕「係」，華島本同，華島本《艮齋私稿》前編、龍洞本《艮齋先生文集》均作「繫」。

〔五〕「去時」，原本無，龍洞本《艮齋先生文集》亦無，據華島本《艮齋私稿》補。

三二頁。

吾以韓國遺民，豈肯入籍於他邦？譬如孤孀，家破不死，已是大罪。況今八十[一]病殘之日，安有棄義而再適之理？若見逼，則惟有一死而已。汝以此意答之，他勿煩説可也。

前者茁浦彼官[二]之來也，問：「今不入籍，身後奈何？」吾曰：「懸棺于樹。此又禁之，即投之于[三]海可也。」

吾七十年學道，正爲今日用。若不能忍一時之死，將蒙垢受汙於萬世，豈肯二心以負腹中《詩》、《書》乎？

吾之姓名，天下皆知之。彼若自寫以爲之，則非吾之所知，汝雖死不可捺章。

告諭子弟門人

【解題】

乙未，西元一八九五年，艮齋先生五十五歲。

[一]「八十」，龍洞本《艮齋先生文集》同，華島本《艮齋私稿》作「八旬」。
[二]「彼官」，龍洞本《艮齋先生文集》同，華島本《艮齋私稿》作「官吏」。
[三]「于」，龍洞本《艮齋先生文集》有，華島本《艮齋私稿》無。

此文見華島本《艮齋私稿》別編卷二，第七册，第七三二頁；龍洞本《艮齋先生文集》別編卷一，第V册，第三八〇頁。

今天下皆夷也，然苟非真胡種子，孰有樂爲之夷者哉？或以化俗，或以取榮，或以怕死，或以擇義未精而然。擇義未精，如戰國之陳相、元之許衡是也。怕死，如漢之李陵、清之錢謙益是也。取榮，如清之李光地、徐乾學是也。化俗，如元、清之民，生長於其地，言語、禮數、器用、服飾習之既熟，恬不爲怪是也。然《書》曰「蠻夷猾夏，寇賊姦宄」，以蠻夷與寇賊並言之。孟子曰「禹遏洪水，驅蛇龍，周公膺夷狄」，以戎狄與蛇蟲、洪水並言之。凡有戴天履地、誦孔希孟者，孰不欲攘斥也哉？

夫攘斥之道無他，君君，臣臣、父父、子子，明先王之教，用先王之禮，而禁民之不從者而已，此君人者之職也。今也朝廷非惟不能行，乃反爲之夷，而驅邦人以同歸也。噫！《春秋》内夏外夷之義，無復可望於今之君子矣！然則爲儒者者，不得不任其責也。然無其位，則齊民不可得而教也。惟與同志講先聖之學，遵先聖之法，以率其宗黨子弟，而嚴華夷之大防，戒禽獸之同歸焉爾矣。昔元入主中國，世俗淪[一]於胡夷，天下皆辮髮短衣，效其言語文字，以附

[一]「淪」，原本誤作「倫」，據舊校本、挖改本、正誤表、華島本、龍洞本改。

於上，冀獲仕進，否則訕笑以爲詭異，非確然自信者，鮮不爲之動。是時俞金、盧中一子[一]，獨深衣危帽，操儒生禮不變。嗚呼！是亦足以爲法矣！有疑朝廷令民用夷禮，而士子輩擅行古制，無乃戾於賤而自專之戒也歟？

此特言上有禮以教之，而戒民有不從者耳。至若遭天下萬古所未有之大變，而目見亂臣賊子挾讎虜以劫君父，行威武以脇士民，則爲儒者者，位卑力弱，縱不能明大義以行天討，然孔子有「至死不變」之教，孟氏有「以身殉道」之訓焉，且得奉以周旋，庶幾下見先聖先君於九原而已，其他刀鋸鼎鑊，有不暇顧也。宋朝三舍法，李定、蔡京所定，胡氏珵作記譏之曰：「學者所以學爲忠與孝也，今欲訓天下士以忠孝，而學校之制乃出於不忠不孝之人，不亦難乎？」噫！今之立法定制者，曾定、京之不若，而可以儒者而俛首聽令，以褻君臣父子之體，而爲天下後世之羞也哉？

又疑儒門之人，有從其教而受其薦者，其處之宜如何？管仲，霸者之佐，以其有攘夷狄之功，而孔子再言「如其仁」以美之。季子然問：仲由、冉求，「從之者歟」？孔子曰：「弑父與君，亦不從也。」蓋惡季氏有無君之心，而深許二子以死難不可奪之節。今有儒者而仕於其手者，皆不憚以禮義之身，甘爲犬羊之群，而叛逆大故，亦不免於從之者矣。故曰：「爲人臣子

[一]「子」，原本誤作「字」，據舊校本、挖改本、正誤表、華島本、龍洞本改。

而不通《春秋》之義者，必陷簒弒之罪。」又曰：「《春秋》之法，治亂賊，先治其黨與。」由此觀之，所以處其人者，不難知也。

然否極之時，天地不交，萬物不生，無人道，故《易》曰：「否之匪人。」人心浸淫膠固，非空言所能革也。吾獨以告吾子弟門人。

乙未孟夏，艮齋居士書於瑞雲禪室。

告諭家人門生甲辰

［解題］

甲辰，西元一九〇四年，艮齋先生六十四歲。

此文見華島本《艮齋私稿》前編卷十六，第二册，第八〇九頁；龍洞本《艮齋先生文集》前編卷十五，第Ⅱ册，第一七五頁。

昔余辟世於萬籟山中最僻寂處，而只有新構二屋，而余所借其一也。舊未有里號，但見案對[一]一峰，若斷而復續，樵人稱爲「續臺」，諺釋則「李臣臺」也，遂名「李臣村」。又於楣間扁

[一]「對」，原本誤作「封」，據舊校本、挖改本、正誤表改。此文華島本、龍洞本未收，華島本《艮齋私稿》、龍洞本《艮齋先生文集》均作「對」。

「孔學堂」。時有匪類，自號東學，而又尊雞山，余特以此寓「野民宜戴一君，儒者不更二師」之義，其心苦矣。忽有讒夫著説以毀之，意欲網打士類，而其見聞則陋矣。今又遭前日餘黨，爲賊倀鬼，不有君命，剃髮召儔，其禍將不止於甲午而已也。

遂與家人、門生立爲約誓：凡我同志，惟一心以戴李氏而守孔教。使遇賤侮不變，使遇刀鋸不變。有不如此，天地鬼神所不容，鄉黨宗族所不齒，將安所措身乎？吾於子弟門生，豈不愛而欲其壽乎？特愛之至，而冀其千載之下，凜凜猶有生氣也。故欲同歸於禮義，相與少酬先王培養之恩，前聖教誨之意焉爾。其各勉乎哉！

丁未之亂輪示子孫門生〔一〕

【解題】

寫作時間不詳。

此文見華島本《艮齋私稿》前編續卷四，第三册，第七三一頁；龍洞本《艮齋先生文集》前編續卷四，第Ⅱ册，第四五七頁。

〔一〕「門生」，龍洞本《艮齋先生文集》同，華島本《艮齋私稿》目録及正文均作「門人」。此文華島本、龍洞本未收，見華島本《艮齋私稿》、龍洞本《艮齋先生文集》前編續卷四。

楚箝秦坑，目下即景。屈沈魯蹈，額上素貼。苟吾心之不咈乎天之理，而有契於聖賢之訓，則沸鼎利鋸，亦將談笑而應之。若號爲學生，而愛惜軀命，顧戀妻子，苟且納款於讎夷，而播惡流臭於百世，是非不仁不知之甚乎？或曰：「親在則宜屈，而使之守義，可乎？」此大不然。吾聞父母「教子以義方，不納於邪〔一〕」，此兩句，自平常好事，以至死生大變，都包括得盡。未聞父母反爲人子守義之障也。《禮》曰：「父母雖没，將爲不善，思貽父母羞辱，必不果〔二〕。」「將」是幾微之萌，「果」是斷置之勇，「思」是中間斡〔三〕旋之功。思之於人大矣哉！況父母在堂，而可以醜行汙穢之乎？明馬世奇，靖難之變將死，僕曰：「如太夫人何？」世奇曰：「正恐辱太夫人耳。」許直聞崇禎帝崩，痛哭幾絶，客以七十老父爲解，直曰：「不死辱及所生。」余謂儒者殉道，與朝臣死國同一義理，有官無官不須問。聖人言「國無道，至死不變」，「戰陳無勇，非孝」，皆爲親没者説法乎？今使怕死貪生而爲儒門叛卒，若吾親爲徐母之縊，則其情理之羞痛，果何如哉？明姚廣孝始爲僧，及預靖難，姊曰：「和尚慈悲，乃如是耶？」既貴，歸見姊，姊拒之曰：「貴人何至貧〔四〕家？」爲易僧服往，連下拜，姊曰：「幾見做和尚不了的是個好人？」遂閉户不復見。

〔一〕「教子以義方」二句，《左傳·隱公三年》原文作：「教之以義方，弗納于邪。」

〔二〕「父母雖没」一節，《禮記·内則》原文作：「父母雖没，將爲善，思貽父母令名，必果；將爲不善，思貽父母羞辱，必不果。」

〔三〕「斡」，原本誤作「幹」，據華島本《艮齋私稿》、龍洞本《艮齋先生文集》改。舊校本、挖改本、正誤表失校。

〔四〕「貧」，原本誤作「貪」，據挖改本、華島本《艮齋私稿》、龍洞本《艮齋先生文集》改。舊校本、正誤表失校。

余亦謂：「曷嘗見做學人不了的是個孝子耶？」請各慎思之。吾以仁義成身，令名貽親，而使吾親爲范滂之母，則豈非兩有光於門户，俱爲法於後世乎！

書示諸孫庚申

［解題］

庚申，西元一九二〇年，艮齋先生八十歲。

此文見華島本《艮齋私稿》後編卷十七，第六册，第二二一九頁；龍洞本《艮齋先生文集》後編續卷五，第V册，第二三三頁。

某門有崔益翰者，才性文學，少輩中不易得。近聞變形爲夷，又勸人髡首濟世。如此濟世，不如世界之沈在黑海中矣！

李承祖是華老之曾[一]孫，而剃頭任郡守。此於華丈無所損益，然渠之罪，視他家後裔更甚[二]

[一]「曾」，原本誤作「尊」，舊校本改爲「宗」，挖改本改爲「曾」，正誤表失校。華島本《艮齋私稿》作「玄」，龍洞本《艮齋先生文集》作「曾」。按「尊」、「曾」形近而訛，當作「曾」。

[二]「甚」，原本誤作「受」，據舊校本、挖改本、正誤表改。華島本《艮齋私稿》、龍洞本《艮齋先生文集》均作「甚」。

矣！承祖入一進會，爲郡守〔二〕。

嶺人曹兢燮，博學能文。及先帝之喪，乃主無服，而至發「仇讎何服」之説，此本金澤榮語。遂爲逆賊矣。異時隆熙百歲後，他人如何處之？汝等諸兄弟叔姪，宜用三年白衣冠之制已矣。凡諸生之相從者，以是告之。

此外所欲告者甚衆，非筆墨所能盡。只冀汝輩皆以《小學》爲師，其次時時從士友之正直者，開心見誠，以取其善言善行可也。

《自西徂東》辨辛丑

【解題】

辛丑，西元一九〇一年，艮齋先生六十一歲。

《自西徂東》，德國傳教士花之安撰，全書分仁、義、禮、智、信五集，共七十二章，光緒十年（西元一八八四年）香港中華印務總局初版。艮齋先生又著《觀花之安人物性説》，龍洞本《艮齋先生文集》前編續卷四：「德國有花之安者，同治時人，入游中國數十年，盡閲儒書及群史，而著書數種，極該博。大概以吾聖賢之道，爲合於耶穌之教。」

此文見華島本《艮齋私稿》前編卷二十，第三册，第二八九頁；龍洞本《艮齋先生文集》私箚卷一，第Ⅴ册，第四二五頁。

〔二〕「承祖入一進會」二句，雙行小字，原本無，華島本《艮齋私稿》亦無，據龍洞本《艮齋先生文集》補。

《治疾病章〔一〕》言：「世上各種疾病皆原於有罪，有罪則有疾病死亡，故欲治病，必先去罪。然罪不能自去，如病不能自療，此耶穌所以降世，救人脱罪，而爲除疾病之源也。則欲求去罪者，非耶穌聖教不爲功。人誠能篤信聖道，以求赦罪，雖然〔二〕生今之世，仍或有疾，本注：『非謂篤信聖道，人此生絶無疾病〔三〕。』○余謂此人既篤信聖道，耶穌何不爲之禱帝赦罪，仍未免有疾病耶？遁辭遁辭！而將來必得無壞之身，登明宫，享永福。」止此。此極可笑。蓋自昔聖賢，無一人免於病死，豈皆有罪致然耶？況人之有罪，緣於違理，當令其人遄改以趨善。今乃曰罪不能自去，必使從耶穌求赦罪，冀升天，豈非出於佛教所謂「爲死者滅罪資福，使生天堂」者乎？夫不信西教者之入地獄，篤信西教者之登明宫，有誰見之？今未曾見之而言之若此，豈亦所謂畫鬼畫龍

〔一〕「治疾病章」，華島本《艮齋私稿》、龍洞本《艮齋先生文集》均同。德國傳教士花之安撰《自西徂東》，全書分仁、義、禮、智、信五集五卷，共七十二章，光緒十年香港中華印務總局刊本卷一《仁集》第二章，正文及書口名爲《治疾病》，目録名爲《善治疾病》。

〔二〕「雖然」，原本脱漏「雖」字，華島本《艮齋私稿》、龍洞本《艮齋先生文集》亦脱，據《自西徂東》上海美華書館本補。花之安撰《自西徂東》版本常見有光緒十年香港中華印務總局本、光緒十年羊城小書會真寶堂本、光緒十九年上海美華書館本、光緒二十五年上海廣學會本，及《萬國公報》連載本。「以求赦罪」句下，香港中華印務總局本作：「以復本原之性，無論生今之世，能免諸疾，即將來世末之日，亦得無壞之身」，上海美華書館本作：「以復本原之性，雖然生今之世，仍或有疾，而將來世末之日，必得無壞之身」。由此可知此文讀本爲上海美華書館鉛排本，且引文有節略。以下此文所引《自西徂東》，非字句有礙處均不出校。

〔三〕「非謂篤信聖道」二句，花之安本注，香港中華印務總局本無。

以欺人者非耶？人爲善，則雖不倚賴耶穌，亦必得福；爲惡，則雖篤信彼教，亦必陷刑。何不如此〔一〕立教？乃必欲引入〔二〕耶穌窟中耶？

《優待癲狂章〔三〕》言：「遣人宣傳耶穌聖道，使藉感化之功，可克己而復禮，慕天上之福，視世庸福如浮雲，癲狂之證，亦何自而生哉？」止此。人之克己復禮，不由乎己，而乃藉耶穌之功而致之乎？且人當克己而已，又何慕天福爲乎？朱子於學佛者嘗有「不修今世，而修來世」之譏，今此云云，乃爲後世而修今世者，其心豈非私慾之尤者乎？

《省刑罰章〔四〕》言：「華人誠能如泰西，以耶穌聖教化民，則人皆以禮義廉恥爲尚，又何至肆然犯法乎？」余謂華人誠能以唐虞三代爲法，則民日遷善，而刑措可幾矣。至若耶穌，且爲其弟子謀〔五〕殺，則安在其皆尚禮義乎？

《解息戰爭章〔六〕》言：「誠能事無大小，悉遵耶穌法戒，將見教化盛行，咸歸遜讓，有不鑄刀爲犁、銷戈爲鎌者乎？」余聞吾聖人之教，以爲「君子無所爭」，孝子「在醜不争」。「用不教

〔一〕「此」字下，原本複衍一「此」字，據舊校本、挖改本、正誤表删。華島本《艮齋私稿》、龍洞本《艮齋先生文集》無。
〔二〕「入」，華島本《艮齋私稿》有，龍洞本《艮齋先生文集》脱。
〔三〕「優待癲狂章」，花之安撰《自西徂東》卷一《仁集》第五章。
〔四〕「省刑罰章」，花之安撰《自西徂東》卷一《仁集》第七章。
〔五〕「謀」，華島本《艮齋私稿》同，龍洞本《艮齋先生文集》誤作「某」。
〔六〕「解息戰争章」，花之安撰《自西徂東》卷一《仁集》第九章。

民戰者，謂之棄民」，棄民者，天必殃之。「故善戰者，服上刑」。爲人牧者，苟能遵此而勿失，則又何戰鬥之足患？而乃誘之以在天之永福，非如人世之繁華，然後乃可以息争乎？

《懷柔遠人章[一]》言：「講道理人到中國，今有數百之多，其尤大有益者。勸人信從耶穌，得保性真，以歸於天父，不至得罪於天父而無所禱告。孔子云『獲罪於天，無所禱也』，即是此意。蓋人專敬天父，自不敢爲惡矣。」余謂孔子所言「天」，以理言也，彼所言「天父」，以耶和華言也。曾見日人安井《辨妄[二]》之書，載耶和華事行，乃一造妖誨淫之鬼。今欲使人不爲惡而敬此鬼，正所謂獲[三]罪於天，豈非可畏之甚乎？耶穌惡人祭拜他神，此與孔子之「祭如在，祭神如神在」相冰炭，而花之安欲附而同之，豈非妄乎？彼國教士欲警曉清人，當曰「中國本尚唐虞三代之教，今不免行蠻夷之道，宜勇革前習，而一遵先王之訓」可也。今曰云云，豈非雞欲哺狗，而蟲蟻以哺者歟？

《愛憐仇敵章[四]》以孔子「以直報怨」之訓，爲「爲官府治民言」，不知何據？又謂「西國不

[一]「懷柔遠人章」，花之安撰《自西徂東》卷一《仁集》第十一章。
[二]「辨妄」，原本誤作「辨忘」，據舊校本、挖改本、正誤表改。華島本《艮齋私稿》、龍洞本《艮齋先生文集》均作「辨妄」。安井衡，字仲平，號息軒，所著《辨妄》一册不分卷，又題《辯妄》，成於明治六年（西元一八七三年）。
[三]「獲」，原本誤作「鑊」，據舊校本、挖改本、正誤表改。華島本《艮齋私稿》、龍洞本《艮齋先生文集》均作「獲」。
[四]「愛憐仇敵章」，花之安撰《自西徂東》卷二《仁集》第十二章。

許報仇，以有官府治之，且上帝照公義罰之」。夫不許報仇，不論仇之大小，概立一法，此大亂之道也。又引耶穌受妒忌者之害，釘死十字架，仍爲仇人祈禱，欲其悔罪改惡，此何等仁愛之量，此又不近人情。且彼徒每謂耶穌是天父愛子，爲世人流血贖罪，信斯言也，天父何不將妒忌者照公義以罰之，乃任其殺害也？且舉世之爲惡者，何不使悔改，而乃殺吾愛子以贖衆萬罪？甚矣天父之不仁也！妄誕如此，而世間庸夫迷人，多被其誑惑〔一〕而莫之悟也，悲夫！

《慎理國財章〔二〕》既引《禹貢》、《周禮》之文，《論語》、《鄒經》之訓以爲證，又欲效朱子社倉之法，戒安石青苗之失。其所論生財、取財、用財、禁奢侈、恤貧〔三〕窮諸說，實吾聖王之遺意，而卻〔四〕以耶穌歸重，何歟？此特誘天下之人盡從其教而然也。吾意吾聖人之制，久而有缺壞去處，而西法有可取者，則以彼補此，亦無不可。今不然，而必欲歸宿於耶穌，不亦所見之局、用意之私乎？

《禁溺女兒章〔五〕》：清國之溺女，固非天理人情之所當出。至於西國法律之夫婦無上下，

〔一〕「惑」，原本誤作「感」，據舊校本、挖改本、正誤表改。華島本《艮齋私稿》、龍洞本《艮齋先生文集》均作「惑」。
〔二〕「慎理國財章」，花之安撰《自西徂東》卷二《義集》第十四章。
〔三〕「貧」，原本誤作「貪」，據舊校本、挖改本及正誤表之「追校」改。華島本《艮齋私稿》、龍洞本《艮齋先生文集》均作「貧」。
〔四〕「卻」，原本誤作「郤」，據舊校本、挖改本、正誤表改。華島本《艮齋私稿》作「却」，龍洞本《艮齋先生文集》作「卻」。
〔五〕「禁溺女兒章」，花之安撰《自西徂東》卷二《義集》第二十五章。

而許妻可以告夫，亦豈「夫爲妻綱〔一〕」之道乎？要皆夷狄之道也。西國合婚〔二〕，務必男女意無齟齬，方爲夫婦，不然，即父母亦不能相强。是豈女子養廉〔三〕耻之道，亦豈「娶妻必告父母」、女子「在家從父」之道乎？吾聖人之教則曰：「不待父母之命，鑽穴隙相窺，逾墻相從，則父母國人賤之。」且《禮》「女子十年不出」，「非受幣不交不親」，安得與他人歡悦，意不齟齬乎？其源皆出於耶穌之不分男女也。嘗見《瀛寰志略》言：「耶穌能以神術醫人，痢者、瘧者、癱者、聾者、魔者，以手撫摩之立愈，所至男女數千人。」隨之又記《朱子語類》言：「佛氏不問大人、小兒、官員、村人、商賈、男女、婦人，皆得入其門。最無狀，見婦人便與之對話〔四〕。」今耶穌教，亦正如此。花之安亦自言：「禮拜堂講道，有女子明理者，悉令入塾，隨同肄業，由是成材。」甚則初不諱其男女無分也。渠既目見吾聖人之書，自七歲已教之有别，而猶不思所以改革其無禮之教，方且大書深刻，布之天下，何其無耻之甚也！借使男女有同業而成材者，已非禮義

〔一〕「綱」，原本誤作「網」，據舊校本、挖改本、正誤表改。華島本《艮齋私稿》、龍洞本《艮齋先生文集》均作「綱」。

〔二〕「婚」，華島本《艮齋私稿》、龍洞本《艮齋先生文集》均作「昏」。「昏」同「婚」。

〔三〕「廉」，原本誤作「簾」，據舊校本、挖改本、正誤表改。華島本《艮齋私稿》、龍洞本《艮齋先生文集》均作「廉」。

〔四〕「佛氏不問」至此一節，《朱子語類》卷一百二十六原文作：「老氏煞清高，佛氏乃爲逋逃淵藪。今看何等人，不問大人、小兒、官員、村人、商賈、男子、婦人，皆得入其門。最無狀是見婦人便與之對談。」

之正，况豈無同業而淫辟〔一〕作罪者乎？而乃稱耶穌最尚廉耻，不知其何説也？

《廣行恕道章〔二〕》言：「試首言乎士：以彼博覽經書，旁搜子史，互相比較，廣其聞見，士之所宜。不謂朝廷以文藝取士，必求無背於朱注，凡朱子以前，朱子以後，先儒之諸論，往哲之注疏，豈無詳明足資考證者？若止墨守朱注，而不並取以參觀，俾暢孔孟之旨，似朱注更勝於孔孟矣，奚其可哉？」止此。余謂此事當先論朱子與孔孟合否，如曰不合則已，不然，則朱子就諸儒説中去短取長，以成《集注》，則何可以守朱注而不參觀之故，遂謂朱勝孔孟而譏之乎？但欲廣聞多識，亦不妨取諸家以考之。若不分得失而概欲平看，此大亂之道也。此章下文，彼固言：「儒、釋、道三教，朝廷取其真心行善者以奬勵之。」若不先明理，而但曰真心行善，則所謂真與善者，往往不合於正，此宜細覈。又曰：「立教不僅儒、釋、道，而論理各有純疵，但當究其純全者爲依歸，不强人以從己教。如中國尊崇儒教，不能强别教以拜菩薩，猶西國尊崇耶穌，亦不能强别教以拜上帝。本注云：『尊稱神祇曰菩薩。』惟於各教之中，擇其道理之至善者，以普勸斯世而已。」止此。細觀其立論之指，不惟不分朱子與諸家之得失，並不分儒、釋、道之得失。而其主

〔一〕「淫辟」，原本作「辟淫」，據華島本《艮齋私稿》、龍洞本《艮齋先生文集》乙正。《禮記・經解》：「故昏姻之禮廢，則夫婦之道苦，而淫辟之罪多矣。」

〔二〕「廣行恕道章」，花之安撰《自西徂東》卷二《義集》第二十六章。

意，則欲天下之人亦不分儒教與耶穌教之是非，而冀[一]其説之得行於世爾，是豈先有忠而後行恕之道乎？以若不明不盡之心，遽欲行恕，則其究也，將使天下之人各行其私意，而不能一日恕矣，安在其廣行哉？

彼又言：「若夫中國祭祀之繁，强人行之，尤爲不恕。」此更可笑。蓋祭祀本於天性人心，特聖賢因其固有者而爲之制作禮儀，以成其德耳。曾見《海國聞見録》曰：「漢人娶土番婦者，必入耶穌教，焚父母神主。」《瀛寰志略》亦言：「奉耶穌教者，不祀祖先。」日人安井氏《辨妄[二]》亦言：「浮屠雖與耶穌相類，然猶爲君父修冥福，猶有追遠之意。耶穌則直以君父爲假，死即絶之，不敢復祀，視之如犬馬。然今一奉其教，聖君賢臣之廟不得不盡毀之，下至士庶，亦不得祭其祖禰，是豈忠厚之俗所忍爲哉？」止此。是必中國人之染邪者，不肯祭先，而朝廷强令行之，故花之安指爲不恕之道。下文又言：「尤可慨者，任用人才，亦必强以祭神，本注：『如新任官，必先行香之類。』不然則笑爲異端，或斥而不録。」止此。我國新任官，亦必先行謁聖之禮。而昔年有士族染邪者，監平澤縣，上任半月，不入校宫，當時有士論。今想中國事，亦必有與此相類者，而彼以爲尤可慨者，豈非笑話！若不論賢德，而惟以祭神取人，則誠有如彼

[一]「冀」，原本誤作「糞」，據舊校本、挖改本、正誤表改。華島本《艮齋私稿》、龍洞本《艮齋先生文集》均作「冀」。
[二]「辨妄」，原本誤作「辨忘」，據挖改本改。華島本《艮齋私稿》、龍洞本《艮齋先生文集》均作「辨妄」。舊校本、正誤表失校。

之所譏。若又不分邪正，而但以才能任官，則其貽害世教又如何哉？

花之安又舉始皇之焚書坑儒而儒實不可去，與梁武之欲除道教而道終不可除，魏主欲滅佛而佛終不可滅，齊頭並論，而結之曰：「可知三教並行，原各有可取之處，亦當推己及人，各行其是，無容遽思驅除。」止此。此尤悖理傷化之言也。蓋梁、魏之君，不行先王之道以明教化於天下，而惟欲以一時意氣，力除異教，故不久而復盛。此如上行貪虐而下禁盜賊，則盜賊卒不可禁，花之安將曰「是知盜賊原有可取之處，不可遽思追捕」矣乎？彼所謂「如心以出而無分彼此」，所謂「凡事皆當以理爲主」者，咸非認得心理之本然，只心其所心，理其所理，而有是云云耳。然則凡章中所引聖賢之訓，皆非本指，適以證其私見、助其邪說而已矣。

《萬國公法本旨章[一]》言：「公法不獨許人往來經商，亦許人往來傳教，倘有阻止則違法。如有本國人從外國之教，本國禁錮之，是欺陵從教之人，不合公法；或誹謗之，亦不合公法。止可平心而論，以理辨明，所以需領事官保護傳教者也。蓋外國人不强入耶穌教，惟入教者，則領事官及教會皆保護之。既入教，實守本國之法，非有犯國法也。但入教，則不拜偶像耳。且入教之人，更當安分守法，故公法尤保護之也。」止此。余觀所謂「萬國公法」者，出於耶穌之徒。而花之安言：「倘有反其法，則即爲不義，故宜聯衆國以明曉之，再不從，則征伐之也。」

[一]「萬國公法本旨章」，花之安撰《自西徂東》卷二《義集》第二十九章。

見上文。今又曰「許人往來傳教，倘有阻止，則違法」云云，此其意專以布教爲主也。若我國法有習耶穌教者，輒用一律，何謂非犯法也？且令入教者不拜偶像，則其於先祠與聖廟，亦將一例不拜，此只是夷狄之一法，非吾聖人之教，奈何令民從之？亦奈何不阻止與誹謗與禁錮之哉？他法或有可取，而至於此一事，則乃西國之私法，非天下萬國公共之法也。借使吾儒入泰西各國，傳教於士民，而令毁去耶穌像、禮拜堂與凡所行非禮之習，更使立祖禰之祠而行四時之正祭，建聖賢之廟而行春秋之釋菜焉爾，則彼能以公法之故而不之問歟？

《吉禮歸真章[一]》既歷舉儒書祭祀之禮，而曰「祀典雖繁，惟祀上帝，爲得其正，諸祀皆可廢也」，遂記仙佛世俗拜神求福之事而誚之。余謂聖人制祭，原祇有報德之意，未嘗存祈福之私，而後世寖失其指，因有僭諂淫瀆之罪，此在所當禁。若懲此，而並與正祀而廢之，如彼説，則《詩》、《書》、《易》、《禮》之所已言，堯、舜、周、孔之所嘗行者，皆將舉而掃之，此奚但矯枉過直而已，直是無禮不敬，不仁少恩，真鷹豺[二]之不若也。彼又曰：「耶穌在上帝前祈禱，西人依賴耶穌所求者，只欲赦一己之罪，死後靈魂不受苦。」止此。以吾儒之教，則知其不善，速改以從善。善即是理，理即是天，生與天合，死與天合，更不需耶穌祈禱。今上帝於下民之罪，

[一]「吉禮歸真章」，花之安撰《自西徂東》卷三《禮集》第三十章。
[二]「豺」，原本誤作「豹」，據華島本《艮齋私稿》、龍洞本《艮齋先生文集》改。舊校本、挖改本、正誤表失校。

不待其改革，惟耶穌之是聽而救之，則是乃一不公不明之神，何以爲天地萬物自然之主宰乎？彼又曰：「耶穌代人贖罪，獻至潔之身於上帝，而上帝自然悦納。」止此。夫天下萬衆之惡，豈一人所能代贖？且上帝於其愛子被殺而悦納，則其爲不仁抑何甚焉？如此而欲中國人之憬然悟、悵然思，而從耶穌〔一〕之訓也，甚矣花之安之癡也！彼方且誚中國人之拜神求福，而至言其教則曰「耶穌在上帝前祈禱」，曰「從教者祈禱，謝上帝之恩」，曰「聚集禮拜堂祈禱聽道」，曰「在家早晚祈禱」，豈非同浴而譏裸乎？孔子曰：「某之禱久矣〔二〕。」又曰：「獲罪於天，無所禱也。」此乃爲聖人之言也。

《凶禮貴中章〔三〕》言：「人死魂離，安能長在家廟？則旗旐之招魂，木主之依神，徒多事耳。」止此。彼謂人死不升天堂，必入地獄，故云然也。然周公豈不知「文王陟降，在帝左右」，而猶必皋復立主，以盡其愛敬之誠，豈若異教之「愛使其形」而不恤其死乎？見《莊子》書。至於世俗之誤信巫覡葬師、僧尼道流狂惑之言，而妄〔四〕行非法，則有王者作，宜在所禁。孔子之謂「禮，與其奢也，寧儉」，本不謂此。至於「喪，與其易也，寧戚」，則夫子之微意可見，而花之安

〔一〕「耶穌」，原本誤作「穌穌」，據舊校本、挖改本、正誤表改。華島本《艮齋私稿》、龍洞本《艮齋先生文集》均作「耶穌」。
〔二〕「某之禱久矣」，《論語·述而》原文作：「子曰：丘之祷久矣。」敬語避諱，故改爲「某」。
〔三〕凶禮貴中章」，花之安撰《自西徂東》卷三《禮集》第二十一章。
〔四〕「妄」，原本誤作「忘」，據舊校本、挖改本、正誤表改。華島本《艮齋私稿》、龍洞本《艮齋先生文集》均作「妄」。

乃方引此訓，而卻[一]復言死喪悲哀不可太過，語意相戾。且今喪紀[二]大壞，至有朝埋其親、夕起供職者，縱令哭之過哀，猶恐不從，况復以此爲教？

又言：「耶穌能脱死亡而復活人，必依賴，乃能具永生之理，故雖死而生理長在。」彼方以道家之長年、釋氏之輪回爲妄，見三十六章。而以耶穌復活，教士永生，重言復言，使人發大笑也！况又云：「人能真心從耶穌，則後來新天地既成，上帝使吾靈魂復完，一身永遠常存。」又云：「從耶穌教者，信道以爲善，則臨終時，耶穌接之升天。」此皆竊取佛氏之説，以爲誑誘蚩民之術也。

《嘉禮求正章[三]》言：「凡臣下朝見，各有其禮，但不拜跪叩頭。蓋人主雖當敬，不如天帝更尊，堪受人跪拜叩頭也。」止此。如此則父母可不拜，師長可不拜，聖賢可不拜也。上章又言：「敬偶象者，上帝所甚惡。」曾見日人《辨妄》，亦譏之曰：「耶和華之教曰：『愛父母過於我，不宜乎我。』然則彼所謂上帝，乃一猜妒之鬼也。吾雖受深惡於彼，雖見不宜乎彼，而不能爲不敬君父、不敬聖賢之人，以受吾所尊敬底上帝之怒也。」吾聖人之教，非惟臣子拜君父而已，亦有君拜臣、父拜子之禮，則其佗更可知也。彼花之安者，既目見吾聖人之教與耶穌之

[一]「卻」，原本誤作「郤」，據舊校本、挖改本、正誤表改。華島本《艮齋私稿》亦誤作「郤」，龍洞本《艮齋先生文集》作「卻」。
[二]「紀」，原本誤作「祀」，據舊校本、挖改本、正誤表改。華島本《艮齋私稿》、龍洞本《艮齋先生文集》均作「紀」。
[三]「嘉禮求正章」，花之安撰《自西徂東》卷三《禮集》第三十一章。

説，天淵相懸，朔南絶異，而猶且引據儒書以飾其説，此自是異教之人籠罩依附之習，殊可憎也！

《賓禮主敬章[一]》言：「西國相見，有拖手之禮，以示親愛。但尊者先拖少者之手，是愛少者，而少者不敢先拖長者之手，所以尊敬長者也。若女人與男子有戚誼者，女人敬男子，先拖其手則可，而男子不能先伸手與之拖，此行禮之有别也。」止此。此以上下文相照，則女尊男卑可知。此既大乖，則其不識不親授受之禮，又何責焉？此雖西俗，而彼既得見中華聖人之教，則何不從而變革？良可慨也！

《以樂濟禮章[二]》言：「雖喪中之樂，宜主哀戚，然亦須歸於和平，乃不至哀傷過甚。」余聞聖人有居喪聞樂不樂之訓，國家有居喪聽樂嫁娶之律，而今彼俗如此，豈非不仁不智之甚乎？若有賢者教之，彼亦賦「全善」之性，花之安曰：「性乃天理，本全善。」豈無感悟之理乎？

《假禮指謬章》所言：「諸般事爲，可見清國貿亂之俗，而其在上者之無學無教，從可知也。如此而國不亡者，未之有也。」但花之安並指禴祀烝嘗、家廟木主，亦以爲謬，則乃彼教之説，非先王之法也。彼教謂祭無益，正緣不見得實理故也。朱子言：「古人誠實，直是見得幽

[一]「賓禮主敬章」，花之安撰《自西徂東》卷三《禮集》第三十三章。
[二]「以樂濟禮章」，花之安撰《自西徂東》卷三《禮集》第三十五章，香港中華印務總局鉛活字本名爲《以樂濟禮論》。

明一致，如在其上下左右，非心知其不然，而姑爲是言以設教也。」程子《易傳》亦言：「祭祀本於人心，聖人制禮以成其德耳。」彼蓋不反諸心，而只求之外，故妄〔一〕爲魔鬼之説爾。

《貴保原質章〔二〕》所譏中國婦女之裹足、塗粉、手釧、耳環之屬，皆鑿鑿有理，但其所引《新約〔三〕》書云：「婦人貞静敬恪，不飾文繡，則上帝以之爲貴。」《舊約》書云：「郇邑之女，驕侈成性，足曳金釧，則上帝怒其驕奢，使之頭童髮寡，辱於衆前，脱去其彩絡釧笄，而蒙以不潔。可知上帝之喜真實惡奢華，有明徵矣。」止此。吾不知此女得於何地見上帝，而遭此無顔面之羞乎？又不知世間婦女之致飾於外者極多，爲上帝者如何一一去點檢佗，不已勞乎？觀花之安聞見知慮，宜不信此等虚妄，而乃復筆之書而布之世，信乎習染之已錮而識解之難開也！使其遇明識之士與之講質，則應不俟多辨而悟其是非，惜乎其未也！

《齊家在修身章〔四〕》言「開闢之初，上帝造一男一女，置爲夫婦」云云。余曾見日人《辨妄》載：「耶和華先天地而生，是造天地、日月、星辰，及兩間所有群物。又聚塵土，依己像造人，名曰亞當。既而又以人獨處未善，乘亞當酣寢，取一脇，實之以肉，以爲之妻，其名曰夏娃。

〔一〕「妄」，原本誤作「忘」，據舊校本、挖改本、正誤表改。華島本《艮齋私稿》、龍洞本《艮齋先生文集》均作「妄」。
〔二〕「貴保原質章」，花之安撰《自西徂東》卷三《禮集》第三十七章，香港中華印務總局鉛活字本名爲《貴保原質論》。
〔三〕「約」，原本誤作「引」，據舊校本、挖改本改。華島本《艮齋私稿》、龍洞本《艮齋先生文集》均作「約」。正誤表失校。
〔四〕「齊家在修身章」，花之安撰《自西徂東》卷三《禮集》第三十九章。

因夏娃有罪，乃罰以胎孕之苦，加以産子之艱。」今花之安所言，即此也。此個怪妄，何待智者而委也？士之爲學，宜以識見爲先，不然目擊異端而不能辨，身陷邪教而莫之悟。

《孝本愛敬章[一]》言：「處父母之讎，固貴以直報，而有時或阻於勢，或限於時，則宜附之上帝，以伸其冤，而未可概例於不共戴天也。」又言：「讎，私意也；理，公物也。」余謂父母之讎，固有阻勢限時，難於抱復者，然爲之子者，宜沫血飲泣，必思所以圖報，豈可附之上帝？又豈可不以不共戴天存其心乎？況可概以讎屬私與理之屬公者做對，而輕視之哉？此輕悖至論也。立祠設主之説見上。

又言：「泰西喪禮，三日而葬。殯之日，扶柩至墓，教師偕親屬詣禮拜堂，祝讀詩篇數遍，遂偕往墓前禱祝，以明己罪，求赦於天父。」余謂人之善惡既定於平日，豈死後禱祝求赦所能免乎？此與僧家設齋之謬奚擇哉？

又言：「三年之喪，今世多有名無實。余以爲三年之喪，則父宜輕而母宜重，誠以提攜保抱，母氏較爲劬勞。」止此。如此，則人於天地，亦宜重地而輕天，其可乎？此由夷狄重母之俗而然也。花之安又曰：「居喪之日，無須刻以三年。若必强人以三年之喪，試問今之居喪者，三年中果何如？三年後更何如也？」止此。此以不善居喪之故言，然仁人孝子見其然，宜勸以

[一]「孝本愛敬章」，花之安撰《自西徂東》卷三《禮集》第四十章。

盡心從禮，不可因其無知而遂使之短喪，是豈渠所謂廣行恕道之意乎？無乃自己於親之喪，無疾痛慘怛之情而然乎？

西國律法：「子既及冠，則子自立室專權，此時即有借貸不償、乖張不法，論國法，則皆無涉於其父。」余謂父子一體，天理當然，今乃立父子不相涉之法教民，其爲無義，抑何甚焉？

《謹慎言語章[一]》所引《易》、《書》、《語》、《孟》之訓，以爲主腦，舉衛、鄭、揚、蘇之事，以爲勸戒，固皆是矣。第其援《達羅馬人書》言：「使徒倚賴耶穌，故得耶穌之心，而發之於言，其言皆合耶穌之理。」及《約翰福音傳》云：「耶穌有言，非從己意而言，乃從天父言，而行其事。」二段以爲耶穌之言，由道而言者，與謹言[二]道理絕不相近。余見《馬可講義》載耶穌方與衆言，其母與兄弟立於外，欲與之言，或告之，則曰：「何者爲我母？何者爲我兄弟？」《福音》所謂耶穌之言，即從天父言者，即此歟？然則達羅[三]所謂使徒之言「皆合[四]耶穌之理」者，從可知也。聞彼徒有真君父、假君父之説，而花之安乃謂「吾人有言，亦宜真實無誑，務必表明耶穌之道，使天下之人得所依歸焉」，豈非口無擇言、身無擇行哉？是亦達羅所謂「合耶穌之理」

[一]「謹慎言語章」，花之安撰《自西徂東》卷三《禮集》第四十二章。

[二]「言」，原本誤作「由」，據舊校本、挖改本、正誤表改。華島本《艮齋私稿》、龍洞本《艮齋先生文集》均作「言」。

[三]「達羅」，今通譯「保羅」。下同。

[四]「合」，原本誤作「今」，據舊校本、挖改本、正誤表改。華島本《艮齋私稿》、龍洞本《艮齋先生文集》均作「合」。

者也，此而曰「謹慎言語」，則不如不〔一〕謹慎也。

《學貴精通章〔二〕》既引「君子貴窮理」之言，下文更言「五倫皆同一體，原不須智慧，而始晰其底藴」。然則彼所窮之理，乃五倫外之理也，此豈吾聖人之道乎？況其視五倫底藴，若不甚難晰者然，宜其以父子不關涉之律，見卅章。臣下不拜君上之禮，見卅二章。婚嫁任其男女歡悦，不泥父母主權之俗，見卅九章。一一稱是而不少疑難也。吾聖人之教人窮理，專就五倫中用心究索其底藴，而不敢淺嘗低看而已。其於天地人民、飛潛動植之關於五倫道理者，亦皆隨其才智分量之所及，而漸次思繹，使之通曉耳。非如彼教所謂格物之躐等越次，而無得於身心倫常之實也。

花之安曰：「耶穌教，功崇惟志，業廣惟勤，凡事悉由心性以歸於情理。此兩句不曉所謂。雖未嘗以學問教人，而凡學文之國，無不以耶穌爲依歸，斯其所以極深研幾，以爲格致之方者，既非釋、道二教之可比，亦與儒教略不同。蓋道教沈溺於物，凡物之合於己者以爲是，不合者以爲非，是以物役其心，而忘心性之所在，故萬事皆爲物之所拘。若釋教，似歸於心性，而實絶外緣，不愛萬物，凡事祇重内心，而以外物爲虚無，是又失卻〔三〕物之本性而不能用物。

〔一〕「不」，原本脱漏，據舊校本、挖改本、正誤表補。華島本《艮齋私稿》、龍洞本《艮齋先生文集》均有「不」字。

〔二〕「學貴精通章」，花之安撰《自西徂東》卷四《智集》第四十五章。

〔三〕「卻」，原本誤作「郤」，據舊校本、挖改本、正誤表改。華島本《艮齋私稿》亦誤作「郤」，龍洞本《艮齋先生文集》作「卻」。

惟儒教，以聖人之道理爲心性之功夫，任外物之紛紛，而不邇聲色，不殖貨利，舉凡大小事情，皆出乎物之上，而未嘗墮於物之中。斯其所以閑邪存誠者，固與耶穌之教相表裏。但儒教論人，祇在世上之暫時，本注：但論百歲之身，不論不朽〔一〕之魂。離去上帝。耶穌教論人，則在永遠之生。本注：由重生，可漸得永生。由上帝而來，使之歸於上帝，是以略有差別耳。伏願華人有志窮理盡性者，當法耶穌之教，事事皆以上帝爲主宰，知人爲永活之物，不僅於在世之肉身無弊，尤當於身後之靈魂可保。此中斷非具大智慧之人，不能洞達其本源，豈徒務記誦尚詞章者，所能從事於格致之域哉？」止此。余謂此段立説雖極鋪張，其實不過竊取釋氏之輪迴，幻做彼教肉身重生之説；韜襲釋氏之極樂，改作彼教靈魂永活之言。欲以誑惑下〔二〕民，而增其〔三〕黨與也。觀其用意，可謂勞矣。至於儒教，一則曰耶穌教亦與儒教略不同，二則曰儒教固與耶穌之教相表裏，何其依違附援之至此也？彼所謂事事皆以上帝爲主宰者，亦暗借吾聖人事天本天之旨，以粧飾之耳。然吾之所謂天，是以理言，彼之所謂帝，是以耶和華言，言雖相似，而

〔一〕「朽」，原本誤作「杇」，據華島本《艮齋私稿》、龍洞本《艮齋先生文集》改。
〔二〕「惑下」，原本誤倒作「下惑」，據舊校本、挖改本、正誤表乙正。華島本《艮齋私稿》、龍洞本《艮齋先生文集》均作「惑下」。
〔三〕「增其」，原本誤倒作「其增」，據舊校本、挖改本、正誤表乙正。華島本《艮齋私稿》、龍洞本《艮齋先生文集》均作「增其」。

意實大相遠，不可以不明核也。故儒書亦言「在帝左右」、「昭事上帝」、「在天之靈」，此何嘗離去上帝？特[一]不與耶和華相遇耳。况彼所謂天堂有則賢者登焉，不繫崇信耶穌；地獄有則惡人入焉，亦不繫不信耶穌。蓋耶穌生於猶太國，在亞細亞洲之西。則佗邦之人，初不識彼教者，不啻億兆之多，此人之死，有誰「接之升天」？此四字，見《凶禮貴中章》八板左。且耶穌始生於漢哀帝建平年間，則凡生於其前者，不曾依賴救之，彼書以耶穌爲救世主。而衹知有中華聖人道理，則此人將無不入地獄者矣。然則所謂上帝者，乃一偏信愛子之祈禱，而不能公觀衆生之賢否底，顧安有此理哉？

《子學探原章[二]》言：「理者，統天地人物而包之，則謂之理。若性理則不同，性理分人性之理、物性之理。何以爲人性？人得所以爲人，無其性則不得爲人也。何以爲物性？物得所以爲物，無其性則不得爲物也。凡物之性[三]，各有不同，然則人之性、物之性，不得混淆，自可以一理而貫通之，而得性理之所在。乃宋儒言性理，以太極爲歸，實屬虚渺，何以與人性相關耶？」止[四]此。余謂性非别有一物，只是在天地人物之理也，太極又天地人物性理之總會也。

[一]「特」，原本誤作「時」，據華島本《艮齋私稿》、龍洞本《艮齋先生文集》改。舊校本、挖改本、正誤表失校。
[二]「子學探原章」，花之安撰《自西徂東》卷四《智集》第四十八章。
[三]「性」，原本誤作「牲」，據舊校本、挖改本、正誤表改。華島本《艮齋私稿》、龍洞本《艮齋先生文集》均作「性」。
[四]「止」，原本誤作「上」，據華島本《艮齋私稿》、龍洞本《艮齋先生文集》改。舊校本、挖改本、正誤表失校。

性也、理也、太極也，名雖〔一〕三，而實則一也。以其條理而謂之理，以其立於形生之後而謂之性，以其築底無去處而謂之太極。三者，天地人物所同涵之體，更無在天、在地、在人、在物，彼此豪髮欠剩之分也。今花之安識不及此，而以太極爲虚渺，以理爲實有一物，認「極」爲虚渺，故謂之理實有物。而天地人物之所同包也。以性理爲先有二本，以「人得所以爲〔二〕人」、「物得所以爲物」兩語，知其先有二本也。而人、物之所異得也。此爲何等議論也？

花之安又言：「宋儒謂天爲陽，地爲陰，天地交泰而萬物生。夫陰陽不過一虚懸之象〔三〕，天地不過一覆載之區，不有上帝主宰於其間，彼陰陽二氣斷不能生萬物矣。宋儒謂太極能生萬物，不知人之一心有志、有欲、有意向，太極一虚空之物，既無其心，何以生人之志、生人之欲、生人之意向乎？夫太極無心，猶天亦無心，何以生人之智？惟上帝無所不知，無所不能，乃可賦人之靈明而生其智也。」止此。余按：《易》言「天地生物之心〔四〕」，又言「太極生兩儀」，孔子言「天生德於予」，孟子言「天之生物，使之一本」，彼皆未之見，而謂之宋儒之言耶？

〔一〕「雖」，原本誤作「理」，據舊校本、挖改本、正誤表乙正。華島本《艮齋私稿》、龍洞本《艮齋先生文集》均作「雖」。

〔二〕「爲」，原本誤作「冀」，據舊校本、挖改本、正誤表改。華島本《艮齋私稿》、龍洞本《艮齋先生文集》均作「爲」。

〔三〕「象」，原本誤作「衆」，據舊校本、挖改本、正誤表改。華島本《艮齋私稿》、龍洞本《艮齋先生文集》均作「象」。

〔四〕「天地生物之心」一句，《易經》原文未見。《易經・繫辭下傳》：「天地之大德曰生。」程頤《伊川易傳・復卦》：「一陽復於下，乃天地生物之心也。」朱熹《孟子章句集注》：「天地以生物爲心，而所生之物因各得夫天地生物之心以爲心。」又《中庸章句集注》：「仁者，天地生物之心，而人得以生者。」

下文[一]又言「彼宋儒言太極生陰[二]陽，二氣鼓鑄而萬物遂生」一段，亦[三]只如此，不復置辨。

花之安又言：「萬物之理有不同，人之性靈能分別之。而上帝之性至善，無所不備，故能妙萬物而握其權，使萬物各得其所。人之性靈無此權能，而謂太極一塊然之物，有此權能乎？」云云。據此以觀上文人性、物性之説，分明是認靈識爲性理者，此曷足多辨乎？

《教化要言章[四]》所論明教化、養人材之説亦可觀，但章末舉耶穌之道，夸張爲言，欲使觀者動色傾心。此如醫只知藥石，巫只知祈禱，而不知其佗故歟？何不以中華聖人之道，勸中國執政之人，而每篇之末，必如彼擡起本教也？《哥林多前書[五]》言：「仁者不妒、不誇、不衒。」今以花之安諸説觀之，無非誇衒之辭，此何意也？

《正教會發明章[六]》首引《論語》「篤信好學，守死善道」。以余觀之，彼之所信者，耶穌妄誕不根之説也；所守者，靈魂升天永遠之福也。豈吾聖人真實無妄之教乎哉？此章下文有「貴

[一]「文」，原本誤作「丈」，據舊校本、挖改本、正誤表改。華島本《艮齋私稿》、龍洞本《艮齋先生文集》均作「文」。

[二]「生陰」，原本誤倒作「陰生」，據舊校本、挖改本、正誤表乙正。華島本《艮齋私稿》、龍洞本《艮齋先生文集》均作「生陰」。

[三]「亦」，原本誤作「而」，據華島本《艮齋私稿》、龍洞本《艮齋先生文集》改。舊校本、挖改本、正誤表失校。

[四]「教化要言章」，花之安撰《自西徂東》卷四《智集》第五十章。

[五]「哥林多前書」，又譯作《格林多前書》。

[六]「正教會發明章」，花之安撰《自西徂東》卷五《信集》第六十二章。

得信、愛、望」之語。信，信耶穌也；愛，愛上帝也；望，望上帝賜永福也。彼又曰：「俗人每忽而不信，心既陷溺，應受上帝重罰。而上帝仁愛，不忍即加罰，故特降生耶穌，廣仁愛於世間，以救贖人罪。」其詞曰：「信而受洗者得救，不信者定罪。」誠如此言，耶和華何不於始生亞當之日，即令亞當廣仁救贖？乃至二千年之後，惡世人罪惡，破天淵之水，以盡滅之也？又何不使篤信其道之挪亞〔一〕，自亞當〔二〕至此十世〔三〕。即廣仁愛於世間，乃至摩西，挪亞十三世孫。使之拜受天書以教民，而始行洗禮安息之類乎？彼所謂上帝無所不能者，其伎倆亦有時乎窮而未達歟？且〔四〕上帝以「獨生」此两字奇怪。之子賜世，俾信之者免沈淪而得永生；耶穌亦自稱「天之獨子」，此四字更奇，豈佗人非天之子乎？其無理至此！以拯濟世人，至於受刑流血，以〔五〕贖人罪。甚矣！上帝之不仁、耶穌之不孝也！上帝之命愛子以贖人罪，固是亂命，而耶穌之從上帝而代人死，亦爲悖德。又其徒所謂「既刑三日，復穌升天，往往形見，與其徒及所善諸老婆相語」者，尤妄誕之甚也。既曰〔六〕復穌形見，則是肉身再活也。以有形之身，升至虛之天，安有此理乎？信如其

〔一〕「挪亞」，又譯作「諸亞」。
〔二〕「亞當」下，原本衍「記」字，據舊校本、挖改本刪。華島本《艮齋私稿》、龍洞本《艮齋先生文集》無「記」字。正誤表失校。
〔三〕「世」，原本脱漏，據舊校本、挖改本補。華島本《艮齋私稿》、龍洞本《艮齋先生文集》有「世」字。正誤表失校。
〔四〕「且」，原本誤作「旦」，據舊校本、挖改本、正誤表改。華島本《艮齋私稿》、龍洞本《艮齋先生文集》均作「且」。
〔五〕「以」，原本脱漏，據華島本《艮齋私稿》、龍洞本《艮齋先生文集》補。舊校本、挖改本、正誤表失校。
〔六〕「曰」，原本誤作「日」，據舊校本、挖改本、正誤表改。華島本《艮齋私稿》、龍洞本《艮齋先生文集》均作「曰」。

言，耶穌之肉身至今猶在，何不形見於忽而不信之俗人，守正斥邪之賢者，使之信而不斥，而乃獨與其徒相語而已？甚矣！耶穌之〔一〕不通物情也！安在〔二〕其拯濟世人乎？彼所謂教會，不過欲以黨羽之衆而邪説之行而已也。

花之安又曰：「信者，篤信耶穌之真理也；愛者，以仁愛之心愛上帝及愛人如己也；望者，望上帝賜永福，而不求世俗之暫逸也。即孟子所謂『修天爵，而人爵從之也』。」此亦錯引也。孟子之言，言其自然之理；彼之言，言其求望之私。二者乃邪正之分，不可以不明也。「人爵」與「天福」，亦有不同者矣。

花之安又曰：「教會之所事，在三位一體之上帝，曰天父，曰救主，曰聖神。『聖神』，《新約》所言『保惠師〔三〕』。天父以爲主宰，救主以其能赦罪，聖神以其理化人。」吾聞「至尊無對」曰上帝，未聞有三位。不知天父據上位，救主居中位，第六十四章言：「耶穌爲上帝之第二位。」聖神據下位耶？纔曰中、曰下，便已非「上」。抑三者拜坐而離三歟？離，麗也。《曲禮》曰：「離立，不出中間。」天父與天

〔一〕「穌之」，原本誤倒作「之穌」，據舊校本、挖改本、正誤表乙正。華島本《艮齋私稿》、龍洞本《艮齋先生文集》均作「穌之」。

〔二〕「安在」，原本作「安知」，據華島本《艮齋私稿》、龍洞本《艮齋先生文集》改。按「安在」義長，舊校本、挖改本、正誤表失校。

〔三〕「保惠師」，又譯「訓慰師」。

之獨子齊頭，而無尊卑之分，則豈非亂之大者乎？惜乎不能提之安之耳而警教[一]之[二]也！

《傳道會章[三]》言：「儒者所傳之道，考諸五經，類多合上帝之道。今西人所傳耶穌之道，原本於上帝之道也。」余謂此須分彼此所言之上帝，然後方可言何道之合與不合、本與不本也。若儒家所言上帝，蓋天是剛陽之物，自然如此，轉運不息，必有至神至明，所以能配乎理而主宰群動者，如在人之心君是也。非實有一物，如世間帝者之位。此則彼未嘗夢到也。彼所謂上帝，我知之矣，《馬可講義》五卷第六十八條言：「以色列在埃及爲僕時，其苦聲聞於上帝，上帝俯念前約，設法救之，故命天使遍行埃及，盡剹其長子，乃命以色列族以羔血塗門爲號，凡門有血之家，天使過而不入，以色列族遵此免長子之死。」止此。彼之上帝乃如此，何其媟也！其原本與否，固無足言。吾儒之教，又何嘗自合於此？此如朔南之判也。彼又言：「耶穌之教，雖貴乎人之信從，然皆出於心服，非由傳教者之勉强逼脇，故信從愈衆。」余謂吾儒教，則曰「無所爲於前，無所冀於後」，曰「正其義不謀其利，明其道不計其功」，此但以是非導之而已，未嘗以一毫福利之私參錯於其間。故識而從之者，自非高明之士，罕能入也。彼則專以禍福報應之説，鉗制愚俗，故迷子、癡婦往往悦而信之。凡其日夜所思、所行，無不從

[一]「教」，原本誤作「敬」，據舊校本、挖改本、正誤表改。華島本《艮齋私稿》、龍洞本《艮齋先生文集》均作「教」。
[二]「之」，華島本《艮齋私稿》有，龍洞本《艮齋先生文集》脱。
[三]「傳道會章」，花之安撰《自西徂東》卷五《信集》第六十三章。

一片禍福心中做弄出來，此所以信從其教者，至於一百一十五兆之多也。然不問其心之公私，道之是非，惟誇其從之者多，則亦何益於世哉？下章《聖經會》所言，無非以登天受樂，夸張說去而已。蓋以中國正道不行，人〔一〕心偏頗，故彼以禍〔二〕福報應，教誘之爾。

《勸守安息會章〔三〕》引《易》「七日來復」，而曰：「復者，生機也。人當停操作以得生機，而養元神也。」余謂《易》之言七日，實七個月，非第七日也。且復者，陽氣之復也；息者，陰氣之靜也。未可妄引聖經〔四〕，以證彼議也。彼又言：「開闢之始，上帝以全能全智，創造天地、日月、星辰、人物，六日而萬物已成，至第七日，則爲安息聖日。」此更無理！信如此言，是耶和華非惟爲耶穌之父，亦天地、日月、星辰之父也。雖然，天地未生之前，所謂開闢者是何物也？曾見西書言：「耶和華先天地而生，是造天地、日月、星辰、萬物。又聚塵土，依己像造人，名曰亞當。又乘亞當酣〔五〕寢，取一脇，實之以肉，以爲之妻，名曰夏娃。」既曰聚塵土造人，則其造天造地，又以何物爲材？其造夏娃，又何不聚土爲之，而必取人之脇？又所實之肉，從何得

〔一〕「人」，原本脱漏，據舊校本、挖改本、正誤表補。華島本《艮齋私稿》、龍洞本《艮齋先生文集》均有「人」字。
〔二〕「禍」，原本脱漏，據舊校本、挖改本、正誤表補。華島本《艮齋私稿》、龍洞本《艮齋先生文集》均有「禍」字。
〔三〕「勸守安息會章」，花之安撰《自西徂東》卷五《信集》第六十七章。
〔四〕「聖經」，此處指孔子所删定的《六經》。
〔五〕「酣」，原本誤作「鉗」，據舊校本、挖改本、正誤表改。華島本《艮齋私稿》、龍洞本《艮齋先生文集》均作「酣」。

之？且既曰依己像造人，則所謂上帝，亦一人形之物，其何以居空虛之中？亦何以爲〔一〕萬物之主乎？何其奇且怪也！使人言之，不覺噴飯。彼以虛、房、奎、昴〔二〕四宿爲安息日，總計一〔三〕歲則爲四十八日。不知此四十八日，人獸無産孕，草木無萌芽耶？絕可怪也。

余少也，概聞西教之爲淫邪而已，未嘗目見其書，故亦未〔四〕嘗筆斥其說。蓋雖邪說，未見其肯綮而漫且罵詈，非修辭立誠之道也。約齋宋兄近寄《自西徂東》、《馬可講義》來，是德國花之安以其習染之性，加以淹博之識，捭闔之文，出入吾經傳子史之間，而摘得近似之語，以飾其妄誕之術者也。約友蓋要余立辨以明之，第微軀恒帶疾痛，廢〔五〕居常煩賓朋，無暇繙閱。比至親塋下，第三兒敬九以《自西徂東》五冊進余，且看且辨，四日而畢，蓋以家有憂，故未可久留而然也。其說諒多未精，今以〔六〕呈覽於諸公。此是衛正

〔一〕「何以爲」，原本誤作「以爲爲」，據華島本《艮齋私稿》、龍洞本《艮齋先生文集》改。舊校本、挖改本、正誤表失校。
〔二〕「昴」，原本誤作「昂」，據華島本《艮齋私稿》改。龍洞本《艮齋先生文集》亦誤作「昂」。舊校本、挖改本、正誤表失校。
〔三〕「一」，原本誤倒在下文「不知此」下，據華島本《艮齋私稿》、龍洞本《艮齋先生文集》乙正。舊校本、挖改本、正誤表失校。
〔四〕「未」，原本誤作「末」，據舊校本、挖改本、正誤表改。華島本《艮齋私稿》、龍洞本《艮齋先生文集》均作「未」。
〔五〕「廢」，華島本《艮齋私稿》、龍洞本《艮齋先生文集》同。舊校本、挖改本及正誤表之手寫校記改爲「弊」。今仍從原本。
〔六〕「以」，原本脱漏，據華島本《艮齋私稿》、龍洞本《艮齋先生文集》補。舊校本、挖改本、正誤表失校。

道、闢邪說、爲生民立標準之一事，願諸公相與看詳而潤色之。

梁集諸説辨

[解題]

己酉，西元一九〇九年，艮齋先生六十九歲。

「梁集」，即梁啓超《飲冰室文集》，光緒二十八年（西元一九〇二年）初版，篇目按干支編年，共十六册。後有民國十四年（西元一九二五年）乙丑重編本，共十函八十册。梁氏卒後，民國二十五年（西元一九三六年），合編爲文集十六册，专集二十四册，名《飲冰室合集》。

此文見華島本《艮齋私稿》前編卷二十，第三册，第三一六頁；龍洞本《艮齋先生文集》私劄卷一，第V册，第四三七頁。原本子目無序號，今於子目添加序號，以便閱讀。

一、論梁氏孔教論[一]

梁啓超以同治癸酉生，其《復友人論保教書》作於丁酉。二十五歲。《讀〈日本書目〉篇[二]》

[一]「論梁氏孔教論」，原本低二格排。舊校本改爲「梁集諸説辨」低二格排，「梁集諸説辨」以下各目低三格排。正誤表《秋潭集改版》有示例。此文華島本、龍洞本未收，見華島本《艮齋私稿》前編卷二十、龍洞本《艮齋先生文集》私劄卷一。

[二]《讀〈日本書目〉篇》，即《讀〈日本書目志〉書後》。《日本書目志》十五卷，康有爲輯。

亦言保孔教，《湖南學約〔一〕》亦言宗法孔子，《論幼學篇》亦令每日八下鐘〔二〕，師徒合誦贊揚孔教歌，然後肄業。此皆在丁酉，而往往多佳語。其後五年壬寅，更作《保教非所以尊孔論》，而自言：「此與前論相反，今是昨非，不敢自默。區區小子，昔爲保教黨之驍將，今爲保教黨之大敵。爲二千年來翻案，吾所不惜；與四萬萬人排戰，吾所不懼。」據此，則梁集中凡推尊孔子、援據孔子者，皆其未定説，又緣中國歷史之所尚，民俗之所信，不得已而爾也。今此後論，可謂決裂而打破之矣。其於墨氏則曰：「先聖墨子，千古大實行家，今欲救中國之亡，其惟學墨子乎？」於釋氏則曰：「學界之究竟義也，小之可以救一國，大之可以度世界矣。信仰佗教，孔教恐難謂不在其中。或有流弊，而佛教決無流弊也。」於耶氏則曰：「康先生於此教獨有所見，以爲其單標一義，曰『人類，同胞也，平等也』，皆原於實理，切於實用，於救衆生最有效焉。」梁氏欲自爲中國民定一教育宗旨，又以耶穌教爲最。彼於墨、釋、穌，推重尊仰如此之至，至於孔教，則曰「不必保」，「不必保」者，謂存之無所益也；曰「不當保」，「不當保」者，謂存之有所害也。是惡可曰非孔門之叛卒乎？噫！彼方以雄辭詭辯，抑揚捭闔，以爲駕御一世之術，而人多視爲今天下單一無對之人豪也，如此，而余以海東一腐儒，乃敢揚言斥之，將見群

〔一〕《湖南學約》，即《湖南時務學堂學約》。

〔二〕「鐘」，原本作「鍾」，華島本《艮齋私稿》、龍洞本《艮齋先生文集》亦作「鍾」。舊校本、挖改本、正誤表無校。今據文義改作「鐘」。

矢之叢集於一身。然今與後之人，豈皆昏矇而莫之覺耶？異日當有具眼者起，而歎余言之不能無補於天下矣。但得道明則幸矣，其久與近、己與人，奚須校乎？

二、題《斯巴達小志》

《斯巴達小志》所載，非無可取者，其當革者更多矣。梁氏〔一〕總論不一言別白，乃概以赫赫名譽稱之，曰：「至今論政體者必舉之，論教育者必舉之，論軍事者必舉之。」吾謂使梁氏得志行乎國中，將并〔二〕與獎勵盜竊、兄弟一妻、民得訟王而置諸理，及民生子令官檢察，而羸弱者棄諸山中，本注：弱者不能任護國之責，而猶育之，是危國之道也。及男子尊重婦女、國人蔑視文學之類，無不奉而行之。是安有仁義之道乎？噫！民權、武技之亂人知思，一至於此耶！

今一屈首而受梁氏之新學，則更安有奮志挺身以行禮義之日乎？梁氏所主，名曰一體平等，而實則民貴君賤、婦尊夫卑、釋優孔劣，而一切倒置也。人之言曰：「爲新學，則國權可復，身命可保。」然安有三綱顛逆，而可以復國保身者乎？噫！何其癡也！

三、論勿主義爲主義

梁某譏儒者取便利己之失，而曰：「誦法孔子者，往往取其勿主義，而棄其爲主義。自

〔一〕「氏」，原本誤作「氐」，據舊校本、挖改本、正誤表改。華島本《艮齋私稿》、龍洞本《艮齋先生文集》均作「氐」。
〔二〕「并」，龍洞本《艮齋先生文集》作「併」，華島本《艮齋私稿》誤作「拜」。

注：勿主義者，懲忿窒慾之學，如『非禮勿視』四句等是也；爲主義者，開物成務之學，如『天下有道，某不與易[一]』等是也。」止此。然則欲開物成務者，忿亦不懲，慾亦不窒。非禮亦視、聽、言、動，而可矣，則其所開、所成者，可知也。殊不知忿、慾、非禮，是壞物敗務之道。而欲以道易天下者，必用懲、窒、克、復之道以爲之，而後天下之人始有所觀感，而棄無道以從之矣。使肆忿縱慾，以行非禮，雖與之天下，不能一朝居也。近年時輩無卓識遠慮，奉梁某爲師，只有爲主義，而更無勿主義。殊不知爲善而勿爲惡，非勿主義，乃爲主義也；欲以無道而易天下，非爲主義，乃不當爲主義也。何謂不當爲主義？如混合邪正，侮慢聖賢，弟子不受父兄之制，子雖不孝亦無責，臣民箝制其君，屏除其君，女子自婚，婦自離夫，兄弟共一妻，爲争地而殺人盈野之類，皆是不當爲主義也。

四、題通論

「知足不辱，知止不殆」，「知白[二]守黑」，「知雄守雌」，此老氏之讕言，不待論矣。而所稱誦法孔子者，又往往遺其大體，摭其偏言。取其狷主義，而棄其狂主義；取其勿主

[一] 「天下有道」二句，《論語·微子》原文作：「天下有道，丘不與易也。」敬語避諱，故改爲「某」。

[二] 「白」，原本誤作「百」，據舊校本、挖改本、正誤表改。華島本《艮齋私稿》、龍洞本《艮齋先生文集》均作「白」。老子《道德經》作「白」。

義，而棄其爲主義；取其坤主義，而棄其乾主義；自注：地道、妻道、臣道，此坤主義也；自强不息，此乾主義也。取其命主義，而棄其力主義。自注：列子有《力命篇》，《論語》稱「子罕言命」，又稱「子不語力」，其實力、命兩者皆〔一〕孔子所常言，「知命」之訓，「力行」之教，昭昭然矣。其所稱道者，曰「樂則行之，憂則違之」也，曰「無多言，多言多患；無多事，多事多敗」也，曰「危邦不入，亂邦不居」也。夫此諸義，亦何嘗非孔門所傳述？然言非一端，義各有當，孔子曷嘗以此義盡律天下哉？而末俗承流，取便利己，於是進取冒險之精神，澌滅以盡。云云。

梁氏所論勿、爲、乾、力四義，皆誤也。賢者於世，遇當出之禮，而以勿爲主，則豈所謂「克己復禮」之謂乎？聖人本欲以道易天下，然世無賢君，則發居夷浮海之歎，何嘗不用而求行、舍之而不藏乎？乾之義固是自强，然又豈不曰「潛龍勿用」、「亢龍有悔」？又豈不曰「遯世無悶，不見是而無悶」？又豈不曰「亢之爲言也，知進而不知退，知存而不知亡」？惟聖人知進退存亡〔二〕，而不失其正云爾乎！然此又何嘗與「自强不息」界而爲二耶？至於「力行」之「力」、「不語」之「力」，又有公私善惡之别，而今乃混而一之，何其察之不精而言之不倫耶？要之，梁

〔一〕「皆」，原本脱漏，據華島本《艮齋私稿》、龍洞本《艮齋先生文集》補。舊校本、挖改本、正誤表失校。
〔二〕「亡」，原本誤作「止」，據華島本《艮齋私稿》、龍洞本《艮齋先生文集》改。舊校本、挖改本、正誤表失校。

氏才性過人，遂自恃而不復加審慎之功者，更須得賢師友以磨礱其橫逸之氣乃佳。《坤卦》妻道、臣道之説，與其所主君民平等、夫婦平等之義，正相冰炭，何故引之？豈亦未定之論歟？

進取冒險，此亦細講。義當進，則險夷何擇；若義當遯，則其進而冒險，豈君子居易俟命之道耶？大抵梁氏是知進而不知退者也。

梁氏論自由云：「勿爲古人之奴隸也，古人自古人，我自我，彼所謂能爲聖賢、豪傑者，豈不以其能自有我乎哉？不爾，則有先聖無後聖，有一傑無再傑。」論獨立云：「俗論動曰『非古人之法言不敢道，非古人之法行不敢行』，此奴隸根性之言也。夫古人自古人，我自我，我有官體腦筋，不自用之，而以古人之官體腦筋爲官體腦筋，是我不過一有機無靈之土木偶。使世界上人人皆如我，是率全世界之人而爲土木偶。故無獨立性者，毀滅世界之毒藥也。」

《語》曰：「爲仁由己，而由人乎哉？」《易》曰：「澤滅木，大過，君子以獨立不懼。」此吾儒自由、獨立之説也。雖曰「由己」，雖曰「獨立」，而其言則出於聖人，聖人即天也。人而奴隸於天，士而奴隸於聖，何所耻乎？梁氏每譏世之委身以嫁古人，爲之薦枕席而奉箕箒者，然其爲自由獨立、大同小康之論，輒廣搜前言以爲己援，是亦不免爲古人之臣妾也。古人戴冠於首，穿屨於足，阿屎於圊，放溺於桶，此類後人安得不從？豈此則不嫌爲奴隸，而獨綱常定理、邦國治道，可以自由而耻於師古耶？若今人偶苦虚乏，當食無定時；或患脚痺，當杖不待老，乃拘於古人一日再食、六十杖鄉之制，而不敢改易，誠有有機無靈之譏[一]矣。佗餘古蹟之宜於今者，胡可以無後聖、無[二]再傑，而必自出新法耶？吾聞孔子好古矣，而依舊是後聖，未聞好古而爲毁滅世界之毒藥也。且「法言」、「法行」二句，是孔子語，而輒加以奴隸根性之罵，是爲自聖而慢聖也。士而慢聖，則子而弑父、臣而簒君，將何所憚而不爲乎？此乃爲毁滅人倫之毒藥，梁氏其亦慮及於此歟？彼書欲讀者毋吝相責，故吾亦以箴規之道待之耳。

五、康氏傳[三]

先生，宗教家也。中國非宗教之國，故數千年來無一宗教家。先生幼受孔學，及後

[一]「誠有有機無靈之譏」，原本誤作「誠有有機無靈之機」，據華島本《艮齋私稿》、龍洞本《艮齋先生文集》改。挖改本改爲「誠爲有機無靈之偶」，舊校本、正誤表無校。
[二]「無」，龍洞本《艮齋先生文集》有，華島本《艮齋私稿》脱。
[三]「康氏傳」，原文作「南海康先生傳」，見梁啓超《飲冰室文集》卷九「辛丑集下」。

潛心佛藏，大徹大悟後，又讀耶氏書，故宗教想特盛。

康氏以孔子爲未足，而必以佛、穌爲至，則其所謂「大徹悟」，所謂「宗教想」者，可知也。然則又何必時引孔子？此是販私鹽者，加鰲魚以欺官吏之術也。佛、穌教以不妄語，今康氏非惟棄孔子，亦畔二氏矣。心口不同而得爲宗教，則不如無宗教也。

先生之言，常持三聖一體、諸教平等之論。然以爲欲救中國，不可不因中國人之歷史習慣而利導之。

孔教明人倫，重祀典。彼二教無此，何謂一體平等？此僧杲所用水上葫蘆也。使清國尊信佛、穌，已成習慣，已有歷史，則康氏又必以二教救其民矣。梁啓超佗日自言：「吾始欲保孔教，今則不當保。」然則一體平等之師傳，棄之亦久矣。

一、孔教者，進步《宗教篇》作「化」。主義，非保守主義。

二、孔教者，兼愛《宗教篇》作「善」。主義，非獨善主義。

三、孔教者，世界主義，非國別主義。

四、孔教者，平等主義，非督《宗教篇》作「專」。制主義。

五、孔教者，强立主義，非巽懦《宗教篇》作「文弱」。主義。

六、孔教者，重魂主義，非愛身主義。

欲出而行道，固進步之義，孔子雖以行道爲主，然諸侯〔一〕無聘則不先往見，斯義也，孟、程言之詳矣。而道不行，身不容，則欲浮海而居夷，豈非保守主義乎？欲濟世而澤民，固兼善之義也，而舍之則藏，憂則違之，豈非獨善之義乎？以天下爲一家，中國爲一人，固世界之義也，而衛靈無道則言之，魯昭失禮則諱之，去齊則「接淅〔二〕而行」，去魯則曰「遲遲吾行」，佛氏逃父母，耶氏「何者是吾母？何者是吾弟」？何嘗念到「遲遲吾行」之景地？豈非國別之義乎？一視同仁，固平等之義也，平等之中，又有貴貴親親之辨，不然，君死、民死、父死、子死，當互服三年耶？抑當如塗人而不之服耶？而哀公不從討恒則已之，豈非人君專制之義乎？如「吾從周」，又如「下焉者雖善，民不從〔三〕」，皆是人君專制也。陽貨召則

〔一〕「侯」，原本誤作「候」，據舊校本、挖改本、正誤表改。華島本《艮齋私稿》、龍洞本《艮齋先生文集》均作「侯」。

〔二〕「淅」，原本誤作「浙」，據華島本《艮齋私稿》、龍洞本《艮齋先生文集》改。《孟子》作「淅」。舊校本、挖改本、正誤表失校。

〔三〕「下焉者雖善」二句，《中庸》原文作：「下焉者雖善不尊，不尊不信，不信民弗從。」

不往，固强立之義也，而遇之隨問隨〔一〕答，豈非遜而出之之義乎〔二〕？巽以行權，聖人事。若夫「儒」之一字，賢者已無之。「游魂爲變」，「祭如在，祭神如神在」，固靈魂之義也，此與佛、耶天堂之説不同，雖釋子稍有慧智如達摩者，亦言無天堂地獄。而不嘗康子之藥，微服桓魋之難，豈非愛身之義乎？如佛氏割肉以飼飢虎，耶氏流血以贖人罪，非吾聖人「殺身成仁，舍生取義」之道也。余謂孔子重綱常、正祀典、謹出處，彼二教之於此，實如冰炭之不相容。而康、梁輩人强引而合之，祇見其心勞日拙，言多道晦而已矣。

其從事於孔教復原也，不可不先排斥俗學而明辨之，以撥雲霧而見青天。其料簡之次第，凡分三段階：第一，排斥宋學，以其僅言孔子修己之學，不明孔子救世之學也。第二，排斥劉歆之學，以其作僞，誣孔子，誤後世也。第三，排斥荀況之學，以其僅傳孔子小康之統，不傳孔子大同之統也。

謂宋儒不明救世之學，是不曾考實而妄加譏貶者也。孔子之救世，非《易》與《春秋》與所

〔一〕「隨」，原本脱漏，據華島本《艮齋私稿》、龍洞本《艮齋先生文集》補。舊校本、挖改本、正誤表失校。
〔二〕「乎」，原本脱漏，據華島本《艮齋私稿》、龍洞本《艮齋先生文集》補。舊校本、挖改本、正誤表失校。

傳《大學》、《中庸》、《論語》之書乎？宋朝諸賢，悉加注釋而發揮之，不知此外復有救世之學乎？且修己所以救世，救世與修己有二道乎？「修己以安百姓」，「篤恭而天下平」，皆體用一貫之道，特康氏不知耳。

中國孔學者，皆以《論語》爲獨一無二之寶[一]典，先生以爲此出弟子記載，不足以盡孔教之全體。求孔子之道，不可不[二]於《易》與[三]《春秋》。《易》爲靈魂界之書，《春秋》爲人間世之書，孔教精神於是乎在。

《論語》所載，何嘗不與《易》、《春秋》之旨脗合哉？吾恐康氏不曾就《論語[四]》上真實下工夫來，故不知其歸趣，而妄欲軒輊於其間也。謂《春秋》爲人間世之書，固然；試問《論語》非人間世之書耶？若其指《易》爲靈魂界之書，則欲援儒以入穌，直是著奸，絶可惡也！

[一]「寶」，原本誤作「實」，龍洞本《艮齋先生文集》亦誤作「實」。華島本《艮齋私稿》作「宲」，「宲」同「寶」。梁啓超《南海康先生传》原文作「寶」，據改。舊校本、挖改本、正誤表失校。

[二]「不」，原本脱漏，據舊校本、挖改本、正誤表補。華島本《艮齋私稿》、龍洞本《艮齋先生文集》均有「不」字。

[三]「與」，原本誤作「於」，據華島本《艮齋私稿》、龍洞本《艮齋先生文集》改。舊校本、挖改本、正誤表失校。

[四]「論語」，原本誤倒作「語論」，據舊校本、挖改本、正誤表乙正。華島本《艮齋私稿》、龍洞本《艮齋先生文集》均作「論語」。

家者，煩惱之根。

康氏不耐煩，視父母妻孥〔一〕爲煩惱之物矣。苟但曰煩惱，則國與天下煩惱之大者，而身又煩惱之尤者。豈非惑於佛、耶之説歟？

既破國界，不可不破家界。破家界之道奈何？凡子女之初生，即養之於政府所立育嬰院，凡教養之責皆政府任之，父母不與聞。故凡人一出世，既爲公民，爲國家之所有，爲世界之所有，父母不得而私也。

以吾聖人之教，則子女生，雖父母養之，其爲公民之義自在也，何必公院養之然後爲公民乎哉？如無公院之養，則民之視邦國將如贅疣乎？此亦害理大矣。

家長爲家人所累，終歲勤苦而猶不足自給。家人亦爲家長所累，半生壓制而終不得自由。故凡有家者，無不苦也。

〔一〕「孥」，原本誤作「拏」，據舊校本、挖改本、正誤表改。華島本《艮齋私稿》、龍洞本《艮齋先生文集》均作「孥」。

然則何爲移此苦惱於政府，而易彼政府之壓制也？夫父母自養其子，多不過十人，此猶謂之苦，則彼主育嬰院者，聚國民所生之子百千萬幼兒而養之，豈不尤大苦乎？

父母之恩，不在於生，而在於養。故受育膝下，三年免懷，飲之食之，教之誨之，則義不可以不報。不孝者，罪無赦焉。若夫養育於國家，則報國家之恩重於父母。其天性厚者，竭誠奉養，固可貴也；即不能然，亦不責也。

「父母之恩，不在於生」一句，最害天地生物之仁，而罪不容於覆載之間也。花之安言：「三年之喪，父宜輕而母宜重。」此西洋夷狄之見，而今康氏〔一〕乃如此説，豈非悖之甚者乎？且所謂不能孝亦不責者，率天下而禍仁孝，孰甚於此？有王者作，其必誅之矣！

凡人之養子，大率爲晚年侍養之計者多。

苟如是説，人之愛子，非出於天性之仁，而出於計較之私矣。此又害理之大者也。

〔一〕「氏」，原本誤作「民」，據舊校本、挖改本、正誤表改。華島本《艮齋私稿》、龍洞本《艮齋先生文集》均作「氏」。

夫婦之間，以結婚自由、離婚自由爲第一要義。

此又無禮、無義之大者。康氏時引孔子，而此等處抉破孔教，無復餘地矣。

梁氏按説云：「先生所言親子之關係，似甚駭聽聞。雖然，不過其理想如是耳。」

「似」之一字，亦大無理。理想而如是，不如無理想。此所謂遁辭也。

又云：「既受父母之教養，則不可不孝，故先生事母以孝聞。學者〔一〕勿誤會此言，自取罪也。」

使康氏〔二〕不蚤孤，而其父達初，出使佗邦，數十年而歸，又使康母勞氏，産後即病，歲久未瘳〔三〕，

〔一〕「者」，原本脱漏，據華島本《艮齋私稿》、龍洞本《艮齋先生文集》補。舊校本、挖改本、正誤表失校。

〔二〕「氏」，原本誤作「氐」，據舊校本、挖改本、正誤表改。華島本《艮齋私稿》、龍洞本《艮齋先生文集》均作「氏」。

〔三〕「瘳」，原本誤作「疹」，據華島本《艮齋私稿》、龍洞本《艮齋先生文集》改。舊校本、挖改本、正誤表失校。

用乳媪養之，則所謂南海康先生者，將無事親以孝聞之懿蹟矣，是惡可以人理羈絡之耶？今有殺人賊，誤收死者幼兒而養之，後子知其爲父母之讎，則將取《康南海傳》尊閣丌上，而大讀曰：「恩不在生，而養重於生。我當奉之以孝，喪之以哀矣。」噫！彼康有爲豈非號爲讀書士子，而乃立此逆天斁倫之法，而曰「是使人人皆獨立於世界上，不受佗之牽累，而常得非常最大之自由」也乎？率獸食人之〔一〕慘，奚啻小事？奚〔二〕啻小事？梁也，亦有父子之性者，則其師雖有是説，當爲之焚燬，而勿使佗人見之。今乃表章而印布於天下，豈可曰眼有父母者耶？

六、梁氏高視富勢

今日耶穌教堂遍〔三〕於大地，結爲千古未有之團體，其權常與國家相頡頏，時或駕而上之。

近年以來，西部諸省對於日本人之嫉妒，亦囂囂盈耳。然以日本政府强有力之故，

〔一〕「之」，原本誤作「一」，據舊校本、挖改本、正誤表改。華島本《艮齋私稿》、龍洞本《艮齋先生文集》均作「之」。

〔二〕「奚」，原本誤作「梁」，據舊校本、挖改本、正誤表改。華島本《艮齋私稿》、龍洞本《艮齋先生文集》均作「奚」。

〔三〕「遍」，原本誤作「偏」，據舊校本、挖改本、正誤表改。華島本《艮齋私稿》、龍洞本《艮齋先生文集》均作「偏」。「偏」同「遍」。

其議案卒不敢提出於國會。嗚呼！人生世上，勢位富厚，顧可忽乎哉？

觀此兩段，梁氏心眼見得權勢富强爲第一巨物，殊可鄙也。

利，墨子所不諱言也。非直不諱，且日夕稱説之不去口，則墨學全體之綱領也。墨子之所以言利者，其目的固在利人，而所以達目的之手段，則又因人之利己心而導之。故墨學者，實圓滿之實利主義也。

楊子教人勿存心於名譽，是止人爲善之毒。

吾聖人之教，以義爲利而已矣，務實遠名而已矣，未聞以名利導人也。夫以名利導人，而人心有不私者乎？天下有不亂者乎？梁氏專尚名利，不務實義之心肝，如視諸掌。而其不足以治世，亦明矣。

七、重人倫

天下、國家固重，父子、君臣之倫更重。故虞舜「竊父而逃[一]」，孟語。後儒有不識精義而妄議

[一]「竊父而逃」，《孟子·盡心上》原文作「竊負而逃」，孫奭疏解爲「負戴其父而逃」，故古人或引作「竊父而逃」。

者，此當別論。箕、微不敢易君。父子、兄弟之倫更重，故夷、齊各求所安，中子之立不立，孤竹之祀不祀，並[一]不暇顧，而聖人許以「得仁」矣。只彼梁氏看得疆土太重，故視弑父與君，猶薄物細故，而不以爲異。噫！利欲之蠹食人心，一至此哉！

八、重王道

梁氏生於困弱不振之國，憤其受侮於人，而視外國富强如天帝，然不復知有王道，可以自立於天下。王道中曷嘗無理財、鍊兵之制？一向以勝負之數，定優劣之品，陋哉！見乎黄百家誦小程子「機事機心」之説，而曰：「此真知言。然不惟機事，凡兵陳、刑名，以及權術之書，後生看慣，便下著毒種，多致後日有喪身敗德之事。教子孫者，不可不蒙養以正。」今梁氏自幼已習禪家機警之術，及長更以列邦富强之勢爲一等事，其心田中所下種子，安得不雜？安得不毒矣乎？

九、女尊男卑

《游記》記美國婦女之地位，有云：「西人有恒言曰：『欲驗一國文野程度，當以其婦

[一]「並」，原本誤作「拜」。華島本《艮齋私稿》作「并」，龍洞本《艮齋先生文集》作「併」，據改。舊校本、挖改本、正誤表失校。

人之地位爲尺量。』」又云：「凡旅館，凡汽車，以及游樂之具，往往爲婦女設特〔一〕别之室，其華表遠過於男室。道中男子相遇，點頭而已，惟遇婦人，則必脱帽爲禮。街中電車坐位既滿，一婦人進，諸男必起讓坐，繁文縟節，如見大賓。此不徒對於上流社會爲然，即尋常婦女亦復如是。此實平等主義實行之表證者也。」

平等者，無尊卑之謂也。今梁氏以女尊男卑，位置懸殊，謂之平等，其於君民平等、父子平等可知也已。〔二〕

十、天地父母

天地者，大父母也，故人當敬事天地。父母者，小天地也，故子當孝奉父母。其不然者，罪莫大焉，理無赦也。彼釋氏者，乃以父母所生之身爲寄寓，譬以舊屋，破倒即更跳入新屋。後來黄蘗僧與母偈云：「昔曾寄宿此婆家。」王質言：「自有物無始以來，换了幾個父母？」朱子歎佛法無父，其禍至此，曰：「使更有幾個王質，雖殺其父母，亦以爲常。」因舉《四家録》以實之曰：「父母爲人所殺，無一舉心〔三〕動念，方始名爲『初發心菩薩』。」若有救

〔一〕「特」，原本誤作「時」，據舊校本、挖改本、正誤表改。華島本《艮齋私稿》、龍洞本《艮齋先生文集》均作「特」。
〔二〕自「平等者」至此一節，原本與上文接排，舊校本作分隔標記，挖改本重排，提行另起。
〔三〕「心」，原本脱漏，華島本《艮齋私稿》、龍洞本《艮齋先生文集》亦脱，據《朱子語類》卷一百二十六補。

之之心，便是被愛動了，心便昏了[一]。彼耶穌者，方與衆説法，其母與弟立於外，欲與之言，告耶穌，則曰：「何者是我母？何者是我弟？惟善事上帝是吾母、吾弟，若父母兄弟不能事上帝，則非我之父母兄弟也。」西法又有父子不關涉之律，不拜君父之禮，婚嫁任其男女歡悦，不泥父母主權之俗，是皆遠人無禮無義之習也。而花之安一一稱述，而不少[二]疑難，豈非惡俗迷人之驗歟？彼墨翟者，舉天下之人而愛之如父母，而更不論親疏之等，並有不黨父兄之教；彼康有爲者，又有父母之恩不在於生，及子弟宜自由，而不受父兄壓制之説；而彼梁啓超者，方且舉佛、穌、墨、康而極口贊揚之，是不念父子天性之缺碎[三]，不顧世界人心之悖亂也。梁氏而正士，孰非正士？如是而曰度世界，曰救中國，其顛倒迷錯，亦已甚矣！夫父子如此，君臣可知，夫婦可知也。彼梁氏之大本大源如此，其末流之小善一得，何須問也？

十一、始皇淵源

嬴秦禁書令云：「有欲學者，以吏爲師。」吏即博士也。夫當時博士者，始皇帝之護法善

[一]「若有救之之心」三句，原本脱漏，據華島本《艮齋私稿》、龍洞本《艮齋先生文集》補。舊校本、挖改本、正誤表失校。

[二]「少」，原本作「小」，龍洞本《艮齋先生文集》亦作「小」。華島本《艮齋私稿》作「少」，「少」讀作「稍」，義長，據改。

[三]「缺碎」，華島本《艮齋私稿》、龍洞本《艮齋先生文集》均作「缺破」。

神，而李丞[一]相之一隊名流也。使士民之欲學者，屈首受教於此輩而有得焉，則是始皇之再傳高弟也，安有一星子真開明之理？不過成就其棄古愚今之頑錮陋見而止耳。彼[二]梁啓超者，乃謂始皇非禁民之學也，禁其於國立學校之外有所私業而已，遂推爲儒教之第二功臣。曾見王守仁以始皇焚書爲得孔子删述之遺意，今啓超又傳述其指，而極力發揮之。噫！如啓超者，亦可謂王門之選鋒，而始皇門下第二佞臣也。近日時輩之特立新校，而禁截私塾，豈非繼得嬴政、王、梁相傳之好淵源也耶？

使秦時士民，請學古昔聖王崇儒重道、節用愛民之術，則博士先生能不顧君相之意，而任自傳授乎？此非難曉之理，而梁也乃謂非禁學，真癡夫也！又如今之入新學者，願受重綱常、法聖賢、誅亂賊、黜名利之説，則未知飲冰果諄諄然告語之否？是亦必無之理，吾於是知梁氏非癡夫，乃亂常悖道之一權術人也。

十二、待時派論

梁氏譏待時派云：「待之云者，吾待至可以辦事之時，然後辦之；如終無其時，則是終不

[一]「丞」，原本作「承」，據舊校本、挖改本、正誤表改。華島本《艮齋私稿》、龍洞本《艮齋先生文集》均作「丞」。

[二]「彼」，原本誤作「後」，據舊校本、挖改本及正誤表之手寫校記改。華島本《艮齋私稿》、龍洞本《艮齋先生文集》均作「彼」。

辨也。」試問梁氏，使武侯〔一〕不遇昭〔二〕烈，將自起乎？如曰不然，則是武侯〔三〕亦一待時之英雄也。梁氏嘗以「英雄」許武侯〔四〕矣。孔子言：「天下有道，某不與易〔五〕。」孟氏言：「當今之世，舍我其誰？」其欲辨事之志，何如也？乃又曰：「我待賈者也。」曰：「不待其招而往，何哉？」是又一待時派也。以伊、吕救天下之心，且待湯、文而起。雖虞帝，如無唐堯之舉，則糗草之茹，木石之〔六〕居，將終身樂之矣。以余觀於古之聖賢，無不待時而後辨之，是惡得以昧禮義、急功利之淺心小智議之哉？雪如寄梁詩云「大鵬苦無風，僵伏北海隅」，是又雖有其具，無時則已也。雖梁氏，其《告當道書》論歐美處亦言：「周公、管仲復起，無奈此風潮何也。」又云：「苟非時勢之所趍迫，雖孔子、釋迦必不能煽動一人。」是豈非自爲待時派之論耶？余謂非惟人當待〔七〕時而辨事，雖天地、日〔八〕月、鬼神、四時，未有不待時，徑捷疾速而成其造化生成之功者也。人

〔一〕「侯」，原本誤作「候」，據挖改本、正誤表改。華島本《艮齋私稿》、龍洞本《艮齋先生文集》均作「侯」。舊校本失校。
〔二〕「昭」，原本誤作「照」，據挖改本、正誤表改。華島本《艮齋私稿》、龍洞本《艮齋先生文集》均作「昭」。舊校本失校。
〔三〕「侯」，原本誤作「候」，據挖改本、正誤表改。華島本《艮齋私稿》、龍洞本《艮齋先生文集》均作「侯」。舊校本失校。
〔四〕「侯」，原本誤作「候」，據挖改本、正誤表改。華島本《艮齋私稿》、龍洞本《艮齋先生文集》均作「侯」。舊校本失校。
〔五〕「天下有道」二句，《論語·微子》原文作：「天下有道，丘不與易也。」敬語避諱，故改爲「某」。
〔六〕「之」，原本誤作「無」，據舊校本、挖改本、正誤表改。華島本《艮齋私稿》、龍洞本《艮齋先生文集》均作「之」。
〔七〕「待」，原本誤作「得」，據舊校本、挖改本、正誤表改。華島本《艮齋私稿》、龍洞本《艮齋先生文集》均作「待」。
〔八〕「日」，原本脱漏，據舊校本、挖改本、正誤表補。華島本《艮齋私稿》、龍洞本《艮齋先生文集》均有「日」字。

惟知幾而動，非誠明之至不能也。

十三、勸讀《西銘》

梁啓超曰：「中國儒者動曰『平天下』、『治天下』，其尤高尚者，如横渠《西銘》之作，視國家爲眇小之一物，而不屑厝意究其極也。所謂國家以上之一大團體，豈嘗因此等微妙之空言而有所輔益？而國家則滋益衰矣！若是乎吾中國人之果無國家思想也？危乎！痛哉！」

《西銘》大指，在使人去私欲而存公理也。人人去私欲而存公理，天下國家不難治平矣。自大君、宗子至兄弟、無告者，皆當隨佗本分而敬之愛之，且扶救之耳。視國家爲眇小之物而不屑厝意，原非《西銘》之指也。如欲成天下之大團體，須是天子以下，至於庶人，皆用《西銘》，而後始得。若舍《西銘》之仁，而人各懷利，决做不成。梁氏以國家之滋衰，歸咎於《西銘》，吾未知横渠後至今七百年，大國小國之君，誰能實體《西銘》者？天〔一〕下之亂，正緣《西銘》之道不行而爾。梁氏未曾細讀此篇，只憑麤豪之氣，把筆胡亂寫出。吁！可畏可畏！我

〔一〕「天」，原本誤作「夫」，據舊校本、挖改本、正誤表改。華島本《艮齋私稿》、龍洞本《艮齋先生文集》均作「天」。

願從余游者，咸宜敬循天理，勇克己私，期以入乎張先生門下。梁氏看得天下國家太重，君臣父子太輕，苟利於國君，可以不敬父，可以無孝。此《西銘》所謂「悖德」、「害仁」之亂賊，罪不容於法義之誅也。孔子稱夷、齊求〔一〕仁得仁，孟子論虞帝「竊父而逃〔二〕」，皆是重父子兄弟而輕天下國家者，此乃爲聖人之道也。

十四、散録

「學者所以經世也，學焉而不憂天下，無寧勿學。」此康有爲之言，而最爲醇正者。然世者，身之用；身者，世之體也。經身之本，盡倫是也。而康以棄君父之瞿曇，視父如路人之墨翟，不拜君父、不祀祖先、不分男女之耶穌，皆爲聖人，則彼必奉而行其教矣。經身如此，而遽欲經世，吾知其亂一世，而反爲天下憂矣。「無寧勿學」，真自道之言也！

梁啓超以法古者斥爲奴隸，此最害理。傅説曰：「學於古訓，乃有獲。」武王誥康叔，使求之「殷先哲王」，又求之「商耇成人」。太保戒成王曰：「稽古人之德。」孔子曰：「信而好古，敏而求之。」《易》又曰：「多識前言往行，以畜其德。」從古聖人，都是一樣。彼啓超者，獨以何見敢發此言，以誤天下之人！

梁氏以孟子「保民」爲侵民自由權，而曰：「民者，貴獨立者也，重權利者也，非可以干預

〔一〕「求」，原本誤作「救」，據舊校本、挖改本、正誤表改。華島本《艮齋私稿》、龍洞本《艮齋先生文集》均作「求」。
〔二〕「竊父而逃」，龍洞本《艮齋先生文集》同。華島本《艮齋私稿》作「竊負而逃」。

者也。」彼之論民則如此，而其論君也，乃曰：「箝制之，監督之，屏除之。」渠所謂平等，非衆人之謂平等也，乃指倒置爲平等也。

曹丕既篡，乃曰：「舜、禹之事，吾知之矣。」朱子謂：「此乃以己心窺聖人，謂舜、禹亦是篡，而[一]文之以揖遜爾。」今梁啓超以民權爲今日第一急務，而曰：「舜、禹之立，亦由當時民權得之。」此與丕意概同。

梁氏論儒教政治自相矛[二]盾之失，而曰：「試觀二千年來，孔教極盛於中國，而歷代君主能服從孔子之明訓，以行仁政而事民事者，幾何人哉？」止此。余謂此乃[三]爲自相矛[四]盾之言。何也？夫孔教盛行，則國君必好仁矣。今君不行仁政，而曰孔教盛行，可乎？必也上好仁，下好義，而君民相安，天下無事，乃可謂之孔教行矣。如是，則何待民權之犯上乎？譬之一家，父慈子孝，固孔教也；父雖不慈，子不可以不孝，亦孔教也。今有不得於父者，告之曰：「爾父既虎狼於汝，汝則宜備刀銃以御之，爲陷穽而待之，不可被其噬也。」豈人理乎哉？

[一]「而」，原本作「權」，屬上讀。華島本《艮齋私稿》、龍洞本《艮齋先生文集》均作「而」，《朱子語類》卷一百二十三原文亦作「而」，據改。

[二]「矛」，原本誤作「予」，據舊校本、挖改本、正誤表改。華島本《艮齋私稿》、龍洞本《艮齋先生文集》均作「矛」。

[三]「乃」，原本誤作「以」，據舊校本、挖改本、正誤表改。華島本《艮齋私稿》、龍洞本《艮齋先生文集》均作「乃」。

[四]「矛」，原本誤作「予」，據舊校本、挖改本、正誤表改。華島本《艮齋私稿》、龍洞本《艮齋先生文集》均作「矛」。

既立民權以制其君，則又立子權、妻權以制其父與夫，固將沛然矣。於是乎啓超之罪不容誅矣。如曰民於君，妻於夫，義合之人，固當立權以處之，父子則不宜然也。孔子於《坤卦·文言》以臣殺君、子殺父並言之，則君父惡可以二視哉？

梁每以《禮運·大同》之説爲最可法，梁於是乎爲《禮運》之奴隸矣。且吾聞之，昔有舉《禮運》而問者曰：「此與老子同？」朱子曰：「不是聖人書。」胡明仲云：「此是子游作，想子游亦不至如此之淺。」又曰：「分裂太甚，幾以二帝三王爲有二道，則有病矣。」東萊曰：「蜡賓之歎，自昔前輩共疑其非孔子語，蓋『不獨親其親，子其子』云云，真是老聃、墨氏之論。」東滙澤陳氏曰：「大同、小康之説，非夫子之言。」石梁王氏曰：「以五帝之世爲大同，以禹、湯、文、武、成王、周公爲小康，有老氏意，皆非儒者語。所謂孔子曰『記者爲之辭』也。」玉峰車氏曰：「《禮運》首章載孔子言『大道之行，天下爲公』，大道既隱，始以禮義爲紀。離禮義以言道，是老子之言也。」余謂非惟前儒之言如此，兼後世風氣既開，人心既巧，自與太上之世不同，豈可强驅叔季之民，使之「不獨親其親，不獨子其子」，而視禮爲「忠信之〔二〕薄」，而不之行乎？勢必不可行，而徒擾民而已矣。

〔二〕「之」，原本誤作「不」，據舊校本、挖改本、正誤表改。華島本《艮齋私稿》、龍洞本《艮齋先生文集》均作「之」。「忠信之薄」，老子語。

余觀中國尚有可爲之勢，而上下恬嬉，不能奮發，故梁氏不覺至於大聲疾呼，奮筆肆駡，而不自知其過也。然使其處今日我國士流之地，不知亦有回復之術乎？抑不辭爲嗚呼派耶？彼嘗告當道者曰：「歐美之壯劇，勢必趨而集於亞東，天之所動，誰能禦之？非惟諸君，雖周公、管仲復起，其無奈此風潮何也！」又言：「苟非時勢之所趨迫，雖孔子、釋迦必不能煽動一人；時勢既已趨迫，偶借一二人之口以道破之。」止此。此可見彼亦知勢之極重、人所難反之理也。苟如梁氏之論，則於《易》只存《晉卦》，而《遯卦》可删也；於《論語》只存「用之則行」，而「舍之則藏」可删也；於《孟子》只存「舍我其誰」也，而「致爲臣而去」可删也；於《中庸》只存「其言足以興」，而「其默足以容」可删也；於虞、舜則只取其紹堯致治，而飯糗茹草不足尚也；於伊尹、太公則只取其征誅救民，而耕莘居海不足尚也；於箕子則只取其敷陳《洪範》，而佯狂東來[一]不足尚也；於諸葛則只取其仗義討賊，而高卧南陽不足尚也。若夫申屠蟠、陶元亮輩，置之無足道矣。是果有此理否？世之尊梁氏者，請下一轉語。

梁氏孰與管、葛？使其真可與伯仲，吾謂夷吾有攘夷尊周之功，而以其未聞大道之故，陷於僭侈昧禮之科。孔明有仗義盡瘁之忠，而以其學雜申韓之由，不免枉取劉璋之失矣。今梁氏之才力膽略、制度規畫，誠所罕睹，然其學術則雜釋、穌、墨、孔爲四聖而無邪正之分，人倫

[一]「敷陳《洪範》而佯狂東來」，挖改本誤改爲「佯陳《洪範》，而敷狂東來」。

則以三綱五典爲平等而無尊卑之辨。吾恐其行道守禮之際，將彼此互掣，綱紀交亂，而不能一日行也。然則其制度規畫雖有可取，而管、葛二公豈肯與之比〔一〕肩哉？

梁集《答飛生》曰：「吾向者固亦最主張鼓氣主義，近數月間，幾經試驗，而覺氣之未盡可恃。氣雖揚上，而智、德、力三者不能與之相應，則不旋踵〔二〕而瘺矣。」「鼓氣者藥也，而非粟也。藥也者，當適其時而用之。」此篇無年條，若使梁氏覺得氣之未盡可恃，則須以理爲主，以道爲軌，而凡其許多舖張〔三〕震耀者，皆不可恃之氣也。

康有爲之師游九江次琦之學〔四〕，「以程、朱爲主，而間採陸、王。康氏獨好陸、王，以爲直捷明誠，活潑〔五〕有用」。「既又潛心佛典，深有所悟，以爲理學不徒在軀殼界，而必探本於靈魂

〔一〕「比」，原本誤作「化」，據舊校本、挖改本、正誤表改。華島本《艮齋私稿》、龍洞本《艮齋先生文集》均作「比」。
〔二〕「踵」，原本誤作「重」，據舊校本、挖改本、正誤表改。華島本《艮齋私稿》、龍洞本《艮齋先生文集》均作「踵」。《飲冰室文集》作「踵」。
〔三〕「舖張」，原本誤倒作「張舖」，據華島本《艮齋私稿》、龍洞本《艮齋先生文集》乙正。舊校本、挖改本、正誤表失校。
〔四〕「康有爲之師游九江次琦之學」，華島本《艮齋私稿》、龍洞本《艮齋先生文集》同，舊校本、挖改本、正誤表無校。按「師游」二字不辭，疑當作「康有爲之師朱九江次琦之學」。脱「朱」字，衍「游」字。梁啓超《南海康先生傳》原文云：「年十八，始游朱九江先生之門，受學焉，九江者名次琦。」
〔五〕「潑」，原本誤作「發」，據華島本《艮齋私稿》、龍洞本《艮齋先生文集》改。舊校本、挖改本、正誤表失校。《南海康先生傳》作「潑」。

界，遂乃冥心孤〔一〕往，深求事事物物之本源。」「仰視月星，俯聽溪泉」，「內觀意〔二〕根，外察物相，舉天下之事，無得以攖其心者，殆如世尊起於菩提樹下，森然有『天上天下，惟我獨尊』之概，一生學力實在於是。」是爲梁啓超立《康氏傳》中一段也。余謂程、朱何嘗不直截而必迂緩，何嘗不明誠而或暗詐？亦何嘗不活潑有用？而竟局殺無用，特不似陸、王之認心爲理，而以之爲主本，以之資運用，則士之樂簡便、喜徑快者，認程、朱不如陸、王。如宋時一教官云：「論學問，則佛氏直截；學周孔，如抱橋柱澡洗〔三〕。」正此類也。其所謂理學必探本靈魂者，較諸佛禪、陸、王之指定慧、圓明者爲大本，卻又落在第二層也。然佗日康氏發明孔子六義，以《易經》爲靈魂界之書，而附會於耶穌之教，此〔四〕更可怪。

梁氏曰：「康先生，宗教家也。吾中國非宗教之國，故數千年來無一宗教也。」《康氏傳》。又曰：「孔子者，哲學家、經世家、教育家，而非宗教家也。」又曰：「以中國論之，若張道陵，本注：即今張天師之初祖也。可謂之宗教家；若袁了凡，專提倡《太上感應篇》、《文昌帝君陰隲文》者。可謂

〔一〕「孤」，原本誤作「狐」，據舊校本、挖改本、正誤表改。華島本《艮齋私稿》、龍洞本《艮齋先生文集》均作「孤」。《南海康先生傳》作「孤」。

〔二〕「意」，龍洞本《艮齋先生文集》同，《南海康先生傳》亦作「意」，華島本《艮齋私稿》誤作「耳」。

〔三〕「宋時一教官云」一節，《朱子語類》卷一百二十六原文云：「信州人新鄂州教官龔安國，聞李德遠過郡，見之。李云：『若論學，唯佛氏直截；如學周公、孔子，乃是抱橋柱澡洗。』」

〔四〕「此」，原本誤作「次」，據舊校本、挖改本、正誤表改。華島本《艮齋私稿》、龍洞本《艮齋先生文集》均作「此」。

之宗教家；而孔子則不可謂之宗教家。」《宗教篇》。此説前後不同，可怪！大抵謂康爲宗教，謂孔爲非宗教者，殊可痛也！

梁書有「不昏爲偉人〔一〕」之説。余謂偉人多則人種少，偉人愈多則人種愈〔二〕少，是豈天地生物之理哉？夫〔三〕天地之氣，交則泰，不交則否，以獨陽不生、獨陰不生也。惟人亦然，故聖人重婚姻之禮，而未嘗以形交爲嫌也。不昏者，只可謂之僻人，不可謂之偉人也。梁氏殆惑於佛、耶之説，而不顧其畔孔教者也。

梁稱其師云：「先生懸仁〔四〕以爲鵠」，「故三教可以合一。孔子也，佛也，耶穌也，其立教條目不同，而其以仁〔五〕爲主則一也。故當博愛，當平等，人類皆同胞，而一國更不必論，所親更不必論」。余謂三教之仁，名雖同，而實則異矣，如之何其可以合一也？

〔一〕「不昏爲偉人」，梁啓超原文題作《不婚之偉人》。

〔二〕「種愈」，原本誤倒作「愈種」，據舊校本、挖改本、正誤表乙正。華島本《艮齋私稿》、龍洞本《艮齋先生文集》均作「種愈」。

〔三〕「夫」，原本誤作「失」，據舊校本、挖改本、正誤表改。華島本《艮齋私稿》、龍洞本《艮齋先生文集》均作「夫」。

〔四〕「仁」，原本誤作「任」，據舊校本、挖改本、正誤表改。華島本《艮齋私稿》、龍洞本《艮齋先生文集》均作「仁」。《南海康先生傳》作「仁」。

〔五〕「仁」，原本誤作「任」，據舊校本、挖改本、正誤表改。華島本《艮齋私稿》、龍洞本《艮齋先生文集》均作「仁」。《南海康先生傳》作「仁」。

謂民可以箝制其君、屏除其君者，爲其利於國也。然則，苟可以利於家，子於父，妻於夫，皆可以箝制之、屏除之。吾故曰：梁啓超者，只有利害之性，而無仁義之性也。人而不仁不義，則將何所不爲哉？

「泰西各國，於護耶穌教者，尊之如帝天；非耶教者，攻之如糞土。」此梁自言之矣。其於著書，不敢不尊耶氏，蓋亦便宜住世法也。

梁氏言：「亂世之民性惡；平世之民性有善有惡，可以爲善，可以爲惡；太平世之民性善。」此認習爲性也。信如其言，則亂世之民對親都無愛敬之萌，見子絶無慈覆之情，遇賢者一無慕悦之情，見無辜被死者一無哀矜之心乎？其言之無理，一至於此！

梁氏曰：「有靈魂，則身死而有不死者存。生之時暫，而不生之時長；生之時幻，而不生之時真。夫然後視生命不足愛惜，而游俠犯難之風乃盛〔一〕，墨學可以起中國之衰者，其精神皆在此點。」見「墨子明鬼與實行關係〔二〕」。余謂此説最可笑！夫一身者，天下國家之小分也；天下國家者，一身之大聚也。吾身之生既暫且幻，而不生之時長且真；天下國家之存，何獨不暫

〔一〕「盛」，原本誤作「成」，華島本《艮齋私稿》、龍洞本《艮齋先生文集》同誤，據梁啓超《子墨子學説》改。舊校本、挖改本、正誤表失校。

〔二〕「墨子明鬼與實行關係」，梁啓超《子墨子學説》第五章《墨學之實行及其學説之影響》第三爲「明鬼説與實行之關係」。

且幻？而其不存者，何獨不長且真乎？其所謂不生之時長且真者，有誰知之？且〔一〕謾言以欺人也。如知死後靈魂之所從往，亦必知生前靈魂之所自來。梁之真靈曾在何處？今乃寄託於幻身。如未明此，安從知彼？

梁氏曰：「孔子曷嘗不言尚賢？百家曷嘗不言尚賢？然其效力不如墨子之强者，諸家於尚賢之外，更有親親、貴貴諸義，本注：《大學》賢賢、親親，《中庸》親親、尊賢，《孟子》貴貴、尊賢，皆以賢與〔二〕親、貴並舉，又《周禮》有議親、議貴之條。墨子則舍賢外佗無所尚，彼貳而此一，彼駁而此純也。」又言：「墨子之教，義利同體，故以尚賢勸實行。其言曰『不黨父兄，不偏貴富』，又曰：『今舉義不避遠，遠者聞之，曰我不可不爲義。逮至遠鄙郊外之臣、門庭庶子、國中之衆、四鄙之人聞之，皆競爲義。』俱見《尚賢》。故使全社會中，非實行者，不得實利。」見「尚賢與實行關係〔三〕」。觀此可見梁氏之舉周、孔、曾、孟，而盡駁之矣。又其所引「不偏富貴」之云則可矣，若乃不黨父兄之教，則使梁氏之父攘羊則證之，梁氏之君失禮則揚之，而歸於無恩無義之罪矣。吾儒寧不得實利，不願學墨、梁也。

梁氏喜言大同，謂釋氏大同，耶氏大同，墨氏大同，孔子、孟子亦皆大同，而一主於平等。余謂孔孟之大同，大同之中又有小異者，在宜細辨，不可混説。

〔一〕「且」，華島本《艮齋私稿》、龍洞本《艮齋先生文集》同，疑當作「旦」。
〔二〕「與」，原本誤作「興」，據舊校本、挖改本、正誤表改。華島本《艮齋私稿》、龍洞本《艮齋先生文集》均作「與」。
〔三〕「尚賢與實行關係」，梁啓超《子墨子學説》第五章《尚賢之實行及其學説之影響》，第一爲「尚賢説與實行之關係」。

梁氏常稱孔、耶、佛「三聖一體」，又稱「先聖墨子」，而謂孟子爲孔教中一派。余謂所貴乎聖人者，以其開愚成智，導錯歸正；而所貴乎學聖人者，以其得於心思，而致諸實用也。今也孔子君君、臣臣、父父、子子，而佛氏逃君父、棄妻子，耶氏「何者是吾母？何者是吾弟」則三教之相戾大矣。墨子愛無差等，佛、耶人類平等，而孔子有親親、貴貴諸義，則三教之相戾大矣。佛、耶以不昏爲偉人，而孔教以夫婦爲人道之始，則交相病矣[一]。欲守耶穌之去祀典，則違於孔子之謹禘嘗矣。童男童女自爲昏媾，耶氏之教；而必告父母，又孔教之異於此者矣。欲爲墨子之不擇人而強聒，則與孔子之不願學者不強異矣。欲爲墨子之裂裳裹足以救宋難，則異乎孔子之樂行憂違矣。欲學孟子之闢墨，則墨子之兼愛、薄葬，不得從矣。欲效耶穌之手拊婦女，則孔教之男女不親授受，不可學矣。佛氏戒殺，而孔子釣弋。佛、耶雖曰戒淫，而男女混處；孔教自七歲，男女已使之不共席。佛、耶去髮以爲禮，割肉以飼虎；而孔子身體髮膚，不敢毀傷。節節互礙，曲曲相悖，則將今年學此、明年學彼耶？抑望前守此、望後從彼耶？吾不知梁氏只管空言而不關實踐故然歟？余觀其經世立務之説，誠亦不無可取者。然只被本領錯雜，恐人心之不服，而事務之難成也。

虞帝之聖，且於常人邇言，必加察焉。今梁某以何人，乃謂古賢法言爲腐敗，見有稱述之

[一]「矣」，原本脱漏，據舊校本、挖改本及正誤表之「追校」補。華島本《艮齋私稿》、龍洞本《艮齋先生文集》均有「矣」字。

者，輒罵之爲奴隸性。此由習聞陸、王、瞿曇，認心爲性、爲理之説，而猖狂自恣，至於如此。苟如其見，渠既掃盡前代法言法行，却欲全世界人悦從其教，而著爲《飲冰集》數十卷書，又何也？吾恐其學之者，將有以夫子之道，反違夫子者矣。近年我邦之號爲士夫者，多悦其言而委身師之，祇見其愚之甚也。吾黨諸子，但要敬信前聖遺訓，禮，信。而斷然從之，義〔一〕。不復有佗歧之惑，智。而無失乎本心之德。仁。則於正身治家，以及於國與天下，決無不足之患矣。

康、梁以平等爲第一義。假如國君欲爲督制政治，而惡平等主義，群臣屢諫不聽，而使康、梁是其子也，則將爲萬衆同胞而勠一父王，以成其學矣乎？如曰：「父王何可殺也？」是父王尊且重，民庶卑且輕，烏在其平等之義乎？可謂進退無據，而手足無措矣。世之尊梁氏者，試加〔二〕思想，而爲下一辨。

梁詩〔三〕云：「恨煞南朝道學盛，縛將奇士作詩人。」自注云：「宋南渡後，愛國之士欲以功名心提倡一世者不少，如陳龍川、葉水心等，亦其人也。然道學盛行，掩襲天下士，奄奄無生

〔一〕「義」，原本誤入正文，排作大字，據舊校本、挖改本、正誤表改。華島本《艮齋私稿》、龍洞本《艮齋先生文集》均作雙行小字夾注。

〔二〕「加」，原本誤作「可」，舊校本、挖改本改。華島本《艮齋私稿》、龍洞本《艮齋先生文集》均作「加」。正誤表失校。

〔三〕「詩」，原本誤作「氏」，據挖改本及正誤表之「追校」改。華島本《艮齋私稿》、龍洞本《艮齋先生文集》均作「詩」。舊校本失校。

氣。一二人豈足以振之？」余謂彼以陳、葉爲愛國之士，此非不然；但謂被道學所掩而無生氣，則其於朱、張諸賢，認爲不愛國者耶？夫當時道學規模大綱無佗，内而扶植綱常，以立國家之基礎，外而選用賢才，以備夷狄之侵凌，惜乎時君不之用，而遂至於亡。今以此爲掩襲奇士，不知彼所認以爲愛國之士，將有異於此耶？○陳同甫於王伯義利不甚明晰，故推尊漢唐，同於三代，而曰：「正欲攬金銀銅鐵，鎔作一器，要以適用爲主耳。」又以曹操一輩爲人欲，其於天理人欲之分，的乎其未有見也。葉正則貶曾子爲非傳聖統，謂曾子不知一貫，又於大道多遺略，未可謂至。譏子思，以《中庸》首三句爲非是。孟子以《孟子〔一〕》爲語治驟、開德廣、處已過、涉世疏，使道不完而有迹。爲新説奇論，而周、程之學爲不足以入堯舜之道。又以程子「以敬爲始」爲非，而曰：「學必始於復禮，禮〔二〕復而後能敬。」謝山全氏謂此水心宗旨。然非敬，何以復禮？敬乃所以復禮也，水心言之倒矣，宜乎東發非之。按：陳、葉見識言論如此，而梁啓超乃推奬之至，謂恨煞道學之盛，則彼之與朱、張諸賢，奚啻冰炭？使在南宋，其不爲胡紘、余嘉者幾希。今日新學輩之譏侮前賢，陵駕世儒者，皆自啓超始，良可痛也！

康、梁皆主平等，故康欲人辟父兄壓制，而收養於育嬰院，梁以孟氏保民爲侵民自由權，

〔一〕「子」，原本脱漏，據舊校本、挖改本、正誤表補。華島本《艮齋私稿》、龍洞本《艮齋先生文集》均有「子」字。
〔二〕「禮」，原本脱漏，據舊校本、挖改本、正誤表補。華島本《艮齋私稿》、龍洞本《艮齋先生文集》均有「禮」字。

而力主[一]民權，使不受君上壓制。吾不知子弟而苦父兄之壓制，則又何故使國民轉受政府之壓制也？百姓而厭君上之厭制，則又何故使國君倒受民權之箝制也？如此，則政府尊而人民卑，民權重而君上輕矣，惡在其平等耶？

梁氏於前代帝王，不問如何若何，輒斥其姓名，此又無禮之大者。近時開化輩上家庭書，直舉父、祖名銜。夫帝王可名，父、祖可名，則更安有上下尊卑之分？佛、耶平等之害，至於如此！

附[二]：題《李純甫傳》[三]

【解題】

寫作時間不詳。

李純甫，金代文學家，字之純，號屏山居士，弘州襄陰人。《李純甫傳》，見《金史·文藝傳下》。艮齋先生另有《題李純甫語後》一文，見《艮齋先生文集》前編續卷五，第Ⅱ册，第四九〇頁。

此文見華島本《艮齋私稿》前編卷二十，第三册，第三五〇頁；龍洞本《艮齋先生文集》私箚卷一，第Ⅴ册，第四五二頁。

[一]「主」，原本誤作「王」，據舊校本、挖改本、正誤表改。華島本《艮齋私稿》、龍洞本《艮齋先生文集》均作「主」。
[二]「附」，龍洞本《艮齋先生文集》有，華島本《艮齋私稿》無。
[三]「附書」，原本及龍洞本《艮齋先生文集》低一格排，華島本《艮齋私稿》仍頂格排，今從華島本《艮齋私稿》。

李純甫，幼穎悟異常，善文章，喜談兵，慨然有經世志，以諸葛孔明、王景略自待。金章宗南征，再上疏，策其勝負，送之軍中，後多如所料。元兵復起，復上萬言書，援宋爲證，甚切時事，不報。後度其説不行，益縱酒自放，日與禪僧、士子游，嘯歌袒裼，出禮法外。晚喜佛，力探奧義，謂中國之書不如西書。所著有《鳴道集説》。

《汪堯峰文抄·鳴道集序》云：「其説根柢性命，而加之以變幻詭譎，大略以堯、舜、禹、湯、文、武之後，道術將裂，故奉老聃、孔子、孟子、莊周，洎佛如來，爲五聖人。而推老莊、浮屠之言，以爲能合於吾孔孟。又推唐之李習之，宋之王介甫父子、蘇子瞻兄弟，以爲能陰引老莊、浮屠之言，以證明吾孔孟諸書。於是發雄辭怪辯，委曲疏通，而極其旨趣，則往往歸之於佛。凡宋儒之闢佛者，大肆掊擊，自司馬文正而下，訖於程、朱，無得免者。」又云：「自唐以來，士大夫浸淫釋學，借以粉飾儒術者，間亦有之，然未有縱橫捭闔，敢於偭聖人之規矩，如屏山純甫自號。者。一何衛浮屠如是之誠，而翦吾儒之羽翼如是嚴且力歟？跡其流弊，視荀氏之言性惡，墨子之論短喪，殆加甚焉。」劉從益以詩誚純甫云：「談玄[一]正自伯陽孫，佞佛真成次

[一]「玄」，原本作「言」，華島本《艮齋私稿》、龍洞本《艮齋先生文集》同。挖改本及正誤表之「追校」改爲「玄」，舊校本無校。《宋元學案》卷一百《御史劉蓬門先生從益》清道光道州何氏刊本亦作「言」。按元劉祁《歸潛志》卷九引作「玄」，作「玄」義長，今從華島本《艮齋私稿》卷九《與吳震泳，兼示子孫與諸生》改。

律身。畢竟諸儒攀〔一〕不去，可憐饒舌費精神。」純甫雖笑而不忤，然其心肝則已膾在机〔二〕上矣。

臼山居士曰：梁啓超才性絶人，使其得正師而鍛鍊之，其所就何可及也？惜乎學術之本源一差，而經濟之作用無一不差矣。梁氏以孔、佛、穌爲三聖人，破父子、君臣、夫婦之三綱而爲平等，排闢宋朝道學諸先生，而其策天下事，又皆縱横辯博，不可窮詰，大概與李純甫略相上下，而梁之才較大，故其害亦甚於彼矣。余有次劉韻論梁氏云：「飲冰不憚爲耶孫，又向如來寄法身。何事又援宣聖去？冷看都是弄精神。」

附〔三〕：答金澤述書〔四〕己酉〔五〕

【解題】

己酉，西元一九〇九年，艮齋先生六十九歲。

〔一〕「攀」，華島本《艮齋私稿》、龍洞本《艮齋先生文集》同，《宋元學案》所引亦同。《歸潛志》及《元遺山詩箋注》引作「扳」。按作「扳」義長，今姑依原本。
〔二〕「机」，原本作「機」，據舊校本、挖改本、正誤表改。華島本《艮齋私稿》、龍洞本《艮齋先生文集》均作「机」。
〔三〕「附」，華島本《艮齋私稿》、龍洞本《艮齋先生文集》無。
〔四〕「書」，華島本《艮齋私稿》、龍洞本《艮齋先生文集》無。
〔五〕「附書」，原本及龍洞本《艮齋先生文集》低一格排，華島本《艮齋私稿》仍頂格排，今從華島本《艮齋私稿》。「己酉」二字，原本脱漏，據華島本《艮齋私稿》、龍洞本《艮齋先生文集》補。

金澤述，《華島淵源録·觀善録》云：「金澤述，字鍾賢，高宗甲申生，扶寧人，文貞公坧後，居古阜。」有《後滄集》傳於世。艮齋先生另有與金澤述書信十二封，見龍洞本《艮齋先生文集》。

金澤述撰有《艮齋先生年譜》二卷，見《韓國近代思想叢書》影印本《田愚全集》第八册。艮齋先生卒後，甲子（西元一九二四年）條云：「七月，總寫華島手定本前後稿而藏之。時法不出認許不得印行，先生有遺書曰『異日若請願於彼以爲刊布之計者，决是自辱』云，故敬遵遺訓，只得寫而藏之。自癸亥始役於玄洞墓齋，至是乃竣。前稿十三册，後稿十二册，再後稿三册，别稿一册，合二十九册。每板二十四行，每行三十字。」

此文見華島本《艮齋私稿》前編卷二十，第三册，第三五二頁；龍洞本《艮齋先生文集》私劄卷一，第V册，第四五二頁。

來書既稱梁氏爲疏通宏肆，有爲之志，可教之材；復惜其頭腦醜差，枉費心力，妄立議論，而卒得罪於聖門。此言是矣。但繼之又曰：「若教得此人以聖學，其有功於世道，豈教得庸才十數輩之比哉？」此意亦甚善。又有不然者：彼蓋由王、陸之門，而據佛、穌之窟，自信已篤，自處已占天下第一流矣，豈肯聽此一夫之言，而棄其平生之學哉？來書欲余取彼文逐段〔一〕立論，劄著佗痛處，捉得那真贓，而〔二〕使不得回避；而其善者，則亦奬詡之，使有所感發。

〔一〕「段」，原本誤作「叚」，據文義徑改，舊校本、挖改本、正誤表失校。華島本《艮齋私稿》、龍洞本《艮齋先生文集》，均作「段」。

〔二〕「而」，原本無，據華島本《艮齋私稿》、龍洞本《艮齋先生文集》補。

此亦未然。程子稱墨子德至矣〔一〕，尤翁亦言楊、墨之嘉言善行，誠爲悦於人。然以余考之，孟子未嘗一語稱二氏。佛氏亦是苦行之人，而程、朱亦但闢其滅倫之罪而已。王介甫，或言〔二〕其修身行己，人所不及。朱子曰：「此是一節好，其佗狠〔三〕厲偏僻、招合小人，皆其資質學問之差，亦安得以一節之好，而蓋其大體之惡哉？」據此，則彼梁氏之言盈天下，使人瞀亂，綱常顛倒，爲吾儒者，但當著説而闢之，不可既闢其本源之錯，而又取其末流之善也。且恐一取一舍之間，使人迷眩而無所準的也。來書欲余遣人之中國，遇其人而一番説與，此雖異於無往教之禮，亦孔子欲告接輿之意也。又曰：「語之而其人悟，則孟子教夷之之功也。使其不悟，亦非失言而不知也。」余謂此言甚厚，而其義則粗矣。蓋接輿既以鳳比聖人而歌過車前，夷之又因徐辟而求見者再，故孔子欲語以出處之義，而孟子亦告以一本之義，則皆合於語默之節矣。今也彼非求我之蒙，而我爲自鳴之鐘，則豈不爲失言之不知乎？鄙見似此，不知雅解復以爲如何？曩見某人説：「梁氏亦取孔子之言者，恐未可深斥之。」余謂：楊、墨亦同是堯、

〔一〕「墨子德至矣」，龍洞本《艮齋先生文集》作「墨子之德至矣」，華島本《艮齋私稿》誤作「墨子之惠至矣」。「惠」當是「悳」，形近而訛。《河南程氏遺書》卷二十五原文云：「墨子之德至矣，而君子弗學也。」胡廣《性理大全》卷五十七引之。

〔二〕「言」，原本脱漏，據華島本《艮齋私稿》、龍洞本《艮齋先生文集》補。正誤表之「追校」改爲「云」，舊校本、挖改本失校。

〔三〕「狠」，原本誤作「狼」，據舊校本、挖改本、正誤表改。華島本《艮齋私稿》、龍洞本《艮齋先生文集》均作「狠」。《朱子語類》卷五十五原文作「狠」。

舜，同非桀、紂，則程子言其是非，豈不當乎？其所以是非之意，蓋竊吾之似，欲成其説耳，遂有不可以一言之中，一事之善，而兼取其大體之教，此乃吾儒謹嚴之用。况梁氏於孔教，前則歌之、保之，後則乃曰不必保、不當保，是惡可不深斥之哉？

《梁集諸説辨》後題[一]

孔、孟之作《春秋》，闢楊、墨，皆不過空言而已，乃與禹、周同功，何也？以其懼亂臣賊子之心，而立尊君[二]敬親之道也。今梁啓超於古代之棄親兼愛者，既爲聖人實學，後世之弑父與君者，又稱以哲后治臣，大者如此，其餘制度文章，又何足問？深恐自兹以往，亂賊之心無所懼，君父之尊無由立矣。是使天下萬世之爲人臣子者，常據自主獨立之權，而忠孝之道不復過而問焉。此天地之缺釁，綱常之鴆毒也。誦法孔孟者，孰不深憂而力救之哉？余竊附於聖人之徒，而有是任不得之言，縱莫能收功於當時，然後之君子必有以識余之心，而歎吾言之不可無也。

〔一〕「《梁集諸説辨》後題」，原本及龍洞本《艮齋先生文集》低一格排，華島本《艮齋私稿》仍頂格排，今從華島本《艮齋私稿》。「梁集諸説辨」五字，原本脱漏，據華島本《艮齋私稿》、龍洞本《艮齋先生文集》補。

〔二〕「君」，原本誤作「居」，據舊校本、挖改本、正誤表改。華島本《艮齋私稿》、龍洞本《艮齋先生文集》均作「君」。

己酉孟夏[一]日，艮齋。

曹兢燮答韓氏書辨庚申

[解題]

庚申，西元一九二〇年，艮齋先生八十歲。

曹兢燮，字仲謹，號巖棲，又號深齋，昌寧人。有《巖棲集》傳於世。

此文見華島本《艮齋私稿》後編卷十八，第六册，第二三七頁；龍洞本《艮齋先生文集》後編續卷五，第V册，第二三四頁。

德壽宫服制，古無所據，鄙人以不服爲斷。

宋徽、欽、高三宗之喪，胡致堂、黄端明、朱子皆以天子之禮處之，而用三年之制矣。何謂古無所據，而斷以不服也？

[一]「孟夏」，原本誤倒作「夏孟」，據舊校本、挖改本、正誤表乙正。華島本《艮齋私稿》、龍洞本《艮齋先生文集》均作「孟夏」。

舊君既受新朝之封爵，我又爲舊君服君服，是爲新朝之陪臣。

朱子出身於高宗朝，而於其喪，又爲三年服議。渠敢指斥朱子爲金虜之陪臣乎？我朝丁丑下城以後，列聖朝出仕諸先生，亦皆認爲清虜之陪臣，而詬罵之乎？

北地王哭於昭烈廟而自殺，所以自明其爲昭烈之孫，而不以降王爲父也。

此一著是渠以亂賊自供之辭也。假使北地奉使東吴，未及復命，而後主降，既而後主即病殂，使兢變而處此地，則其不曰：「是爲降王，非我父也，吾何爲制服也？」其心何嘗有君有父矣乎？其罪奚止爲不忠不孝而已哉？渠又謂北地懟其父而滅其種，以悖逆心觀古今人，無非懟父怨君之人，人之存心，可不慎諸？

欽宗降金，而廢爲庶人矣，朱子於黄端明墓文特書「欽宗皇帝訃聞」，而黄公奏曰：「太上皇帝高宗。於欽宗，嘗北面事之，有君臣之義。」聖賢之於君父，其用心仁厚蓋如此。彼曹也，其於君父，惟其忍心之是施，而不念仁義之可勉也，哀哉！

我自是四十年光武皇帝之遺民，豈日本李太王之遺民乎？

我聞宋朝諸賢，皆以欽宗爲君，以遺民自處，而服君之服者矣。未聞有言我是靖康帝之遺民，而非金朝趙庶人之遺民，而不服者也。

由吾之説，然後知君不可一日忘社稷。自注：殉社稷則服之，不殉則不服。

徽、欽未嘗殉社稷，而當時臣民皆以君服服之。况我先帝之暴崩，豈非殉社稷之義烈乎？而曹也之言乃如此！

艮齋、俛宇云云。〔一〕

世人皆爲之辨明，吾不必復〔二〕云。

余既爲此辨，有疑先帝既見廢而喪其位矣，臣民惡得而君之哉？余曰：宋朝三宗

〔一〕「艮齋、俛宇云云」一句，原本低两格寫，按此當是引曹兢燮語，高一格寫。
〔二〕「不必復」，華島本《艮齋私稿》有，龍洞本《艮齋先生文集》誤倒作「必不復」。

事，吾既言之矣。若夫周敬王出居狄泉四年，而《春秋》不廢春王正月；魯昭公被逐失位而居乾侯[一]八年，聖人且書昭公之年；唐武曌廢中宗而革唐稱周，立宗社而定年號矣，然而《綱目》猶以中宗紀年，又必書帝在某州。凡此皆聖賢所以立法之嚴，而杜禍亂之漸也。況我先帝，但有代理之命，而勒行禪位之式。此在臣民之地，曷勝痛迫之情，尤何敢以非吾君，而不之服哉？噫！如金、曹二賊者，真無人理也。無人理者，又何足誅乎？先是，金澤榮答曹書，有「仇讎何服」之凶説，是則金實爲嚆矢。[二]

從衆時中辨乙巳

[解題]

乙巳，西元一九〇五年，艮齋先生六十五歲。

此文見華島本《艮齋私稿》前編續卷四，第三册，第六六六頁；龍洞本《艮齋先生文集》前編續卷四，第Ⅱ册，第四二九頁。

君子造行，視天地聖人之中而已。其於鄉原之同流合汙，衆人之隨俗習非，非惟不屑，而

[一]「乾侯」，原作「乾候」，據《春秋·昭公二十八年》改。
[二]「余既爲此辨」以下一節，龍洞本《艮齋先生文集》有，華島本《艮齋私稿》無。

反斥絶之。吾聞縰〔一〕笄冠纓，華制也；剃髮抹額，夷俗也。立廟祠先，華制也；焚主廢祭，夷俗也。非行媒受幣，男女不交不親，華制也；童男童女自爲昏媾〔二〕，夷俗也。不取同姓，華制也；取妹通嫂，夷俗也。男女不親授受，華制也；男女相見執手合口，夷俗也。亂臣賊子，人得而誅之，華制也；容護亂賊，夷俗也。愛親忠君，華制也；弑父與君，夷俗也。如此類，不勝舉也，故《春秋》嚴於華夷之辨，而君子世守之，不敢變也。或謂：「剃髮雖夷俗，而舉國上下皆行，則士子亦何獨不從？從衆爲時中也。」惡！是何言也？不問理之是非，只以行之衆寡，分别其中與不中，則毁廟不祀者衆，則從者爲時中矣；男女自昏者衆，則從〔三〕者爲時中矣；男〔四〕女執手合口者衆，取妹淫嫂者衆，弑父弑君而容護亂賊者衆，則是亦皆從者爲時中，而不從者爲不中矣。是又可以人理責之乎？若曰剃髮〔五〕可從，而餘皆不從而死，則此爲何等節義？譬之女子，聽人撫膚而不從，其解衣而寢則爲貞，信乎？否乎？吾知其聽撫

〔一〕「縰」，原本誤作「縱」，據舊校本、挖改本、正誤表改。此文華島本、龍洞本未收，見華島本《艮齋私稿》、龍洞本《艮齋先生文集》前編續卷四，均作「縰」。
〔二〕「媾」，原本誤作「搆」，據舊校本、挖改本改。華島本《艮齋私稿》、龍洞本《艮齋先生文集》均作「媾」。正誤表失校。
〔三〕「從」，原本誤作「徒」，據舊校本、挖改本、正誤表改。華島本《艮齋私稿》、龍洞本《艮齋先生文集》均作「從」。
〔四〕「男」，原本誤作「易」，據舊校本、挖改本、正誤表改。華島本《艮齋私稿》、龍洞本《艮齋先生文集》均作「男」。
〔五〕「剃髮」，原本誤倒作「髮剃」，據舊校本、挖改本、正誤表乙正。華島本《艮齋私稿》、龍洞本《艮齋先生文集》均作「剃髮」。

膚者，餘無不從；從剃髮者，亦無所不從矣。此於天地聖人之中，果何如也？夫中者，中於理之謂，非中於衆之謂也。苟以中於衆者爲中，則禽獸盜賊之行，亦何憚而不爲乎？噫！其可哀也已！

秋潭別集卷之四

雜著

三宜尊論

［解題］

寫作時間不詳。

此文見華島本《艮齋私稿》前編卷十五，第二册，第六六七頁；龍洞本《艮齋先生文集》前編卷十四，第Ⅱ册，第一一三頁。

或有問於余曰：「吾子每謂儒者有三宜尊，尊華也，尊主也，尊性也。今也性爲氣欲所壅，而無以流行矣；君爲宵小所制，而不能自主矣；華爲裔戎所猾，而幾於熄滅矣。吾子於此，將何所策也？」余應之曰：「先王之禮本美矣，而天下之爲人君者，自公卿以至士庶皆同。莫識其貴，而惟巧力之是尚，故蠻夷得而亂之矣；人君之位本隆矣，而天下之爲人臣[一]者，不能格非，而惟逢迎之是務，故群下得而侮之矣；性命之理本至矣，而天下之爲人心者，不以爲準，而惟靈明之是極，故氣欲得而壅之矣。爲今之計，人君務明彝倫，而力行先王之政，則遠人之侵暴者自除矣；人臣輔導君德，而不失朝廷之尊，則宵小之放恣者自止矣；人心敬奉正理，而能由問學之功，則氣欲之拘蔽者自銷矣。又安有神謀奇籌可以弭亂者乎？」或曰：「如子之道，天下事無足爲矣。何今之人不循是軌，而蒙此大禍也？」余喟然歎者久之，曰：「此人心自聖而自用故也。心不自聖，則懼其陷於非辟矣；心不自用，則必其合乎仁義矣。今夫天下之人，皆能不流於非辟，而務合乎仁義，則諸夏不患其不尊矣，人君不患其不尊矣。」問者仰而歎曰：「於乎！大哉！尊性之功也！」

回元論

【解題】

寫作時間不詳。

此文見華島本《艮齋私稿》前編卷十五，第二册，第六六九頁；龍洞本《艮齋先生文集》前編卷十四，第Ⅱ册，第一一四頁。

[一]「臣」，原本誤作「巨」，據舊校本、挖改本、正誤表改。此文華島本、龍洞本未收，見華島本《艮齋私稿》前編卷十五、龍洞本《艮齋先生文集》前編卷十四，均作「臣」。

今日我邦爲群小所壞，已至萬分地頭，雖有知能，恐無拯濟之術。但以理論之，必登庸老成誠一、容人技彦之士；而新進輕鋭、棄理喜事之人，則裁抑[一]之；至於席勢妨賢、斂財諂上之奸，則竄逐之；凡虐民害公、犯贓罷官者，不許入京；叛臣逆賊誅勠之，降城亡子禁錮之。其養士之法，以道德行義爲本，而經濟、政術次之，文學、才藝又次之；古人有養賢教士之制，皆可參而用之。其不務實際、專尚空談，與恃才獨用、莫肯樂群者，宜擯之，使不得與於薦目仕籍。道伯、郡守，必以行己有耻、愛民以仁爲最；軍務將任，又必以仁、禮、信、義爲重，智、謀、勇、嚴以爲輔。若夫學政合一、文武合一、兵農合一、宫府合一之類，皆當舉而行之。如是數十年[二]之後，可以爲政於天下矣。然其本，則惟在乎人君之志定慮明，而必以聖王爲法、生民爲念而已。

時義一

【解題】

寫作時間不詳。

[一]「抑」，原本誤作「仰」。據舊校本、挖改本、正誤表改。華島本《艮齋私稿》、龍洞本《艮齋先生文集》均作「抑」。

[二]「年」，原本誤作「季」，舊校本改爲「季」，挖改本、正誤表改爲「年」。此文華島本、龍洞本未收，見華島本《艮齋私稿》前編卷十五、龍洞本《艮齋先生文集》前編卷十四，均作「年」。據改。

此文見華島本《艮齋私稿》別編卷二，第七册，第七三四頁；龍洞本《艮齋先生文集》別編卷一，第Ⅴ册，第三八三頁。

夷狄之與諸夏，風氣不同，習俗亦異。虞有三苗之叛，周有昆夷之患，雖有聖人，不能使之同仁。以諸夏治諸夏，以裔戎治裔戎，此實天地之定理，非可以群聚而共居者也。今力能制之則已，不然，聖如太王且避之，況其下者乎？時人不知此理，乃反仰沫於讎夷，寄命於雜藝，而猥曰「此可保生，此可復國」，豈不顛乎？彼既甘心爲夷，其見守義之人，輒曰「不知時也」；聞遯世之士，輒曰「此畏死也」。雖曰遯世，只守不亂群之義而已，豈能使彼欲殺之而不知其處乎？是實昧陋無識之所爲致，亦何足責哉？爲今之計，惟有盡室深入，鹿豕與游，魚蝦爲鄰，以詩書禮義〔一〕爲家傳，根莖皮葉爲活計。彼如不問，則没齒自靖，如金仁山、徐東海可矣；如召以官，則力辭不起，如許白雲、方蛟峰可矣；如被劫而致之，則責以弑逆之不可犯，諭以讎怨之不可釋；拘執而囚之，則誦成仁取義之贊，卻〔二〕藥物米飲之進，庶不負前聖中庸之教矣。

〔一〕「詩書禮義」，華島本、龍洞本均同。按當作「詩書禮樂」，以傷世，故不言「樂」，而代之以「義」。

〔二〕「卻」，龍洞本同，華島本誤作「郤」。

時義二

[解題]

寫作時間不詳。

此文見華島本《艮齋私稿》別編卷二，第七册，第七三五頁；華島本《艮齋私稿》前編續卷四，第三册，第七〇三頁；龍洞本《艮齋先生文集》前編續卷四，第Ⅱ册，第四四五頁。

見今時象，群陰剥陽，衆慝蔑正，四夷猾夏，故君子不利有攸往，但當巽言遠害，晦跡避世，以俟天復之漸，而出而有爲，斯乃隨時從道之義。若曰危亂之世，君子有爲之時，不宜一任天運，則人君是有爲之主，而賢者乃人君之輔也，在上之君既不能自主，又不曾求賢，賢者豈可自進，以圖自主之權乎？故曩也有勸爲民會者，而不之從也，是乃君子所以存心消息盈虚之理，而順之爲合乎天行者也。夫剥之時，義尚如此，况純陰之坤，有龍戰道窮之象，君子處之，尤當致謹於「天地閉，賢人隱」之戒，而用「括囊无咎无譽[一]」之占也。若曰：坤之時亦有「從王」、「時發」之教，豈可含藏，終不爲乎？則此又六三居下之上，而得位者也。故舜未遇

[一]「括囊無咎無譽」，「囊」，原本誤作「襄」，據舊校本、挖改本、正誤表、華島本改。此文華島本收録，又見華島本《艮齋私稿》前編續卷四，龍洞本未收，見龍洞本《艮齋先生文集》前編續卷四，均作「囊」。《易經・坤卦》作「囊」。據改。又兩「无」字，原本、華島本、龍洞本《艮齋先生文集》均作「無」，宋版《易經》作「无」，據改。

堯，茹草深山，若將終身；伊未遇湯，耕田樂道，未嘗求售。至其後來，事業皆偶因得君而成就之，非平日先有一毫夾插之私耳。

两河義民丁未

〔解題〕

丁未，西元一九〇七年，艮齋先生六十七歲。

此文見華島本《艮齋私稿》前編卷十六，第二册，第八二一頁；龍洞本《艮齋先生文集》前編卷十五，第Ⅱ册，第一八〇頁。

臣子於君父之命，有順從者，有曲從者，若大義有乖，即有死不敢從，知此義者，乃可以事君父也。宋欽宗割河東、河北以與金虜，遣陳過庭詔諭两河民開門出降。噫！是猶父祖之令兒孫事讎，良人之教妻妾從賊，宜乎两河之民堅守不奉詔也。余謂使两河之民求一忠義智勇如岳侯〔一〕者，推以爲將，而一聽其指揮，以與金虜戰，九死靡悔，百折不回，直擣虜窟，迎還二

〔一〕「岳侯」，原本誤作「缶候」，據舊校本、挖改本、正誤表改。此文華島本、龍洞本未收，華島本《艮齋私稿》、龍洞本《艮齋先生文集》均作「岳侯」。

帝，其功爲如何哉？曩者朝廷令士民剃髮胡裝，而有不從者，時輩〔一〕謂之亂民；詔勑令士民無得倡義，而有起兵者，時輩〔二〕謂之匪類；州郡令士民熱心新學，而有守舊者，時輩〔三〕謂之野蠻。因相與侮詈攻斥，而使之不容於世也。使此輩生於宋時，而居兩河之地，亦將奉詔請降於虜人，而反謂不肯從者爲逆亂之民矣！古者以城降者，不齒齊民，累世而不變。噫！人不可以不讀書也！

學問關世

〔解題〕

寫作時間不詳。

此文華島本《艮齋私稿》未見；見龍洞本《艮齋先生文集》別編卷一，第V册，第三八三頁。

學問之道，明君哲輔所以奠安邦家，聖師賢弟所以維持綱常。近世一種不學無識之人，

〔一〕「時輩」，原本無，華島本《艮齋私稿》、龍洞本《艮齋先生文集》亦無，正誤表無校，據挖改本補。
〔二〕「時輩」，原本無，華島本《艮齋私稿》、龍洞本《艮齋先生文集》亦無，正誤表無校，據挖改本補。
〔三〕「時輩」，原本無，華島本《艮齋私稿》、龍洞本《艮齋先生文集》亦無，正誤表無校，據挖改本補。

或藉門地而柄〔一〕用，或由曲徑而倖進。所以告於君、議於朝者，既非學問之道，所以施於身、行於家者，又非學問之道。則遂以學問無用，士流腐敗，立爲格目。而守道不輕出，則謂之「養望」；承召而進見，則謂之「媒榮」；守舊而不變者，謂之「頑固」；倡義以討賊者，謂之「匪類」。百端詆訕，使之不容於世，恐其見信於上。及觀彼之所爲，則毁先王之制，以從蠻夷之俗；斂百姓之財，以爲遷秩之用；奉讎虜以劫君父，縱妻女以配犬羊。所可道也，言之醜也。如非有賢明之君，任道學之責，剛直之臣，正時輩之罪，而復使朝廷清肅，士流淬礪，以復先王之舊章，以斥淫夷之新説，則天下國家無復可治之期矣。

頑固美號丁未

【解題】

丁未，西元一九〇七年，艮齋先生六十七歲。

此文見華島本《艮齋私稿》別編卷二，第七册，第七三六頁；龍洞本《艮齋先生文集》別編卷一，第V册，第三八四頁。

〔一〕「柄」，原本誤作「枘」，據舊校本、挖改本、正誤表改。此文龍洞本有，華島本無，華島本《艮齋私稿》未見。

俗子目士流爲「頑固」，此誠醜名也。昔武王爲救商民而至，當時士民且不肯臣周，周人謂之「頑」，然在商固爲「義」也。况今所遇，乃蠻夷而亂賊也，且害我聖母，幽我仁君，而魚肉我生靈，糞壤我禮義，天所不與，神所必殛。奈何身爲聖人之徒，而與之和同，以博「開明」之稱乎？彼一種不仁無耻，而謟附於犬羊者，視士流如仇敵然，加之以醜名，而争詆訕焉。嗚呼！今之士遠承聖賢，近戴君父，而被其汙衊，此果辱乎？榮乎？余欲同志諸公，愈久愈頑，愈往愈固，一直無覺，百折不回，而不忍負李氏，無敢畔〔一〕孔子。是爲君民之大經，師生之正義也。噫！彼所謂「頑」，乃昔賢之所謂「義」也。如此美號，今幸得之，何必辭諸！

衣制問

［解題］

寫作時間不詳。

此文見華島本《艮齋私稿》前編卷十六，第二册，第七五六頁；龍洞本《艮齋先生文集》前編卷十五，第Ⅱ册，第一五二二頁。

〔一〕「畔」，龍洞本同，華島本作「叛」。

曰山田愚[一]，聞青衣之令，令子孫門人勿用。有疑者曰：「子十數年前不曾言：『緇衣，《詩》、《禮》、《論語》之所載，濂溪、程、朱之所御，爲吾儒者宜用之』云爾乎？及後朝家令服之，則乃曰：『從余游而著此者，勿入吾門可也。』今則又與黑衣不同，而禁後輩勿用此，尤與尤庵先生之因朝令而用青衣者大相反。平日之自謂篤信尤翁，何見歟？」曰：「噫嘻！痛矣！吾豈故欲違朝令而異於前賢乎？此出於萬不得已也。吾每曰：朝廷若能外夷，而考得古制，使朝野士民行之，安有不從者乎？但今日朝廷逼於夷狄，而强用其制，則爲吾儕者，宜毅然自立，使夷人知吾道之不可以力屈，豈非《春秋》之所與，世道之所賴？亦豈非五百年列聖朝培養士氣之一遺澤乎？故不問服色之青、緇，只問衣制之華、夷。夷則青亦夷，緇亦夷，有死不敢從也；華則青亦華，緇亦華，又何俟於三申五令乎？昔孟子將朝王，王召則不往，豈以朝王爲非歟？特以王之召賢不可也。朝王出於賢者，則往與不往皆義也；造朝出於王召，則往爲非禮也。昔之欲用緇衣，固禮也；後之不從緇衣，亦禮也。尤翁之從朝令，固義也；今吾之不從朝令，亦義也。以吾之不從，學尤翁之從，不亦可乎？况由青入緇，纔一間耳，從此違彼，又何義乎？吾故不得已而守舊焉爾。」或曰：「乙未之變，某人告其門徒曰：『景公之女於吳，

[一]「田愚」，華島本《艮齋私稿》、龍洞本《艮齋先生文集》均作「田某」。此文華島本、龍洞本未收，見華島本《艮齋私稿》前編卷十六、龍洞本《艮齋先生文集》前編卷十五。

孟子謂之順天，是宜思之。』此涕出於毁形之意也。今子既不能止，又不肯從，不幾於進退無據乎？」曰：「噫！不能止者，以吾爲草莽之臣也；不敢從者，以吾爲聖人之徒也。」問者釋然，曰：「吾不敢復疑矣。」

記晨窗私語乙巳

［解題］

乙巳，西元一九〇五年，艮齋先生六十五歲。

此文見華島本《艮齋私稿》別編卷二，第七册，第七三七頁；龍洞本《艮齋先生文集》別編卷一，第Ⅴ册，第三七七頁。

某生問：「吾子之不仕於斯世，庶不乖乎歸潔之義矣。今忽出位而投疏，又何説也？」曰山老人曰：「昔齊國有弑君之賊，而孔子時已致仕，猶且請討於魯君。況今諸賊舉全國以與讎虜，其視鄰國之變，已不同矣。賤臣又與白民有間，惡可已於一言乎？」某生曰：「是則既聞命矣。又欲入城會辨於各國公館，是雖曰國人之所望於吾子者，然遠近朋友，一時難會，幾多財穀，倉卒難辦，則聖人之爲善，度德量力，審勢順時，故其所行未有過分逾節之失。今吾子其殆未免於事功聲聞之累歟？」曰山老人歎曰：「古之聖賢，目見蓋世功業在前可爲，而道義有一毫未安，不肯屈己以徇人也。吾亦與聞乎此久矣，但今日之勢，非惟國亡，道術亦亡，人類亦亡矣。如此而國人有望於余，此雖非余之所能勝者，然其群情未忍孤也，欲一爲之。既而因力詘而止於自靖，此似未可概以事功聲聞斷之也。」某生曰：「是亦既聞命矣。吾聞我人之被囚日部者，其飢寒不至甚苦楚，軀命不至便隕滅也。古之自靖者，或越海他適，或病狂自廢，或聞變自裁，或遯跡終身，是數者之難，更甚於日部之苦矣。吾子不爲彼而欲爲此，果能自保其克終，而無少憾否乎？」曰山老人沈吟久之，曰：「越海，有財則可爲；病廢，有忍性則可爲；自裁，非有志節者不能；惟遯跡而不自失，非有得於道者，定自難能也。前三者，吾固未敢易言，乃若所顧，則最後一段事也。」

華夷鑑癸卯

［解題］

癸卯，西元一九〇三年，艮齋先生六十三歲。

此文見華島本《艮齋私稿》別編卷二，第七册，第七三八頁；龍洞本《艮齋先生文集》別編卷一，第V册，第三七八頁。

王者，萬人之表也，須有德以臨之，有禮以導之，有法以維之，乃有以繫天下之心。不然，臣輕其君，民非其上者有矣，如此而能保其位者，未之聞也。此古昔聖王，所以常存克艱之心，而夙夜祗懼〔一〕以盡其職者也。是以其下觀感愛戴，而視之如父母矣。苟或用非其人，澤不及民，帝王第一大事，只「保民」二字而已。凡論相育賢、理財鍊兵之類，總爲此一事而設。然其中用人最爲切務，若用非其人，則庶事百爲，一無所賴而立矣。○〔二〕凡擇人之道，有德有才，而有志節者，上士也；才雖不足，而有德有志節者，次也；其徒有才者，不可柄用也。○〔三〕張南軒對宋孝宗言：「伏節死義之士，當於犯顔敢諫中求之。」今欲足之曰：「賣國販君之賊，宜於阿諛順旨中察之。」而致得天災時變、内姦外宄迭至而疊見，上帝命之爲君，而使之盡心於民。今不能修其職，上帝將視爲應然而不之怒乎？宜其災害荐至，外内交亂，而使之警懼修省。此可見天心之孔仁也。則正宜罪己求言，勵精圖治，以庶幾仁天有悔禍之心，宗社享永命之福矣。不幸而至於受制外國，變易舊典，亦宜知所揀擇，毋得隨事順從。更宜漸圖自强，而有所奮起，切忌悦從方蹶，而遂至滅亡也。其或有讎見屈，用夷變夏，如古人之所遭，則又宜君臣上下，以信相守，堅持正義，同死社稷，以自靖獻於先王；不當以一時之苟存爲幸，而蒙垢受汙於萬世也。宋高宗時，金虜有父兄之讎，而以詔諭江南爲號，則胡澹庵抗疏，言和議不可，而進士吴

〔一〕「祗懼」，原本作「祇懼」，龍洞本同。華島本作「祗懼」，據改。按《尚書·泰誓》：「予小子夙夜祗懼」，《四部叢刊》景印烏程劉氏嘉業堂藏宋本、《續四部叢刊》景印宋相臺岳氏家塾本均作「祗」。「祗」，《爾雅》：「敬也」，《説文》：「敬也，從示，氏聲」，《廣韻》：「旨夷切」。祇，《説文》：「地祇，從示，氏聲」，《正韻》：「渠宜切」。

〔二〕○，原本誤排作△，據華島本、龍洞本改。

〔三〕○，原本誤排作△，據華島本、龍洞本改。

師古鋟其書，敵人千〔一〕金募之，而懼曰：「南朝有人！」此可謂一服強劑，足以起死回生，而惜其不見用也。然其凜然義氣，足令讎虜氣慴，賊臣膽寒，而有光史册，裨補世教，則顧不大歟？高麗元宗爲世子，歸自元國，人見其辮髮胡服，至有泣下者。印公秀請從其制，元宗曰：「祖宗之舊，不忍遽變，我死後，卿等自爲之。」其意雖爲宗社行權宜之道，然不許國人之從，則其情戚矣，其心亦苦矣。如趙武靈之劫，令其臣爲戎服者，獨何心哉？恭愍王則既嘗辮髮矣，及聞李衍宗之諫，即悦而解之，亦可謂先黷而後貞矣。若乃北魏之孝文，則以拓拔氏之後，生於崇奉異教之世，乃獨知尊尚聖賢，既修堯、舜、禹、周公、孔子之祀，又能行三年之喪，而令群臣從之，並禁胡語舊俗，同姓嫁娶，議興禮樂，而移風易俗。若是者，誠所謂可與有爲之君，而足爲爲國者之標的矣。惜乎後來元、清之見不及此，而守其陋俗也！高麗鄭可臣、閔漬，從忠烈入〔二〕元，元主聞講《孝經》、《論》、《孟》，曰：「彼雖陪臣，儒者也。」命去辮髮著巾。此又一奇事，亦可以表出而示法裔戎矣。未知今日東西諸國，亦知天下有講前聖之書，守先王之道者乎？嗚呼！此天下之大本，剥上之碩果，上下神祇之所共愛護，遠邇人物之所同依賴也。是則所謂人者，天地之心；而人所以爲天地之心者，又以其謹於禮也。先儒言「禮者，天地之五藏六府

〔一〕「千」，原本誤作「十」，華島本同誤，據舊校本、挖改本、正誤表、龍洞本改。明王宗沐《宋元資治通鑑》：「宜興進士吴師古鋟其書於木，金人募之千金。」

〔二〕「入」，原本脱漏，據舊校本、挖改本、正誤表、龍洞本補。華島本無「入」字，後補寫。

寓於其中」，禮之所重，果何如哉？吾願宇内士類之交相和協，而有釋回增美之功，以致海外遠人之特加敬信，而得革陋歸華之慶。如此則豈惟吾黨一時之幸，將天下萬世之幸。區區不勝血誠，懇望之至。太華山人書。

華夷之分，以有禮、無禮之異。故曰：禮小失，則入於夷狄；大失，則入於禽獸也。然禽獸尚有拜斗之鱧，跪乳之羔，每歲二祭之獺，一日再衙之蜂；亦有群伍不亂之鸂鷘，雌雄有別之雎鳩，群行相讓、遇食相讓之猓㺌，匹偶不再、交尾不再之鴛鴦，況可以人而不知禮乎？上自帝王，下至負販，罔不待禮而立，此謂君臣上下、父子兄弟非禮不定也。爲國者必以禮，爲學者亦必以禮。禮者，人之所由生，故聖人以爲尊敬然也。昔周末之無君，以失禮也；五胡之亂華，以犯禮也。凡今天下之人，各安其禮，而毋敢僭越，不相侵奪，則豈非天地鬼神之所深願乎？吾之爲此説也，必以「禮」之一字，眷眷爲天下告者，其意實深遠矣！

自昔帝王如南宋之高宗、高麗之忠烈，已無足責；而儒流中如元之許衡、吴澄，清之李光地、徐乾學輩，又皆率天下而歸夷狄者，當被《春秋》之誅，而不敢辭矣，願後人之鑑戒焉。謝山全祖望有云：「許文正，元人，其仕元又何害？論者乃以夷夏之説繩之，是不知天作之君之義也。豈有身爲元人，而自附於宋者？真妄言也！」余謂全氏所謂「天作之君」者，徒知統一天下之爲正統，而不知夷狄之不可爲正統也。夫統一天下而不得爲正統，以其不能變夷而用夏也。然則以誦法周孔之儒，爲稽顙虜廷之臣，豈不害《春秋》之義乎？其爲元人、非元人，不須問也。至若吴澄，宋撫州崇仁人，年二十應鄉試，中選春省下第，越五載而元革命。澄門人潘音，生甫十歲而宋亡，見長老談崖山事，即潸〔一〕然出涕。及〔二〕澄以薦召欲往，音諫止之，不從，遂築室南洲山中，自號待清隱〔三〕居，澄可謂有愧潘氏矣。○〔四〕李光地力贊康熙掃盪臺灣，皇明衣冠於是焉殄滅無遺矣。徐乾學以皇明世胄，失身龍庭，甘爲親臣。而四海九州盡化爲戎，惟吾東獨保三代衣冠。乾學勸康熙薙髮，東人是豈可忍乎？以何顔對古今聖賢經籍乎？

天下策甲辰

〔解題〕

甲辰，西元一九〇四年，艮齋先生六十四歲。

此文見華島本《艮齋私稿》別編卷二，第七册，第七四二頁；龍洞本《艮齋先生文集》別編卷一，第Ⅴ册，第三八〇頁。

〔一〕「潸」，原本誤作「潛」，據文意改。

〔二〕「及」，原本誤作「反」，據舊校本、挖改本、正誤表、華島本、龍洞本改。

〔三〕「隱」，原本誤作「穩」，華島本亦誤作「穩」，據舊校本、挖改本、正誤表、龍洞本改。潘音事見《宋元學案》卷九十二《隱君潘待清先生音》，作「隱」。

〔四〕○，原本誤排作△，據華島本、龍洞本改。

道曰翁病伏太華山中，不聞户外事久矣。客有言：「日、俄相戰，因争我地而然，翁以爲如何？」翁歎曰：「信如是也，竊恐非两國之福。何以言之？自古有國者，鄰國雖小，苟無罪，亦〔一〕無伐。使我邦誠有可問之失，萬國會責，使之從善，乃爲與國之道。今也不然，立所謂『日開化』、『俄開化』之名，一號爲『吾之開化』，更不問己事得失，彼勢利害，惟任己意而左右之，不復顧諸國之笑，其爲諸國者，亦不復議其後也，天下有是理乎？况欲奪人之土地，而發許多兵丁，支許多財穀，用大砲胡亂殺數千百人而無所惜，此曾豺狼之不若也。夫嗜殺人者，人亦殺之；不嗜殺人者，人必與之。此理勢之所必至也。且其國萬衆之民，有何心情，肯爲其君之侮奪人，肝腦塗地而莫之恤也乎？吾恐其不及奪人，而内亂先起，以亡其國也。借使得地，所得不能補其失也。何苦爲此不仁不知之事，而不之悟乎？今爲天下計，不如各安其分，而不相侵奪。鄰國之君，有得罪於民而失其職者，衆議而共正之，使得而更張焉可也。如此，則庶幾華夏先王以善養人，而無一毫利天下之道也。不然，俄雖强大，日雖多謀，苟不修德，而惟兵力之是恃焉，則上天豈肯久縱驕子以亂宇内乎？昔宋以小國，滅滕、伐薛、敗魏、勝楚，而竟亡於齊；秦藉强暴而滅六國，一天下，然不過二世而亡。此日、俄之前車，而其君相之見，無有能及此者，豈不惜哉！請各國政府互相照會，而布告天下，惟禮義是尚，而不復以

〔一〕「亦」，原本誤作「謂」，華島本亦誤作「謂」，據舊校本、挖改本、正誤表、龍洞本改。

戰鬬爲務焉。則上而體天心之仁，下而惜民命之重，而其功澤之及於萬方、垂於百代者，豈適爲一時攻城掠地、富國强兵者之比而已哉？」客曰：「翁之言仁矣！翁之策善矣[一]！孰能爲天下之爲人牧者，日謦[二]欬於其側也？」

奉同國人立誓

【解題】

乙巳，西元一九〇五年，艮齋先生六十五歲。

此文見華島本《艮齋私稿》別編卷二，第七册，第七四四頁；龍洞本《艮齋先生文集》別編卷一，第V册，第三八二頁。

我邦素被殷師之教，而有「小中華」之稱，孔子嘗有欲居之志，而晦翁又嘗道其風俗之好。近年以來，國運不幸，寇盜滿廷，遂至延讎入室，舉國以與敵。嗚呼！今年十月二十一日之變，尚忍言哉？痛哭痛哭！凡我搢紳士民，宜皆沫血飲泣[三]，腐心切齒，以爲我是三千年孔教之人，五百載李氏之臣，死當爲天地之明神，誓不作讎虜之臣妾。目前只見得《春秋》義理之重，不知

[一]「善矣」上，原本誤衍一「矣」字，據舊校本、挖改本、正誤表、華島本、龍洞本删。

[二]「謦」，原本誤作「警」，據華島本、龍洞本改。舊校本、挖改本、正誤表失校。

[三]「泣」，原本脱漏，據舊校本、挖改本、正誤表、華島本、龍洞本補。

有刀鋸[一]鼎鑊之威，縱緣勢弱力詘，而不能行誅討興復之舉，然苟能以是存心，以是終身，亦以是傳世，庶幾神明助順，得可爲之機而成其志，則可以歸報先王矣，可以下見前聖矣。其或命道益窮，值必死之地，而全其節，猶足以不負帝衷矣，猶足以不辱遺體矣。斯乃爲拗過天地之心，斯乃爲中華禮義之道。視彼稽顙賊庭，遺臭後世，而爲婦孺之所唾罵，子孫之所羞戴者，得失相萬萬矣。凡我邦之人，聞我此言，志日益勵，氣日益奮，一年、二年[二]、十年、二十年，而愈益不懈也，是所謂「死」字貼在額上、生理根於心中者也。愚雖不肖，願與諸君子偕勉焉。

乙巳復月日，太華山人愚，灑涕而書。

告世文[三] 乙巳

[解題]

乙巳，西元一九〇五年，艮齋先生六十五歲。

此文見華島本《艮齋私稿》別編卷二，第七册，第七四五頁；龍洞本《艮齋先生文集》別編卷一，第V册，第三八二頁。

[一]「鋸」，原本誤作「鉅」，據華島本、龍洞本改。舊校本、挖改本、正誤表失校。
[二]「一年二年」，龍洞本同。華島本作「一日二日」。
[三]「告世文」，華島本題爲「布告天下文」，龍洞本題爲「私擬告世文」。

君父者，臣子之天。故有父如瞽，而虞帝孝；有君如紂，而文王敬。是爲人倫之至，而萬世之準也。聖人之於君父，當不義，則曰諫而已；諫而不聽，則曰去而已、泣而已。未聞有爲利而弑其君父之教，厥或犯之，即又[一]有人人得而誅之之法也。曩者英之與日開化也，日君不欲，則有夷謄薄紊者，弑其君而立其子。使其子又不欲，則薄紊豈肯已乎？其子繆忍，不念其父守正遇害之痛，惟知其身南面肆欲之樂，而視剹其父如誅極逆大憝之罪人也，非惟不討賊復讎，乃反同朝而共政焉，是天下萬國之所共必討者也。且[二]英之君臣，又貪其利而與其弑也，是亦無人性者矣。假使有大於英者，脇之使從己，而其君不欲，則彼英國豈獨無如薄紊者乎？彼兩國之君臣，大抵皆梟獍之類也。夫弑君而開萬年社稷之福，弑父而撫四海人民之衆，苟有臣子之性者，雖殺之使爲，决不忍爲矣，亦决不敢爲焉。非惟是已，吾聖人之教，又有「殺一不辜而得天下」且不爲，况彼之所利，直不過一錙銖之微而已乎？今請天下萬國相與舉義，以討日本而誅繆忍、薄紊，以正弑逆之罪，並剹其將相之居大位者，以正其不討之罪，更擇賢者爲之君而去，是爲今日整頓世界之一大機關也。

[一]「又」，原本誤作「乂」，據舊校本、挖改本、正誤表、華島本、龍洞本改。
[二]「且」，原本誤作「旦」，據華島本、龍洞本改。舊校本、挖改本、正誤表失校。

諭世文甲辰

[解題]

甲辰，西元一九〇四年，艮齋先生六十四歲。

此文見華島本《艮齋私稿》前編卷十六，第二册，第八一六頁；龍洞本《艮齋先生文集》前編卷十五，第Ⅱ册，第一七八頁。

剖棺斬尸，天下之極刑，故非天下之大憝，不施也。今有賊人，發人之塚而截其首，此天下之大惡，而問其所求，則曰財也。夫財者，固能生人，亦有時殺人。今欲得有時殺人之物，而犯天下之大惡，此天下之至愚，而王法所必誅，孝子慈孫之所必報也。試使賊人處其地而體其情，則豈有不腐心切齒[一]，而思所以仇之者哉？昔宋朝陵寢梓宫累經變故，而朝廷欲遣使祈請，如今輸財乞骸[二]之爲，則朱子以爲復讎爲重，掩葬爲輕。臣子遭此變，則必討賊復讎，然後葬其君親。不則，雖棺槨[三]衣衾極於隆厚，實與委之於壑無異。且梓宫存亡，固不可

[一]「齒」，原本誤作「幽」，據舊校本、挖改本、正誤表改。此文華島本、龍洞本未收，華島本《艮齋私稿》、龍洞本《艮齋先生文集》均作「齒」。

[二]「骸」，原本誤作「駭」，據舊校本、挖改本、正誤表改。華島本《艮齋私稿》、龍洞本《艮齋先生文集》均作「骸」。

[三]「槨」，原本誤作「榔」，據舊校本、挖改本、正誤表改。華島本《艮齋私稿》、龍洞本《艮齋先生文集》均作「槨」。

料矣，萬一狡虜出於漢斬張耳之謀以誤我，不知何以驗之？何以處之？繼引李宗思之言曰：「此決無可問，但當沫血飲泣，益盡死於復讎，乃所以爲忠孝耳。」是其立法之嚴，爲何如哉！使賊人早聞此義，雖使爲之，必掉頭而走矣。今欲朝廷令於國中，曰：「今後遭此變者，宜告廟掛孝，竭財盡力，期於殺賊，取賊心肝，而奠於墓前，始得爲孝。」而州郡尤宜發兵詗[一]捕，期於爲匹夫復讎。如此，則賊人既知無益，而不肯爲矣，亦復畏死而不敢爲矣，豈不亦賊人之幸也歟？是則既然矣，若論其有財者，是亦自取焉爾。夫盜賊亦是奸雄，雖已爲惡而不爲善，然於人則惜善而不惜惡。故平日有能睦姻喜施者，彼亦愛惜而不之犯；其遭罔[二]極之變者，必其鄙吝慳嗇，而不念族親故舊之情者爾。朝廷並宜以此意教戒之，使之憂人之窮，而保己之福也，豈不亦富人之幸也歟？雖然，是亦末也已矣。昔季康子患盜，問於孔子，子告之曰：「苟子之不欲，雖賞之不竊。」此乃爲極本之論也。今日君子，盍亦於此而勉焉？苟是之勉，豈惟盜之可戢，亦將亂之可弭。如此則國家太平，百姓太平，而自家亦太平矣，何苦而不爲乎？大不可知也。

太華山中藿食翁言。

[一]「詗」，原本誤作「詷」，據舊校本、挖改本、正誤表改。華島本《艮齋私稿》、龍洞本《艮齋先生文集》均作「詗」。

[二]「罔」，原本誤作「岡」，據舊校本、挖改本、正誤表改。華島本《艮齋私稿》、龍洞本《艮齋先生文集》均作「罔」。

警世文乙巳

[解題]

乙巳，西元一九〇五年，艮齋先生六十五歲。

此文見華島本《艮齋私稿》前編卷十六，第二册，第八一八頁；龍洞本《艮齋先生文集》前編卷十五，第Ⅱ册，第一七九頁。

今日上下毁形之人，本非西佛種類，又非東倭民庶，即我邦之父兄子弟，或無識貪榮，或無節畏死，或窮餓所驅而入者。放心剃頭，便是異類；悔過長髮，還是同人。始也託於忠君，終之至於賣國，號則謂之保民，實則陷於罔〔一〕利。盍一反思，以爲吾先世未嘗變服毁形，而今我如此，得無爲父祖之罪人，而貽子孫之羞乎？我先王教以守分安業，而今我如此，得無爲國家之亂類，而被法義之誅乎？苟能回頭轉身，或盡心職事，以繼續家聲；或致力農務，以保全性命，則君子於此，豈無參量之道乎？不然，而一向執迷不悟，異時朝廷清明，綱紀復振，則在官員有坎坷之誅，在民庶有不齒之累矣。國家萬一不幸，而至於不可言之地，則宰臣被亡國大夫之律，會黨蒙衰世亂民之罪矣。何苦而爲此有損無益、有害無利之事哉？我願今日邦内

〔一〕「罔」，原本誤作「岡」，據舊校本、挖改本、正誤表改。此文華島本、龍洞本未收，華島本《艮齋私稿》、龍洞本《艮齋先生文集》均作「罔」。

失足之人，聞我此言，宜憬然悟，翻然改，奮然有爲，以同歸於向君念祖、守身保家之域。區區不勝血願之至。

亂極當思示子孫門人○乙巳臘月

【解題】

乙巳，西元一九〇五年，艮齋先生六十五歲。

此文見華島本《艮齋私稿》前編卷十六，第二册，第八一九頁；龍洞本《艮齋先生文集》前編卷十五，第Ⅱ册，第一七九頁。

今世衆生，遇著大亂，咸以死爲憂。凡憂死者，勿死可也。曰：如何能勿死？曰：不能死可也。大抵天地氣數，不能常平，則人生境遇，亦多險巇。試自推原此形凝成之始，必有此形銷散之數。今我於壽夭能不疑貳，惟修德守道，靜以俟之。當生則生，當死則死，胷中多少灑落，直與太平無事時一般。這個心事未易辦得，這個地位未易到得。然自從時下小小艱虞，思其不得排遣而勉受之，以至撞著生死大事，亦要思其莫能逃躲而勉處之。如是思，如是勉，漸思漸明，漸勉漸熟，及乎明而熟，則白刃相逼，與平地喫跌一也。只在子細思索。

亂中工夫乙巳

[解題]

乙巳,西元一九〇五年,艮齋先生六十五歲。

此文見華島本《艮齋私稿》前編卷十六,第二册,第八二〇頁;龍洞本《艮齋先生文集》前編卷十五,第Ⅱ册,第一七九頁。

遇此大亂,奴隸之辱,滅亡之禍,人皆恇怯。余自思吾儒平日,以致知、居敬、力行爲務,余又以「心本性」揭立學宗,皆要今日用。蓋人或辨得義理是非,或體得敬直趣味,或踐得人生倫綱,有一於此,亦足以處今日之亂矣。且心之識察持守,能不自用,而常要根極於性命之理,則奴隸之耻,誓不肯受,死生之變,視同朝暮矣。毋徒畏今日之亂,惟務進平日之功。苟得德業進進不已,而有刀鋸鼎鑊與簡編筆墨一視之效。則性天澄澈,纖滓不留,心地平穩,一妄不動。此個滋味,有未〔一〕易以告語人者。然其始須求是,求是而得,則所謂「艮其背,不獲其身;行其庭,不見其人」者,可以馴致矣。

〔一〕「未」,原本誤作「末」,據舊校本、挖改本、正誤表改。此文華島本、龍洞本未收,華島本《艮齋私稿》、龍洞本《艮齋先生文集》均作「末」。

臨亂問答乙巳

［解題］

乙巳，西元一九〇五年，艮齋先生六十五歲。

此文見華島本《艮齋私稿》前編卷十六，第二册，第八二〇頁；龍洞本《艮齋先生文集》前編卷十五，第Ⅱ册，第一八〇頁。

試使人問於聖人，曰：「有孝子，親病，刲股割肝，何如？」必曰：「未合中也。」「一毛髮，無故拔去，何如？」必曰：「不可也。」「步履不審而傷肢體，食色過〔一〕度而損氣血，何如？」必曰：「非孝也。」「父母用大杖擊之，子俛首而恭受，何如？」必曰：「亦非孝也。」「耽看書，喜寫字，而損目，何如？」必曰：「過矣。」然則聖人之愛形氣也亦至矣。雖然，又有問者曰：「人臣遇賊欲屈，婦女被人欲汙，士子遇夷虜，令變〔二〕服毁形，則保全軀命何如？」必曰：「當舍生而取義。」「若老親在，則奈何？」必曰：「臨亂苟免，非孝也。」「全家被執而皆死，則將絶嗣，此又如何？」必曰：「失義之罪大，絶嗣之禍小。」然則聖人之輕形氣也亦至矣。吾意聖人之於形

〔一〕「過」，原本誤作「重」，據舊校本、挖改本、正誤表改。此文華島本、龍洞本未收，華島本《艮齋私稿》、龍洞本《艮齋先生文集》均作「過」。

〔二〕「變」，原本誤作「變」，據舊校本、挖改本、正誤表改。華島本《艮齋私稿》、龍洞本《艮齋先生文集》均作「變」。

氣，其愛之亦以義理，其輕之亦以義理，義理之重於形氣，昭然明矣。今之士，遇亂而問處義之方，然其名則處義之問，而實則求生[一]之道也。吾故設此兩問而發之。

体言[二]

[解題]

據《年譜》，此文作於丙午，西元一九〇六年，艮齋先生六十六歲。

此文見華島本《艮齋私稿》前編卷十三至卷十四，第二册，第四一五頁；龍洞本《艮齋先生文集》前編卷十二至卷十三，第Ⅱ册，第四頁。又「宋時种師道有病」一節見龍洞本《艮齋先生文集》別編卷一，第Ⅴ册，第三七七頁。

近聞一種議論，謂夷狄亦人，不必外之。此疑於仁厚，然殊不知彼雖人形，而其氣則固與物無異，是以謂之「非我族類，其心必異」也，是以謂之「在人與禽獸之間，而終難改」也。自古

[一]「生」，原本誤作「用」，據舊校本、挖改本、正誤表改。華島本《艮齋私稿》、龍洞本《艮齋先生文集》均作「生」。

[二]「体言」，原本誤作「怵言」，據舊校本、挖改本、正誤表改。此文爲節選，華島本未收，龍洞本僅收録「宋時种師道」一節。見華島本《艮齋私稿》前編卷十三至卷十四、龍洞本《艮齋先生文集》前編卷十二至卷十三，均作「体言」。「体言」之「体」字，讀若「本」。韓語發音：体븐，言언。爲艮齋先生所創造的義理名詞。以「心」配「本」，「心」在「本」中，仍讀作「本」。艮齋先生倡「心本性説」，主張性尊心卑，性師心弟，認爲心本於性，性爲心之本。《体言》云：「本性者，以心配之，心在其中矣。其本心者，直以心爲主，而不復本於性也。」可知「体言」即「心本性」之言。

未聞有與夷狄混雜而終無事者，是知先王之攘之也，以彼帶得見攘之理來，從而攘之耳，是所云「物各付物，我無容心」者也。且如天地何所不容？聖人何所不愛？但處之有道，未[一]嘗以其理之一而概施之也。余謂爲此説者，必其於自治之功，絶無天理人欲之辨，故其論爲邦之道，亦復出此淆雜之言也。夫其始也爲不必外之之言，是猶微有賓主之分；其終也與之俱化，不自知其爲夷也。凡謂流俗不必憂，異端不必攻者，皆此類也。

愚謂凡生於兩間者，雖曰同胞，而山海爲之限隔，風氣爲之不通，則區域既分，俗尚各異，此非人之所爲，乃天地自然之理也。今日時論，咸以萬國通行之公法爲諉，然華夷之分，猶陰陽之辨，固難混同。至於華與華，夷與夷，其國俗亦各不同。以愚料之，天下[二]萬國之法，必不可得而一，徒亂人民而已。奈何諸公以爲如是，則國可富，兵可强，民可保，而享太平之樂？然殊不知各國相挻，彼皆滿其所欲，惟有我邦了無所益。而軍亂民散，終至於危亡之勢，迫在朝夕。噫！其不思之甚也！

向者伏睹傳教，以强弱之異，學倭洋之技，此必諸公之所建白。愚竊謂效夷狄之奇技，不如得百姓之死力。苟百姓之心固結於上而不可解，則彼之火輪、電線無所施其巧矣。若民心

[一]「未」，原本誤作「末」，據舊校本、挖改本、正誤表改。華島本《艮齋私稿》、龍洞本《艮齋先生文集》均作「未」。
[二]「下」，原本誤作「地」，據舊校本、挖改本、正誤表改。華島本《艮齋私稿》、龍洞本《艮齋先生文集》均作「下」。

涣散不可收拾，則雖有利器，將誰與禦敵哉？善乎朱子之言曰：「古昔聖王所以制御夷狄之道，其本不在乎威强，而在乎德業；其備不在乎邊境，而在乎朝廷；其具不在乎兵食，而在乎紀綱。」嗚呼！今日諸公孰有以此謦欬於吾君之側也？

黄遵憲欲我國結日本，聯美國，以防俄羅之患。而邦域之内，有識之士，咸以爲不可。而一種議論，却謂之神策，至養異類於輦轂之下，竄言者於嶺海之間。韓非所謂「不用近賢之謀，外結千里之交，飄風一朝起，外交不及至〔一〕」者，豈非今日之謂乎？

裔戎之不可一日親，華制之不可一日變，天地之常經，《春秋》之大義。而今日時論諸公，乃謂：「天下大勢，誰可如何？」視諸夷之混處都城，若應行故事者然。然愚見竊謂：自古爲國，未有失士類之心，咈百姓之情，而可以無事者。向來中殿出宫之變，實緣倭夷住城之由，是豈非九法斁敗、三綱淪滅者耶？見今士論沸騰，民心涣散，危亡之勢，迫在呼吸，而諸公輕於用世，急於榮身，不憚以儒學之身，爲陳相之行，豈不得罪於聖人之門耶？且如其言，而天下大勢雖無奈何，而吾之所以出處去就之道，則可以自由，誰教他如此枉尺枉尋，而低回不去乎？

〔一〕「不用近賢之謀」以下至此，《韓非子·用人》原文作：「不用近賢之謀，而外結萬乘之交於千里，飄風一旦起，則賁、育不及救，而外交不及至，禍莫大於此。」

天下之有夷狄，猶人心之有利欲。固未有天理、人欲並立於方寸之間，而終無事者；則亦未有諸夏、裔戎雜處於一國之内，而卒無事者矣。故《春秋》之法，内夏而外夷；學問之道，克己以復禮。此天地之間，亭亭當當、直上直下之正理，不可一日一時而有所改易矣。今者諸公所以處倭、洋、法、美者，一切反是，是何理也？〔一〕

今年六月之變，乃天下萬世之所創見，天下萬國之所未有也。而在廷諸臣，無一人爲國母死者，無一人發討逆之論者，亦無一人指此爲釁，以爲卻敵〔二〕之計者，而一味以萬國公法爲藉口之端。若其守經之論，又指爲鄉人無識之流。噫！區區常竊以爲，萬國公法不如萬世正法，弁髦《春秋》之義重於鄉里無知之目。則凡爲吾聖人之徒者，寧有死，不忍以冠帶之身，甘爲豺狼〔三〕之群。〔四〕

今天下舉化爲戎，惟吾東獨保衣冠，有如《剥》之上九，一爻未變。故曩哲言：「吾輩之生，不在於今日中州，而在於一片乾净之地。」斯已奇矣。自今觀之，所謂一片乾净之地，時論諸公又從而滓穢之，甚矣其不仁也！爲吾儒者，正當嚴於華夷之辨，以存萬世之大防，庶不負

〔一〕「天下之有夷狄」以下一節，原本與上文接排，據挖改本、華島本《艮齋私稿》、龍洞本《艮齋先生文集》改爲提行另起。
〔二〕「敵」，華島本《艮齋私稿》、龍洞本《艮齋先生文集》同，挖改本誤改爲「賊」。
〔三〕「狼」，原本誤作「狠」，據挖改本、華島本《艮齋私稿》、龍洞本《艮齋先生文集》改。舊校本、正誤表失校。
〔四〕「今年六月之變」以下一節，原本與上文接排，據挖改本改爲提行另起。

上帝與孔聖焉爾。是爲目下時措之宜也。

從古異端，其説多端，而其所主則一。一者何？心是已。吾聖賢千言萬語，無非是主性語。

今之時，天地正氣已衰，聖賢道術寖弱，故夷狄禽獸横行中國，異類邪説蠹食人心，吾儒幾人窮而在下，未可與之争鋒。伊川先生言：「時之盛衰，勢之强弱，學《易》者所宜深識。」且須與知舊朋輩，潛相講辨，默與挽回，是爲持守父母之遺體，傳述先師之道學，以補助吾君之風化，庶幾如碩果不食，以爲復生之本矣。

今日西洋各國，英吉利最號富强，而天主教之徒，結黨謀叛，窖公會殿下藏火藥，候王至，將轟殺之，事覺誅死。查理第二弟嗣位，素習天主教，强民從之。民習耶穌教久，不肯變，渡海招荷蘭王爲主。又國人競尚耶穌教，而馬理女姿絶世。仍執天主教，殺夫有邪行。又父子異財，飢寒不相恤，債負不相償，終其身如路人。三綱之斁壞如此，其它又何論也？苟鞫其原[一]，咸出於「利」之一字。甚矣！利之爲害也！奈之何執政者之莫悟也！

國家之屯難極矣，危亡在呼吸間。使主上知求而往明之義，至誠求賢，致敬以迎之，誠

〔一〕「原」，華島本《艮齋私稿》、龍洞本《艮齋先生文集》均作「源」。

信以任之，則爲賢者者，其出處宜如何？出而用世，則其於各國何以待之？與之同朝共居，則華夷無混處之義，苗莠無相容之理。若欲攘斥而驅遣之，彼勢方盛，吾力未足，安能以正道顯然逐之乎？若謂賢者不當出，則《遯》之「與時行」，《否》之「志在君」，《蹇》之「蹇蹇」，固已不然，又與夫「聖人不忍以無道必天下而棄之[一]」之心不同矣。未知如何？抑陰盛而抗陽，則君子亦不可以有行也歟？恐聖人之視天下無不可爲之時，則亦必有處之之術，而其妙用非常人所能揣度。姑以淺見言之：今日所當受用者，其惟《屯》之「小貞之吉[二]」乎？所謂「貞」者，如立志講學、舉賢黜邪、尚義下利、信賞必罰、節用愛民之類是也。此數者，苟能深明而實行之，則彼各國之人，必將畏服而不敢侵陵矣。至於各國已立之約，則欲一朝盡更之，徒致凶咎而事終不成。今且先擇其甚不便於國計民生者若干條，至誠陳其利害，漸圖變通之道。而彼若適己自便，不恤我邦，則便非交鄰之道，亦必善爲辭令[三]，辨其是非，而歸曲於彼，彼雖强悍，終難據曲以爲壯。且彼之奇技淫巧之屬，學之何用？而乃以此有求於彼，而使彼得以此致驕於我也。自此宜一刀两段，不復置意，以示無求於彼之意，則我雖寡弱，亦將守正

[一]「聖人不忍以無道必天下而棄之」，張載《正蒙》原文作：「滔滔忘反者，天下莫不然，如何變易之？『天下有道，丘不與易』，知天下無道而不隱者，道不遠人。且聖人之仁，不以無道必天下而棄之也。」

[二]「小貞之吉」，《易經·屯卦》九五象辭原文作：「九五，屯其膏。小，貞吉；大，貞凶。」

[三]「令」，原本誤作「今」，據舊校本、挖改本、正誤表改。華島本《艮齋私稿》、龍洞本《艮齋先生文集》均作「令」。

以自强矣。程子論處《蹇》之道曰：「凡處難者，必在乎守貞〔一〕。設使難不解，不失正德，是以吉也。若遇難而不能固守，入於邪濫，雖使苟免，亦惡德也，知義命者不爲也。」今也不行先王之舊章，反效裔戎之新法，置吾民於度外，却養豺狼於城中，此所謂「入於邪濫」，而知義命者之所不爲也。

近見清人蔡爾康所著《宋儒貽禍中國論〔二〕》，大概引漢唐之嫁女，稱臣於凶奴〔三〕、突厥，而謂不足爲二代之耻〔四〕；乃謂宋儒「傅〔五〕會古訓」，攘斥夷狄，然内夏外夷，《魯論》未著〔六〕，今俗深中「宋儒蠱毒」，輒曰「外人，夷也，當斥遠」〔七〕云云。噫！此何言也！《書》曰：「蠻夷猾夏，寇賊姦宄」，以蠻夷與寇賊並言之。《詩》曰：「戎狄是膺。」孟子曰：「禹遏洪水，驅蛇龍，周公膺夷狄」，以戎狄與蛇龍、洪水並言之，孟子又嘗以鴂舌斥南蠻矣。果使孔子無内夏外夷之

〔一〕「貞」，龍洞本《艮齋先生文集》同，華島本《艮齋私稿》作「正」。程頤《伊川易傳》卷三原文云：「凡處難者，必在乎守貞正。」胡廣《周易傳義大全》卷十四引之，校注云：「一无『正』字。」

〔二〕「宋儒貽禍中國論」，華島本《艮齋私稿》、龍洞本《艮齋先生文集》同。按當作「宋儒貽禍中國説」，見美國傳教士林樂知主持、舉人蔡爾康等輯録《中東戰紀本末》卷七，爲《蔡子新語》之四。

〔三〕「凶奴」，華島本《艮齋私稿》、龍洞本《艮齋先生文集》同，《宋儒貽禍中國説》原文同，今通作「匈奴」。

〔四〕「而謂不足爲二代之耻」一句，《宋儒貽禍中國説》原文云：「未嘗以是爲漢病也」，「亦未嘗以是爲唐病也」。

〔五〕「傅」，原本誤作「傳」，據舊校本、挖改本、正誤表改。華島本《艮齋私稿》、龍洞本《艮齋先生文集》均作「令」。

〔六〕「《魯論》未著」一句，《宋儒貽禍中國説》原文云：「内中國則外夷狄，《麟經》亦未著明。」《麟經》即《春秋經》。

〔七〕「今俗深中」以下，《宋儒貽禍中國説》原文云：「乃自有宋儒之蠱毒中於心，曰夷狄則先外之。」

意，又何以稱管仲之功曰，微此，「吾其被髮左衽矣」乎？且如「夷狄之有君」，及「雖之夷狄，不可棄」、「雖蠻貊之邦行矣」之類，亦無非外夷之意。而今謂《魯論》未著，將誰欺？欺天乎？抑亦習夷既久，與之俱化，而不自覺也歟？爾康又謂：復讎，孔子不言[一]，而出於宋儒。余謂無讎則已，既有讎，則當視其事之大小而處之。小小侵陵，雖不可一一理會，若弑君殺父，與憑威力以臣妾我之類，又豈可不報？湯爲童子復讎，孔子有「不共天」、「以直報怨」之訓，安可謂非聖人所言？設有人於爾康之父，或毆打之，或殺害之，則渠將謂「復讎，宋儒之異論」，而恬然無報復之心乎？今之所謂識時務者，所見多此類也。若是而可以開物化民乎？大可歎也！○蔡論見載於林樂知《中東戰紀[二]》第七卷，而第一卷首，載朝鮮宮內大臣與林樂知謝贈《中東戰紀[三]》書云：「此編獻我陛下，已經乙覽，大加褒獎，仍賜繡屏[四]」云云。林是美人，蔡是清人，其計欲我邦一味親附裔戎，不復理會讎怨也。乃爲大臣者，獻之君上，至蒙褒賞，其爲寒心又暇論哉！

[一]「復讎，孔子不言」二句，《宋儒貽禍中國說》原文云：「實則復讎之議，聖人不道。」

[二]「中東戰紀」，華島本《艮齋私稿》、龍洞本《艮齋先生文集》均誤作「中東戰記」，按即《中東戰紀本末》之省稱。

[三]「中東戰紀」，原本誤作「中東戰記」，華島本《艮齋私稿》、龍洞本《艮齋先生文集》同誤，據上文及原書名改。

[四]「此編獻我陛下」以下一節，謝贈書原文云：「恭奉該《紀》一部，獻我大君主陛下，已經乙覽，大加褒獎，仍賜以繡屏一摺。」具名「宮內大臣李載純」，署款「建陽二年七月二十日、光緒二十年三年六月二十一日」。

宋時种師道有病，特命乘肩輿入朝，家人掖升殿。虜使王芮素頡頏，方入對，望見師道，拜跪稍如禮。帝顧笑曰：「彼爲卿故也。」曩日大鳥圭介〔一〕之無禮於主上也，朝廷縱無提劍擊殺之者，苟有如种彝叔者在殿上，彼圭介〔二〕亦將畏憚，而主上之受辱，必不如是之甚也。我國稱以禮義，而不謂其終爲夷獸也。〔三〕

芙蓉〔四〕庵雜識丁未

［解題］

丁未，西元一九〇七年，艮齋先生六十七歲。

芙蓉庵位於太華山中，屬於忠清南道天安市。

此文見華島本《艮齋私稿》前編卷十六，第二册，第八四四頁；龍洞本《艮齋先生文集》前編卷十五，第Ⅱ册，第一九〇頁。

〔一〕「大鳥圭介」，原本誤作「大鳥奎个」，龍洞本同誤，據文義改。舊校本、挖改本、正誤表失校。大鳥圭介曾任日本駐朝公使。

〔二〕「圭介」，原本誤作「奎個」，龍洞本作「奎个」亦誤。舊校本、挖改本、正誤表改「個」爲「个」仍誤。據文義改。

〔三〕「宋時种師道有病」一節，華島本《艮齋私稿》前編卷十三至卷十四未見，龍洞本《艮齋先生文集》前編卷十二至卷十三亦未見，而見於龍洞本《艮齋先生文集》別編卷一，仍題「怢言」，然僅有此一節。

〔四〕「蓉」，原本誤作「容」，據目録改，舊校本、挖改本、正誤表失校。華島本《艮齋私稿》、龍洞本《艮齋先生文集》，均作「蓉」。

邦家之亂，身心之失，無一不自違禮上來。先王之政治，群聖之教學，罔不以謹禮爲務，《六經》、《四書》所載，昭然可考。近來一種邪説，乃有爲國務主富强，教人專事祈禱以爲道者。其於敬君父、辨男女、持世道、交鄰國之類，一切無禮，此夷狄禽獸之道也。有王者作，必先教民以禮，而使之有所遵守，不然，縱有田制兵謀，終必亂矣；有聖師起，必先教人以禮，而使之有所持循，不然，縱有文學政事，終必苟矣。

觀孔子「違衆」而「拜下」，謂生事、葬、祭「以禮」爲孝，謂文伯之母闔門而語爲「别於男女之禮」，則可以知三綱之所以維持者，必在於謹禮矣。

「時事雖變，某安敢變」，伊川之謹禮可法；「衆人皆迎，宋時朝士迎觀音佛。某安敢違衆」，和靖之壞禮可惜。

満朝宰輔，誠不趍於外人之法，雖奇技異術，亦難售計也。反有爲之相慕相誇，使淳質之風益衰，而不可救矣！舉國士民，苟相安於華夏之教，只先王舊章，不難治邦也。乃有爲之相厭相訾，使夷狄之勢益熾，而不可遏矣。鞫其病源，亶由於執國命者，不聞道要。所以事君上者，不過導以宴游，而長享其太平也；所以視儒術者，不過目爲迂拙，而無益於國計也。殊不知宴游之樂，足以蠹蝕君心，而爲災害並至之本也；迂拙之人，可以輔養君德，而爲上下相維之源也。噫！

倭洋之始至，東人無不曰：「彼夷也，吾豈效彼哉？」此本然之良心也。已而，或曰：「彼亦人也，彼亦有可取也。」此漸染之誤見也。已而，俗輩則皆曰：「彼實勝於中東，中東之人，當學其雄略奇技。」俄而，又曰：「彼之剃髮窄裝，實亦有助於衛生持身；我之峨冠長袖，無所裨益於修己治民。」此陷溺之邪説也。其號爲讀書者，亦經年閱歲。而一遇之異者，累遇而爲常；創聞之耻者，熟聞而爲安。久之有慕悦者，終之有争趍者。是又不能以禮制心，而欲所不當欲；不能以義制事，而爲所不當爲，而梏[一]喪其羞惡之本心者也。第觀今日後輩，不無指此爲鄙悖者。然異時彼有依夷而倖者，此有守舊而困者，則亦安有卓識定力，而可以不變也乎？要在平日讀書明理，操心謹行。每遇一事，即辨是非，是底雖勞而必就，非底雖逸而必辟；每起一念，即審公私，公底雖害而必施，私底雖利而必克。事事念念，無不如此用功，以至所行所思，無非是且公者。豈惟華夷之辨可判而已，雖死生之變，亦只如尋常事，處之裕如矣。示子孫及[二]門生。

使天下之爲君相者崇信邪説，而令儒者亦學之，其從者進用之，否者不齒而困辱之，爲士者義當奈何？曰：「學無義無禮之道而隆顯，是不以其道而得之，君子不爲也；守先聖先王之教而困辱，是不以其道而得之，君子安之。古之君子視王天下，且未嘗以爲樂，况不義之崇

[一]「梏」，原本誤作「牿」，據挖改本及正誤表之「追校」改。此文華島本、龍洞本未收，華島本《艮齋私稿》、龍洞本《艮齋先生文集》均作「梏」。舊校本失校。
[二]「及」，原本誤作「反」，據舊校本、挖改本、正誤表改。華島本《艮齋私稿》、龍洞本《艮齋先生文集》均作「及」。

貴，豈不以爲耻乎？士之生於亂世者，毅然守道，而爲世困辱，則箕子之佯狂爲奴，傅〔一〕説之代胥靡築，皆是也。」曰：「困阸甚而至於殺，則奈何？」曰：「刀鋸殺活，是彼主張；義理操執，是我主張。故曰苟使見得此道理重，便斬作萬段，亦須向前，豈容復有顧慮耶？」曰：「若盡勠一家，則奈何？」曰：「四海九州之人同日死，亦命也，況一家之人乎？一家之人守正而死，皆正命也。正命，君子順受之而已。如此者，其生氣凛然，義理昭然，千古萬古，不可磨滅。若計較死者之衆，獨當死而不死，其腐臭汙〔二〕穢之氣，雖挽東海之水亦不足以洗也，能不耻乎？」嗚呼！士雖賤，而其所守之道之貴，非帝王之可比，惡可爲剥牀以膚之灾〔三〕，而失中行獨復之義乎？

余雅喜古人「竹密不妨流水過，山高豈礙白雲飛」之詩，以爲庶幾歲寒後凋之節，邪世不亂之德也。近來夷徒疑我開化有礙，奸人誣我削黑無害，以及世儒藐視之氣棱，小家交構之讒説，不啻如泰山之高，叢竹之密。然此非吾患，惟憂己德不及水、雲之妙也。我苟水之澄澈

〔一〕「傅」，原本誤作「傳」，據舊校本、挖改本、正誤表改。華島本《艮齋私稿》、龍洞本《艮齋先生文集》均作「傅」。

〔二〕「汙」，原本誤作「洒」，據舊校本、挖改本、正誤表改。華島本《艮齋私稿》、龍洞本《艮齋先生文集》均作「汙」。「汙」異體作「污」，形近而訛，故誤作「洒」。

〔三〕「灾」，原本鉛字缺壞，僅餘一「火」，舊校本、挖改本、正誤表補正爲「灾」，據改。華島本《艮齋私稿》作「災」，龍洞本《艮齋先生文集》作「烖」。「灾」、「災」、「烖」古字通用。

無滓，雲之輕清無體，彼雖萬丈之高，千竿之密，亦何有於流且飛哉？

孔子嘗言：「微管仲，吾其被髮左衽矣。」又作《春秋》，以内夏外夷爲大義之首。孟子斥許行爲南蠻鴂舌之人，《孟子正義》曰：「趙氏謂許子傷害道德，惡如鴃舌，正以鴃應陰氣而鳴，鳴則傷害天地之生氣。堯、舜仁義之道，亦天地之生氣也。許子以並耕之説害之，故惡如伯勞之舌，非謂其聲之曉曉啅噪也。南蠻，言地；鴃舌，言其賊害也。」○《孟子正義》，焦循所著。〔一〕而責陳相從許之罪，至曰「戎狄荆舒，周公膺之」，則聖賢之意可知已矣。假使春秋之時無管仲，戰國之世尊許行，而王侯令卿士民庶皆爲左衽之制，鴂舌之音，有不從者，殺之無赦，而天下更無可適之邦，則孔、孟將爲景公涕出女吴之行歟？抑將守正無變，迫不得已，則踐其成仁取義之雅言歟？若曰聖人智慮明，自不至於殺身；道德盛，必天神之交相，則理應然也；必曰舉世皆然之日，雖聖人，只得惜生而爲夷，此決無之理也。

世人譏衣冠無益於治心修身，山林何補於輔〔二〕世長民。余每笑謂：彼夷令於國中曰：「吾觀韓人之貪饕利禄，而争先剃黑者，類皆無足取，不如就草澤章甫中擇人而用之。」彼又將長髮闊袖、巖棲谷汲之不暇。此輩何嘗有意於身心家國而云爾哉？只看勢之所在而趍之

〔一〕「許子以並耕之説害之」以下至此，雙行小字夾注二行，原本低一格寫，據舊校本、挖改本、正誤表改爲頂格。華島本《艮齋私稿》、龍洞本《艮齋先生文集》均作頂格。

〔二〕「輔」，原本誤作「補」，據舊校本、挖改本、正誤表改。華島本《艮齋私稿》、龍洞本《艮齋先生文集》均作「輔」。

耳！勢在戚里，則附於戚里；勢在宦侍，則通於宦侍；勢在女巫，則母事之；勢在夷狄，則君視之。此輩胸中何曾有半點明處？皮裏何曾有一滴血氣？直犬彘之不若耳！

近時士[一]人，只問軀命如何得全，不問道理如何得盡。士而如此，則凡庸何須責？所以人欲只管熾，天命只管塞，甚可歎也！周氏介生。曰：「聖人無不死之身，有不死之道。蓋生死之囿於數者，聖人不能違天；生死之盡其道者，聖人所以立命。惟無負所得於天之正而已！」此言大能警人，學者宜日誦繹[二]，而體之於身也。

晦翁言：「一人坐亡立化，一人仗節死義。畢竟仗節死義底是，坐亡立化，濟得甚事？」此宜明核。既曰死義，則是義當死。若不分義當否，惟以死賢於不死，以起優於不起，則箕不及干、顏莫同禹久矣，是果晦翁立言之本意哉？

真儒純乎道。道中正而平常，故必賢者乃能知之。厥或儒名而心未純者，厭夫道之中正平常，往往擇於過激高奇者行之，故人多稱述焉，學道之士宜審之。善乎李泰伯之言曰：「聖人無高行。何謂也？曰：聖人之行，必以禮也，禮則無高矣。夫其高者，出於禮也，異於人也，故能赫赫之如彼也。孔子事親無異相，居喪無異聞，立朝無異節，何也？安禮也。出於禮

〔一〕「士」，原本誤作「土」，據挖改本、正誤表改。華島本《艮齋私稿》、龍洞本《艮齋先生文集》均作「士」。舊校本失校。
〔二〕「繹」，原本誤作「澤」，據舊校本、挖改本、正誤表改。華島本《艮齋私稿》、龍洞本《艮齋先生文集》均作「繹」。

者，非聖人也，矯世者爲之也。」李氏〔一〕嘗作《常語》以詆孟子爲「忍人」，其不知道明矣；然今曰「聖人之行，必以禮」，則善矣，故吾有取焉。聖人安禮，與「仁者安仁」同。仁與禮，皆只是理。

贊議之銜，逾半年始免，而中間既不催促，亦不勘罪，是豈刷新務實之本意哉？使余一入院門，即有三事可定：其一，請斬《新約》捺章之五賊；其二，請斬《新約宣言書》之魁首；其三，凡樞院所議，不由日酋，而直達天陛。此三者皆如吾意，乃可供職。不然，只小小理會，惡能有補於大根本不正當之世耶？

士之窮而在下者，世不甚重之。然其立言，自子弟日用之禮，以至帝王經世之術，靡不裨益；其立德，從一身自守之節，以至天下後世之法，無不關涉。是惡可以妄自菲薄，亦惡可以輕加誹謗乎哉？

觀世儒往往多易乎世、成乎名，儉亦從、泰亦從的規模，未見有確乎不拔，懇乎善世之志氣者。

瑣墨

〔解題〕

據《年譜》，此文作於丙午，西元一九〇六年，艮齋先生六十六歲。

〔一〕「氏」，原本誤作「民」，據舊校本、挖改本、正誤表改。華島本《艮齋私稿》、龍洞本《艮齋先生文集》均作「氏」。

此文見華島本《艮齋私稿》前編卷十六，第二册，第八三五頁；龍洞本《艮齋先生文集》前編卷十五，第Ⅱ册，第一八六頁。華島本《艮齋私稿》、龍洞本《艮齋先生文集》爲全文，原本爲節選。

尹喆圭之詐傳勑命而誘逐賓師也，朝廷雖不勘核，章甫却當聲討。朱子所作《陳正獻公俊卿行狀》云：「公奏曰：『王琪妄傳聖旨，移檄邊臣，增修城壁。此事繫國家大利害，朝廷大紀綱，而陛下之大號令也。今琪所犯如此，謹按律文：詐爲制書者絞。惟[一]陛下早賜處分。』於是有旨削琪官而罷之。」今尹罪視王琪不輕而重明矣，當引此陳章，縱不得絞削，亦足以明大義於世界，使賊徒喪膽[二]，而儒林少振矣。惜乎其未也！

聞有致郡守於書塾，升講座，令諸生詣講。昔宋高閌，字抑崇，從龜山、和靖游。高宗幸大學，秦熺[三]執經，高公時爲司業，講《泰卦》。胡五峰以書責之曰：「閣下爲師儒之首，不能建大論，明天人之理，乃阿諛柄臣，希合風旨，求舉太平之典，欺天罔人，平生志行掃地矣。」今

[一]「惟」，原本誤作「陛」，據舊校本、挖改本、正誤表改。此文爲節選。華島本、龍洞本未收，華島本《艮齋私稿》、龍洞本《艮齋先生文集》均作「氏」。
[二]「膽」，原本誤作「瞻」，據舊校本、挖改本、正誤表改。《艮齋私稿》、龍洞本《艮齋先生文集》均作「膽」。
[三]「熺」，原本誤作「熹」，據舊校本、挖改本、正誤表改。《艮齋私稿》、龍洞本《艮齋先生文集》均作「熺」。

使髡宰執經聽講於家塾，五峰復起，謂當如何？全氏祖〔一〕望作《長春書院記》云：「秦氏當國，思陵臨大學，憲敏高公謚。講《易》之《泰》，五峰疑焉。及秦梓求昏於憲敏不得，卒以見忤罷官，五峰始釋然。蓋大儒之砥礪名節，一步不苟；而憲敏之無愧良友，即其所以得統師門者也。」余欲使士類時誦《長春院記》，以自樹立。高公在龜山門爲高弟，其〔二〕《春秋集注》遠過於胡文定，其厚終禮，則朱〔三〕子多采用之，此亦全氏〔四〕說也。

宋張學士綱，年八十四卒。嘗書座右曰：「以直行己，以正立朝，以靜退高天下。」史稱其篤守如此云。公以秦檜用事，久卧家，二十年絕不與通問。檜死，召爲吏部侍郎。今愚書座側曰：「以誠謹立心，以正信遇物，以守道遠名處世。」

時輩令車夫削髮，則皆反對曰：「我輩不削髮。」復命曰：「然則汝輩營業，日人代爲之。」車夫爲文通諭曰：「營業寧可失也，削髮決不爲也。」此載戊申八月十一日新聞。此語上與天聖合，奇哉！噫！彼車上高坐某大臣、某大臣之髡首夷裝者，能不愧死乎？見今觀察郡守，令鄉曲官人就名姓下注以削不削，則書不削者絕無。彼平日視車夫輩何等賤侮，而今乃如此，豈不負醜

〔一〕「祖」，原本誤作「租」，據舊校本、挖改本、正誤表改。《艮齋私稿》、龍洞本《艮齋先生文集》均作「祖」。
〔二〕「其」，原本誤作「具」，據舊校本、挖改本、正誤表改。《艮齋私稿》、龍洞本《艮齋先生文集》均作「其」。
〔三〕「朱」，原本誤作「未」，據舊校本、挖改本、正誤表改。《艮齋私稿》、龍洞本《艮齋先生文集》均作「朱」。
〔四〕「全氏」，《艮齋私稿》、龍洞本《艮齋先生文集》誤作「謝氏」。按：全祖望，號謝山，《宋元學案》卷二十五引此云：「馮雲濠謹案：謝山爲《長春書院記》云」，因誤「謝山」爲「謝氏」。《長春書院記》見全祖望《鮚埼亭集》外編卷十六。

入地乎？我輩學子，宜於此大加警惕，誓毋爲車夫之罪人也。

謝山全氏作《宋儒王厚齋像記》，其中以明儒所議厚齋入元爲山長一節，立辨云：「此事史傳、家傳、志乘皆無之，不知其所出。然即令應之山長，非命官，無所屈也。」止此。余謂：季世多此等誣妄，如李牧隱入本朝之説，亦其一也。然此是當日失身之輩，欲汙巇賢者，以冀免己耻也。年前新聞，誣載崔公剃髮，仍有製進「開明帽」之嘲。丁未〔一〕六月二十五日新聞。往年新聞，又立「南儒向明」、「削何避何」两題，而暗指老拙。此皆爲改節者之所譸張，而爲新聞者亦喜聞而樂道之。渠輩於儒流視爲讎敵，而猶欲藉重，真可惡而亦可笑也！

尹穡初擢用，力言：「但得虜和三二月，綱紀自定。」龔實之云：「便見佗人耳聾，敢如此説！」年前某人言：「日人於我真心和好，我能相信，必得其力。」余曰：「彼使我撤兵營、鎮營，及盡收兵器而去，一切有助之事並令罷休，而猶信其有好意，此真無目者！」今見《語類》所記尹穡語，可謂聾瞽相對。

胡澹庵作《春秋解》，求鄭億年作序，而書報於范直閣如圭。范公答云：「鄭不知是何人？得非劉豫左相乎？請去之！」胡公見識如此，極可歎也！

〔一〕「未」，原本誤作「末」，據舊校本、挖改本、正誤表改。《艮齋私稿》、龍洞本《艮齋先生文集》均作「未」。

《語類》：「范蜀公作温公《墓誌》，全用東坡《行狀》，而銘多記當時姦黨事。東坡令改之，蜀公令東坡自作，因以蜀公名出，其後却無事。若范所作，恐不免被小人掘了。」見《本朝人物》百三十卷九板，清國本。朱子作魏元履《誌》，而以曾覿勢方盛，不載魏公疏論覿召還事，而曰：「恐貽丘隴之禍。」南軒撰《表》，亦倣此意矣。後朱子因跋《墓表》，而始盡發之。○愚作全翁《墓文》，記「耶穌邪説之害，必至亡人之國而後已」。潤萬慮邪徒遍滿國中，而其勢焰亦甚可畏，恐毁去其刻字，令删之，然心甚未快。今以朱子所論范公作，及所撰魏公《誌》觀之，亦或爲一道耶？

戊申至月五日，愚在晬嶝，是日適先師諱辰，不勝羹墻之慕云爾。

散筆

［解題］

寫作時間不詳。

此文見華島本《艮齋私稿》别編卷二，第七册，第七四六頁；龍洞本《艮齋先生文集》未見。

今彼使我籍墓而不應，是如一尺之物，約五寸而執之，此固中也。彼就不籍之墓，而用高山郡發冢截頭之凶法，我且一直悍然不顧，是如一尺之兩頭厚薄小大不齊，而猶執五寸以爲中，是所謂「執中無權」者也。須是釋五寸之中，而就輕重之中，乃爲得天然自有之中，而非人智巧之所安排也。雖然，彼使我呼萬歲於其君，而曰：「否者，吾將取汝父祖〔一〕之骸而燒磨之。」則此又重於累世泉壤之禍矣，俄者輕重之中非中，而又別有中矣。此非精義之至，不能擇而執之矣。故曰：「非義之義，大人不爲也〔二〕。」嗚呼！其難哉！

眉批

有引程子論趙苞事，疑呼萬云云過中。按以方正學十族之説照之，恐無可疑。趙苞事，先生別有所論，見原稿《答徐鎮英書》。〔三〕

皇廟之見撤，遺民之痛，當何如哉？前輩有論蜀民之祀昭烈，而曰：「昭烈有靈，必不歆

〔一〕「祖」，原本誤作「租」，據舊校本、挖改本、正誤表、華島本改。此文華島本有，龍洞本無，龍洞本《艮齋先生文集》亦未見。

〔二〕「非義之義」二句，《孟子》原文作：「非禮之禮，非義之義，大人弗爲。」

〔三〕眉批「有引程子論趙苞事」一節，原本排作正文，舊校本、挖改本改爲眉批。《秋潭集改版》有眉批，并説明云：「四卷十八版右三行，頭紙割付此注。」華島本無眉批。按此條眉批當是艮齋門人語。

矣。」豈[一]謂其無於禮而近於[二]瀆歟[三]?今只有忍痛寃抑[四]一義而已,未知如何?

序

《竹溪徐公逸稿》序

【解題】

寫作時間不詳。

徐再謙,達城人,生平不詳。

此文見華島本《艮齋私稿》後編卷二十二,第六册,第七〇五頁;龍洞本《艮齋先生文集》後編續卷六,第V册,第二五九頁。

壬辰之亂,我國二陵之變,三都之陷,大駕去邠之耻,萬姓魚肉之怨,有非臣士所能忍者。是時,有官守者之討賊,固其職之所當爲也。至於草茅韋甫,兄弟敵愾而起,兄則殺身,弟則

[一]「豈」,原本無,華島本亦無,舊校本、正誤表無校,據挖改本補。
[二]「於」,原本無,華島本亦無,舊校本、正誤表無校,據挖改本補。
[三]「歟」,原本無,華島本亦無,舊校本、正誤表無校,據挖改本補。
[四]「寃抑」,華島本同,舊校本、正誤表無校,挖改本改爲「含寃」,今仍其舊。

勠力而立功，能使君臣大義昭揭於板蕩之世，如竹溪徐公者，豈非難之尤難乎？公諱再謙，達城人，從游於樂齋徐公思遠，篤志力行，與一時諸賢道義講劘。及乎島夷猖獗，慨然自奮曰：「主辱至此，豈可偷生？」方召募兵粮之際，聞忘〔一〕憂郭公倡義，將往赴之。公伯兄得謙謂公曰：「汝其與郭公同事，我當率義旅以禦賊。」遂力戰而死。公收召家僮，馳見郭公，則李完平、柳西厓、鄭愚伏諸公，得公甚喜之。公始終籌策而樹勳，丁酉，又與諸義士會盟，而諭以復讎雪耻之義，挺身赴敵，功勞甚多。賊退，即還故里，遜避論功。或問其由，則曰：「以身殉國，固是臣職。況今家破兄亡，不死猶苟，何以功爲？」公之嘉言懿蹟，宜多可述，而莫徵於兵燹之餘。惟其仗義之實，概見於《樂齋日記》及忘憂堂所録，尚可爲百世不刊之文矣。公之遠裔，收拾〔二〕公詩、銘及日記，附以行狀、表、碣，及公之子晚覺齋諱惟遠逸稿，總爲一沓〔三〕，而遣其宗人剛鉉問序於余。余嘗讀晦庵夫子之書曰：「君子之所以汲汲於爲善者，其心儻然，一無有所爲者，獨以天理當然而吾不得不然爾。」今人有小小事功，輒自暴揚於世，惟恐人之不知，蓋其器量淺狹，自應爾也。若公者，視其所處，其必有聞於夫子之訓者。余甚敬歎，而書

〔一〕「忘」，原本誤作「妄」，據舊校本、挖改本、正誤表改。此文華島本、龍洞本未收，華島本《艮齋私稿》、龍洞本《艮齋先生文集》均作「忘」。
〔二〕「拾」，原本誤作「抬」，據舊校本、挖改本、正誤表改。華島本《艮齋私稿》、龍洞本《艮齋先生文集》均作「拾」。
〔三〕「沓」原作「杳」，據文意改。

其篇首如此云爾。

送北省諸子序金秉燮、孫允吉、張翼涉、安鳳郁、徐楨驥○[一]甲寅[二]

［解題］

甲寅，西元一九一四年，艮齋先生七十四歲。

金秉燮，艮齋先生同門好友常齋張汝經之門人。艮齋先生另有與金秉燮書信两封，分別見龍洞本《艮齋先生文集》前編卷六、後編卷三。

孫允吉，生平不詳。艮齋先生另有與其書信四封，見龍洞本《艮齋先生文集》。

張翼涉，生平不詳。艮齋先生另有《答張翼涉》，見龍洞本《艮齋先生文集》後編卷五。

安鳳郁，生平不詳。艮齋先生另有《與安鳳郁》，見龍洞本《艮齋先生文集》後編卷七。

徐楨驥，生平不詳。艮齋先生另有《答徐楨驥》，見龍洞本《艮齋先生文集》後編卷七。

此文見華島本《艮齋私稿》後編卷二十二，第六册，第七二四頁；龍洞本《艮齋先生文集》後編卷十八，第Ⅳ册，第三三三頁。

[一] ○，原本誤排作△，據龍洞本改。

[二] 「甲寅」，龍洞本《艮齋先生文集》同，華島本《艮齋私稿》無。

君子〔一〕「義以爲質」，亦以義爲利；而彼梁也，以「利」之一字爲學問全體綱領，其本源如此，末流之弊，當如何哉？孝悌爲仁之本，而孝弟之至，通於神明，光於四海，無所不通；而彼梁也，教子弟以不黨父兄之親，不受父兄之制。聖人之教，君尊臣卑，夫唱婦隨；而彼梁也，臣反箝君，女反擇壻，婦反棄夫。聖人教人忠孝；而彼梁也，贊弑父者爲哲后，褒弑君者爲治臣。聖人以祭祀、婚姻爲重；而彼梁也，尊不祀之穌、不婚之釋爲聖人。聖人以克己復禮、懲忿窒慾爲教；而彼梁也，指此爲勿主義而棄之。聖人以稽古、學古爲求道立德之本；而彼梁也，指此爲爲人奴隸而賤之。聖人以經籍爲立大經、治天下之具；而彼梁也，推秦嬴爲儒門功臣。噫！彼此所主如冰炭之殊性，薰蕕之異氣，苟有人心者，孰肯倍此而趨彼？惟是一種奸慝悖亂之徒，借孔教之名，以行啓超之實，是猶教人就盜兒而問廉，遇娼女而學禮也。是其用心凶悍，而設計巧譎，然其成就，則不過得癡獃迷罔之輩而已。若夫識微守正之士，雖殺之，定然不就矣。諸君歸而與同志講明此義，使世之聞者有以警悟焉！

〔一〕「君子」上，原本衍一「中」字，據舊校本、挖改本、正誤表刪。華島本《艮齋私稿》、龍洞本《艮齋先生文集》均無「中」字。

送張義士柄晦序

【解題】

寫作時間不詳。

張柄晦，見《秋潭別集》卷三《示張柄晦》解題。

此文見華島本《艮齋私稿》前編續卷四，第三册，第七七一頁；龍洞本《艮齋先生文集》前編續卷四，第Ⅱ册，第四七四頁。

士須有壁立萬仞之概，而又要存戰兢臨履之敬，庶幾吾儒規模也。張生柄晦所造，雖未及乎精微，然其資性之强勁，有大過人者矣。以不入民籍，屢被惡獸搏噬之禍，幾死僅生，而毅然不屈。比又從牢獄中出，不臨妻喪，而入海問所以處義者。蓋今雖少緩，佗日猶有勒剃之慮，故欲得精義而蹈之也。余謂：慮患而預死，雖若勝於毁形而後死，然亦恐非善道，而近於傷勇。故曰：「非義之義，大人不爲也。」《易》之《剥》、《遯》，皆有「不往」之教，今當晦處而靜俟已矣。或疑懼禍而鏟迹，未若坦懷而待變。有析之者曰：「不然，昔者孔子既曰：『桓魋其如予何？』而又却微服過宋。晦翁既曰：『自古聖人，未有爲人所殺。』而又却避地入山。此乃爲義命合一之道，故曰：患之當避，自是理合如此，不必聖人爲然，衆人亦然。」余以是爲義之至精，而士之所當奉行者。張生其欽哉！

記

飛飛亭移建記辛丑[一]

[解題]

辛丑，西元一九〇一年，艮齋先生六十一歲。

飛飛亭，在全州參禮驛南，崔永吉創建，崔滄烈重建。宋時烈《飛飛亭記》云：「飛飛亭在全州參禮驛之南，其主人崔後良也。良嘗請記於余曰：『亭之作在萬曆癸酉，作之者吾祖永吉也。』」崔永吉，生平不詳。崔滄烈，《華島淵源録・觀善録》云：「崔滄烈，字晦卿，高宗丁丑生，全州人，烟村德之後，居任實。」艮齋先生另有與崔滄烈書信七封。

此文見華島本《艮齋私稿》別編卷二，第七册，第七四七頁；龍洞本《艮齋先生文集》別編卷一，第V册，第三八四頁。

飛飛亭，昔在全州參禮[二]驛之南，今以頹圮，移竪於任實之桂月邨。蓋創之者，僉使崔公諱永吉也，移竪者，其後承也。公之十世孫滄烈，以尤庵先生原記，直閣徐公俊輔重建記見示，而要余記其實。余竊觀尤翁以張、岳二公爲武臣之所當勉慕者，其指深矣！此可與知者

[一]「辛丑」，華島本無，龍洞本有。

[二]「禮」，原本誤作「福」，據挖改本、華島本、龍洞本改。舊校本、正誤表失校。

道，難與俗人言。噫！今之時視尤翁時爲如何哉？子焉而遺其親，臣焉而後其君者，姑無論已；至於開門揖寇，而甘心事讎者，亦有之矣。時一思之，使人髮上指而眦欲裂矣。吾願崔公之遺裔遠胤，必以張侯〔一〕之仗義討賊、岳王之誓死雪耻爲心，而後始可謂善繼述矣。滄烈又能從事儒術，吾知其將與族之人講聖賢之學，守禮樂之教，而大爲世道之助，如尤翁之所望於崔氏者必矣，盍相與勗之哉？滄烈對曰：「先生所以教告之者，大矣！遠矣！凡爲吾祖之後〔二〕承者，孰有不安意以受之哉？」遂書其語，俾歸而刻置其壁。夫是亭始因地名而名之，今因崔公子孫之居而得建於此也。

宜寧縣興學堂事實記庚戌〔三〕

［解題］

庚戌，西元一九一〇年，艮齋先生七十歲。

此文見華島本《艮齋私稿》後編卷二十三，第六册，第七四四頁；龍洞本《艮齋先生文集》後編卷十八，第Ⅳ册，第三三三六頁。

〔一〕「侯」，原本誤作「候」，據挖改本、正誤表改。華島本《艮齋私稿》、龍洞本《艮齋先生文集》均作「侯」。舊校本失校。

〔二〕「後」，原本誤作「彼」，據舊校本、挖改本、正誤表改。華島本《艮齋私稿》、龍洞本《艮齋先生文集》均作「後」。

〔三〕「庚戌」，原本無，華島本《艮齋私稿》亦無，據龍洞本《艮齋先生文集》補。

宜寧縣興學堂者，故田公昌禄與姜、李、金七家協力共立者也。蓋公文藝早就，不利場屋，晚居林泉，教子以窮經明農、孝弟忠信，鄉閭矜[一]式。公令八家子弟會堂肄[二]業，規模條例，亦略備矣。公歿後三十年，將重修而廣大之，又八家從而佽助，前後總十有六家，而管轄其事者，皆公之子孫也。逮於丁未，倀鬼輩設語學校，而欲取堂之所殖，公玄孫殷焕正色諭之曰：「君等皆我韓人，盍思復讎大義？反受日虜指使，而欲爲此分外之舉耶？且此堂自有其主，況今新法亦未有取人契物者乎？」彼輩素服殷焕長者，議遂寢。既而殷焕歿，至庚戌秋，彼乃勒奪其田。是時城中聖廟，舉皆爲彼佔據，而無敢誰何。噫！理之舛逆，一至於此耶！方余痛宗國顛覆，自臣癡轉入王島，廢棄人事，憂憤成疾，飭巾待盡，公五世孫璣鎮、亨鎮拏舟來見，請記堂之事實。余不能治鉛槧役，二子累月相守，而其懇苦切，不得已而書其源委如右。既又告之曰：昔者之會，應未免時文之累。是必尊先祖，且用東萊欲因舉業引以入道之意，然未若朱、張法門之爲嚴正矣。今雖群陰峥嶸，微陽斷續，然終必有地雷之復、天心之見。是時諸家後昆，一鄉秀士[三]，復聚於此堂，宜專心於修己治世之學，於以仰裨我韓之皇猷，是

〔一〕「矜」，原本誤作「務」，據舊校本、挖改本、正誤表改。華島本《艮齋私稿》、龍洞本《艮齋先生文集》均作「矜」。
〔二〕「肄」，原本誤作「肆」，挖改本同誤，據華島本《艮齋私稿》、龍洞本《艮齋先生文集》改。
〔三〕「士」，原本誤作「土」，據舊校本、挖改本、正誤表改。華島本《艮齋私稿》、龍洞本《艮齋先生文集》均作「士」。

爲海上孤臣之血願也。

是歲冬季記[一]。

竹棲記壬午

[解題]

壬午，西元一八八二年，艮齋先生四十二歲。承傳旨升六品典設司别提，移拜江原道都事。

此文見華島本《艮齋私稿》前編卷十七，第三册，第四五頁；龍洞本《艮齋先生文集》前編卷十六，第Ⅱ册，第二一一頁。

今天下，蠻夷猾夏，禽獸逼人，《剥》上一爻之小中華，亦幾化矣。顧雖不武，有時思之，不覺怒髮衝冠。比假竹田旅館，日讀《春秋》書，每值獰風虐雪觸人肌膚之時，輒見竹林裏外，十萬丈夫，甲刃摐摐，密陳而環侍，豈負軍令之不敢囂兮？何意氣之嚴毅，直令人有揮淚誓衆，掃清中原，驅夷狄而徙之荒服之外之心也！嗟乎！竹也！其視經霜之隕蘀[二]，黏泥之殘絮，

[一]「是歲冬季記」一句，華島本《艮齋私稿》、龍洞本《艮齋先生文集》無。

[二]「隕蘀」下，原本衍「點」字，據舊校本、挖改本、正誤表删。此文華島本、龍洞本未見，華島本《艮齋私稿》、龍洞本《艮齋先生文集》均無「點」字。

直天之與淵，何其壯哉！念欲得與余同所懷者語之，以少洩胸中〔一〕之不平。日德殷宋公實父，徵余以《竹棲記》，遂奮筆書所感而復之。豈謂竹之可稱畫於是？·抑所遇之時使爾。至其禮樂文物，靡所不備，而可以配君子之德，則以俟〔二〕異日與諸夏衣冠之士，揖讓周旋而細論之未晚也。

烈女金氏旌閭重建記

〔解題〕

寫作時間不詳。

烈女金氏，彥陽人。

金昕，字叔昇，號鶴山，義城人，彥陽郡守。

此文見華島本《艮齋私稿》前編續卷五，第三册，第七八一頁；龍洞本《艮齋先生文集》前編續卷五，第Ⅱ册，第四七八頁。

〔一〕「中」，原本脱漏，據舊校本、挖改本、正誤表補。華島本《艮齋私稿》、龍洞本《艮齋先生文集》有「中」字。

〔二〕「俟」，原本、挖改本均誤作「侯」。華島本《艮齋私稿》作「俟」，據改。龍洞本《艮齋先生文集》作「竢」。

昔丁酉倭奴〔一〕之入寇也，彦陽郡守金公昕内子金氏，辟兵山間，爲賊所搜〔二〕，欲昇去。金氏抱二子攀林木不動，賊戮殺衆人以示威，而欲汙之。金氏度不免，顧謂從婢曰：「善護二郎，歸報夫子。」遂引刀自裁，時年二十八。賊去，斂屍，顔貌如生，視其帯，繫夫子告身，血濺於紙。萬暦〔三〕三十八年七月一日，奉旨旌閭。郡守十世孫鎮墩請余記重建，余誦前言以復之曰：「金鼓一震，青蛾紅粉，半入軍營，其能以貞節自完者，千百中僅一得焉。嚴霜零則百草萎，而貞柏之色不彫；洪濤決則坭沙漂，而危石之立益卓。彼雄弁悍卒，縱其淫殺，自謂得志，而不知適以成其節也。」既又閲其家牒曰：「金氏之舅鰲峰齊閔，以湖南三運使，率諸子及義士數千人，討倭屢捷。郡守亦從擧義諸公，夾贊熊峙幸州之策，而樹大勳，白沙李公稱其『功烈當爲權忠莊之亞』。後逆适之變，郡守子地英，亦揭義旌以勤王，地興慟母非命，終身哀慕。丁丑媾成，痛哭謝世，遺戒子孫勿赴擧，以行誼贈掌樂院正。」嗚呼！金氏之貞烈，其亦有所受而有所傳歟？聯絡書之，以爲世之士女勸。

〔一〕「倭奴」，華島本《艮齋私稿》同，龍洞本《艮齋先生文集》作「島夷」。此文華島本、龍洞本未收，見華島本《艮齋私稿》、龍洞本《艮齋先生文集》前編續卷五。
〔二〕「搜」，原本誤作「挾」，據舊校本、挖改本、正誤表改。華島本《艮齋私稿》作「搜」，龍洞本《艮齋先生文集》作「捘」。
〔三〕「暦」，原本誤作「歴」，據舊校本、挖改本、正誤表改。華島本《艮齋私稿》、龍洞本《艮齋先生文集》均作「暦」。

跋

《泉谷集》跋

[解題]

寫作時間不詳。

《泉谷集》，宋象賢著。宋象賢，字德求，號泉谷，又號寒泉，謚忠烈，礪山人。

此文見華島本《艮齋私稿》前編卷十七，第三册，第七三頁；龍洞本《艮齋先生文集》前編卷十六，第Ⅱ册，第二三四頁。

泉谷宋公節義之盛，非惟邦人誦之無窮，雖夷虜之爲敵者，亦復相與嘖嘖歎服，至蒭賊之害公者以徇之，及道遇公櫬，下馬引避而送之，其名可謂聞於華夷矣。至於公之學問，則世蓋莫之知也。愚竊惟之：沙溪先生，當世典禮之宗匠，斯文之盟主也，而嘗命慎齋就學於公，而慎老之推服公者，終其身不替，尤庵先生又稱公爲沙溪莫逆交矣。及其在朝也，則爲李潑等所齕，於是見君子與君子合，小人與君子反，而公之學問之正，好惡之公，不待校量而可知也。以故其見危授命之日，又能成從容處義之難，而無毫髮激慨之象，卒以隻身撑拄宇宙，扶植綱常，而明並白日，靈顯紫氣，是皆本於平日所講之精、所養之深也。愚嘗閲公十五歲所賦《岳公不飲〔一〕》之篇，句句忠義，字字血涕，不覺斗膽輪囷，氣湧如山矣。其略曰：「當時宗社如綴旒，南渡乾坤風雨後。」「爲人臣子共戴天，飲器方期金主首。」「平河北，定两京，復梓宫。然後痛飲三百杯，拜獻南山壽。」使今日我邦之臣子讀之，其有不崩心而下淚者乎？其有不扼腕而奮義者乎？嗚呼！公之教國人，可謂切矣！可謂遠矣！公後孫毅燮〔二〕從余游，將與族人應燮，重刊公遺文，而增以後來所裒輯者。愚書其所感於簡末，以諗夫今日我邦之爲臣子者〔三〕。

〔一〕「岳公不飲」，宋象賢《泉谷先生集》卷一題爲《絶口不飲酒》，全詩原文云：「岳武穆，真丈夫。血一斗，膽一斗。有手欲挽天上河，有口不飲杯中酒。是時宗社如綴旒，南渡乾坤風雨後。青城忍看帝衣青，玉手殊非行酒手。爲人臣子共戴天，飲器方期金主首。名姝已却玉帳下，麴糵安能近我口。誰言憂國只細傾，杜子之詩吾不取。平河北，定两京，復梓宫。然後痛飲三百杯，拜獻南山壽。」

〔二〕「燮」，原本誤作「變」，據挖改本、正誤表改。此文華島本、龍洞本未收，見華島本《艮齋私稿》前編卷十七、龍洞本《艮齋先生文集》前編卷十六，均作「燮」。舊校本失校。

〔三〕「子者」，原本誤倒作「者子」，據舊校本、挖改本、正誤表乙正。華島本《艮齋私稿》、龍洞本《艮齋先生文集》均作「子者」。

書《金襄毅公遺事續編》後丁酉

[解題]

丁酉，西元一八九七年，艮齋先生五十七歲。

金景瑞，又名金應瑞，字聖甫，謚襄毅，金海人，朝鮮宣祖至仁祖時期武臣。

金聲煜，《華島淵源録·觀善録》云：「金聲煜，字公律，哲宗戊辰生，金海人，襄毅公景瑞後，居龍岡。」艮齋先生另有與金聲煜書信七封，見龍洞本《艮齋先生文集》。

此文見華島本《艮齋私稿》前編卷十七，第三册，第七五頁；龍洞本《艮齋先生文集》前編卷十六，第Ⅱ册，第二二四頁。

嗚呼！此金將軍襄毅公諱景瑞《遺事續編》也！「公忠義天植，驍勇蓋世。壬辰島奴之變，摧敵於西京，制勝於南徼，折衝捍禦，以贊皇朝再造之功，當爲宣武元勳。」白沙李公之言，信不誣也。見今島奴肆凶，禍及國家，萬姓腐心，安得起將軍於九原，而褰帷斬將，賊兵夜遁，數騎赴陣，賊皆俯伏，一如當日之事乎？則國耻可洗，中興可期，而永有辭於萬世，而惜乎其未也！至於囚縶虜城，密[一]疏獻忠，美女珍寶，刀鋸鼎鑊，視之如無，矢死靡他，六年如一日，

[一]「密」，原本誤作「蜜」，據舊校本、挖改本、正誤表改。此文華島本、龍洞本未收，見華島本《艮齋私稿》前編卷十七、龍洞本《艮齋先生文集》前編卷十六，均作「密」。

而名聞華夷，如蘇中郎、文文山，則又大明之純臣。而今日宇內，腥膻充〔一〕塞，禮義滅亡，則〔二〕將軍之爲諸夏盡節，尤不可不表章於天地間者也。宋先生集中《遼東伯碑》所書將軍事，特未詳當時事實而然爾，初無毫髮偏倚於其間也。昔朱夫子偶誤聞吳伯豐附侂胄〔三〕之謗，至有桓司馬家臣之譏，及吳死後，知其樹立毅然，則復亟稱之。使宋先生及聞將軍之精忠義烈如彼卓卓也，則其於大筆揄揚，當與遼東伯相伯仲矣，或者乃以不樂成美譏之，殆不識聖賢心事者也。將軍後孫聲煜，訪余於西海之濱，而示以此編。余再三讀之，不勝敬慕，而繼之以灑涕，蓋以有感於今日之所遭也。

跋《龍岡〔四〕、龍湖二柳公實紀》

【解題】

寫作時間不詳。

〔一〕「充」，原本誤作「允」，據舊校本、挖改本、正誤表改。華島本《艮齋私稿》、龍洞本《艮齋先生文集》均作「充」。
〔二〕「則」。原本空格，小字注「缺」，舊校本、挖改本、正誤表均無校。華島本《艮齋私稿》、龍洞本《艮齋先生文集》均作「則」，據補。
〔三〕「侂胄」，原本誤作「挓胃」，據舊校本、挖改本、正誤表改。華島本《艮齋私稿》、龍洞本《艮齋先生文集》均作「侂胄」。
〔四〕「岡」，原本誤作「罔」，據舊校本、挖改本、正誤表改。此文華島本、龍洞本未收，見華島本《艮齋私稿》、龍洞本《艮齋先生文集》前編續卷五，均作「岡」。

柳大茂，字景華，號龍岡，晉州人。

柳大振，號龍湖。

柳昇龍，龍湖公之後孫。艮齋先生另有《答柳昇龍》，見龍洞本《艮齋先生文集》後編續卷二。

此文見華島本《艮齋私稿》前編續卷五，第三册，第八二四頁；龍洞本《艮齋先生文集》前編續卷五，第Ⅱ册，第四九六頁。

右龍岡〔一〕柳公大茂及其弟龍湖大振實紀也。二公皆性孝，及倭夷入寇，君父播越，龍岡公使弟奉親避亂山中，自與從昆弟從郭忘憂倡義禦賊，其於下營繕城，設奇料敵，籌策無遺。龍湖公率弟姪侍奉親〔二〕側，極寢啖之養，至於避兵，隨機應卒，不使老親驚動。時公年纔弱冠，已能如此，其警敏亦可見也。蓋公兄弟皆從事儒術，其論學數語，又極謹質無華，其事親之孝，急君之義，皆本於此也。龍岡公之後孫希輔、相夔，龍湖公之後孫昇龍，至自陜川，謁以墓文，而其誠意既不忍孤，又有柳斯文鍾源書曰：「吾先祖龍岡公懿蹟，前人記述僅十之一二，恐愈久愈泯，願惠以一言。」此是同門久要，其言益可信也。顧以人微詞陋，墓碑例未敢

〔一〕「岡」，原本誤作「罔」，據舊校本、挖改本、正誤表改。華島本《艮齋私稿》、龍洞本《艮齋先生文集》均作「岡」。下同。

〔二〕「親」，原本誤作「觀」，據舊校本、挖改本、正誤表改。華島本《艮齋私稿》、龍洞本《艮齋先生文集》均作「親」。

作。第今聖道垂熄，國耻未雪，而邦人之遺親後君者，踵相尋也。一有募義旅以討賊，守古[一]制以[二]勵俗者，輒指爲匪類亂民，而使之無所容於世。每聞之，不覺義膽輪囷，而血涕之交頤也。兹於二柳公之事，不勝歎慕，而敬題其下方如此云爾。

題《桃源金公萬重[三]行録》丁未[四]

[解題]

丁未，西元一九〇七年，艮齋先生六十七歲。

金萬重，號桃源，慎齋門人。

金振玉，桃源金公後孫，生平不詳。

此文見華島本《艮齋私稿》前編卷十七，第三册，第七八頁；龍洞本《艮齋先生文集》前編卷十六，第Ⅱ册，第二二六頁。

〔一〕「古」，原本誤作「右」，據舊校本、挖改本、正誤表改。華島本《艮齋私稿》、龍洞本《艮齋先生文集》均作「古」。

〔二〕「以」，原本脱漏，據舊校本、挖改本、正誤表補。華島本《艮齋私稿》、龍洞本《艮齋先生文集》均有「以」字。

〔三〕「萬重」，原本無，據華島本《艮齋私稿》、龍洞本《艮齋先生文集》補。此文華島本、龍洞本未收，見華島本《艮齋私稿》前編卷十七、龍洞本《艮齋先生文集》前編卷十六。

〔四〕「未」，原本誤作「末」，據正誤表及華島本《艮齋私稿》、龍洞本《艮齋先生文集》改。舊校本、挖改本失校。

丁丑虜變後，吾東諸賢多守義自靖者，如桃源金公諱萬重，其一也。公從學慎齋，仁廟時被薦爲洗馬，與二宋先生協養冲德。後監清河，興學爲務，縣人頌德。繼以進善召，以親老辭不赴。媾成，寄書朝友曰：「澹庵之疏，兄可立懦；蹈海之志，弟已決矣。」改邨號爲桃源，而有「莫引漁舟入，逢場恐説秦」之句，遂不復入城市。孝廟屢有除命，並不就，蓋以職帖有虜號也。公天資近道，濟以學問，其所造就，宜不可量，而打愚、景寒、剛齋諸賢贊頌之詞，必有非苟然者矣。公後孫振玉，示以行録，而求狀於余。顧以病閣鉛槧，莫能副其意。第今讎賊陸梁，宗〔一〕社傾危之日，安得起公於九京而與之歸？既不可得，則只有憂憤激烈，而不能自已者矣。謹書此於簡末，以示夫世之貪饕富貴，蔑棄廉耻，而奔走伺候於讎賊之門者，庶幾知所愧矣！

題《清愚金起帆行録》

【解題】

寫作時間不詳。

金起帆，號清愚。

金東勳，金起帆之子，《華島淵源録・觀善録》云：「金東勳，字元輔，高宗丙戌生，慶州人，鶴洲文貞公弘郁後，居

〔一〕「宗」，原本誤作「宋」，據舊校本、挖改本、正誤表改。華島本《艮齋私稿》、龍洞本《艮齋先生文集》均作「宗」。

瑞山。」艮齋先生另有與金東勳書信兩封，分别見《艮齋先生文集》前編卷十一及前編續卷四。

此文見華島本《艮齋私稿》後編卷二十三，第六册，第七七七頁；龍洞本《艮齋先生文集》後編卷十八，第Ⅳ册，第三四五頁。

愚稟性拙直，於人不能曲意求合，故世皆棄外，其爲士者，譏駡尤甚。清愚金若濟起帆，獨排衆訕，託其子東勳。愚謂其粗疏未察，既而諦觀之，乃精明剛正人也。清愚以司馬登文科，除校理，視勢利若浼焉。甲午，凶黨充斥，棄官歸，惟以養親教子、書籍耕稼爲務，布衫草屨，蕭然若寒士。至乙巳，忠義激慨，欲以一死報國，而二老在堂，無由自遂。彼虜誤詰，倡義抗言，不少屈，虜相顧敬服。庚戌〔一〕屋社，杜門謝客，憂憤成疾。讎金至，則曰：「死不可受！」疾革，起而辟席曰：「君父失位，臣子敢考終於寢席？」因卧而逝。此足以驗所守之正，所養之固，見於死生之際者矣。愚嘗至其鄉，鄉人士咸視爲模範而尊之；入其門，親安其孝，子懷其愛，宗黨頌其恩而有義，賓客稱其恭而有禮。蓋其資性，祥和謙退，端方堅確，才足以集事，寬足以得衆，異言不能眩其智，邪世不能移其操。衆美畢具，而無所施於當世。嗚呼！惜哉！東勳資性亦雅飭，意其終能有成，以酬賢父之志。不幸早死，余竊悲之。今閲清愚從

〔一〕「戌」，原本誤作「戍」，據舊校本、挖改本、正誤表改。此文華島本、龍洞本未收，華島本《艮齋私稿》、龍洞本《艮齋先生文集》均作「戌」。

叔商元所述行録，不覺抆血而歎曰：「如清愚者，生乎叔季之世，可以見往哲於千載之上，豈非凍松雪竹，不負歲寒者耶！」

題《金春雨亭家狀》

〔解題〕

寫作時間不詳。

金永相，《華島淵源録・從游録》云：「金永相，字昇汝，號春雨亭，道康人，忠敏公懷鍊後。倭賜優老金，不受而見逼，投水殉。居泰仁仁山，蘇輝冕門人。」

金焕珏，生平不詳。

此文見華島本《艮齋私稿》後編卷二十三，第六册，第七七五頁；龍洞本《艮齋先生文集》後編卷十八，第Ⅳ册，第三四五頁。

金生焕珏，以其所撰王考諱永相、號春雨亭行録示余。余謹受而卒業，蓋簡質可傳也。余聞論人當觀晚節，公之却金投江，大節既立，而無愧爲李氏之臣，則餘可勿問也。噫！凡前日之紆青拕〔一〕紫，而市童仰之如天上人者，多不顧名義，忘君事讎，而没溺於溷廁之中，彼其

〔一〕「拕」，龍洞本《艮齋先生文集》同，華島本《艮齋私稿》作「拖」。

視公巷窮布褐爲何如？而今乃霄壤相懸，足以爲百世之勸戒也。又有老生，喜領講師，而不知世間有羞耻事，奉受餻賜，而自擬於魯叟之蒸豚者。此輩直一犬彘之類爾！雖欲汛掃公門庭，公必怒而叱逐之矣。蓋公嘗受業於仁山之門，是所謂學問之力，不可誣者也。

《朝宗巖誌》跋

[解題]

作於乙亥，西元一八七五年，艮齋先生三十五歲。

金士綏，號允齋，生平不詳。奉柳重教之令編輯《朝宗巖誌》。

朝宗巖，在京畿道加平郡。據柳重教《省齋集》卷九之《往復雜稿・上任全齋》云：「伏以鄙鄉鄰邑加平郡，有所謂朝宗川者，肅廟甲子間，大明處士許公格愛其地名，與郡守李公齊杜、義士白公海明，奉刻烈皇帝御書『思無邪』三大字及昭敬大王『萬折必東，再造藩邦』八字於川上巖面。宋文正先生爲書宣文大王『日暮道遠，至痛在心』之語，俾刻於其趾。諸公因欲建廟祀顯皇帝，宋先生又奬與之，勸其並祀烈皇帝，其事略具於《尊周彙編》及《宋先生年譜》矣。其後皇朝人遺裔王磐川德一，與其弟滄海德九，築壇於其地，特祀高皇帝，從祀皇朝九義士於其庭。九義士即宣文王東還時，仗義隨駕，協替興復之謨者也。」

此文見華島本《艮齋私稿》前編卷十七，第三册，第七六頁；龍洞本《艮齋先生文集》前編卷十六，第Ⅱ册，第一二五頁。

後世之人，例不如古也，而惟士爲甚，以其無見識也。夫犬戎之亂華，天下之大變也。天下之大變，不可以常理處也。不可以常理處，則其處之宜如何？彼固一天下而帝中國矣，我固屈而事之矣，然非誠服也，力之不足焉爾。故曰：「華夷之辨，重於君臣之名也。」況我朝之於皇明有萬世不忘之恩，於建虜有萬世必報之讎，則其不可以一時之勢，掩千古之義也決矣！此有識之士，所以以含冤忍痛、勵志復雪之意，相與傳授，而不敢一日忘也。近或聞之，則以爲既爲其民，安得復斥爲夷狄者有矣；以爲國家既奉其正朔，則士之獨用崇禎爲無義者有矣；以爲彼或使之薙髮，亦何必以此而決死者有矣；亦有以爲彼之亡也，我人效節，而後始爲盡分者矣。噫！講聖人之書，治先王之道，而其言乃如此異哉！昔者先王以禽獸處夷狄而攘之，今也進夷狄而中國之，又從而臣之，真可謂不憚以其身爲禽獸者矣！往哲論人，每以識見爲先，良有以也。允齋金士綏父，示余以所編《朝宗巖誌》。誌之成，省齋柳公書之詳矣。余獨以所嘗慨然於中者，竊識其左方如此。此書之行，吾知今之士必有感悟流涕，而深自悲者矣！嗚呼！世道其庶幾乎！

永曆二百二十九年乙亥五月丁未，潭州田愚書〔一〕。

〔一〕「潭州田愚書」，華島本《艮齋私稿》作「潭陽田愚書」，龍洞本《艮齋先生文集》無此句。

跋朴思庵[一] 挽金止齋詩己酉

[解題]

己酉，西元一九〇九年，艮齋先生六十九歲。

朴淳，字和叔，號思庵，謚文忠，忠州人，花潭徐敬德門人。

金清，號止齋，慶州人，朝鮮明宗至宣祖時期文臣，曾任宣川郡守。

此文見華島本《艮齋私稿》前編卷十七，第三册，第七三頁；龍洞本《艮齋先生文集》前編卷十六，第Ⅱ册，第二二三頁。

止齋金公清，以大諫退休。龍蛇之變，聞上去邠，爲奔問行。數遇賊，與戰，身被數槍，竟達行在，時年已六十有四。思庵朴[二]相公哭之以詞，有「勤王事，身盡瘡，忠義德望」之褒。愚竊惟之，見今忘君事讎者踵相尋，使公復起九原，以勵頹俗，則其爲邦國之助，顧不大歟？思庵[三]詩

[一]「思庵」，華島本《艮齋私稿》、龍洞本《艮齋先生文集》同，挖改本涂去。此文華島本、龍洞本未收，見華島本《艮齋私稿》前編卷十七、龍洞本《艮齋先生文集》前編卷十六。

[二]「思庵朴」三字，華島本《艮齋私稿》、龍洞本《艮齋先生文集》同，挖改本涂去。

[三]「思庵」二字，華島本《艮齋私稿》、龍洞本《艮齋先生文集》同，挖改本涂去。

又云：「貯書循吏傳，非子更論誰〔一〕？」「今失同志契，與誰論心丹？」此尤見公之賢也。

跋或人詩戊戌〔二〕

［解題］

戊戌，西元一八九八年，艮齋先生五十八歲。

此文見華島本《艮齋私稿》前編卷十七，第三册，第九三頁；龍洞本《艮齋先生文集》前編卷十六，第Ⅱ册，第二三二頁。

先朝带礪誓河山，胡騎那曾出玉關？萬國烏衣通海外，九街鴂舌遍坊間〔三〕。義兵棄甲投戈逸，儒將澆書攤飯閒〔四〕。漆室幽憂縱無補，願聞殿上喜天顔。

〔一〕「貯書循吏傳」二句，朴淳《思庵先生文集》卷二《送金宣川清赴任》全詩原文云：「五馬人西去，孤城海北陲。別筵春欲暮，村市酒還醨。老病情偏苦，風塵見未期。佇書循吏傳，非子更論誰？」

〔二〕「戌」，原本誤作「戍」，華島本《艮齋私稿》同誤，舊校本、挖改本、正誤表失校，改。

〔三〕「間」，原本誤作「聞」，據舊校本、挖改本、正誤表改。華島本《艮齋私稿》作「間」，龍洞本《艮齋先生文集》作「閒」。

〔四〕「閒」，原本作「間」，華島本《艮齋私稿》、龍洞本《艮齋先生文集》均作「閒」，據改。「閒」讀作「閑」。

嗚呼！先王之政熄，前賢之教衰，而值甲乙之變，坤殿遇害，國君受辱，而朝廷〔一〕、州縣視同薄細，未聞有同心勠力、誓天雪耻之議者。乃於草澤之中，有沫血飲泣、投袂而起者，不計兵力之强弱，並不顧道義之中否，惟以報國讎、守華制爲心。死者肝腦塗地，生者訾謗溢世，而猶不知悔。此其氣節爲如何哉？今此詩何以特誚義兵、儒將也？無乃武臣兵丁，原與義旅爲敵，不足致責而然歟？抑只以成敗論人，而不聞《春秋》敗亦榮之義歟？

題《崔念喜傳》

【解題】

寫作時間不詳。

崔念喜，見《秋潭别集》卷二《與崔念喜》解題。

此文見華島本《艮齋私稿》後編卷二十三，第六册，第七九三頁；龍洞本《艮齋先生文集》後編卷十八，第Ⅳ册，第三四六頁。

噫嘻〔二〕！痛矣！宗社之變，尚忍言哉！自古賣國販君之賊，何嘗無人性？只被怖死一

〔一〕「朝廷」，龍洞本《艮齋先生文集》同，華島本《艮齋私稿》誤作「朝庭」。

〔二〕「噫嘻」，原本誤作「噫噫」，據華島本《艮齋私稿》、龍洞本《艮齋先生文集》改。舊校本、挖改本、正誤表失校。

念，不能自克，而遂陷於百世罔赦之罪矣。噫！人可不操心以循理乎？崔君念喜，平日沈默慈善，類怯懦者，其尊君愛而戲之曰：「某也土佛。」及至東匪之亂，因其兄命喜謀舉〔一〕義，事覺被執。而賊徒碎砂器壓脛，皮肉散〔二〕裂。熾炭於腹，脂膏流下。夕殞而朝甦，猶不服。余謂崔君死於節者，其復生適然爾。此事在家爲孝，在國爲忠，忠孝之性禀於天，成於心，而爲法於後世也。乙丁之變，朝廷臣僚有如崔君之臨死不懼者，邦家豈至顚覆？君父豈至幽廢？而使數百萬生靈肝腦塗地，數千年衣冠文物淪爲糞壤哉？余讀此傳，不勝慷慨憤寃之情，揮涕而書之如此。凡厥孝悌問學，爲節義之本者，其兄所述，已據實而詳盡矣。

題《泰安忠節録》乙巳〔三〕

【解題】

乙巳，西元一九〇五年，艮齋先生六十五歲。

《泰安忠節録》，崔命喜撰。

崔命喜，《華島淵源録・觀善録》云：「崔命喜，字性範，哲宗辛亥生，慶州人，文昌侯致遠後，居泰安。」

〔一〕「舉」，原本誤作「奉」，據舊校本、挖改本、正誤表改。華島本《艮齋私稿》、龍洞本《艮齋先生文集》均作「舉」。

〔二〕「散」，原本誤作「散」，據舊校本、挖改本、正誤表改。龍洞本《艮齋先生文集》作「散」，華島本《艮齋私稿》亦誤作「散」。

〔三〕「乙巳」，龍洞本有，華島本無。

此文見華島本《艮齋私稿》别編卷二，第七册，第七四八頁；龍洞本《艮齋先生文集》别編卷一，第Ⅴ册，第三八五頁。

甲午十月二日，東賊陷泰安府。時本府使申百熙、别諭使金慶濟，令左右禦賊。官吏之附賊者，環而擁立，不者皆散去。砲手金偉然，先入告變，且以隻身裝銃而出，曰：「寧死於賊，義不附逆！」遂死之。閒良朴信勤亦曰：「義當死賊！」持銃未及放丸，賊徒從後椎碎其腦而殺之。本府使與别諭使俱被執至慓夷亭下，同時遇害，臨死罵曰：「我死，死亦忠臣；爾生，生且逆賊！」郡人沈昌熙妻柳氏，寡而無子，與女壻居，變起，歎曰：「夫死不從，亦已愧矣。今見綱常已絶，苟求生活，不亦耻乎？」絶粒第四日，飲藥自斃。儒生李明叔，被劫詣賊壘，賊欲脇降，明叔瞋目叱曰：「堂堂丈夫，死亦堂堂死，豈效爾逆類爲？」賊曰：「敬天地，孝父母，順時運者逆邪？昧天時而違之者逆邪？」明叔笑曰：「不遵王化，賊殺命官，敢謀不軌者，非逆而何？」賊施以酷刑，脛肉皆爛。或欲放之使逃，明叔不肯，曰：「既入逆窟，不死無義。」賊大怒，舉椎擊首，頭骨破開。明叔遽以两手合其頭曰：「舌尚存，亦可罵。」言訖而死。下吏金季賢，聞賊欲陷城，即入告急，與偉然同死。

右吾友崔君命喜所録，以備後日褒旌之需者也。甲午之亂，自有土匪以來，所創見之大變也。閭里凡民之立脚不住者，固無足算；平日號爲名閥豪族之流，亦往往涉迹攘臂[一]，以陵善良；亦有騎墻佩劍，回面汙行，以冀免於禍患者。今此李明叔、朴信勤、金季賢、金偉然諸人，生長僻郡，不曾霑一命之禄，乃能奮不顧身，視死如無，豈非傑然丈夫者哉？若乃沈昌熙妻柳氏之聞變自裁者，更可貴也。譬如淒風嚴霜之中，草木飄零，生意蕭索，而忽遇千仞岡上松柏挺然蒼翠，雖欲不改觀，得乎？今時何時？内而逆賊未討，外而讎虜見逼，而宗社之憂，迫在呼吸。彼數人者，觀察、郡守亟宜薦聞於朝，而命之旌表，以爲臣子勸。惜乎無有爲之地者也！崔君之備録而無遺，其所感者亦深矣。

跋《山中問答》辛酉[二]

【解題】

辛酉，西元一九二一年，艮齋先生八十一歲。

趙秉瑜，號雲坡，曾任參書官、義興郡守。

[一]「臂」，原本誤作「譬」，據舊校本、挖改本、正誤表改。華島本《艮齋私稿》、龍洞本《艮齋先生文集》均作「臂」。

[二]「辛酉」，原本誤作「幸酉」，據華島本改。此文華島本有，龍洞本無，龍洞本《艮齋先生文集》無「辛酉」二字。舊校本、挖改本、正誤表失校。

此文見華島本《艮齋私稿》别編卷二，第七册，第七五〇頁；龍洞本《艮齋先生文集》後編續卷六，第V册，第三〇〇頁。

右雲坡趙公秉瑜所論「亡國之君有服，當否」者也。夫君臣之義，無所逃於天地之間。國存，吾君也；國亡，亦吾君也。此一義，可謂質聖無疑者也。其引古今諸賢之爲舊君服者，亦足以發明天理人心之本然也。彼一種强立貶降之目，以證刻〔一〕忍之性者，獨何心哉？但商辛死後，箕、微、夷、齊已無論，而其頑民之服喪，亦恐不待考證而可知矣。趙公乃曰：「如此者，不服可也。」愚欲一番面商，而未易會合，可歎也已！

跋金澤榮答人書辛酉

【解題】

辛酉，西元一九二一年，艮齋先生八十一歲。

金澤榮，字于霖，號韶濩堂、滄江、雲山、花開人，有《韶濩堂集》傳於世。

此文見華島本《艮齋私稿》後編卷二十三，第六册，第八三三頁；龍洞本《艮齋先生文集》後編續卷六，第V册，第三〇一頁。

〔一〕「刻」，原本誤作「劾」，據舊校本、挖改本、正誤表改。華島本《艮齋私稿》、龍洞本《艮齋先生文集》均作「刻」。

洪永敦、崔益焕、河萬台問：「亡國之君不諱，爲臣民者服其君，有古禮可據歟？」

答曰：「觀孟子『仇讎何服[一]』之説，於舊君之服尚無定禮，况於亡國之君，爲宗廟社稷之罪人者乎？然此或有以義創起者，其君如周世宗之賢、明毅宗之烈，則爲其遺臣遺民，而不仕新朝者，服之可也。雖不能如二君，舊臣受恩者，情有不忍而服之，如蔡邕之哭董卓，亦一義也。但此二人之服，似宜以日代月，未知如何？」

此書以「寇讎何服」起頭，其下申之以「宗社罪人」之句，則可謂斷案矣，然則更無可問者。而其曰：「如蔡邕之哭董卓而服之，宜以日代月」，則此可謂君服乎？雲坡之謂「此書歸宿於當服」，未詳何故也？

雲坡與金書，舉「《儀禮》爲舊君服」一節，問其何以處之？則金答云：「禮有明文，謹當遵行。」雲坡據此，以爲必無不服之理，似然也。然其曰「《儀禮》舊君服」，曰「禮有明文」者，未知指何句而云歟？

[一]「仇讎何服」，華島本《艮齋私稿》、龍洞本《艮齋先生文集》同。《孟子》原文云：「此之謂寇讎。寇讎何服之有？」

銘

時義銘聞時事作韻語一章，以示兒孫及門生。

[解題]

此文見華島本《艮齋私稿》别編卷二，第七册，第七五一頁；龍洞本《艮齋先生文集》别編卷一，第V册，第三八五頁。

寫作時間不詳。

緊我先王，内夏外夷。洪猛盜賊，並夷稱之。《春秋》大義，此其爲首。士於虜汙，尤不當受。矧[一]兹島奴，再有大讎。勵志薪膽，思剿厥酋。國家罷弊，縱莫能施。毁服毁形，安忍詭隨。仰見天日，死亦無愧。如或失義，不仁不知。承祭事祖，剃頭孝孫。開卷[二]對聖，薙髮斯文。文質乖當，能不泚顙？以是推究，理如示掌。

〔一〕「矧」，原本誤作「蚓」，據舊校本、挖改本、華島本、龍洞本改。正誤表之粘貼鉛印校記亦改作「矧」。
〔二〕「卷」，原本誤作「巷」，據舊校本、挖改本、正誤表、華島本、龍洞本改。

贊

《女範〔一〕》二賢婦贊並後序〔二〕

［解題］

癸卯，西元一九〇三年，艮齋先生六十三歲。

此文見華島本《艮齋私稿》別編卷二，第七册，第七五一頁；龍洞本《艮齋先生文集》別編卷一，第V册，第三八六頁。

戎伐蓋，國滅君死，戎君下令曰：「敢有不降而自死者，誅其妻子。」蓋將丘子歸，妻曰：「子何以生？」將曰：「固欲死，人救故生。」妻曰：「昔以救生，今胡不死？」曰：「恐誅及妻子耳。」妻曰：「爲將而不力戰，不忠；君死不殉，不仁；戀妻子而忘君之讎，不義。妾不忍與子同生。」乃自經死。戎君賢之，祠以大牢，而存蓋國。見《忠義篇》。

〔一〕「女範」，通作《女範捷録》，劉氏撰，或題王節婦撰，其子王相作注。
〔二〕「並後序」，華島本同，龍洞本無。

齊侯[一]伐魯，見婦人棄幼子，而抱大兒以避兵，召問曰：「人莫不愛少子，汝棄小抱大，何也？」對曰：「小者，妾之子；大者，亡兄之子。妾受亡兄之託而撫其孤，逢難而棄之，是不仁也，故寧棄妾之子。」齊侯歎曰：「婦人而能知此，乃禮義之邦也，豈可伐乎？乃和而退師。」見《慈愛篇》。

嗟彼烈婦！青閨[二]弱姝。既識仁義，復判熊魚。大節偉然，感動裔戎。復存宗社，孰與厥功。緊我東邦，莫曰已危。比彼蓋國，尚可攝持。軒軒丈夫，凡幾百萬。胡爲泄泄，争相疲軟。主辱民散，視同秦瘠。大勢若傾，爾能獨樂。我苟仁矣，遠人無性。以義爲利，是爲造命。迨此未極，盍務自强？念彼丘[三]婦，愧我冠裳。右丘將婦。

魯有義母，能却齊師。千古罕聞，我愧鬚眉。兵戈如林，婦孺逃難。舍兒抱姪，齊侯[四]攸歎。賢哉母也，不負兄託。奈何丈夫，臨事反覆。子既遺親，臣亦後君。夷侮不少，民怨亦

〔一〕「侯」，原本誤作「候」，據挖改本、正誤表、華島本、龍洞本改。舊校本失校。
〔二〕「閨」，原本誤作「閏」，華島本同誤，據龍洞本改。舊校本、挖改本、正誤表失校。
〔三〕「丘」，原本誤作「立」，據舊校本、挖改本、正誤表、華島本、龍洞本改。
〔四〕「侯」，原本誤作「俟」，據挖改本、正誤表、華島本、龍洞本改。舊校本失校。

繁。吁彼哲媛，孤姪尚保。嗟我名卿，大君可藐。婦猶退敵，爾寧忘讎？冠佩曷宜，巾幗〔一〕之羞。我聞善人，旋乾轉坤。善人是寶，安邦之源。右魯義母。

歲在癸卯季夏日，余授小女以劉氏《女範捷録》，至蓋、魯二賢婦事，不覺歎賞之極。亦恨我國諸公由無此仁義，故使主上危辱，民生塗炭，而綱紀〔二〕日益紊亂，夷狄日益横肆，無復有回危爲安之望矣。遂作二贊，以授小女讀之，兼以諷東邦之爲丈夫者云。

慕夏堂金公忠善贊

【解題】

寫作時間不詳。

金忠善，字善之，號慕夏堂，本名沙也可，日本歸化人，有《慕夏堂集》傳於世。成海應《研經齋全集》卷五十六《草榭談獻三》云：「金忠善，倭人也，始名沙也可。萬曆壬辰，日本豐臣秀吉將犯天朝，以假道名先寇我，舉其八道兵，以加藤清正爲前驅。沙也可屬清正，將兵三千爲左先鋒，既入我境，見衣冠文物與中州同，慨然慕之。禁其卒無殺掠，自號慕夏堂，遂降我。」

〔一〕「幗」，原本誤作「國」，據舊校本、挖改本、正誤表、龍洞本改。華島本作「國」，後改作「幗」。
〔二〕「綱紀」，原本誤作「網記」，據舊校本、挖改本、正誤表、華島本、龍洞本改。

此文見華島本《艮齋私稿》後編卷二十四，第六册，第八五一頁；龍洞本《艮齋先生文集》後編卷十八，第Ⅳ册，第三五〇頁。

天授英拔，早懷大猷。不待師教，已識《春秋》。公於我邦，厥有巍勳。百世之人，誰其敢諼！功成疏讓，耻深身隱。務耕勤學，種德行善。忠孝節義，實本於是。鄒聖所稱，豪傑之士。噫此小華，满地腥膻。九原可作，不辭執鞭。

告祝

祭告先祖判官公墓文

［解題］

作於壬寅，西元一九〇二年，艮齋先生六十二歲。

判官公，諱允良，艮齋先生九世祖。《年譜》有載：「判官公丁酉倭亂守順天山城，勠力督戰，竟殉節，朝廷賜録券。」艮齋先生另有《九世祖判官公墓表陰記》，見華島本《艮齋私稿》前編卷十八、龍洞本《艮齋先生文集》前編卷十七。

此文見華島本《艮齋私稿》前編卷十七，第三册，第一一七頁；龍洞本《艮齋先生文集》前編卷十六，第Ⅱ册，第二四三頁。

維歲次壬寅十月丁亥朔，四日庚寅，九代孫愚，謹率宗人某某等，以清酌庶羞，敬告於顯九代祖考禦侮將軍判官府君、顯九代祖妣淑人林氏之墓。惟昔顯祖，鞂韐出身。位至判官，志切報君。丁酉倭亂，出守順天。賊敗素沙，季秋南遁。公與賊遇，勠力督戰。十月四日，勇蹈百刃。奴有函首，朝有録券。莫克闡揚，罪在後孫。後孫念圭，議置祭田。歲薦〔一〕一祀，仍用忌辰。有來展埽，愴涕維新。奠酌之初，敢陳厥由。尊靈臨之，有赫無幽。謹告。

授司憲府掌令告家廟文甲午

【解題】

甲午，西元一八九四年，艮齋先生五十四歲。

此文見華島本《艮齋私稿》前編卷十七，第三册，第一一六頁；龍洞本《艮齋先生文集》前編卷十六，第Ⅱ册，第二四三頁。

愚賴先訓，從游儒林。横艾敦牂，猥玷臺選。未敢供職，實由量能。國步艱虞，近有大變。主上在亂，意切求賢。掌憲新銜，謬及不肖。愚實蒙陋，靡所重輕。特以先人，積德攸

〔一〕「薦」，原本作「荐」，舊校本、挖改本、正誤表改作「薦」，華島本《艮齋私稿》、龍洞本《艮齋先生文集》均作「薦」，據改。

發。俯仰今古，摧咽難勝。時危才疏，不敢强起。飭身厲操，名報佛恩。伏惟尊靈，時垂冥佑。俾免顛躓，無忝所生。舍爵銜哀，用伸虔告。

擬告考妣〔一〕文乙未

【解題】

乙未，西元一八九五年，艮齋先生五十五歲。

考，指艮齋先生之父聽天公田在聖。妣，指艮齋先生之母，南原梁氏，梁星河之女。

此文見華島本《艮齋私稿》前編卷十七，第三册，第一一七頁；龍洞本《艮齋先生文集》前編卷十六，第Ⅱ册，第二四三頁。

云云。不肖受形於天地、父母，奉教於聖賢、友〔二〕師，妄意檢飭身心，庶或裨補道術。不幸遇賣〔三〕國辱君之世，何忍見率獸食人之凶？棄妻子，變姓名，宋公逃左衽之禍；竄山谷，入

〔一〕「妣」，原本誤作「姚」，據舊校本、挖改本、正誤表改。此文華島本、龍洞本未收，華島本《艮齋私稿》、龍洞本《艮齋先生文集》均作「妣」。

〔二〕「友」，原本誤作「反」，據舊校本、挖改本、正誤表改。華島本《艮齋私稿》、龍洞本《艮齋先生文集》均作「友」。

〔三〕「賣」，原本誤作「貴」，據舊校本、挖改本、正誤表改。華島本《艮齋私稿》、龍洞本《艮齋先生文集》均作「賣」。

海島，徐子踐全髮之言。誓告先祠，哭徹上昊。

國變進疏告家廟文乙巳[一]

［解題］

乙巳，西元一九〇五年，艮齋先生六十五歲。

此文見華島本《艮齋私稿》別編卷二，第七册，第七五三頁；龍洞本《艮齋先生文集》別編卷一，第V册，第三八六頁。

伏以日虜脅約，國家遂傾，寧殉不從，幸[二]有勑教。天討未行，事無可爲，謂儒有言，列邦爲辨。愚於皇上，累蒙殊恩，甲午季春，賊臣請殺，因上不許，性命獲全。今此危亡，一死報答，封章有日，大禍在前。伏惟先靈，冀垂冥佑，公私两幸[三]。嗚呼旻天！謹以香茶，祇陳衷藴。謹告。

[一]「乙巳」，龍洞本有，華島本無。
[二]「幸」，原本誤作「辛」，據舊校本、挖改本、正誤表、華島本、龍洞本改。
[三]「幸」，原本誤作「辛」，據舊校本、挖改本、正誤表、華島本、龍洞本改。

傳家告先祠文

【解題】

戊申，西元一九〇八年，艮齋先生六十八歲。

此文見華島本《艮齋私稿》前編卷十七，第三册，第一一八頁；龍洞本《艮齋先生文集》前編卷十六，第Ⅱ册，第二四三頁。

維歲次戊申，元月丁亥，玄孫愚，使次子華九，敢昭告於顯高祖〔一〕考云云。愚愚魯不才，蒙被先德，奉承禴祀，垂四十年，常懼無誠，神不歆格。攝〔二〕生無術，衰疾侵尋，腰膂先虛，拜起有掣。年未七十，禮無傳家，然且從權，實由病甚。加以世亂，弑后幽君，沫血腐心，力莫討賊。群凶環立，所忌吾儒，愚以虛名，莫能自保。滅影鏟迹，歲時難歸，嗣子既亡，有孤鎰孝。次當承緒，亦既長成。夫婦備官〔三〕，可堪跪奠，次子華九，相與佐之。赫赫先靈，擁護睠顧，永永無斁，不勝血誠。如以冥恩，尚延〔四〕喘息，時或歸拜，躬親參辭。值兹元朝，彌增感慕，伏惟

〔一〕「祖」，原本誤作「租」，據舊校本、挖改本、正誤表改。此文華島本、龍洞本未收，華島本《艮齋私稿》、龍洞本《艮齋先生文集》，均作「祖」。

〔二〕「攝」，原本誤作「懾」，據舊校本、挖改本、正誤表改。華島本《艮齋私稿》、龍洞本《艮齋先生文集》均作「攝」。

〔三〕「官」，原本誤作「宮」，據舊校本、挖改本、正誤表改。華島本《艮齋私稿》、龍洞本《艮齋先生文集》均作「官」。

〔四〕「延」，原本誤作「廷」，據舊校本、挖改本、正誤表改。華島本《艮齋私稿》、龍洞本《艮齋先生文集》均作「延」。

祖考[一]，實賜鑑臨。謹告。

國變中不舉正祭久後略設告祝壬子

［解題］

壬子，西元一九一二年，艮齋先生七十二歲。

此文見華島本《艮齋私稿》後編卷二十四，第六册，第八五五頁；龍洞本《艮齋先生文集》後編卷十八，第Ⅳ册，第三五一頁。

云云。伏以宗社傾覆，神人痛冤。不遑享先，累易寒暑。冠首迎相，罔不略行。夏葛冬裘，亦同平日。獨廢正祭，幽明不安。今兹端陽，始薦薄奠。豈曰享祀，祗伸微誠。伏惟尊靈，庶幾歆顧。

國家興復之前，不舉四時正祭，只於春秋略設而已。今年則春序已過，故以端陽爲始。

［一］「祖考」，原本誤倒作「考祖」，據舊校本、挖改本、正誤表乙正。華島本《艮齋私稿》、龍洞本《艮齋先生文集》均作「祖考」。

立後未立案告先祠文代金明烈作○戊申

[解題]

戊申，西元一九〇八年，艮齋先生六十八歲。

此文見華島本《艮齋私稿》後編卷二十四，第六册，第八五六頁；龍洞本《艮齋先生文集》後編續卷七，第V册，第三一一頁。

立後告君，國有定法。群賢謹守，罔或逾違。矧伊後生，敢有異議？第以今日，邦運蹇屯。彝夷秉成，禮義淪喪。縱欲立案，厥路無由。昔有某家，遭罹酷禍。定嗣題主，只告先祠。猗我尤翁，代之製祝。尤翁於此，持論甚嚴。經所難行，權而從道。今者之變，奚啻某家？不肖無兒，將以季弟。某之子某，立爲祀孫。異時清明，追舉闕典。敢以酒果，敬陳厥由。

金君明烈，將立其兄之後，而時變已極，難於聞官，累以爲〔一〕問。余念尤翁有代人告廟文，然此事關繫至重，後生何敢以禮許人？然今則大小政令，彼皆主之，而我不得與

〔一〕「爲」，原本誤作「父」，據舊校本、挖改本、正誤表改。此文華島本、龍洞本未收，華島本《艮齋私稿》、龍洞本《艮齋先生文集》，均作「爲」。

焉，告君立案，尤難議到。不得已代撰告辭如右，而未審世之識禮秉義之君子，以爲〔一〕無僭率之罪否？第深悚仄耳。

告先師墓文

【解題】

壬寅，西元一九〇二年，艮齋先生六十二歲。

先師，指全齋任憲晦。艮齋二十一歲時，奉父親聽天公之命，拜任全齋爲師。

此文見華島本《艮齋私稿》前編卷十七，第三册，第一一三頁；龍洞本《艮齋先生文集》前編卷十六，第Ⅱ册，第二四二頁。

維歲次壬寅正月壬戌〔二〕朔，二十日辛巳，門人田愚，謹具薄奠，敬告於先師全齋先生之墓。

嗚呼！先生以清通孝友之資，用明誠敬義之功。爲至尊之賓師，而不以爲泰；立後學之模範，而不以爲庸。懷奠安國家、拯濟黎元之志，有埽清中原、攘除邪説之願。然不至於達可

〔一〕「爲」，原本誤作「父」，據舊校本、挖改本、正誤表改。華島本《艮齋私稿》、龍洞本《艮齋先生文集》均作「爲」。
〔二〕「戌」，原本誤作「戊」，據華島本《艮齋私稿》、龍洞本《艮齋先生文集》改。舊校本、挖改本、正誤表失校。

行，則不肯小用其道，以邀一時之功；未及[一]乎在其位，則不敢輕出其言，以干百姓之譽。此殆聖人所謂「確乎不拔[二]」之操，「舍之則藏」之教也。而彼一種童觀淺量，小家惡口，乃復掇拾向來侈然自大者之餘論，欲以汙衊我先生天民之大德，君子之精義，豈非蚍蜉之撼樹，蚊蝱之過前，而孟子所謂「又何難焉[三]」者乎？此於先生實何加損焉？

嗚呼！先生之歿，今已二十有七載矣。愚昔侍坐，輒以士流之務名而不務實，朝廷之尚利而不尚義爲戒。而致憂乎朱紫之難辨，忠逆之相混，宗社之危綴而不安，生民之塗炭而莫恤，禮義綱常之日益淪喪，夷狄禽獸之愈見陵逼，而莫之救也。今皆已如先生之慮，而果非人力之所能如何也。如小子之綿力薄材，曾無一毫之補，但自歎息，而繼以泣下也。第嘗歷數古今萬般弊病，其源無一不出於吾儒之未晰乎聞達之辨，不審乎誠僞之幾。至於事求可，功求成，而不以第一等十分道理，自爲而爲人也。本源而如此，則佗日之立朝可知。立朝而不以義爲利，則朱紫忠逆之無分，宗社生靈之阽危，禮義綱常之斁滅，夷狄禽獸之侵陵，皆是次第事也。然則欲救今日天下之病無佗，澄其本源而已矣。以故小子每見人，輒舉先生愛説「忠信爲本，識見爲先」两語以告之。其意正欲人先立乎其大者，而異時出而用世，則必能以

[一]「及」，原本誤作「反」，據舊校本、挖改本、正誤表改。華島本《艮齋私稿》、龍洞本《艮齋先生文集》均作「及」。

[二]「確乎不拔」，《易經》原文作：「樂則行之，憂則違之，確乎其不可拔，潛龍也。」

[三]「又何難焉」，《孟子》原文作：「如此，則與禽獸奚擇哉？於禽獸又何難焉？」

義爲利，庶幾挽回世道之萬一，而不知竟有所濟否也？

嗚呼！昔年一番人之欲甘心於小子者，只憑李承旭以爲靶柄爾。今其人師事時賢，而以欺詐見斥[一]；立朝事君，而以貪墨被罪。至於見小利，急近功，而剃其父髮，棄其母喪，遂爲綱紀罪人矣。於是彼諸人者之誣辱，皆如木偶之遇爐，泥佛之渡水，而無復有可據者矣。而先生之教其人，以「瞽如、聾如、啞如、躄如[二]」者，真蓍龜之明也。至於近日謚狀之變，小子揚言揮斥，此實不知時、不量力之過也。然既有罪我者，則亦必有知我者，而或不負平生之教矣。然小子又有所大可畏，而不敢放下者：小子質素偏淺，志不堅定。故其於天理人欲交乘之隙，既未易辨；庸言庸行相顧之際，更未易謹。則亦安能自保其必守先生之教，而不貽先生之戚也哉？此正小子之所深懼，而未敢自懈者。願先生在天之靈，有以悲我而教我也[三]。

嗚呼嗚呼[四]！尚饗！

[一]「斥」，原本誤作「斤」，據舊校本、挖改本、正誤表改。華島本《艮齋私稿》、龍洞本《艮齋先生文集》均作「斥」。

[二]「瞽如聾如啞如躄如」，柳重教《省齋先生文集》卷十六《答洪思伯》：「全翁所書贈人『聾如瞽如啞如躄如』八字，不特高明。」任憲晦《鼓山先生文集》卷一《戲題此以申戒》：「書『聾如瞽如啞如躄如』八字於壁上，用作安身立命之義諦。」八字次序略有不同。

[三]「也」，原本脱漏，據舊校本、挖改本、正誤表補。華島本《艮齋私稿》、龍洞本《艮齋先生文集》均有「也」字。

[四]「嗚呼嗚呼」，龍洞本《艮齋先生文集》同，華島本《艮齋私稿》作「嗚呼」。

祭文

祭勉庵崔公益鉉文丁未

［解題］

丁未，西元一九〇七年，艮齋先生六十七歲。

此文見華島本《艮齋私稿》前編卷十八，第三册，第一三一頁；龍洞本《艮齋先生文集》前編卷十七，第Ⅱ册，第二四九頁。

蘖[一]門高足，韓邦大踢。子諒根心，剛直成質。尊華攘夷，講諸師席。尚義黜利，心乎社稷。諫書如雲，衆咸吐舌。十載絶海，九死靡折。逮至危亂，帝降恩綸。囊[二]封幄對，表裏殫陳。奸佞[三]媒孽，繫之虜獄。豺狼[四]犯闕，狐鼠賣國。公時病卧，仰蒼號泣。八耋起兵，事謬

[一]「蘖」，原本誤作「蘗」，據舊校本改。此文華島本、龍洞本未收，華島本《艮齋私稿》、龍洞本《艮齋先生文集》，均作「蘖」。挖改本、正誤表失校。

[二]「囊」，原本誤作「襄」，據舊校本、挖改本、正誤表改。華島本《艮齋私稿》、龍洞本《艮齋先生文集》均作「囊」。

[三]「佞」，原本誤作「倿」，據舊校本、挖改本、正誤表改。華島本《艮齋私稿》、龍洞本《艮齋先生文集》均作「佞」。

[四]「狼」，原本誤作「狠」，據華島本《艮齋私稿》、龍洞本《艮齋先生文集》改。舊校本、挖改本、正誤表失校。

身執。諭[一]敵一書，喚醒心目。數罪痛快，陳義反覆。彼如食德，兩國之福。其如蠻蜑，冥昧無覺。嗚呼馬島，忽聞皋復。三元韜光，兩儀失色。群奸爭慶，萬民皆哭。以是報師，師曰汝仁，獻於先王，王曰藎臣！嗚呼！宗國傾危，道術熄滅。忠臣烈士，爭相勇决。野賢討逆，殉道赫奕。今又明公，就義從容，勢重難反，豈必待智？爲吾當爲，事或不濟，繼之以死。斯文有賴，邦家增重，可基回泰。觀厥用心，惻怛[二]懇摯。如余不穀，又何所事？將欲生乎？不樂斯世；將欲死乎？不得其義。徊徨歧路，隻影獨弔。「抱經痛哭」，晦翁有教；「入山枯死」，尤老云然。是或可爲，奉以周旋。嗚呼！昔我升堂，舉樽相屬；今我入門，有淚盈斛。抗章宋廷，公實無愧於胡邦衡之星斗爭高；酹酒楚歌，吾亦有感於謝皋羽之竹石俱碎。想英靈之赫然，實無物而不在，其應感我之情，而監我之志矣。

[一]「諭」，原本誤作「輸」，據舊校本、挖改本、正誤表改。華島本《艮齋私稿》、龍洞本《艮齋先生文集》均作「諭」。

[二]「怛」，原本誤作「恒」，據舊校本、挖改本、正誤表改。華島本《艮齋私稿》、龍洞本《艮齋先生文集》均作「怛」。

祭確齋金公鶴洙文辛〔一〕酉

［解題］

辛酉，西元一九二一年，艮齋先生八十一歲。

金鶴洙，《華島淵源録·從游録》云："「金鶴洙，字景聞，號確齋，光山人，文參判文元公沙溪長生後。國亡守義自廢，仰慕先生如神明，先生入海公語人曰：『艮翁今日處義，正得聖人中庸之道矣。』居驪州。」

此文見華島本《艮齋私稿》别編卷二，第七册，第七五四頁；龍洞本《艮齋先生文集》後編卷十八，第Ⅳ册，第三五一頁。

嗚呼！余嘗竊感服公識見高也！識見不高，義何資而守之也？於乎！公所閑者，華夷之分也；所矢者，討復之義也；所忍痛含冤以死者，罔僕之節也。而禄位所不顧也，瘴海所不辭也，危辱以爲光華，溝壑以爲衽席也。嗚呼！韓邦純臣，可以歸拜先帝也！蓋聞公論性則主同而黜異，説心則謂器而非道，溪梅家傳，洙閩淵源，不可誣也。此皆公識見之高，義所資而守之也。嗚呼！念余窮道絶海，老而不死，烏得免衆惡之也？公好惡不以衆，猥使哲胤逐臭，而遂許古道相處也。今焉已矣，誰與持論？撫船悼世，曷禁河淚也！嗚呼！哀哉！

〔一〕「辛」，原本誤作「幸」，據華島本改。此文華島本有，龍洞本無，龍洞本《艮齋先生文集》亦作「辛」。舊校本、挖改本、正誤表失校。

祭洪豐川楗文

［解題］

癸卯，西元一九〇三年，艮齋先生六十三歲。

洪楗，《華島淵源録・從游録》云：「洪楗，字□□，號節齋，南陽人，武府使。乙未擧義府討賊。先生有祭文。」

此文見華島本《艮齋私稿》前編卷十八，第三册，第一三二頁；龍洞本《艮齋先生文集》前編卷十七，第Ⅱ册，第二五〇頁。

節齋洪公没之明年，癸卯十月辛亥朔，潭陽田愚，謹綴蕪辭，載諸脯果，使門人洪大徵，竢到日替告於象生之筵曰[一]：嗚呼！韎韋儒雅，公矦[二]干城。紈扇雪竹，允合斯稱。國家多事，東匪横行。公佐招討，既幸廓清。繼遭乙變，逆賊犯闕。勒剃國人，霄壤翻覆。公及群英，誓天起義。凡厥士民，孰不增氣？豈圖奸臣，反復敗計。嗟我諸公，次第就逮。談笑囹圄，視死如歸。恩霈雖降，壯志可悲。退卧鄉廬，孝禮是程。麟經大義，士友講明。顧我庸陋，負謗如陵。公胡違衆，石心相應。小大論議，罔或參差。因之覯憫，確乎不移。晚更奮志，鴻飛冥冥。巖棲谷汲，亦有良朋。税駕之初，二豎遽嬰。病不可爲，神愈精明。馳書告

[一]「節齋洪公没之明年」至此，原本省略，據華島本《艮齋私稿》、龍洞本《艮齋先生文集》補。

[二]「矦」，原本誤作「候」，據舊校本、挖改本、正誤表改。華島本《艮齋私稿》、龍洞本《艮齋先生文集》均作「矦」。

訣，祝余壽考。何以勖之？扶植世道。我誠不堪，如何敢忘？及此旋輤，冀公冥相。公家幼孫，聞歸故舍。公所析薪，庶幾負荷。厥有華宗，相與後先。必反古常，天報德善。緘詞寄哀，有淚盈臆。英靈不昧，監我衷赤！

祭洪疇厚[一]文乙巳

［解題］

乙巳，西元一九〇五年，艮齋先生六十五歲。

洪疇厚，《華島淵源録·觀善録》云：「洪疇厚，字由範，哲宗癸丑生，南陽人，頤窩瀚後，居洪原。」

此文見華島本《艮齋私稿》別編卷二，第七册，第七五四頁；龍洞本《艮齋先生文集》別編卷一，第V册，第三八七頁。

嗚呼由範！稟質既堅而實，存心又孝且義，宜其得耄期之壽也，柰何遽棄余而死？棄余且不忍，况堂中二老，如何可忘，而遂不起叶去久切。耶？君之始見余也，方有虎食之患，世皆指爲癲癇，而争相詆詬也。君懼其禍死不及見，而千里曳衰，踵門求見，而望

［一］「厚」，原本誤作「原」，據舊校本、挖改本、正誤表、華島本、龍洞本改。

其善誘也。顧余樸魯鱻糙[一]，尤悔山積，而君信之如蓍蔡，仰之若父母也。既而又挈妻子，風餐露宿而來，實爲就師而求道叶佗口切。也。斯可謂能用其勇，而凡百游從之士，鮮見其偶也。

始君之既孤，諸父以宗祧之靡託，欲立君而爲之後也；君辭以無所承命，是蓋讀《朱子大全》而有所受也。及後告君啓下，不得已移天殫誠，而未免於恸恸也。至是所後親不欲其遠遷，則間關撤還，幾乎顛倒之八九也。文案山下，揮淚相送，而期以異日復來，而咬破其未析，洗濯其餘垢也。

豈意今乃有大謬而不復得見吾友也。嘗聞君入[二]白華禪室，夜分禱天，願損己年，以益厥師，而冀其黄耇也。今也纔逾中身，而遽爾觀化，無乃此爲灾咎也邪？顧余衰頽，既不堪引年，時變又極，亦不欲久視，則區區老懷，曷勝其忉怛而慚負也？嗚呼！疇昔賢者，見余手墨，雖斷爛隻字，亦必收拾葆藏，而愛之如珠玉也。得余規札，雖峻截過詞，亦必感激佩服[三]，而嗜之如醽醁也。君每對余説柏、渾二公受誣之狀而冤之，今既精爽飛昇，幸或至於天府，得而

[一]「鱻糙」，原本作「糙鱻」，據舊校本、挖改本、正誤表、龍洞本改。華島本作「糙麁」。
[二]「入」，原本誤作「八」，據舊校本、挖改本、正誤表、華島本、龍洞本改。
[三]「服」，原本誤作「曩」，據舊校本、挖改本、正誤表、龍洞本改。華島本作「曩」。

反覆也歟？抑曠然神情，視彼[一]訾謗，若蟻蠓野馬，而不復留於衷曲也邪？至於賣國販君之賊臣，恃强陵弱之驕子，則宜敷奏帝庭，而得行誅勠也。斯乃舉國臣民之所共切齒，而欲食其肉者也。以君憤世嫉惡之性，宜不俟吾言，而其横擊飛颱，應如鷹鸇之逐鳥雀也。嗚呼！今此冤號悲憤之聲，君其聞之，抑都漠然無所覺也邪？夫毅然之色，儼然之範，不可得而復覿也。君於無恙日，斸當歸，漬鹿血，欲以療余疾，而未有所屬也。棘人手封，棠友識緘，而寄之匱[二]也。開函[三]揮淚，而不忍服也。然回憶山寺夜禱之誠，則亦不忍不注之心腹也。嗚呼！悲哉！砲煙漲海，兵塵塞路，而病淹牀第[四]，無緣一哭於象設也。鄉關渺渺，聊緘詞而告誓；英靈赫赫，應來格而洞悉。

祭沈能浹文乙巳

【解題】

乙巳，西元一九〇五年，艮齋先生六十五歲。

[一]「彼」，原本誤作「被」，據舊校本、挖改本、正誤表、華島本、龍洞本改。
[二]「匱」，原本誤作「匱」，據舊校本、挖改本、正誤表、龍洞本改。華島本作「匱」。
[三]「函」，原本誤作「亟」，據舊校本、挖改本、正誤表、華島本、龍洞本改。
[四]「第」，原本誤作「第」，據舊校本、挖改本、正誤表、華島本、龍洞本改。

沈能浹,《華島淵源録・觀善録》云:「沈能浹,字允和,哲宗戊午生,青松人,保庵連源後,居振威。」此文見華島本《艮齋私稿》別編卷二,第七册,第七五六頁;龍洞本《艮齋先生文集》別編卷一,第Ⅴ册,第三八八頁。

嗚呼!天下之治亂,常往復循環而無定也。鞫[一]其源因,莫不由儒術之晦明,而世道爲之衰盛矣。然而儒術晦明,又皆由乎士習之汙隆而決矣。異哉!自古議論之乖張,有若天造而神設也!余嘗聞於全齋先生曰:「士有能舍其世守之錮習,而惟正之是崇也,是可與變化氣質而同其功也。」吾觀允和之所樹立,庶幾無愧於斯言也。况余負謗如山,人惡之如癩癘,而允和獨以爲可與論道,既處以先進,而復嗣爲弟晜也。繼以性命禮義,揚扢質難,而使余之昏瞶得有啓悟也。又能規賤身言行之錯,而使余之麤厲知所兢懼也。及乎國家有不幸之禍,相與鏟跡於西海之濱、白華之下也。每扶攜於鐵馬、望海之間,不勝其悲憤不平之思,而不覺其血涕之灑也。嗟乎!允和之於余,相視如子父,而無慊於古昔生師之道也。余於允[二]和,又信其有剛明秀潔之資,喜其修洛閩潭華之學,而愛之不啻如間世之寶也。孰謂老子命薄,而使允和不得盡其天年也?吾意允[三]和正直仁慈之性,決不至獲罪於天也。余嘗告以「疾

[一]「鞫」,華島本同,龍洞本作「鞠」。
[二]「允」,原本誤作「充」,據舊校本、挖改本、正誤表、華島本、龍洞本改。
[三]「允」,原本誤作「充」,據舊校本、挖改本、正誤表、華島本、龍洞本改。

病，聖賢不免；德義，自己所立」，則允和不逆於心，而孜孜矻矻，惟恐其不及也。使其假之年，而得充其進修之志焉，則庶幾儒術賴而復明，世道藉而復振，而有補於天下之治矣。今已埋在重泉之幽，而明道輔世之願，無復可得而少酬也。噫！其痛矣！顧今讎虜逞其凶獰，窘我君父，而撼我宗社，占我疆土，而逼我生靈也。仁人憂泣，志士痛哭，而了無生世之樂，縱欲如允和之神明爲伍，翺翺乎清都玉房，顧可得耶？惟是二子，年少而未學，異日門户之計，不知果何若也？是則允和之目，將不瞑於地下，而吾亦蘊結於中，而未忍舍也。英靈不亡，其尚能誘子之衷，而紓余之恠也耶？嗚呼！哀哉！

祭張義士在學文庚申

［解題］

庚申，西元一九二〇年，艮齋先生八十歲。

張在學，《華島淵源録·觀善録》云：「張在學，字道三，哲宗壬戌生，結城人，結城君夏後。義士，居燕歧。」

此文見華島本《艮齋私稿》後編卷二十四，第六册，第八六八頁；龍洞本《艮齋先生文集》後編卷十八，第Ⅳ册，第三五五五頁。

賦性剛直，不能骫骳。昔在守善，已見素志。山河灰燼，不樂其生。視讎如犬，忍復爲氓。獄囚逾朞，島配三載。炳然丹心，九死靡悔。弟繼其兄，子紹其翁。一室三竄，輝英吾東。復有少媳[一]，好顏訣夫。噫彼歆淵，有愧鬍鬚。顧余癃昏，莫克狀德。轉囑强哉，排纘節烈。非謂子志，後死有責。緘詞寄哀，以告我臆。嗚呼哀哉，萬古冥漠！魂兮歸來，庶歆洞酌。

詩

海上記聞域中殉義之士甚衆，特以所處僻遠，末由遍聞而悉記之，可歎！

[解題]

據《年譜》，《海上記聞》作於辛亥，西元一九一一年，艮齋先生七十一歲。見華島本《艮齋私稿》別編卷二，第七册，第七五八頁；龍洞本《艮齋先生文集》別編卷一，第V册，第三八八頁。

朴毅堂世和、趙履齋章夏庚戌[二]聞變絶粒自盡

[解題]

朴毅堂，見《秋潭別集》卷一《答朴年吉》解題。

[一]「媳」，龍洞本《艮齋先生文集》同，華島本《艮齋私稿》誤作「熄」。

[二]「戌」，原本誤作「戊」，據舊校本、挖改本、正誤表、華島本、龍洞本改。

趙履齋，見《秋潭別集》卷二《答趙景憲》解題。

梅門私淑朴毅堂，七耋氣義上摩蒼。梅門私淑趙履齋，六旬操執無與偕。纔聞聯邦從容死，軀命毫輕惟求是。兩賢群行多可書，尊攘一着是大義。人主不識何狀者，乃以韋布耻屋社。噫彼搢紳獨何心，靦然受爵又受金。一時貴富如腐鼠，百世志節等明炬。

鄭正言在根〔一〕**聞變自刎**

〔解題〕

鄭在根，生平不詳。

白刃中庸莫較難，國亡君廢苟生難。急流勇退萬人難，豈獨一時自裁難？

李響山晚燾**聞變絶粒而逝**響山是退陶後孫。

〔解題〕

李晚燾，字觀必、寬必，號響山、直齋、真實人，有《響山集》傳於世。

〔一〕「在根」，原本作「在健」，據舊校本、挖改本、正誤表改。華島本、龍洞本均作「在健」。

聞説山南李響山，蔚然聲望士林間。天翻地覆無生意，允蹈從容就義難。

鄭部將東植國變後自經於全州北門

［解題］

鄭東植，字敬必，號慕隱，迎日人，曾任宣傳官、訓鍊院主簿、僉正等職。

舉世人人射利深，事讎忘國入幽陰。不知鄭將何爲者，拱北樓中拱北心。

洪錦山範植聯邦〔一〕後官次自裁

［解題］

洪範植，字聖訪，號一阮，全州人，成均館進士，曾任内部主事、惠民院參書官、通政大夫、泰仁郡守、錦山郡守等職。

一門□〔二〕節世無儔，金玉簪纓盡抱羞。祝髮捐軀不相掩，盍從精義早推求？

〔一〕「邦」，原本誤作「判」，據舊校本、挖改本、正誤表、華島本、龍洞本改。
〔二〕□，原本小字標注「缺」，華島本、龍洞本同。

黃上舍玹聞變仰藥自盡

〔解題〕

黃玹，字雲卿，號梅泉、苟安，長水人，有《梅泉集》傳於世。

進士豈是崇秩士？崇秩偷生進士死，進士一死耀百祼。彼也忘君事讎都不恤，面皮不帶半點血。所可道也言之醜，棄置不須汙我筆。

白議官麟洙乙巳自刎，醫治回甦，庚戌[一]再刎而死

〔解題〕

白麟洙，生平不詳。

一刎猶難再更難，卓然志節報皇韓。邦人聞者咸[二]歎息，何處青山白議官？

〔一〕「戌」，原本誤作「戊」，據舊校本、挖改本、正誤表、華島本、龍洞本改。

〔二〕「咸」，原本誤作「感」，據挖改本、正誤表、華島本、龍洞本改。舊校本失校。

朴君炳夏聞變仰藥自盡號可軒

[解題]

朴炳夏，號可軒，《華島淵源録·觀善録》云：「朴炳夏，字文赫，憲宗丙午生，密陽人，挹白堂自凝後。聞合邦，仰藥殉。居古阜。」

狷介在人間，七旬一布衣。童年養母疾，誠孝世所稀。父喪哀戚幾毀性，鄉里剡薦苦自沮。及遭東亂益守正，閉户讀書感軍旅。晚與臼山相觀善，虚心服義出流輩。自從邦國多難後，幽憤滿腔常叵耐。孟秋鼓枻涉滄溟，師生相對心悲傷。歸來忽聞山河改，懷裏舊藥盡一觴。告訣同志義森嚴，氣殺讎賊意一快。過中近名莫謾疑，朱魏二老俱有〔一〕解。賢者所長著力行，朱子語〔二〕，見《語類·中庸第九章》。夫人避嫌孰爲善？魏艮齋語〔三〕，見《朱子大全·魏公墓表》。匍匐

〔一〕「有」，原本脱漏，據舊校本、挖改本、正誤表、龍洞本補。華島本無「有」字，後補寫。

〔二〕「朱子語」，《朱子語類》卷六十三《中庸二·第九章》原文云：「『中庸不可能』章是『賢者過之』之事，但只就其氣禀所長處著力做去，而不知擇乎中庸也。」

〔三〕「魏艮齋語」，魏元履，號艮齋，《晦庵先生朱文公文集》卷九十一《國録魏公墓誌銘》原文云：「與人交，尤盡情，嘉其善而救其失，如恐不及。後進以禮來者，苟有一長，必汲汲推挽成就之，其處心制行類如此。故嘗有病其爲人太過者，元履笑曰：『不猶愈於横目自營者耶？』至或訾其近名，則蹙然曰：『使夫人而皆避此嫌，則爲善之路絶矣。』此其學道愛人之本意也。」

賊庭誰家子？視之不啻豚與犬。青邱一域等浮漚，世皆如君何難復？今我癃病那當死，獨立西風淚盈斛。

吳君剛杓聞變自經於[一]鄉校 號無貳齋

【解題】

吳剛杓，見《秋潭別集》卷二《與吳剛杓》解題。

吾友實城子，相知五十禩。居貧[二]抱貞疾，常恨少研理。生來慕儒術，素心得不遷。昔遭青蛇變，對余泣涕漣。封章辭親去，腦子不閱年。服鴉片煙不死。山岳成灰燼，矢不共戴天。精[三]義何暇擇？志在脱腥膻。自經聖廟下，聞之爲爽然。視彼時世客，得非麟與豣。幾時勘亂[四]後，兒孫告靈筵。

[一]「經於」，原本誤倒作「於經」，據舊校本、挖改本、正誤表、龍洞本乙正。華島本原作「於經」，後乙正。
[二]「貧」，原本誤作「貪」，據舊校本、挖改本、正誤表、華島本、龍洞本改。
[三]「天精」，原本誤倒作「精天」，據舊校本、挖改本、正誤表、龍洞本乙正。華島本原作「精天」，後乙正。
[四]「亂」，原本誤作「乳」，據舊校本、挖改本、正誤表、龍洞本改。華島本似「乳」，蓋爲「亂」字草體。

金心巖志洙却金自裁辛亥

［解題］

辛亥，西元一九一一年，艮齋先生七十一歲。

金志洙，字心一，曾任中樞院副贊議。

猗歟金子志孔教，到老一心勵節操。字心一。遭值王家多難後，惟有痛冤無好樂。況復開眼視讎鈔，竹裏自經世皆誦。想見英靈游碧落，俯視人世如一夢。

金春雨永相却虜金投水死

［解題］

金春雨，見本卷《題〈金春雨亭家狀〉》解題。

身合沈江甘殉楚，心知蹈海勝歸秦。問渠廊廟簪紳客，孰與公爲李氏臣。首聯是古人作〔一〕。

〔一〕「首聯是古人作」，元吴澄《吴文正集》卷九十四《題大乾廟壁》全詩原文云：「大業龍舟竟遠巡，義寧狐媚忍欺人。北方各署新年號，南嶠猶遺舊守臣。身合沉江甘殉楚，心知蹈海勝歸秦。塵間俛仰幾楊李，樵水東流萬古春。」《艮齋先生文集》前編卷七《與金好民》云：「『身合沈江甘殉楚。心知蹈海勝歸秦。』此吴澄《題大乾廟》詩。有人謂其心未嘗忘宋，余謂吴氏果不忘宋，何不辭官，而累拜至翰林學士耶？梅山先生嘗言：『吴澄以宋朝舉子，爲蒙古親臣，揆以責備之義，則可謂失節中失節，安得免法義之誅哉？』其言可謂嚴於鈇鉞矣。士之持身，可不慎哉？」

張參判泰秀却金自裁

〔解題〕

張泰秀，字聖安，號一逌齋，曾任兵曹參議、同副承旨、經筵參贊官、侍從院副卿等職。

我聞張公却饊金，灑然無累保真襟。絶粒正終更無求，應與念臺共遨游。世有捧金承爵爲寵光，何異犺狼敗絮醉糟糠？奉勸後進勤稽古，此鳳飛兮彼鼠腐。

李斯文學純却金自盡

〔解題〕

李學純，字敬實，號晦泉，連山人，儒生。

頑錮田愚有故人，其人頑錮李學純。金夫誑誘視如毒，古柏貞心不知春。有口皆傳絶命詞，詞語悲壯泣鬼神。世間髯婦人盡夫，累朝恩澤賴君新。七耋〔一〕氐者行將逝，天上應見韓蓋臣。

〔一〕「耋」，原本誤作「簪」，據舊校本、挖改本、正誤表、龍洞本改。華島本亦誤作「簪」。

題金博士根培行狀後博士，吾故人也，作《絶命詞》却讎金，赴井死。聞之增氣，因步原韻，以寄其子鍾昊〔一〕。金號梅下。

【解題】

金根培，《華島淵源録·從游録》云：「字光元，號梅下，金海人，宣教郎千綑後，博士。庚戌投井而殉，享梅谷祠，有遺集。子鍾昊、鍾暹。居裡里。」

韓國梅翁玉雪身，眼前穢物是奚因？衣冠赴井從容盡，不負平生孔教仁。

贈童夢教官〔二〕奉鎮國〔三〕妻宜人〔四〕沈氏，早寡，有卓行，夷魄之金，却不受，見迫，自〔五〕縊死

【解題】

奉鎮國，生平不詳。沈氏，生平不詳。

〔一〕「鍾昊」，龍洞本同，華島本作「鐘昊」。
〔二〕「贈童夢教官」，原本脱漏，華島本亦脱，據龍洞本補。
〔三〕「奉鎮國」，原本誤作「奉鍾國」，華島本同誤，據舊校本、挖改本、龍洞本改。正誤表失校。
〔四〕「宜人」，原本脱漏，華島本亦脱，據龍洞本補。
〔五〕「自」，原本脱漏，華島本亦脱，據龍洞本補。舊校本、挖改本、正誤表失校。

嗟哉賢媛青松氏，孝烈至行古女士。視彼鏄金等穢物，奈何見迫自縊死！家衆〔一〕救護得回甦，裔戎聞之不敢肆。噫彼冠冕〔二〕章逢者，俛首受金愧入地。閨閤孝烈時有之，自古罕聞《春秋》義。我輩經生奉爲師，務令〔三〕胸中絶點滓。嗟哉賢媛青松氏，誰將大筆載彤史〔四〕。

宋心石秉珣被日酋授以講師僞帖，不受而自盡壬子

【解題】

壬子，西元一九一二年，艮齋先生七十二歲。

宋心石，見《秋潭别集》卷一《與宋東玉》解題。

心石當年笑許衡，胡元祭酒等雲輕。仰藥自裁無所愧，九原可拜老先生。尤庵先生嘗黜許衡文廟之享。

〔一〕「衆」，原本誤作「家」，華島本同誤，據舊校本、挖改本、正誤表、龍洞本改。
〔二〕「冕」，原本誤作「冤」，據舊校本、挖改本、正誤表、華島本、龍洞本改。
〔三〕「令」，原本誤作「今」，據舊校本、挖改本、正誤表、華島本、龍洞本改。
〔四〕「史」，原本誤作「吏」，據舊校本、挖改本、正誤表、華島本、龍洞本改。

附録

艮齋先生墓碣銘並序〔一〕

孔孟既歿，而斯道失其傳千數百年，紫陽夫子崛起閩中，上繼前聖道統之緒，下爲百代理學之宗。逮夫華陽先生挺東土，集群儒成而使孔朱之道大明中天。

噫！天欲開文明之治，必使聖賢在上，發於文，而治一世之天下；天欲挽昏亂之局，必使聖賢在下，垂諸文，而治萬世之天下。天之憂患世道，可謂至矣！於惟我艮齋先生，當全世末局，揭性傳而距異説，道術一統於極裂，禮義大炬於厚夜，以基異日碩果之復，夫豈偶然乎哉！

先生諱愚，字子明，田氏，其先潭陽人。高麗左僕射忠元公得時，爲初祖。累傳諱禄生，藝文大提學、門下評理，秉執麟經大義，同圃隱潘南，尊明斥元，而忤姦凶，殺身無悔，世稱壄

〔一〕柳永善撰《墓碣銘並序》，據《艮齋全集》學民文化社版第十三册排録。

隱先生。其孫諱藝，國朝文科，黄海觀察使，贈左贊成。又五傳，諱允良，判官。宣廟丁酉，倭奴再猘，戰亡，有録券，是九世於先生也。高祖諱夏成，曾祖諱昌顯，祖諱瓔，有醇德。考諱在聖，號聽天翁，老而劬書，義方殫誠。全齋任先生銘兩世墓。妣，南原梁氏星河女，全翁誌墓亟稱女士行。以憲宗辛丑八月十三日，生先生於全州府青石橋第。

賦質清粹，岐嶷莊重。纔學語已解文字，才性絶人，文理驟達。聽天公知其遠到，搬家住漢師，使之遍交當世名士。弱冠讀《退溪集》，停身志學，奉聽天公命，贄謁全翁。全翁許以吾道有託，寫《艮》象辭爲《艮齋箴》，再賜「敦艮」二字，此其先生生平受用真詮也。遂專心性理之學，居敬致知，互用其功，自是聲聞蔚然。苟庵申文敬公、絅堂徐公應淳，後先屈訪。徐公喜説作家法，先生志在第一等，不屑屑於文章，筆法入妙，而尤以爲小技也。甲子，光武以冲齡入承大統，筵臣議選年少經行之士爲輔養官，而首擬先生。當路尼止，識者惜之。丙寅洋擾，陪聽天公從全翁於公州之明剛山中，恩義俱篤，相視如父子。丙子，全翁喪，倡同門心喪三年。

全翁臨終眷眷爲千載之託曰：「君每以華門心説爲斯道害，今重庵以栗翁説爲非公，傳道之斯文危如一髮，而彼又以新説鼓動後進，辭闢之責，君可任之。」重庵即金氏平默也。先是，柳省齋重教祖述華西心説，以心爲理，爲大本，今金氏又如是，而直有拶逼於栗翁，故有是託也。金氏祭全翁文，隱語巧飾，專事譏諷，蓋其講禮涪則清苦冬柏，稱頌藍田、和靖、涑水、康侯以擬之，外若贊美，而暗埋機穽，無非從平日貴耻媚竈中出來。先生憤甚，告靈筵而逐其文。金氏憾其不得售奸，與叛卒李承旭就先生《祭全翁文》，構誣懸注，網羅當世三相六賢，爲同讎借殺之計。通國譁然，行讉在即。未幾，贓案綻露，浮議自息。及省齋晚年，改正心説，概從先生定論，蓋因往復辨論而發其端緒也。

壬午，領相洪公淳穆，筵奏薦先生，除繕工監假監役，即移監役，旋陞，六爲典設司，別提授江原都事，並不就，亦不疏辭，寔遵閔貞庵「除官無召不先進疏」之義也。別選使來問人材及民情，先生痛説大勢將土崩瓦解，及民不堪命之狀。而申荀庵、宋立齋雖東宫下，臨喻以同休戚，而期使出脚，庶幾有望矣。甲申，朝廷頒衣制新令，先生飭社生嚴守舊規，皆用深衣幅巾。甲午，特除司憲府掌令，不就。時東匪方熾，聚徒奪掠，舉國洶洶，其徒環先生所居不入，上聞之，嘉歎。乙未，逆臣奏曰：「田某以守舊黨魁，爲開化梗，請斬。」上不聽，曰：「欲使予得殺士之名乎？」六月，除順興府使，不出。八月，明成后暴崩，舉哀痛迫，既而賊臣劫上落髮，仍大行勒削於國人，先生痛哭曰：「吾道亡矣！」戒子孫門生誓死守義，遂名書社以「守善」，而曰：「萬劫不渝者，惟李臣孔學也。」甲辰，特陞通政大夫，除秘書院丞，旋褫〔一〕。乙巳，倭虜犯闕脅約，上峻拒，至有寧殉社稷之教。賊臣完用等，私相認準，先生治《疏》，請斬五賊，

〔一〕「褫」，原本誤作「遞」，《艮齋全集》第十三册影印柳永善《艮齋先生年譜》卷三同誤，據文義改。

即承「嘉乃之言」之批。擬《再疏》痛陳，而時局大變，不果上。蓋先生固守「身不出，言不出」之法門，而今逆臣舉國與敵，身雖不出，名在儒選，猶得與致仕大夫比，用「沐浴請討」之義，寔《春秋》人人得誅者也。

復述《布告天下》與《告世》、《警世》等文，討倭虜弑逆之罪，明毁形變服之非，而與國人立誓，告訣先廟，遂決入山浮海。蓋君父危辱，不敢偃息私第也。門生故舊及某某卿宰或言請對，或言十疏，或言舉義，或言民會，或言公函談判，又有請遣門生游學歐洲，爲狄公復唐之計者，先生皆以非精義而毅然不動。用墨布笠、白布衫帶，燕居白布冠。入太華山絶頂，以「抱經痛哭」、「入山枯死」，朱、宋遺訓，揭門楣爲八字符。

丁未變作，又棲遁流離，不遑寧處。戊申，乘桴入西海之睢嶝島。先生欲爲此行久矣，顧先世祠墓、子孫朋舊不忍遽訣，今始飄然掛帆，晦翁所謂「聖人甚不得已焉，則必浮海而去」者也。己酉，移君山島。

庚戌，倭虜合邦，而宗社覆矣。先生痛憤讎怨，號哭絶粒，還入旺島而誓不出海外一步地。壬子，移繼華島，冢孫奉廟主入海權安。

先生道高天下，望專一國，學者益進，相繼築室執箒，南暨耽羅，北薄間島，海門堂室，歸者如市，殆曠古所未有也。戊午，光武皇帝暴崩，先生痛冤欲死。從前議定上皇萬歲後，當用三年之服，至是，嶺人有不服舊君凶説，先生據義峻斥。庚申冬，患衂，幾危，微微誦劍南詩

「王師北定中原日，家祭無忘告乃翁」之句。壬戌，斥破移住紫泉之論，以其非入海本意也。七月朔有疾，四日酉時考終於華島，享年八十二。前冬，木稼遍一國。是夜，繼華山赤氣亘天，大星隕地。九月壬申，大葬於益山玄洞，門人知舊麻絰者二千餘人。

配，贈淑夫人，密陽朴氏同敦寧孝根女，有高識懿行。繼配，綾城朱氏聖東女，亦贈淑夫人。後皆合塴。男，晦九、華九、敬九，朴氏出。側女，適李昇儀。孫，鎰孝、鎰悌、李仁椝、鄭憲泰妻，長房出；鎰健、鎰中，次房出；鎰精、鎰純、鎰衡、金建植妻，季房出。曾、玄以下，蓋〔一〕未艾也。

先生以間世英豪之姿，直追前哲，每事必以第一義爲準。蓋世功業在前可做，義有未安則不爲也。斂却英爽發越之氣，措諸規矩繩墨之中。存此心於齊莊静一，窮此理於學問思辨。愷悌之意溢於言笑，冲和之氣達於面背。静而體立五性萬象，瞭如有擊；動而用行三千三百，燦然有條。由博反約，馴致純粹。立心也，水平鏡明；行己也，仁藹義嚴。望之儼然華嶽挺特，即之豁然八窗洞開。戒懼愈嚴於不睹不聞，省察益密於幽獨隱微。窮究天人之妙，而不外乎彝倫；玩心高明之域，而尤篤於爲己。造次顛沛，罔或間斷。不囿於偏見，不安於小成，而昭晰乎表裏精粗，貫通於本末終始。明睿所照，天機自露。心性理氣之原，早有正

〔一〕「蓋」，原本作「益」，按當作「盖」，同「蓋」，形近而訛，據文義改。

見，而洞徹圓融，成其久大之業者，敬與誠而已矣。

嗚呼！道術爲天下裂，而不得爲大一統。先生自知天責攸歸，未嘗不自任爲己憂。每於諸家尊心貶性之論，一筆廓如。舉世讎視，謗讟四起，而先生自謂「爲性而殉，吾所甘心也」。有謂「理有操縱適莫，譏罵氣發，而爲氣奪理位」；謂「心如聖人在君師之位，性如億兆之衆」；謂「心，大理、上理；性，小理、下理」；謂「性不可當太極，心可以獨當太極」；謂「心性分物，則是朱子無甚綱領時説話」，謂「朱子心説，甲寅以後大定」，爲其心理僞證，未免以朱子攻朱子。先生以爲性厄莫此若矣，遂立言以救其失。曰「性無爲，心有知」，曰「心本性」，曰「心學性」，曰「性尊心卑」，曰「性師心弟」，以立萬世學的。綜萬理，析群言，其爲説玲瓏穿穴，横豎周匝，隨處砉然，目牛無全，深思力踐，多有發前未發者，此蓋天授神解，獨專其能也。

以石潭、華陽爲宗主，而於農巖、老洲尤切曠感，若與之朝暮遇也。其論禮也，亦從性命大本上究極，而不泥古，不囿俗，根理緣情而俟百不惑，與夫拜揖總髻，據古爲式。

自王道之不明不行，異學邪説充塞穹壤，蠹蝕人心，舉一世驅納於夷狄禽獸而不可救。先生痛與辨斥，以爲打圍寧社之道。至於科舉之當革，而賓興之當復，學制有明道，看詳栗谷《模範》。若夫學政合一、文武合一、兵農合一、宫府合一之類，要之天德王道舉而措之耳。

先生自謂有欠含蓄分數，體認沉潛氣象[一]，輯經傳及宋賢書中語及顔子者，與晦翁論敬功處，爲警省之資，又專門朱書，如誦己言。《論語》、《易傳》，尤所芻豢，而出入相隨。朱子歿後，吾道既東，鄭文忠倡之於麗季，繼之彰明斯道，得不傳之緒而爲淵源正宗者，惟静、退、栗、沙、尤五先生是已。承全翁命，撮其書，倣《近思録》例，爲《五賢粹言》，使學者正其趨向，而明體適用，用經斯世。《四書》官本諺解，不無容議，則先生既勘合栗翁《口訣》，而略加釐正，編纂《庸解》，而他未及焉。

先生孝愛天植，定省惟勤，承順無違。嘗讀書於師門，夢聽天公疾而徑還，嘗糞露禱，竟奏奇效。後荐遭二艱，柴毁幾危，情文備至，送終無憾，自號「臼山」，誌親塋也。諱辰易服，遷坐拜跪之際，涕淚濺[二]裳。以晬日行秋正祭，以聽天公生辰在季秋，而行禰祭。平日語及親，輒聲噎淚淫。收考妣平昔雜物，各爲銘而寓慕。日必晨興盥櫛，深衣委貌方履，拜家廟，次受家人與社生揖儀。朔望謁先聖及朱、宋像，述訓辭及家規，而正家以禮。教人以識見爲先，踐履是重。辨雅俗，嚴衣制。字學又極與理會象形、音韻、義意，正其訛謬，辨其虚實，以爲始學

[一]「象」，原本作「像」，據文義改。《艮齋全集》第十二册影印柳永善《艮齋先生年譜》卷一亦作「像」。

[二]「濺」，原本似「氾」，疑爲壞字，據《艮齋全集》第十三册影印田鎰孝鉛活字本《家狀》「涕流沾衣」改。《艮齋全集》第十三册影印吴震泳手寫本《行狀》作「淚發汎裳」。

端本之方。讀書戒躐等陵節，必由《要訣》、《小學》、《四子》、《近思》之成規，踐歷乎灑掃應對、修齊治平，井然有科級。有時指示本源，使識其大者。引接之際，開心推誠，冲和洋溢。解經講説，水涌風發，能使聽者欣然充焉，樂而忘返。退陶之學，石潭之理，泯然爲一，而切實簡要，淵懿微密雅言。尚文辭者多浮華，好事功者害道義，使學者一以敦本務實，不許文藝事功。又以氣節爲學問田地，彼專尚麤氣，不謹防限者，辨别心術微處，明其真僞。定學規，朝夕行參謁儀、相揖禮，間習士相見、鄉飲、鄉約。言語相敬，切戒世俗爾汝之習，至小節細行，少勿放過。不守儒規者，擯斥之，不許陞講座，門人削籍，族人黜譜。雖久要與權貴，不恤也。懲於叔季文弊，人家誌狀，不輕泚筆。國破以後，不籍不税，自分廢人，祭廢受胙，冠不獻酬。素抱堯舜君民之志，憂世憂道，出於赤衷。遇知舊從宦，惻惻道忠君愛國，民生利病，以激勵之。尤嚴於尊攘，曰：「華夷之分，以有禮無禮之異。故禮小失則入於夷狄，大失則入於禽獸。」以方遜志「秦、晉、隋、女后、夷狄歸諸變統」之説，爲不可易。又另論「華夷之分重於君臣之義」，而申明夷狄之不可主中國焉。

平生著述，寫其心得之餘，春容鉅篇，爲天地間大文字。先生學問出處，謹守孔、朱成訓，栗、尤正傳，確乎不拔，磨而不磷。挺然於世風頽靡之中，天下非之而不顧；超然於名譽得喪之表，舉世不知而不悔。不是藉氣魄撑持，直是見理真切。此其行義超卓，而非世儒所能及也。先生身值天地翻覆，島夷猖獗，君上幽廢，聖賢污衊，而忍痛含冤，沫血飲泣，竄身絶海，開淑後進，俾不歸翔走踵陸王，其心苦矣，其情戚矣。然扶植綱常，闡明聖道，拗過天地之運，則可以當一治之數也。嗚呼！此豈人智力之所可及哉！

道未嘗亡，而惟託於人者有絶續，故其行於世者亦不能無明晦，是蓋天實爲之也。永善獲蒙先生之教育獎勵，不啻如天地父母之恩，而鹵莽蔑劣，未得窺其宗廟之美，百官之富，安能摹擬盛德之萬一也？若其爲天地立心，爲生民立道，爲往聖繼絶學，爲萬世開太平，結局於尊性而得躋禹功，有道之君子，可知斯言之不誣也。

鎰孝、鎰健責以墓道之銘，實有累德僭妄之懼，遺辭之際，寧劣於實而不敢溢，蓋不忘昔日之教也。

《銘》曰：

箕條邈焉，武夷道東。潭華繼作，窮源會通。允集厥成，誰得正宗？曰我先生，間氣攸鍾。沈潛經傳，折衷百家。誠而消僞，敬能敵邪。摳衣執箒，傾天下士。文在於斯，天責歸矣。心性理氣，能所帥役。闡發藴奥，朱栗準的。不得弗措，深思窮賾。小大無遺，允蹈其實。心宗莫逃，廓如斯闢。天開日朗，神搜霆擊。出處語默，謹守聖傳。義秉《春秋》，隻手擎天。國步方蹶，一棹滄溟。全歸靖獻，曠乎千齡。淵冰乾惕，大耋不懈。造養既熟，渾無縫界。寔天生德，惟百世師。彌億萬年，宇宙與之。

先生歿後二十五年丙戌季夏，門人高興柳永善謹撰。

敬題艮齋田先生大集影印後[一]

猗我艮翁夫子，以間世英通之姿，既得孔孟程朱之心法，遠接前聖受授相傳之統，近繼東土五百年理學之宗，尊信栗尤真訣，承受梅全嫡傳，悦服師説，莫負孔教，嚴於尊攘之義，篤於爲己之學，誠於修己治平之道，嘗有志乎堯舜君民之治，而將有補於世教矣。不幸國祚運訖，忍見國破君亡，乃入山痛哭，幾至殊絶，而還入西海孤島，以守自靖世道自任。而教導不倦，從學者至累數千焉，皆隨其材量，而成德者甚衆矣。若其爲天地立心，爲生民立道，爲萬世開太平，爲東方道學之結局於小心尊性，而使天下之人做工於先生遺法，而同歸於聖賢之域，則有光斯世者豈不重歟！曩於《私稿》之刊行者，歲已久矣，而今讀其書者多有之，而實未易得，故日朴友冠奎君，與學民洪社長載坤，欲圖景印《全集》，而訪於華淵會。於是某某諸公爛商熟議，而付之本稿、續篇及《秋潭別集》、《四書講説》、《中庸諺解》、《性理類選》、《禮説》、《尺牘》、《年譜》、《誄詞》、《觀善録》、《家狀》、《行狀》、《墓碣銘》、影幀、遺墨、清風臺碑編次。其所收者尨大而且修繕，編定之責於後人公議者如右也。即其將事之日，同志諸公要於顛末記

[一] 任龍淳撰《敬題艮齋田先生大集影印後》，據《艮齋全集》學民文化社版第十五册排録。

之，顧余淺學無文，烏敢當之哉？何幸余私淑諸人，既蒙厚恩之教，不辭，乃書諸卷端，只願此印本大集廣布宇内全域，而使先生之道學節義復明於天下，則吾道之振起惟日望之也夫！

先生殁後九十年辛卯清明節，後學西河任龍淳謹跋。

敬題艮齋先生全集後[一]

邈乎古五代，堯、舜、禹、湯、文、武、周公，相繼作焉，彰天理，立人倫，而道既明於天下矣。然而後於魯宋，若孔、朱兩夫子不生，無以集群聖賢之大成，而聖賢之道不傳矣。何幸天祐我東，其道東矣，而栗、尤兩先生集群儒之大成，接其道統，蓋以其國則猶有山河城郭之界分，道則初無其界分，而通乎天下，惟傳之於守其聖賢之相禪心法之人也。若我栗翁展也，海東孔子；尤翁，海東朱子也。我艮齋老先生以間世之儒賢，其小心尊性之學，持身酬世之要，行藏出處之義，脗然合於孔、朱、栗、尤四聖賢之法門，以爲聖賢之嫡統焉。不幸而當大韓之末，目見夫聖賢被巇而宗國屋社，遂抱經入山，乘桴浮海，守罔僕於孤島，扶綫陽於純坤，是亦遵聖賢之教而行之者也。今其道學也，理氣也，義理也，禮説也，文學也，並載之於遺文中，後世之欲知先生者，捨此奚以哉？宋蘭谷嘗題其文稿曰：「《艮翁私稿》累數百篇，一理萬事，無不包在其中，一言以蔽之曰『心本性』。此自舜、禹、孔、顔之精一克復以來傳授心法也。」此可謂知德之言。而先生之接夫洙、閩、潭、華之道統者，實是「心本性」爲之單傳密符也。後之學者，

[一] 金忠浩撰《敬題艮齋先生全集後》，據《艮齋全集》學民文化社版第十五册排録。

誠以正心公眼善讀《全集》而有得焉，可知吾言之不出於阿好矣。然讀之而苟無所見，是猶瞽者矣。瞽者何以見泰山之高、黼黻之美哉？

先生歿後九十年辛卯暮春者，私淑後學光山金忠浩謹跋。

新版跋語〔一〕

東周遷洛而《春秋》作，南宋渡江而《綱目》撰，大韓屋社而《秋集》編，是皆明義理而扶世道者也。東周、南宋之世，若無孔、朱两夫子，則義理晦冥，而世道顛仆，想必永入於長夜矣。況且我韓被亡於倭虜之後，蠻風邪説猾我小中華，義壞道喪之爻象，尤甚於東遷、南渡之時，此我艮齋田先生之《秋潭別集》所以應時世，而梓之於中國上海者也，豈非天意也耶？先生，朝韓之逸民也，特以天地之間氣，鍾生於海東，師事全齋任先生，而早得聞道，集群儒之大成。其道統也遠接洙閩，近續栗尤，傑然爲大賢，贄學之門人殆近三千人，吾儒之道學廣明於全域矣。不幸當國破君亡，終乃遵孔子乘桴浮海之意，飄然入西海孤島，講道明義，獨以隻手拗過天地之運，開淑後進，使道學義理不喪滅於當時與後世，其心苦矣！其情戚矣！蓋《秋潭別集》全篇莫非衛正斥邪、尊華攘夷之義，而就中《因變亂疏》、《華夷鑑》、《〈自西徂東〉辨》、《梁集諸説辨》等，尤其凛嚴若秋霜者也，其有補於衛道扶義者，豈不大乎哉！

〔一〕「新版跋語」，任龍淳先生原稿題爲《敬題重刊〈秋潭別集〉後》，據作者打印稿排録。

昨年丁酉，是濂溪先生誕降一千周年也，我華淵會諸公遥被中國湖南省張京華教授之招請，奉安周子位牌於濂溪書院而行祀，遂相别於長沙空港，張教授請觀《艮齋全集》，乃歸國送之。張教授特有感於《秋潭别集》，加標點而梓之，廣布於中國與韓國，是或非吾道將復明之兆也歟？不勝歡喜，猥書蕪辭於卷末焉。

先生殁後九十六年戊戌菊秋節，私淑大韓國豐川任龍淳敬題。

點校後記

儒道衰微之際，艮齋田愚先生以「拗過天地之心」，踐行「中華禮義之道」，衛正斥邪，遁世自守，開淑後進，可謂朝鮮朝末期護衛儒道的殿軍，堪稱「五百年理學之結局」。《秋潭別集》是艮齋先生尊華攘夷思想及衛道全義精神的集中體現，是中韓文化交融的凝聚。

《秋潭別集》於一九二九年在中國上海初次刊印，此次承載諸多韓儒的期望，歷經三世而再次在中國整理出版，或是天意安排。二〇一七年，周濂溪先生誕辰一千周年，值此千年之際，湖南省濂溪學研究會、湖南科技學院國學院特邀請韓國訓蒙齋儒林二十一人於十一月來訪濂溪故里。訓蒙齋儒林歸國後，寄來巨著《艮齋全集》十六册相贈，張京華教授讀過《秋潭別集》以後，尤爲感慨，遂起整理出版之心，并安排國學院學生蔡婕着手録入文本。二〇一八年八月，受淳昌郡及訓蒙齋之邀，國學院師生赴韓進行文化交流活動，筆者亦同時赴韓留學。遵照張京華教授之意，筆者與蔡婕攜《秋潭別集》第一卷整理文稿，面呈訓蒙齋山長古堂金忠浩先生，徵詢出版意見，深獲訓蒙齋儒林的讚賞和支持。九月，古堂先生與筆者一同前往世宗市德星書院，參與華淵會諸儒集會。會中，古堂先生提議《秋潭別集》整理出版之事，華淵會諸儒一致讚同，并決定自籌資金幾萬元人民幣，用於資助《秋潭別集》新版的出版費及書籍購買。華淵會諸儒皆爲已退休老先生，經濟來源有限，而爲儒學事業奔走奉獻，精神難能可貴。當日諸儒俱着深衣，相聚融融，儒家氣象满溢一堂，處今世而恍若古時。至此，《秋潭別集》的整理出版工作正式啓動。二〇一九年十一月，訓蒙齋儒林再次受邀來訪湖南。期間，諸儒與整理小組共同商議《秋潭別集》的具體出版事宜，就版式、體例等達成共識。隨後，整理小組遂與商務印書館簽訂出版合同。商務印書館原址上海，故尤爲韓國儒林所期望。

蔡婕同學勤勉用工，在繁重的課業學習之餘，録入了《秋潭別集》全文及附録，并進行了第二次校對。筆者進行了第一次點校和第三次校對工作。之後，張京華教授參照「原本」、「舊校本」、「挖改本」、「華島本」、「龍洞本」諸本，審核校記八百五十餘條，并撰《點校凡例》。筆者補寫了干支、人物簡介，標注華島本《艮齋私稿》、龍洞本《艮齋先生文集》篇目出處，作爲「解題」列於篇目之下。全書遂最後定稿。相信經過這次整理，可使《秋潭別集》獲得一個文字準確、層次分明、便於閱讀的現代版本。

二〇一八年八月，筆者作爲武漢大學中國傳統文化研究中心中國哲學專業的在讀博士研究生，承蒙韓國全羅北道淳昌郡政府及訓蒙齋邀請，有幸得到韓國河西學術財團奬學金及武漢大學研究生出國交流項目專項經費資助，前往韓國訓蒙齋，進行了爲期一年的留學交流。因爲這樣的機緣巧合，筆者參與到《秋潭别集》的整理出版工作之中。在訓蒙齋，不僅是儒學知識的學習，更是儒學生命範式的體驗。訓蒙齋食口恰似儒學家庭的縮影，師道尊嚴、父慈子孝、兄友弟恭等儒學之義，鮮活地呈現於其間。在日常生活中，在與老師、同門學友的交往之間，在互相尊重、互相禮讓中，儒學精義與内心産生碰撞，使筆者真切體會到德性的善和美，感受到儒學的生命力、凝聚力、感召力。這是筆者整理點校工作中不息的動力。

韓國儒學絢麗多彩，具有豐富的學術資源，對我們的學習研究無疑具有獨特的參照意義。目前，韓國艮齋學派著作在中國國内出版傳播較少，整理小組特選取艮齋先生代表著作《秋潭别集》整理出版，拋磚引玉，期望引起學界對韓國艮齋學派的關注。

此次《秋潭别集》的整理出版，得到了韓國華淵會諸儒的資助與鼎力支持，也得到了許多學者的幫助。南昌大學特聘教授田炳郁老師精通漢語，熱心而熱情，多次參與整理小組與韓儒的商議活動，從中幫助協調，可謂直接促成了《秋潭别集》的整理出版。經田炳郁教授聯繫，韓國金洪永先生拍攝私藏《秋潭集正誤表》和《秋潭集改版表》照片相贈。韓國金善鎬先生、朴賢修先生、朴鍾元先生盡心盡力幫助解決整理小組所遇到的種種難題。《秋潭别集》的順利出版，也離不開商務印書館上海分館賀聖遂總經理及王化文編輯的幫助。另外，筆者的整理工作，得到武漢大學中國傳統文化研究中心歐陽禎人教授全力支持與充分信任。謹在此致以誠摯的謝意。

本人學養有限，初次接觸韓國儒學，疏漏在所難免，尚希讀者和專家學者批評指正。

後學陳微

於洙汀書室

二〇二〇年四月十八日

圖書在版編目(CIP)數據

秋潭別集 /（韓）艮齋田愚著;張京華,陳微,蔡婕點校. —
北京：商務印書館,2021
（瀟湘國學叢刊）
ISBN 978-7-100-19432-7

Ⅰ.①秋… Ⅱ.①艮… ②張… ③陳… ④蔡… Ⅲ.①文
學-作品綜合集-韓國-近代 Ⅳ.①I312.614

中國版本圖書館 CIP 數據核字(2021)第 023727 號

秋 潭 別 集

［韓］艮齋田愚　著
［韓］石農吴震泳　編
張京華　陳微　蔡婕　點校

商　務　印　書　館　出　版
（北京王府井大街36號　郵政編碼100710）
商　務　印　書　館　發　行
蘇州市越洋印刷有限公司印刷
ISBN 978-7-100-19432-7

2021年10月第1版　　開本 670×970　1/16
2021年10月北京第1次印刷　　印張 29 3/4
定價：128.00元